塞上文艺名家书系

癸巳冬
郑歌平

高嵩文艺评论选

高嵩 著

黄河出版传媒集团
宁夏人民出版社

图书在版编目（CIP）数据

高嵩文艺评论选 / 高嵩著. — 银川：宁夏人民出版社，2016. 9
（塞上文艺名家书系 / 杨梓主编）
ISBN 978-7-227-06438-1

Ⅰ. ①高… Ⅱ. ①高… Ⅲ. ①文艺评论 — 中国 — 文集
Ⅳ. ①I206-53

中国版本图书馆CIP数据核字(2016)第233879号

塞上文艺名家书系　杨　梓　主编
高嵩文艺评论选　高　嵩　著

责任编辑　杨敏媛　白　雪
封面设计　黄河浪
责任印制　肖　艳

黄河出版传媒集团
宁夏人民出版社　出版发行

出 版 人　王杨宝
地　　址　宁夏银川市北京东路139号出版大厦(750001)
网　　址　http://www.nxpph.com　http://www.yrpubm.com
网上书店　http://shop126547358.taobao.com　http://www.hh-book.com
电子信箱　nxrmcbs@126.com　renminshe@yrpubm.com
邮购电话　0951-5019391　5052104
经　　销　全国新华书店
印刷装订　宁夏报业传媒印刷有限公司
印刷委托书号　(宁)0002642

开本　787mm×1092mm　1/16
印张　9.75　字数　300千字
版次　2016年9月第1版
印次　2016年9月第1次印刷
书号　ISBN 978-7-227-06438-1/I·1661
定价　38.00元

序：长河潺流两山间

郑歌平

宁夏历史悠久，文化源远流长，回汉各族群众在这片神奇的土地上创造了灿烂的文化。在六盘山与贺兰山之间的大地上，黄河从古到今潺潺流过，黄河文化、回族文化、西夏文化、红色文化等相互碰撞、相互交流、相互融合，塞上大地呈现出思想艺术俱佳、风格独特多样、雄浑典雅并存的文学艺术景象。

宁夏回族自治区成立后，尤其是改革开放以来，在自治区党委和政府的正确领导下，宁夏发生了翻天覆地的变化。而宁夏文学艺术也伴随着自治区的发展而繁荣，结出了丰硕的果实。一大批有朝气、有才华、有创意的优秀文艺人才，以讴歌时代、讴歌人民、凝聚力量、鼓舞人心为己任，辛勤实践，努力耕耘。一大批优秀的文艺作品，深情讴歌了我国改革开放发展的历程，生动描写了宁夏各族人民的生活，充分展示了生活中源远流长的真善美的情愫，浓墨重彩地描绘了宁夏人民奋斗拼搏的心灵图景。宁夏文学艺术已经成为对外宣传宁夏的一个明亮窗口，一张引人关注的精彩名片。

在文学方面，20世纪80年代初，历尽人生磨难的张贤亮，以其饱经沧桑之后的慷慨悲歌重归文坛，他的中短篇小说三次荣获全国优秀小说奖，并被搬上银屏。同时，一批中青年作家佳作迭出，共同推动着宁夏文学的发展。90年代，宁夏设立了繁荣宁夏长篇作品创作的"金骆驼丛书"，活跃了长篇作品的创作和出版。进入新世纪，宁夏文学由一棵"绿化树"到"三棵树""新三棵树"，再到郁郁葱葱的"文学林"，宁夏青年作家群集体亮相全国文坛，纷纷摘得鲁迅文学奖、少数民族文学骏马奖、文学期刊奖等，入选21世纪文学之星丛书、中国作协重点作品扶持项目、各种全国选刊选本等，宁夏文学创造了继张贤亮之后的第二次辉煌。

在艺术方面，各文艺家协会按照"高举旗帜、围绕大局、服务人民、改革创新"的总要求，认真履行联络、协调、服务的基本职能，以"出人才、出作品"为中心，大力举办各种展览、演出、出版、评奖、研讨、交流、采风等活动，积极参与国家级梅花奖、金钟奖、荷花奖、兰亭奖、金像奖、牡丹奖、山花奖等奖项评比，频频获奖。不仅为宁夏艺术事业赢得了荣誉，也为宁夏文化大发展大繁荣作出了积极的贡献。

为了对宁夏前辈作家、诗人文学创作成就的回顾、总结和肯定，对宁夏文联前任领导的敬重、缅怀和回忆，2006年10月，由宁夏文联编辑的《石天剧作选》《李震杰诗文选》，以“霜叶红丛书”的形式由宁夏人民出版社出版发行，得到了宁夏文学艺术界的肯定和好评。

为秉承文联传统，服务文艺名家，汇集优秀作品，树立学习典范，弘扬“爱国、为民、崇德、尚艺”的文艺界核心价值观，为建设开放宁夏、富裕宁夏、和谐宁夏、美丽宁夏增光添彩，宁夏文联决定启动“塞上文艺名家书系”工程，为宁夏在全国有一定影响的国家级会员、德高望重且成就突出的文艺家，为宁夏文艺事业作出突出贡献的各个门类的领军人物，编辑出版代表性、经典性、权威性的作品选集。2014年5月，“塞上文艺名家书系”工程第一辑《肖川诗选》《冯剑华文选》出版发行。2015年9月，第二辑《路展童话选》《吴淮生诗文选》《张贤亮诗词选》出版发行，在宁夏文艺界产生了普遍的赞誉。这次编辑出版《曾杏绯国画选》《高嵩文艺评论选》《马知遥文画选》，必将为宁夏文艺的繁荣产生积极的影响。

“塞上文艺名家书系”工程由宁夏文学艺术院负责实施。期望文学艺术院坚持“二为”方向、“双百”方针和“三贴近”原则，发挥“培扶人才，编研作品”的职能，以流芳百世为目标，选取思想性与艺术性俱佳的作品，做好资料搜集、编辑校对、设计印刷等各项工作，使书系工程成为我区文艺界的一个响亮品牌，成为外界了解宁夏文化建设的一个重要窗口，成为宁夏文艺事业大发展大繁荣的一个具体看点。

是为序。

2016年7月15日于银川

目 录

卷一　文艺理论

美论

这个问题可切出四个分题：自然美，社会美，社会化自然美、艺术美。

自然美

就自然界来说，就它千汇万状的外在表现来说，无序中的有序、不稳定中的稳定、不均衡中的均衡、不统一中的统一、不纯之纯等等——一句话，所有这些不和谐中的和谐，是美的。自然界的美，不是为人的存在，也不为人而展示；它不为尧存，不为桀亡。它与不美（丑）对立地统一着，因而，我们应当看到它的不孤生，不独存。它的规律，是按照宇宙间共有的对立统一法则在无穷形态中运动和展开的和谐律。

马克思说过："人也是按照美的规律来造型。"在这句话里，一个"也"字，能启发我们理解他本人关于美和美的规律的真实见解。他的见解在我看来包括以下两个层次：

一、在广袤的自然界，存在着不依赖人类和人类社会的美及美的规律。这种美和美的规律的存在，是动物界"按照美的规律来造型"的客观前提。

二、有些动物按照美的规律来造型，只是遵循各自的物种尺度；而人，则能自由地遵循一切物种的尺度。

认识自然界本来的美，应当减去人与自然的功利关系所造成的主观尺度，要排除这种主观尺度对于自然美判断的影响。譬如苍蝇里面有一种绿豆蝇，它的浓绿色的身体在太阳底下闪着金莹莹的光。它的结构匀称、结实、饱满。在它的头顶上，那一点红颜色纯净而热烈，它的双翼薄明。很显然，自然界是按照美的规律把它"生产"出来的。它实在比蜜蜂还要美啊！

在支配自然界运动和变化的规律中，有一种规律就是美的规律。雪花的造型；矿物的晶体；植物中的千花万卉；各种各样动物的形体、色彩、动态；波的推涌，浪的腾跃，云的叆叇，霞的璀璨……这一切说明自然界美的规律的普遍作用。

美，并不因为人类宣布了自己的主体性就专属于人类。同样，宣布美学的人本位也不等于离开人和人类社会自然界就无所谓美和美的规律。

自然界有营造能力的物种，它们经营生存环境的活动，是按照美的规律进行的。同样，人的一切物质生产活动，社会生活种类繁多的物质内容，全都离不开美和美的规律。至于人是否能够意识到这一点，实在无关紧要。

在自然美的问题上，我们应当承认三点：（一）宇宙间普泛的美和美的规律，它们的存在，是人类“按照美的规律”进行一切创造的总前提。（二）人把握自然界美的规律，是以他自身的尺度以及他实践活动的目的和手段为中介的。人决不能离开这种中介去等待美和美的规律向自己智能世界的移入。（三）人对自然界美和美的规律的掌握，是通过实践活动实现的。这是一种获取。人获取自然美的实践活动，有物质生产活动和精神生产活动。物质生产活动，譬如通过陶轮掌握了圆，通过绳墨掌握了直线，即是说，掌握了潜在于自然界内部的美的共相。正是物质生产活动，发育了人对自然界各种美的共相的抽象力。这种抽象力在科学技术和种类浩繁的工艺中介下，推动了人类社会不同时代物质文明的发展和更替。精神生活活动，譬如被称作“史前艺术”的岩壁绘画和泥塑、石雕等等，它们的创造，向来被认为受巫教激情的驱动。其实，被巫教观念和巫教仪式中介着的这种精神生产活动，本是原始人认识世界的方式，除了是他们生活意愿的表现，还是他们世界观的表现。在这种活动中，对自然形象的模仿，培养着人类对自然美的个性形式的掌握能力。

要之，人按照美的规律来造型，这意思的深刻内涵是：人在这方面的各种智能，和动物有本质的区别。动物凭借的是物种的本能，而人所凭借的，是自然美在他物质产和精神生产中向他智能世界无止境的显示和移入。

社会美

马克思在分析劳动时，提出了“人对象化，对象人化”的命题。这是一个辩证逻辑的命题。在解释这个命题的时候，把“人”的范畴用“主观”这个范畴来代换，是不确当的。人是主体，对象是客体。主体是生活需要，主体在生产劳动中积累的经验与技巧，都作为人的能动的本质力量，物化到劳动对象上；对象作为客体，通过人对它的合目的加工，成为人的本质力量的物质承担者，并且由人按照美的规律来造型。在这里，主客体之间交互作用的事实，是活生生的物与物之间交互作用的事实，是人的物质实践的事实。按照马克思本人的理论，必须把人正确地理解为感性的存在；不仅如此，还必须把人正确地理解为感性的活动。不应该把人这个概念等同于“主观”这个概念，不应该把人、人的本质力量、人的主体性，简单地表述为“主观性”。人的精神活动或者心理活动或者主观活动，不过是在主体一侧能动地反映和驱动主客双方在主体实践中实现统一的活动。

怎样分析人在劳动生产中创造的美呢？

A.一切产品，都是人按照美的规律和各种美的尺度自由造型的产物。人在制造各种产品时所使用的尺度，是二重化的：一方面（内容方面）是实用的尺度，另一方面（形式方面）是美的尺度。人对各种美的规律的认识和把握，按照我们前面的说法，人对各种自然美的抽象力和再现力，有无数次从必然王国向自由王国飞跃的个别过程和局部过程。这些过程，都是在生产实践中完成的，而不是在哪个美学家头脑中完成的。

这里的美，是与实用内容统一起来的美的内容，不能孤立地理解“形式美”这个概念。美的形式，只要它真正是美的形式，那么它同时是美的内容自身。

B.人的劳动产品的总和，在任何时代都是人的物质文明的总和。在人类历史上，不存在不伴随精神文明的物质文明。人的物质文明的任何构成物，都是包括美的创造力在内的人的本质力量对象化的结果。因此，按照马克思指引的思路，我们应当想到：在物质文明的世界里，即使假定减去人本身，那个对我们展开的世界，也是一本关于人本质的大书。如果进一步克服见物不见人的谬误，我们就会看到，这一部关于人本质的大书，它的每一页、每一行都充满感性的内容和心理学的内容。

现在，让我们把人归还给这个世界——

C.世界最具有美学价值的客体，是创造世界的主体自身在这个问题上，宗教家找到的是上帝，马克思主义找到的是劳动者和人民。只有劳动者和人民，才有资格代表“人”这个称号。当我们提到人本质的时候，我们主要是指劳动者和人民的本质。这样我们就可以理解：由人创造的整个社会财富，统统是人本质的对象物（体现物）。因而，一切对社会财富的享受，都是对人本质的享受；一切对社会财富的占有，都是对人本质的占有。要使人之美成为完善的美、充实的美、有光辉的美，靠艺术靠美学是不行的。只能靠以下四个条件的实现：

（一）生产者与产品的直接结合；

（二）为此，必须首先实现生产者与生产资料的直接结合；

（三）在前两条的保障下，物质生产者与精神生产者充分而饱满的融通与密合；

（四）社会分工的高度合理化，保障人的全面发展，无需多说，社会每个成员都是这种分工中的劳动者。

既然人的一切创造物都是按照美的规律来造型，那么，每个人的劳动都不仅是创造社会财富的活动，也同时是创造美的活动。与此同时，人在自己的创造成果中直观他自己，既是直观伟大的人本质，又是直观无穷丰富的美。从而劳动过程，不可能不同时是伴随审美情味的感性过程和心理过程。当然，这是在人本质无异化的条件下所说的。

如此，生产劳动成为人的第一需要。不论人类历史的发展如何曲折，这种境界一定会达到。而要达到这种境界，就得通过消灭剥削和压迫来消灭异化劳动造成的三大分离——生产者与产品的分离，生产者与生产资料的分离，体力劳动与脑力劳动的分离。因之，我们不能避开人类历史上的三大分离，在理论世界里倾诉我们对社会美的感情。

在阶级社会里，阶级的分化，各阶级内部不同阶层的分化，同一阶级和同一阶层中政治地位、经济地位的分化，家庭的差异，地域的差异，各民族历史的差异和习俗的差异，等等，使人本质在不同深度和不同侧面上发生分化。人的统一的主体性消失了。在阶级社会里，当人以社会主体的名义改造世界客体时，事实上是劳动者在剥削者的统治下，作为受压迫的客体，承担着主体的社会职能。只有处于对立中和差别中的各种人本质的总和，没有“统一的”人本质。从而，任何个人，作为主体，都生活在他同特定社会对象的关系之中。

有必要说明一下：人，是社会人与自然人的统一。我们所讲的人的本质，是使人区别于动物的那种本质，而不是指人与动物交叉着的那种本质，不是指自然人的本质，如饥思食、渴思饮、男思女、女思男、寒思暖、热思凉等等。

因之，对于社会美的分析，不能不落实到对特定主体的社会性对象关系的分析。

什么是社会美？怎样使社会美的定义既保持逻辑上的无例外性，又要同劳动美和自然美的定义取得一致？这是美学至今未能顺利解决的一个课题。而我认为，这个课题的解决，可以从马克思主义的学说中得到指南。

让我们把“历史”这个范畴抽象出来，叫这个范畴充当主体。那么，对历史来说，什么是社会美呢？社会美，是这个主体自身运动中一切合规律的现实性显现。美学所分析的“真”的范畴，其要义当在于此。另外我们一刻也不应忘记，“历史”这个范畴，它又是一种客体；那和它互相因依的主体，是它的创造者——人民。就这一点来说，社会美，又应是历史运动中人民意愿和目的的现实性显现。美学所分析的“善”的范畴，其要义当在于此。综而论之，社会美的真义，应当是真与善两个范畴在现实世界的统一；换言之，社会美，是真与善的统一在社会生活中的直观显现。

当然，世界无产阶级文学史和艺术史的教训告诉我们，决不能把上述结论变成文学创作和艺术创作的“公分母”或“平均值”，正如决不能用各条河流的基本指向代替千差万别的具体路径。黄河是向东流的：这是基本指向。但它避关陇而北折，又由后套劈长峡而南奔的具体路径，在它全程的基本指向上是被扬弃了的。这种扬弃对理论来说是必要的，而对文学创作和艺术创作来说却是片面的和有害的。如果美学不想背弃哲学，如果文学论和艺术论不想背弃美学，它们就应当清楚：对文学和艺术来说，至关重要的还不是实现上述的扬弃，而是让上述的扬弃返回生活的母体，让充满感性内容和心理学内容的、充满生活血肉的性格与事件成为文学艺术中的再生形态，同时成为内涵深广的人对世界的理性直觉。这是对上述扬弃的扬弃。

历史归根结底是由劳动者的生产活动和革命活动创造和推动的。但是历史的运动，又不能不是各阶级、各阶层（主要是劳动阶级）社会运动的总和。在历史运动中，各阶级、各阶层、各民族、各自然区域里的人群，他们之间主体性的差异和对立，实质上，全都产生于他们同世界客体对象性关系的差异和对立。对他们来说，人本质的分化，人本质的差异和对立，使他们在对象世界里所具有的肯定的现实存在和肯定的现实关系，不能不表现为纷繁的差异和对立。于是我们看到，统一的善，消失了；统一的真，消失了；统一的真与善的现实性——即统一的美，也消失了。在这种情况下，人的主体性被人同世界的不同对象关系分解了。这种分解一方面表现为阶级的对立，一方面表现为鲜明而琐细的个性差异。因此，产生在人同世界对象关系中的社会美，不可能不出现十分复杂的异同常变之局。人本质的分化是历史的事实。这种分化导致社会美在性质上和内容上发生相应的分化也是事实。在这种分化面前，我们一不能陷入美学上的相对主义，二不能贸然宣布美的客观性的丧失。

人跟世界的对象关系，有顺，也有逆；有共性，也有分化；有生，也有灭；有发展，也有衰退；有确定性，也有变动不居；有常态，也有变态，等等。因此，对不同人（不同阶级或阶层，不同群体或个人）存在的社会美，必然是有差异、有对立、有生灭、有常变、有新陈代谢的。只有一个权威能够把上述五花八门的社会美的性质统一起来，那就是历史。人类历史的批判性发展，会把上述五花八门的社会美纳入“肯定—否定”的无限过程，沿着克服异化、消灭阶级、解放人类的大道，把它们纷纷改造成与健全发育的人本质相适应的社会美的丰富多彩的历史图像。

这当然是漫长的过程，然而又是必然的过程。这个过程不是靠美学来完成，而是靠社会自身的革命发展来完成的，也就是说，靠共产主义的实现来完成。

共产主义是太阳，美学不过是对着它的曙光鸣叫的一只公鸡。

社会化自然美

在从逻辑上说，社会化的自然，不过是人化自然的总和。在马克思那里，人的对象化，对象的人化，是十分严格的社会实践的命题。根据这两个命题，凡未被劳动占领的自然，都不是人化自然，从而都不是社会化自然。它们的美也不是社会化自然美。

但是，在自然面前，人是主体。这个主体对自然的把握方式，除了实践的方式，还有精神的方式。这两种方式，既相统一，又相区别。人本身是自然界的一部分。人本身，人的社会生活，是从自然界分化出来的一种自然，一种靠人的力量改造加工了的自然。这种自然有人叫做“第二自然”。从历史上看，人对自然的精神把握，最初是在人无力将自己同自然分开时，凭着最初级的认识水平进行的。那时候，人用自己的本质力量延长了自然界，从而创造了观念中的自然神；与此同时，人又用自然力延长了自己，创造了上界诸神和上帝。这是一个例子。它可以证明人与自然的对象关系，除了是人与自己生存环境的对象关系，除了是人与自己生命补给者的对象关系，换言之，除了是人同自己“无机肢体”的对象关系，还是一种十分普泛的物与物的同一关系。从而，人与自然的对象关系，同时是一种十分普泛的精神性的对象关系。人与自然之间物与物的同一关系，人与自然之间精神上的对象关系，就使自然在人的精神世界里成为“为人的存在”。当个人作为社会主体时是这样，当社会人作为个人主体时也是这样。

当个人作为社会主体把握自然对象时，自然对象的本有形式，被寄入社会感受。它原先的美，被忽略了；它的美质是由社会主体所赋予，它使社会人从它身上直观社会人自身。例如杜甫写洞庭湖的两句诗“吴楚东南坼，乾坤日夜浮”，就使人直观到安史之乱以后大唐天下的动荡和解裂。又如他的“感时花溅泪，恨别鸟惊心”，就使人直观到安史之乱中长安陷落后人们对乱离的感伤。当社会人作为个人主体把握自然对象时，情况也是这样。例如苏轼在黄州时期的孤独感，是借孤鸿的凄惶直观到的：“拣尽寒枝不肯栖，寂寞沙洲冷。”再如孀居的李易安从入秋的小黄花上直观到个人身境的孤寂与冷清：“帘卷西风，人比黄花瘦。”要之，人与自然精神上的对象关系，是比起生产实践的对象关系远为宽泛的主客体关系。有人说，这种自然美是一种主观美，一切取决于人对自然的主观解释。这种说法是不确切的。为什么呢?

人的本质是具体的。具体的人本质是由具体的社会生活所产生。人本质，正是人的生命运动，是充满感性内容和心理内容的生命运动。这种生命运动的性质，一方面，取决于人跟生活客体对象关系的性质，包括情态的性质、意向的性质、欲念的性质，等等。因之，对主体（人）来说，并非一切自然物都是他直观自己人本质的对象。只有当某个自然物的直观形式能够充当他精神、欲念、情态、意向等等确定的对应物时，这个自然物和他的关系，才是对象性关系，才是被他眼、耳、鼻、舌、身、大脑等人化感官的实践活动联结起来的对象关系。（在这里，把各种人化感官的活动加上“实践”二字，旨在强调精神活动或主观活动对感官活动的绝对依赖。）在这种场合，社会化自然美，作为一种客体，它的美学性质，并不取决于人的主观对它的解释，而是取决于它的哪些自然尺度，可以使人在它身上直观到自己；换言之，它的哪些尺度，可以使人的感官活动把它确定为直观地显示人本质的一种客体。社会化自然美的性质，实际上是转移到自然形态中的人本质的性质。

这种美是宽泛的，又是确定的；是模糊的，又是明晰的；是鲁钝的，又是精锐的；是游移的，又是稳定的；是偶然的，又是必然的；是相对的，又是绝对的。它作为客体，其所以对主体说来是美的，首先取决于它自身的尺度；其次才取决于它和主体的对象关系。鸟的眼睛必须首先是圆睁的，而圆睁眼睛对人来说又是惊悚的表现。客体尺度和主体尺度的这种契合，是主体进行精神比拟的前提。而这种精神比拟一旦完成，自然客体就获得人的意义和社会的意义，因为它的直观形式，已经成为人本质的翻译。

主体（人）和社会化自然美的联系，一方面建立在人与自然对象宽泛而朦胧的同一性关系中，一方面又建立在人类社会对自然界的支配关系中。人让自然对象成为直观他自己的对象，这正是对自然界的一种支配。不过这种支配是在精神世界里进行的，是通过比拟实现的。

可以这样说，社会化自然美，是在精神比拟的中介下实现的社会美对自然美的支配。

在社会化自然美中，主体和客体之间的对象关系，实际上是两种对象关系的组合。其一，人的特定情态与其社会对象物的关系。在这里，对象等于情态的本源。其二，人的特定情态与自然对象物的关系。在这里，对象等于主体情态的翻译。

这里讨论一个问题：能否把社会化自然美说成“主客观结合”呢？我以为不能。主客体之间可比拟的对象关系，诚然是由人的主观活动来发现来把握，但是人的主观活动只能够发现却不能产生这种可比拟的对象关系。这种可比拟的对象关系是一种客观存在。因此，由这种对象关系所确立的社会化自然美，是以人的支配力为前提的社会性的自然客体。人的主观活动，只能发现它、理解它、把握它、再现它，却不能凭空地生产它。它产生于主客体之间的关系，这一点无可疑者。其中主客体关系靠人的精神活动来联结，这一点也无可疑者。但是无论如何，不能把这种关系表述为主客观统一。我们毋宁说它是主客体统一。

艺术美

在历史上，最与主体（人）的命运息息相关的美，是社会美。人对社会美的主观把握，是以直觉、理解和体验为内容的。这种把握，实际上是人的主观世界对客观社会美的摄取。这种摄取是直觉的，又是理性的；是不脱离理性的直觉，又是不脱离直觉的理性。在直觉和理性两极之间，思维运动的轨道不是概念逻辑的推演，而是在感悟和体验中进行的情理逻辑的推演，从而这种摄取，是悟性的。艺术美，正是通过悟性摄取实现的社会美的再生产。

在悟性摄取中，主体的精神活动，联结着三种精神形式：第一，直觉；第二，感悟和体验；第三，理解和评价。悟性摄取的结果，是这三种精神形式的综合在人的心理世界中产生的蕴含形象活力的理性情态。这种理性情态，古代的中国人叫“志”（《诗大序》），或叫情志（《文心雕龙》），西方叫Pathos（源于希腊语παθos）。社会美（当然要通过真伪、善恶、美丑的冲突来揭示），它在悟性摄取的中介下转化为蕴含形象活力的理性情态（这种理性情态激起的心理反射，中国人叫做“气”）。理性情态与形象活力两相因依。在艺术中，无此则无彼，无彼则无此。当人通过媒体体系的经营最精练地再现出形象的活力，就等于同时实现了理性情态的物化。到这个时候，社会美（生活美）就转化为艺术美。

自然美与艺术美有什么关系呢？自然美是人类获取美的规律的伟大母体。这里面包括人本身的自然生态所具有的各种美质。既然连人的各种生产活动都必须遵循美的规律，那么很难设想人的艺术创造可以不遵循美的规律。人在漫长的历史中对自然美的各种共相（如对称、均衡、节奏、整齐、多样性统一等和谐律范畴）的抽象力和对具体对象再创造的能力（通过模拟），必须要向艺术创造过程渗透，或者说，必须要参与各种艺术媒介体系的经营过程。关于这一点，只要想到美的规律在各种艺术“语言”及艺术程式中的重要意义，就足够了。

艺术美是社会美、自然美、社会化自然美的再生形态。它是一种意识形态，是人审美地把握世界的结果。在艺术中，社会美永远是内容的主轴，其他是边缘的和附带的。在不同的艺术门类中，艺术表现为不同生态。有的艺术就媒介体系来说适合表现联系着形象活力的理性情态，如音乐、舞蹈、书法、诗等等；有的艺术，则适合表现联系着理性情态的形象活力，如绘画、雕塑、戏剧、记叙性文学等等。媒介体系的多样性，直接影响审美意识的多样性和艺术风格的多样性。艺术的审美内容，不但有社会美的层次，而且有不同艺术门类特有的生态层次和媒介层次。媒介层次物化着一切，从而在艺术中，媒介等于内容自身。

有人说社会美是艺术的内容美，这种美和它的规律与自然美和美的规律并不相同。是的，关于社会美，有三个比较流行的公式：一个是“真即美”，一个是“善即美”，一个是“真善统一即美”。有的美学家已经指出：美是真善结合的直观表现。我以为这是对的，因为美必须有它的直观形式。社会美，前文说过，是一种关系美。假如以真善结合为准，那么，顺之则为美，逆之则为丑。在表现社会美的内容时，媒介的美首先在于明净和单纯，决不可“雕虫丧天真”。以此为前提，一切遵循美的规律构筑的媒介关系，既要尽力使自己成为表现社会美的合体形式，又要在社会美之外保持自己独立的美的品格。

艺术美除了联结着社会、自然和人的精神世界，还联结着审美意识的诸多范畴。每一种范畴，都联结着艺术美的特定方面，联结着气、境、功、格的特定内容。

中国传统美学的范畴论是比较发达的。在建立中国马克思主义美学的时候，解决范畴论问题应当参酌中西，为我所用。这是一个大题目。

余论

关于美，我们面临这样的二律背反：第一，在论及自然美时我们说过，美是自然界与不和谐辩证统一着的和谐。美的规律，是和谐律。第二，在论及社会美的时候我们说过，美是真与善统一的直观显现，它的直观形式，不受和谐律制约。

两者都是对的，且两者互不相容。

这个二律背反里，实际上包含这样一个问题：社会美与马克思所说的“人也是按照美的规律来造型”这句话中的“美的规律”究竟有无关系？对这个问题，我提出下列讨论意见：

一、社会生活中一切物质文明的创造物，都必须遵循马克思说的“美的规律”。

二、人本身的形体发育及其动态，必然遵循马克思说的“美的规律”。

三、就“人是社会关系的总和”这个根本性的命题来说，人之美，社会对象物之美，是一种关系美。这种美不表现为形式的和谐，而表现为关系的和谐。这种美的同义词，就是“好”，“善”等等。

在社会生活中，真与伪、善与恶、美与丑的范畴，用和谐律衡量起来，也许会使人感到滑稽。但是，主体和客体的对象关系，难道就没有顺逆之别吗？换言之，难道没有和谐与不和谐之别吗？问题只是，把纷繁复杂的社会关系用和谐不和谐来分析显然过于空泛；然而，如果我们用和谐不和谐作为分析社会关系时的大体指向，又有什么不可以呢？

在对象关系中，主体的确定，就是标准的确定。在确定的主体面前，真的、善的、美的对象，即是和谐关系的对象；伪的、恶的忽然产生了一种情绪冲动，或来了一种感兴、性灵，创作欲望非常强烈。彼时，如果受到外界某种干扰，或是漫不经意，没能及时地把它落在纸上，结果坐失良机，使其归于熄灭。就是说在灵感闪射之顷，未能逮住，让其倏然而逝，令人懊恼不已，追悔莫及。

有经验的文学艺术家，总是千方百计，不失时机地在灵感倏然而至的刹那间，疾放“灵手”去抓住它，并牢牢地按在纸上。其法有二。一是趁热打铁，刻不容缓。灵感一旦来了，必然会激情喷涌，不能自已，恰与长期积聚构思基本成熟的东西合拍共鸣，则应排除一切干扰，克服慵懒习惯，甚至天塌不管，饭可以不吃，觉可以不睡，伏案疾书，一气呵成。此类创作事例不胜枚举。如老作家叶圣陶的《五月卅一日急雨中》一文就是从作者心灵深处喷涌出来按在纸上的。1925年5月30日，英帝国主义巡捕在上海南京路开枪杀死我国示威群众十余人，伤多人，造成震惊中外的“五卅惨案”。翌日，作者怀着满腔义愤，冒着急雨，到南京路老闸捕房门前，凭吊死难烈士忠魂，回来就写了这篇优秀散文。二是添柴助燃，继续加热。欲使灵感的火花不至于稍纵即逝，就要不断地以已有的经验知识的干柴去助燃加热。因为有许多作者往往在灵感闪现时，情绪尚未充分激动，还带有睡眼惺忪的朦胧意志，材料知识积累还不丰富，构思立意也欠成熟，因而发生“卡壳”现象。而此时此刻产生灵感的现场氛围又不能久留，怎么办呢？为了尽量保留现场的氛围和情绪，最好的办法就是用纸笔、摄影、绘画等方式不失时机地将其记载下来，不让它轻易溜掉，而后不断充实酝酿加热，等待火候。老作家峻青在1953年回到故乡，听到火车站外家乡的老乡说话的乡音，备感亲切、激动，很想写一篇东西，却马上写不出来，因当时他仅有“原始的怀乡之情”，其他条件尚不成熟。但他紧紧抓住这件动情的事不放，事隔十年，他重返故乡，被“坚持革命的传统”的“火花”再次点燃“乡音”的“干柴”，火候终于到了，他一个早晨就写出了一篇优美的散文《乡音》。就此，后来他深有感触地说：“十年写不出，一朝写就了。”

艺术分类论

一、音乐论

音乐的本质

音乐起源于原始歌舞，就是说，起源于诗、舞、乐的三位一体。在此三位一体中，诗用它的语句承载审美感叹的内容而居于主导地位。但是不能说，审美感叹中的情志（或情致）即抒情成分，由音乐来分担；审感叹中的形象即造型成分，由舞蹈来分担。音乐、舞蹈和诗一样，都用抒情成分和造型成分承担着浑一的审美感叹。再说一遍：审美感叹是诗、舞、乐共同的内质；诗、舞、乐的三位一体，是诗的语言媒体、舞蹈的身肢媒体、音乐的音响媒体在内容上的共轭。

当审美感叹获得了舞蹈的节奏和律动时，不是用语言，也不是用肢体，而是用音响把它“跳”出来，便是音乐。

音乐是用音响的舞蹈完成的音响的诗，这一点，正如舞蹈是用肢体的歌唱完成的肢体的诗。

音乐的自律和他律

嵇康《声无哀乐论》云：“音声有自然之和，而无系于人情。”他所谓音声，如果专指构成音乐艺术的音响材料系统，专指此系统天然存在的各种和谐关系，则是十分正确的。应当看到，为不同艺术充当媒体的不同物质材料，都有自成系统的天然的和谐律，也就是说，都有不受艺术家主观意志影响的自然和谐律，即所谓自律。正是音乐学家最早提出了“自律”这个概念，在音乐学中，乐理、和声学、曲式学等，都是研究音乐自律。

音乐的他律，亦即音乐的内容律。它的主要内涵，是音乐内容（审美感叹）对音乐自律的统御，换言之，是使音响媒体等于审美感叹自身的规律。这是非音响世界向音响世界转化的规律。研究这种规律，是音乐美学的核心课题。这个课题的主要内容应该是：（1）音响媒体如何承栽审美感叹；（2）音乐用音响的舞蹈作诗，它的情志和意象是如何表达的？（3）器乐的发展，使乐曲的功能发生重大变化的原理是什么？（4）音乐的民族性问题（即音乐的“方言性”问题）。

表情性与造型性的统一

表情性与造型性的统一，是艺术之神给各种艺术下达的总的指令。我们说艺术之神，就是生活。在生活中，当一个人的感叹从心头升起，他会带着生动的表情向你描绘令他感叹的那个对象；或者说，他会在你跟前一面描绘那个令他感叹的对象，一面不由自主地流露他的感叹。这时候，他的描绘是那样穷形尽象；同时他的表情是那样生动而丰富，不仅见于语调，而且见于容色，甚至见于体态。总之，他是用两种东西撩动你的心灵：一种是散发情味的形象，一种是形象散发的情味。这就是表情成分和造型成分互相统一的原初形态。如果这个人的表达任务由音响媒体来完成，那就成了音乐。

在一些人看来，音乐是纯表情的艺术。表情就是感叹，就是人的审美观照引起审美评价增值时在他大脑生理上激起的反射进而外化为感官活动。从表面上看，表情在音乐中可以孤生，可以独存，可以完全是无对象的、独立自足的东西。黑格尔就是这样看的。他说过：音乐是“心情的艺术”（黑格尔《美学》第三卷），他认为在音乐中，由于表情跟客体对象没有任何联系，遂使这门艺术只能表现完全空洞的、无内容的“自我”。我以为在这里，黑格尔将自己降低到音乐厅里一般听众的水平，完全忘记了他在反思论中所显示的彻底的辩证精神。人类哪里会有无对象的心情？哪里会有无对象的感叹？心情，感叹，作为人类精神形态，全都是对象性的存在，全都由人跟外在世界的功利性对象关系获得自己质的规定。事实上，人的心情或感叹产生以后，他的心理活动中必然会有对于来自感叹对象的审美视象的观照。有经验的作曲家在谱写乐曲时，习惯让自己的情绪运动紧密地照应审美视象，例如贝多芬自言他就是这样。

作曲家在乐谱上展开乐思时，他的情绪运动和审美视象的关系有两种。第一种是用音响的节奏和旋律构成的“音态线条”，准确地捕捉客观表象或静或动的“节奏态”和“动律态”。这个过程始终在情绪的推涌下进行。第二种是用音响的节奏和旋律构成的“音态线条”的准确捕捉人在特定情绪运动时主观神情的“节奏态”和“动律态”。

也许有人会问：在作曲家的审美视象隐没时，他的心理状态会不会出现纯属于心情活动的时间段落呢？会的。那么，如果作曲家只截取这种纯属于心情活动的时间段落用音乐表现它，是否行得通呢？行得通。那么，照这样说，应不应该承认黑格尔把音乐说成“心情的艺术”是有道理的呢？应该承认他的说法在此种情况下有道理，但必须补充说明，即使在此种情况下，源于审美客体的那些神态视象的节奏态和动律态，也是乐曲中“音态线条”或“音态网络”的“内壳”。

（在这里，把本文使用的几个概念注释一下：“音态”，在诗与乐合体的歌曲中，它是语态的重影，其内涵是情态或意态；在摆脱歌词以后的器乐曲的发展中，它渐渐远离语态而直接充当“神情态”和“境象态”的音响外壳。但是，音乐语言的民族性及其在节奏型和旋法上的表现根子还是在民族语言的语调或语态上。“音态线条”这个概念表示：在一维运动中即在时间中展开的旋律线，它的性质和功能全集中在一个“态”字上。“音态网络”则表示音乐家为了表现心潮涌流的势态或者为了表现境象的群态，使用交响手段冲破一维性局限的努力。）

音乐是时间的艺术。当音乐家怀着抒情的心境描绘审美视象时，已经把审美视象的四维性（三维性加时间）转换为音响媒体的一维性。他们在作曲或者演奏时，以自己的艺术经验和对音乐语言的理解力作为审美意识背景，用贯注了情感体验的音响的舞态，梗概地、富有神采地完成审美视象的一维化复制。这是音乐艺术的它律对自律主宰或统御的本质特点。概括地说，音乐创作过程的实质，是通过一维化的音响的舞态完成音响的诗。正是将四维性转化成一维性这种机制，使审美视象之“态”的成分得到突出的显现，而使其具体的形象性变得模糊而又缥缈。线性的“态”的抽象，使审美视象“类化”了这种情况，使作曲家本人以外的任何人都无法在心理上复原他的审美视象；人们至多只能借助“类化”这个环节调动经验与想象，将乐曲中对应着各种表情的“态”与“势”的信息，转换为类似的审美视象。这就是说，“类化”这个环节使音乐的造型成分失去了特指性。它成了公用的“被窝”，只要是同类的神、情、境、象，脚洗干净了都可以往里钻。试想一想，中国戏曲音乐里的大量曲牌，不都是这种“被窝”吗？

音乐的风格

就人类音乐艺术的总体而言，各民族的音乐语言都是方言。各种音乐方言之间的差异，通过节奏型、旋法、曲式的特异性显示为民族风格。民族音乐的方言风格，不单单显示其形态意义，还为民族气质、民族性格、民族作风和民族气派充当音响外壳。另外还应看到，在同一民族不同的方言区，音乐语言又会是方言中的方言。例如在中国广大的汉语区，各地民歌和各地戏曲音乐的风格差异就十分明显。

音乐风格作为音乐形态的独特性，还在不同功用、不同源流上产生的不同体裁中显示出来。例如《诗经》的“南”“风”“雅”“颂”等诗风的差异，在很大程度上导源于功用的差异。在歌曲中，曲调是语调（即语态）的重影。据此推知：颂用于宗庙，故应谨敬而沉缓；雅用于朝堂，故应典重而多思；二南（周南、召南）用于“天子房中”（后宫日常生活），故应温雅而深蕴。“二南”以外的风，用于各种非正式场合，由于是十几种地方曲调，故应活泼而多彩。

音乐的个人风格，一是指作曲家的个人风格，二是指演奏家的个人风格，三是指歌曲演唱家的个人风格。音乐家个人风格的形成，以他的个人才性或气性为转移。他的才性或气性首先决定他对生活情味（趣味、意味）的选择——当然，这是在民族风格和时代风格中纯属于他个人的一种选择，其次决定他在音乐语言运用上反复出现的特有的感受习惯和表达习惯。在人类的艺术中，乐感从语感止步的地方起步。在音乐家的个人风格中也是这样，他的乐感总是从人们最通常的乐感止步处起步；比方说，德彪西的乐感，是如何从他前代大师的乐感止步的地方起步的呢？他对不谐和和弦的不予解决，使“不谐和和弦”这个概念在他的院墙内失去意义；在和弦的使用上，他要使人们感到，连改革派宿将瓦格纳的和弦都成为“陈词滥调”。让个人风格强力地闯入“独一无二”之境，这与他在批判传统方面放纵自己偏激的气性分不开。在音乐领域，个人风格产生的逻辑轨道，仍然是偏取性加独创。气性的独特性决定偏取的独特性，自然也决定独创。

在西方音乐的现代思潮中，各种叛逆性倾向的实质，都是继续与歌疏离或诀别，都是要从乐感中减去歌唱感，诸如不谐和音的解放，“无终旋律”对传统“四句式”的冲毁，器乐化特点的高扬，对和声的至高无上地位的挑战，对大、小调体系的挑战，“打倒小节线暴君”，织体的不谐和对位，配器线条化和音色个性化的结合，等等，均属此类。这里有一个问题：对歌曲的摆脱，曾使欧洲古典音乐中的室内乐和交响乐由于表情功能和造型功能的扩大而显示出空前的艺术表现力。但是，对歌唱感的摆脱，让音乐斩绝与语调或语态的联系，把音乐变成可以在任何偶然的情绪片段上放纵天性的野娃娃，那就会有若干危险：其一，容易导致新的概念化；其二，容易把音乐的自律体系弄得遍体鳞伤；其三，容易将古典音乐中弥漫的社会人生的热气丧失殆尽。音乐媒体的自然和谐律，尽管它本身无所谓哀乐，却因为它至少在五千年人类文明史中一直紧贴着人情世界的皮肉而带着生活的体温。只能扩大新的和谐，而不能失志瓦解它。不谐和音与不谐和和弦只有在修辞性的对比和非常必要的音响造型中使用，才容易被人民群众所接受。

让音乐带着人情世界的温热走向人民。

二、书法论

书法艺术的本质

世界各民族的文字，在书写上都有美的追求，但是唯独汉字的书写成为一门艺术并发展为泱泱大国，这是什么原因呢？

从殷商时期的甲骨卜辞看来，汉族的先祖在让文字发挥语言符号的功能时，从一开始就按照美的规律来造型；到了殷商时代的中期和晚期，汉字里头均衡、对称、整齐一律、多样化统一的各种和谐尺度，已经形成卜师们稳定的审美意识。这就是说，字的造型从一开始就有两种功能，一种功能是充当语言符号，一种功能是给人以形式美的愉悦。这是书法史上最早的一分为二。面对这种一分为二，我们找到了书法艺术的第一层含义，那就是人在书写汉字时，在线的运动与组合的各种形式关系中运用美的规律的造型技巧。这是书法一词最普泛的含义。在这个意义上，书法的艺术性，事实上是语言符号的工艺性；和它对应的，是人对工艺美的审美心境。

书写的工艺性，即是书法艺术的自律性。这种工艺性在甲骨文、籀文、小篆、隶书、章草、楷书、行书、草书等不同书体中，形成了形式美规律在数万汉字书写中极端丰富的运动轨道，或者说，形成了极端丰富的自律性轨道。这些轨道是可以类化的。在对这些轨道的分类中，可以看到不同书写体式对书写工具和书写方式的不同要求，可以看到各种书趣之间异、同、常、变的生动形态。

书法史上第二次一分为二，是书写者个人意态与心性的介入引起的书趣的分解。这种分解，可以说成书法艺术自律与他律的分解，显示着他律对自律的强力的统御。这种分解的前提，是书法的艺术功能的逐渐强化和对实用功能的逐渐挣脱。那目的，是使字的点画、使转等等统统成为意态的信息和精神活力中大的性格倾向的信息。精神活力中大的性格倾向，就是古人称为“气格”的那种东西。它是个性状态的“情性”，是个性状态的“气”，是个性状态的“神”。

为什么使用“大倾向”这个概念？因为书法艺术的抽象力很强，它不仅超越了一切自然人事的物象，还超越了人的七情——喜、怒、哀、乐、爱、恶、欲（或：喜、怒、忧、思、悲、恐、惊）。它在抽象级别上超过了舞蹈，也超过了音乐，直指气性的直觉。

书法的自律与他律

在各门艺术中，基础理论的学习和基本功的训练，都是为了精熟那些艺术的自律。书法家对碑帖翰札、真草隶篆、颜柳欧赵的临摹有时达到退笔如山、池水尽墨的苦境，意义在哪里呢？这样做，除了能够让他随时饱餐笔趣之美，尤其重要的是能够在手、腕、肘、臂与笔的共同运动中实现笔的解放，使书法的自律充分地储入笔的功能，充分地化为笔法。在书法中，笔法的意义，是接引他律，是在书写的王国为心性的介入打通一切轨道，是将书写过程中可以熟练掌握的形式美规律彻底化作精神媒体的手段与功能，使之彻底服务于书法家的生气灌注。

生气灌注与艺术自律的功能化，是书法美学的关键内容。这个内容的展开，应该得到审美心理学和实验心理学的帮助。这里只能根据书法、音乐、舞蹈创作中比较类似的心理经验（这些心理经验主要来自一些艺术家的夫子自道）发表一点粗浅之见。从笔法谈起。笔法成熟的标志，是笔致的产生。有了笔致，就可以拓展笔墨意趣的多种境界，笔法也因之进入自觉（当然，这种自觉是悟性的）。只有当笔法达到了这种自觉，书法才可以突破语言符号的工艺美范畴，透彻地融通主体的精神境界。也只有如此，书写主体（书法家）才可以在兴至之时，让笔墨之线的律动像音乐之音响的律动、舞蹈之形体的律动一样，成为意态与情势的律动，使笔墨以字形为依托，通过线性的态与势的抽象，将人的生命活力中的性情或气格，泄露于点画和使转，如同春光泄露于柳条。

一个书法家如果做到了退笔如山、精熟自律，那么他的创作只依靠两个字就够了，那就是“兴至”。兴至则得神，得神则能使意到笔随的境界特别出彩。神指的是生命活力或者精神活力，笔下得神，情性、气格自然会淋漓洋溢于纸上。

在书法创作论中有一个问题需要加以解释：既然性情、气格的墨线抽象，超越了七情一级，也超越了它们自身任何具体的对象性这个级别，那么它不是过于让人们感到玄之又玄、众妙无门了吗？它不是过于让人感到“高处不胜寒”了吗？事实上书法是带有人间烟火气的。它还是以社会人生的体温作为自己的体温。被它超越过去的七情和性情、气格的具体对象性，就在它的身影之下，那就是书法的语义蕴含所充当的底衬。历代贤哲胜语、诗赋词曲、篇言铭文、佳联隽句，包容着丰富的神、理、气、味、趣，包容着丰富的境象和情感。它们很能够开启书家兴会，其中情态、意态、境界、格调，很容易对准书家意态、性情和气格的轨道，只要二者意趣相摩，它们的大倾向不难一气融贯。

书法的体式与风神

书法的体式在形成的原因上较为多样。彩陶的纹饰，证明了早期的软笔与墨的使用，但是甲骨文是契刻而成的。商周彝器铭文，先反契于泥模，后翻铸于器壁。制模时先用朱笔反书，翻铸时工艺精审，避免了涨缩湮漶。在甲骨文和彝铭当中，都有极超绝的书法珍品。似《毛公鼎》的豪迈与奔放、《虢季子白盘》的沉稳与俊健这种不仅超越了实用而且也超越了书法自律（无穷的形式美关系）的作品，在甲骨文中同样可以遇到。郭沫若说过：“……存世契文，实为一代法书，而书之契之者，乃殷世之钟、王、颜、柳也。”（《殷契粹编·自序》）“也有持异议者，说；“……甲骨卜辞的书法尚属萌芽状态，恐怕还不能成为艺术。”（安旗《书法奇观》第18页）哪位说得对呢？在卜辞拓片中，除去笔画关系包含的形式美所唤起的赞叹，也常常可以见到书契作者本人心性、意态的介入，从而进一步产生对各种不同气格的感叹。故当从郭说。有趣的是：甲骨，彝铭，秦篆，汉隶，魏楷，对后世应用毛笔的书法家有巨大的影响。清代以来，包世巨、康有为、于右任等力倡碑学，用碑书的伟力攻治宋、元、明书法的骨弱乏气和肆意放纵，纠正赵孟頫、董其昌辈招牌下末流书风的俗媚。碑学的道理在于：大篆小篆纯用中锋，纵横转折全如歌唱家用丹田之气取歌声的共鸣，明净圆转而力不稍懈；汉碑魏碑的力度和雕刻感，又是甜、软、熟、腻、轻、躁、浮、薄的天敌，它们带着虎虎的生气启示后世的书法家们，在遒劲雄浑的大局面中表演出严整与散逸、沉稳与清俊、厚重与流丽等等风骨兼胜的心神的乐舞。

然而帖学流弊本不在帖，而在流风的衰变。宋、元、明三代之宗于“阁帖”者，固不乏风沉骨峻的大家，告诫人们书法艺术欲取高格，不必万毫齐力地用傻劲的，乃出于帖派的慧眼。作为帖派标本的一些书法家们，在楷书、章草、行书和草书笔意的丰赡与笔趣的灵妙方面，做出了重大的贡献。康有为在沪上教授书法时，说他要打苏轼四十大板，而他自己的书法却因一味圆劲而失去许多意趣。这不是教训么？馆阁一体，最遭诟病，遇启元白之振拔而格力俱备，终得化腐朽为神奇。这不是经验么？清代文论家将阳刚与阴柔对举（姚姬传、曾国藩辈），希望它们相攻而互成，这对碑学、帖学的彼此参同，本来是应当有所启发的。惜乎，分野之森严也。

要之，碑学和帖学告诉我们一个共同的道理：篆、隶、真、行、草诸种体式，只要功夫到家，皆可以得性情、意态之真，皆可以得风神之飞动。

书品

古人评书法，或分神品、妙品、能品三种，或分神品、逸品、妙品、能品四种。这里用的“品”字，是品类兼品级的意思。通过碑帖翰札的大量临摹，各种体式中丰富的形式美关系都能够在书法创作中表达出来，这就是能品。如果曲达意趣，时出灵妙，则为妙品。当今书法家的作品中，多数为能品和妙品。能品之中，甜熟之作，等级最次。妙品之中，得深沉、遒举之势者，等级最高。所谓逸品，指举意超远、笔致影随而卓然不群者。入此品者，必须以沉雄豪迈之根本，送飞举远扬之枝条，引天风而摇曳，逗流云而愈闲。至于神品，指万法皆合而令人忘其法、忘其能、忘其妙、忘其逸，摒绝纤巧、洗尽风华，在高度的朴素中与之神气相化者。认真说来，逸品是神品的一格，它也是和徒务妍妙不相入的。

有人说，书法是最高的艺术。所谓最高，只意味着它的抽象级别很高（再高就成“气功”了）。它的抽象达到的境界有两个层级：其一，是包容在阳刚范畴中的诸种境界，如雄浑、遒劲、峻峭之类，和包容在阴柔范畴中的诸种境界，如婉丽、清秀、灵妙之类。当然，更包括二者的兼取。其二，是依托上述两种精神范畴表现出来的性情、意态或气格这种精神境界的大倾向。书法艺术让这些最难把握的、最难诉诸直观的心性的内容，能够在摆脱物象造型和语义、语境的情况下变成可以直观的东西，实在了不起。但是，书法所达到的抽象级别，诗、画、音乐、舞蹈、建筑、雕塑，都能按自己的方式达到。艺术神品达到的抽象级别，是相同的。艺术不存在越往后越高级的历史，也不存在抽象力越大越高级的道理，这是因为艺术的总的精魂是诗。在艺术王国，诗君临一切。古今书法的逸品和神品，多出于能诗文的饱学之士兼聪颖善悟的苦才。这是多数书法家能够看到而达不到的。没有伟岸恢宏的气格，没有富厚的文化底气和诗才的托举，就没有能品和妙品向逸品和神品的飞跃。假如一个人熟练的书法技巧，不幸只能同俗浅的胸次、卑弱的文气相伴随，那么不论他如何巧窃四海之名，也只能终老于能品之境。有些热情空洞的青年，沉迷于笔趣的意态之妙，却在学问与训练的苦海面前畏葸却步，转而咬牙鼓努于心造的捷径，其结果是陷溺于“力”的崇拜和做作出来的丑拙与狂怪。丑拙和狂怪要中得心源才算合理。宋代苏、黄及清代郑板桥辈偏取倾欹一路，那是一方而同唐代、明代书风末流的熟、僵、腻、软赌气和吵架，一方面显示自己抗时俗而不偶。他们的功力和学问，都是很渊深的。另外有人追求书法艺术最高的艺术抽象，要割弃语义、语境的困扰和缠缚，又不愿意从国内外最有审美潜力的陌生文字中借取母本，结果只好扔掉汉字直取笔墨气韵。这种意图不难理解。这是要让心灵世界非理性状态的非理性信息，以最纯粹的视觉形态刺激人的直觉，以期唤起人们本能的心理反射。这种追求如果加上色彩心理学的帮助，会和绘画中的类似追求同声相应，成为让上帝拉车的艺术。但是到那个时候，书法也就被取消了。在艺术之神的小本子上，写着这样一条真理：所谓“最新等于最高”的公式，是十分荒谬的！

三、诗论

诗的本质

诗是各种艺术的灵魂。诗不仅如艾青所说，是“文学中的文学”，它还是艺术中的艺术。当人类用最直接的思维形式（即语言形式），不仅能够捕捉感叹、表达感叹，而且还能够在心理上复制感叹的时候，诗就诞生了。人的审美活动导源于人在心理上对感叹对象的复制；而复制感叹对象的目的，是复制感叹自身。当人世的感叹一旦变成可以在心理上复制的东西，它在性质上就转化为审美感叹。从这一点上看，艺术的目的和诗的目的是一致的。诗是什么？诗是人类用最直接的思维形式（即语言形式）把审美感叹的复制当作直接目的的艺术。亦唯如此，我们才说，诗等于审美感叹自身。诗是审美感叹最直接的存在方式。各种艺术跟诗的差异，在于由不同感官活动在各自的物质对象中开拓和伸延的、审美感觉的不同运动轨道，以及由这些轨道构成的不同媒介体系。就审美感叹是它们共同的内质这一点说，诗是它们共同的灵魂，正像货币是一切商品共同的灵魂一样。

那么是不是审美感叹加语言媒体就等于诗呢？从逻辑上说，的确如此。但是从发生学的角度说，从历史上说，又不是如此。诗最早是舞乐歌词，它是在边舞边歌中唱出来的。在中国古代，诗的本质被概括为一个“志”字。志是包含着意欲、理解、评价等等理性因子的情感。这种情感，就是我们称作审美感叹的东西，后世又把它称作情志（《文心雕龙》）。当代文论家王元化将它和西方美学中的Pathos相对译，要比朱光潜将情致和Pathos相对译在语义上更加完足。从训古上说，志、诗、辞、词四字，是同一个字的不同语音形态；它们的区别，标志着“诗”字声母由“Z”而“C”而“S”而“sh”为演变。在汉字中，诗最早从“士”字得其声义〔闻一多训士为止，故通“志”字。后来“诗”字又与“持”字互借（如《周礼》言负子之礼，将持负之书作诗负之)；而《谷梁传》则将夏取诗（按：国名）书作夏取持〕。在战国时期，楚诗作楚辞，跟“诗”、

“持”二字同音互借的现象恰相榫接。“诗”字的声母后来在北方个别方言中又沿着由S而sh的轨道变化，而“辞”字的读音一路延续下来以致又有了词字。在中国古代，诗曾几度从歌词转变为带有人工格律的文人吟诵。这种情况出现后，歌词仍然源源不断地发展，于是有了诗和歌词的分立。在诗成为文人吟诵时，它的格律就离开了歌唱旋律变成了人工设计的吟诵旋律（如五、七言律、绝的格律和一部分文人词、曲的格律）。“五四”以后，新诗崛起，尽管还有不少人对民歌的歌唱旋律和旧体诗词的吟诵旋律深深迷恋，新诗语言的口语化，它在适应各种思想感情、各种感受方式和表达方式上显示出来的自由与宽活，都是民歌和旧体诗词无法相比的。我们举中国诗为例，意在说明：对诗的本质作历史的表述，不应丢开它在历史上产生和演变的形态特征。应当看到至少在数千年中，诗是作为舞乐歌词和吟诵性文体存在与发展的，以讲究节奏和旋律的精粹语言作为媒体的审美感叹。在中国，只是到了“五四”以后，才由于扬弃了语言形式中的舞乐成分，渐渐出现了诗的裸体。

诗的创作

诗的创作，起于感叹、止于感叹的复制。这就决定它不是冷静的艺术，决定它的创作过程，是一种生命运动的过程，是生命燃烧和蒸沸的过程。在茫茫天地之间，人的感叹产生于他同现实世界各种达到了紧张状态的功利性对象关系，产生于他在这种关系中发生的理解性和评价性的情感波动；或者说，产生于他对这种关系的感悟。古代中国人从情感发生学的角度研究诗的本源，是很对的。钟嵘说：“人秉七情，应物斯感。”（《诗品序》）所谓七情，或指喜、怒、哀、乐、爱、恶、欲，或指喜、怒、忧、思、悲、恐、惊。应该说，它们概括了一些人世间最为常见的功利性对象关系在性质上的区别：善则喜之，恶则怒之，失则哀之，得则乐之，美则爱之，丑则恶之，善与美之不得则欲之，困则忧之，远则思之，险则恐之，猝然临之则惊之。这些不同性质的对象关系，产生不同性质的感叹。在诗的创作中，感叹的复制，自始至终要带着热切的体验反观产生感叹的生活原型——这些生活原型有时看起来会是纯粹的客体，有时看起来会是纯粹的自我，实际上全是人与外界的对象关系。带着热切的体验反观生活原型，目的是深入地开掘可以被感觉活动和心理活动捕获的那些能够引起情绪迸发和感荡的逻辑内容。这种逻辑内容是悟性的，是可以被感觉、被体验的感性与理性的合体；它的被悟知，在心理感受上是逻辑内容与情绪的蒸沸与燃烧二者的统一。二者的关系，就是悟性世界里意与气的关系；其中意是情绪化的逻辑，气是逻辑化的情绪。所谓情志，所谓Pathos，实际上就是这样两个侧面的合体。它充满生命的活力，没有它，诗就没有生命。在诗的创作中，意不孤生，气不独存。气一旦盎荡于胸，意也会随之盘旋；当此之际，诗人之事分解为如下两种：一种是观照生活原型，直接地以意取象，通过“神气灌注”或者通过“凛之以风神”，构成实在性意象体系（如杜甫《北征》）；一种是间接地以意取象，通过

“神气灌注”或者通过“凛之以风神”，使比喻、象征、拟人、拟物、神话典故的活用、人神共居的幻想等等构成虚拟性意象体系。这种虚拟性意象体系，靠了激情和艺术信念的支持，对于被它埋藏在底层的实在性意象体系来说，是一种强力的投射与提升，如屈原《离骚》、李白《梦游天姥吟留别》、艾略特《荒原》。在许多情况下，诗歌创作中直接的以意取象和间接的以意取象，二者互相驱动。其间，两种意象体系的形成过程，在心理上都存在着两极性分解的趋势。一方面，象的声色形貌会趋向态与势的极化；一方面，意的逻辑内容会绽破悟性的直观外壳，趋向理性的极化。这就有了两种“物极必反”的互逆：意的极化会造成意或气向态与势的灌注与鼓荡，象的极化会造成态与势对意与气的颖锐的、富有活力的显示。心理上的这种互逆，在体验中即所谓张力。而那结果，则是使形象的态成为意态，使形象关系中的势成为情势。以上所论创作过程，带有典型性，其任务，是通过意态系统和情势线二者在心理上和感觉上的互相烛照，准确而饱满地实现各种激化状态中的审美感叹的复制；那艺术的果实，便是意境。事实上，诗的形态在多数情况下是不典型的。例如在一条情势线上展开的心灵的独白，或随着激情的喷薄，或随着幽思的蜿蜒，出现在诗句中的往往是意象和意念的穿插推进。在这种情况下，以意象大于意念者较胜，并且无论如何也要以诗人自身的抒情形象结合全局，使作品在整体上实现意境化。

诗的创作过程，自始至终要在语感的轨道上进行，并且最后凝聚成足以等于内容自身的、单纯简洁明白的、如歌的语言媒体。

在诗的创作中，诗人自己的生命活力和意象的活力是合一的，所谓“神气灌注”，所谓“凛之以风神”，就是要造成这两种活力在诗中的合一。为了达到这个目的，诗人语感活动的轨道，搭筑在态的系列上，如同采茶姑娘手指舞动的轨道搭筑于一系列的芽尖。在这方面，诗的创作和音乐的创作在原理上非常近似：情与意的抒发，既随神态而婉转，也随物态而翩翻。在诗中，意象的活力，是为神；由意象引发的意象之外的精神波动，是为韵。当深远的意味和情味在传神的意象中贮入了信息，令人游心于意象之外时，韵就产生了。

诗人

诗人是社会情绪的器官。

一个社会不能没有诗人。因为让会各阶层，各阶级的人，作为社会上不同的精神实体，都需要人情世界里神、理、气、味、趣的喂养，都需要情志的鼓荡，各种社会主体，都要有自己情绪的器官。最早的诗人，产生于掌握权力与文化的阶级，因为只有这样的阶级掌握着剩余时间和文化。历代的大诗人，是从这种阶级的高级文化层产生的；特别是从其中的哀怨者、抗议者、批判者当中产生的。

在各个时代，大诗人的品位是如何确定的呢？

第一，他应是具有批判性格的、胸襟宏大的思想家。他的艺术的自我，应能冲破狭隘的个人局限，在人民命运的鼓荡中获得巨大的扩张。对他来说，诗的血脉之搏动，能够接通他那个时代历史的大冲动力。在历史的转折期，他要站在先进的社会力量一边或新生力量一边，他要以真诚的人格力量承受人生的磨难和时代的阵痛，以炽烈的热情和深沉的思想力帮助历史脱毛。在他的作品里，你找不到利己主义者低弱的虫鸣和势利小人柔媚的猫叫。

第二，他要通过“吃大师”继承本国及外域最高档位的诗的传统，包括继承那些蒸腾着现实生活热气的、积极入世的诗学理论，为自己的诗歌创作准备高品位的审美意识背景，在网捕和复制各种审美感叹时，使自己的诗思和诗艺卓然自立于当代诗林。

第三，他要在每一首诗的创作中，实行最严格的自我监测；要把提高诗艺的杠杆支点，选在大师们的肩头。他应是自己时代广大人民忠诚的儿子；同时，他又能以战士的姿态扫荡庸俗的世风。他决不让自己的作品成为杂七杂八的平庸感叹的录音带，他决不扬扬自得地沉浸于各种琐屑的感情的鳞片搅动起来的杯水波澜。他的一生追求两个东西：一个是人品的高质量，一个是作品的高质最。为此，他不惜忍受最难堪的痛苦。真正的诗人，第一义的诗人，他对诗的态度是四个字：生死以之。

第四，他要走自己的路，勇敢地、坚定地把握自己的襟抱、气格、人生目标和艺术追求，沿着偏取性加独创的道路结结实实地、自自然然地培养他的个人风格。在这个过程中，他还通过有意识的取其反而制其偏，通过广益多师，使他的个人风格渐渐形成多样化统一的宽阔的格局。

诗品

中国古代的风格论，常从气与境两个侧面展开风格的品类，并且大体上承袭了《文心雕龙·体性》中关于才性或才气与风格境界“表里必符”的原理。诗人“禀气不齐”，气质上各自殊异，这一点，决定着他们才能发展的指向、偏取传统的指向、作业习惯的指向、通过神与物游实现“人—对象化”的指向，必然也是各自殊异。这就是作风上的殊异。作风就是才性，作风的贬义为习气。现代文论家喜欢引述布封的“风格即人”，乃是依照一种习惯将作风当作风格的同义语。实际上中国传统文论还培养着另一种习惯，即将风格论的终点确定于由作风和外境的统一中介着的艺术境界的品类，如雄浑、豪放、劲健、粗犷、冲淡、超逸、缛丽、清新、柔婉、纤密等等。对于境界的品类，有人作了两极性的区分，或标举阳刚、阴柔两大范畴，或标举豪放、婉约两大范畴。实际上诗人才性或作风内在的对立统一，会使诗歌境界中两极性品类交互渗透。例如阳而柔者有之，阴而刚者有之，雄而秀、壮而丽者更有之。若将古来诗品、画品、书品中的两极性范畴作深入的开掘，则可在诗海中发现更多的境界品类。譬如雄浑，司空图说它是积健为雄和返虚入浑两个侧面的统一，但它本身又可以分割：雄健与清丽二者统一，可以为清雄（苏轼就用过这个概念）；浑与纤二者统一可以为虚渺，浑与远二者统一可以为混茫（杜甫写诗，喜欢用这种境界来收尾）。要之，当诗人的才性或作风内化了外部世界各种境界的品类，又通过创作过程将它们外化为语言媒体时，诗的境界品类便产生了。才性或作风，中介着气与境的统一，是诗人在气与境谱中显示个人风格的关键之所在。

应当看到，诗人个体风格并无纯粹形态。它总要以时代风格、民族风格、流派风格作为自己的背景。作为背景的这些风格，属于类群风格，它们与诗人个人风格的关系，是两个变量之间的函数关系——相对而言，前者是自变量，后者则是应变量。

四、舞蹈论

舞蹈的本质

舞蹈没有自己单独的起源。在诗、舞、乐三位一体的远古，诗是舞、乐内容的共轭，而舞是歌（诗乐合体）的重影。舞者即歌者，他们用自己的形体，演示歌中的表情和造型；用歌的节奏和旋律，把自己的形体动作加工成舞动。当人类用语言和音乐共同完成感叹的复制时，就有了歌。用身子跟着唱，就有了舞。千古一理，能够把含有诗意和激情的乐歌用身子唱出来的艺术，就是舞蹈。

舞蹈是形体的乐歌，是形体的诗，是用形体表达的审美感叹。它是诗的家族里最为美丽的艺术，因为它用美丽的人体实现审美感叹的复制。

舞蹈的自律

舞蹈的自律，指的是人体结构和人体动作的自然和谐律。在人体动作中，自然和谐律藉以显示的轨道，是由有节奏、有律动的巨量舞动拓展的。或者说，舞蹈的自然和谐律，是藉巨量的舞动显示的。舞蹈自律在舞动构成中的显示，和音乐自律在音响构成中的显示，两者的轨道有一种平行的重影关系。或者说，舞蹈节奏和律动的和谐性，跟音乐节奏和旋律的和谐性，是互相平行的，前者是后者的重影，的确如此。在这里，四维（三维加时间）的舞蹈是一维（时间）的音乐的重影。另外，在具体的舞目中，舞蹈的语句结构，是音乐的语句结构的重影。应当看到，舞蹈、音乐、诗歌三者，当它们在歌舞中共居一体时，它们的艺术自律在媒体构成中的显示，是平行的和重叠的。在古代的诗里，节奏、韵、平仄律或抑扬律，全是舞和乐的投影。舞和诗、乐不同的是，它只能用人体充当艺术媒体，它的诗化和音乐化的词语，全部由人的肢体“唱”出。它把人的头面、指腕、肩臂、胴体、腰臀、腿脚全都改造成富有表现力的词语的仓库。它的丰富的词语，主要来自舞者对于生活中众多动作语言和众多表情语言的哑剧式模拟；它们在音乐节奏和旋律的范铸中形成写意化、符号化程式，并且在“修辞”上经常使用“态”的夸张。

艺术自律的教育，见于各艺术门类的基础教程。乐理学、和声学、曲式学、语法学、诗律学的成果，对于舞蹈自律的研究，应当有一些启示。我们有理由期待“舞理学”的出现。在资华筠、王宁、资民筠、高春林四位学者撰写的《舞蹈生态学导论》中，探讨了舞蹈语言、舞蹈言语、舞词、舞词组合、舞蹈语汇、舞蹈语汇系统等概念，并且由资华筠教授本人在她所撰写的《舞蹈形态分析》中出示了如下纲目：（一）舞动——舞动的节奏型、呼吸型、步伐、显要部位动作；（二）舞畴——同一时空限域中不定值的舞动，它是具有同一表意基质的、在一个取値范围内表示某个中心舞动的不等值的一簇舞动；（三）舞畴序列——依时间顺序组合起来的两个以上的舞畴，由典型显要部位动作、基本节奏型和基本步伐三者构成的典型舞畴加以确认；（四）舞畴序列结构类型——舞畴序列组合的不同式样。一般依照循环体构成状况及循环体内部结构状况分作单舞畴循环序列、复舞畴循环序列和非循环序列等类型；（五）动作类型及转换法；（六）舞目——有相对稳定样式的、有始有终的舞蹈，可以把它看作一个大的舞畴序列；（七）同形舞目类群——由典型舞畴、舞畴序列结构、部位流程转换法、舞者关系和舞具诸方面相似度高的舞目归纳而成的舞目类群。从她所说的舞词到舞蹈语汇系统，从舞动到舞目，我们看到了人体按照自然和谐律造型的梯式结构，看到了舞蹈艺术的自律体系；或者说，看到了舞蹈艺术独具的“工艺美体系”。人通过巨量的舞蹈实践在自己肢体上探寻和拓展的所有形式美运动的轨道，在这个体系中包罗殆尽。需要说明的是，正像音乐语言带有方言性一样，舞蹈语言也带有方言性。

舞蹈的创作

艺术创作的原理平行于艺术发生的原理。在诗、舞、乐三位一体的发生时期，既然诗的内容是舞、乐内容的共轭，既然舞是乐的重影，那么，诗和乐就必然成为舞蹈创作的前提。不仅如此，舞蹈艺术的内容还应是以人体舞动为媒质的音乐化的诗。不言而喻，由脱离诗的内容的音乐伴奏的、脱离诗的内容的舞畴序列组合，在艺术上只具有工艺性，它可以非常美，但是它的美充其量只是工艺美的极致。以人体舞动为媒质的音乐化的诗，它的创作并不能由舞者单独完成。尤其应当注意到，一个能够使舞蹈大师的才华获得充分发挥的舞目，事实上常常由三位大师共同完成。例如由乌兰诺娃主演的芭蕾《柔密欧与幽丽叶》（用曹禺译名），那舞思和舞畴序列的展开以及乌兰诺娃本人令人惊服的表演，是以大诗人莎士比亚的剧情和大音乐家普罗柯菲耶夫诗意盎然的作曲为前提的。从美学原则上说，舞蹈艺术的他律对自律的主宰或统御——诗或者审美感叹强力支配舞蹈自律使之充当自己的人体运动外壳，呈以音乐对诗的艺术体现作为中介的。舞蹈创作者必须清醒地意识到：诗思、乐思、舞思三者在舞蹈艺术的内容上永远互相平行而又不可分离。不同的是，由于舞者身子一动，即是造型，因而舞蹈艺术只有非再现成分，没有非造型成分；诗与音乐表情与造型的二重性，到了舞蹈里转变为表现性造型与再现性造型的二重性。

舞蹈创作者心中有了诗的搏动或者审美感叹的搏动，便有了创作活动的起点。这之后，他要不停地反观生活原型，使自己的舞思进入以下两种轨道中的任何一种，或者交替地在两种轨道上行进。第一，观照生活原型以意取象，产生再现性意象造型，由一段兜足情味或意味的生活细节作为动作线，把舞动中一个个意象造型串连成完整的舞目；第二，观照生活原型以情取态，产生情态性造型，以情势线（情绪的逻辑线）作为动作线，把舞动中一个个情态造型串联成完整的舞目。再现性舞蹈造型，有表现性成分灌注其间。为什么呢？因为在艺术的反映论原理中，再现是表现的性质，表现是再现的目的。表现性舞蹈造型，并不完全是人体舞动时对各种情绪的机能反射，更为常见的却是以生活表情的神态与体态为美感活动轨道产生出来的表情性舞态序列。自然，我们不能说表情性舞态序列全都是生活表情的神态与体态的典型提炼。当情感的爆发使舞者体感中张力遽增时，舞者不能只会咬牙瞪眼握拳发抖，而是要用夸张性超常动作向外挥洒和喷射，如大跳、旋转、跟头、倒踢紫荆关等等。人们或许有这样的看法：感情的强度和舞动的强度应当平行相等，事实并非必然如此。在舞蹈艺术上有些揉搓心灵的高手偏偏擅于重感情轻处理。在乌兰诺娃主演的芭蕾《柔密欧与幽丽叶》中，中剑欲死的墨古裘在一阵踉踉跄跄的挣扎之后倒向地面时，音乐和舞动让他像树叶一样轻轻飘落，观众的心灵是被场上人物陡然一惊的目光撼动的。要之，舞蹈创作产生两种舞境：一种是意象性舞境，一种是情态性舞境。意象性舞境常常依托富有诗意的细节片段组合，情态性舞境则如书法创造出来的“书境”。

舞蹈艺术用人体充当诗乐合一的物质媒体，势必使舞者的肢体承受超出常量的机能运动。体操运动员、杂技演员的身体，也承受超出常量的机能运动，他们的表演，也显示人类体能的巨大潜力。但是舞蹈家的肢体会说话、会歌唱，会用有节奏有律动的造型描情写态，提取人生的各种意味和情味，会创造出诗的意境。富有诗意的肢体的歌唱在舞蹈家内心体验中梦幻般升华，就是所谓舞魂。对舞魂的追求，是舞蹈家毕生之事。

舞剧的创作带有综合性。迄今为止，领世界舞剧之先的是芭蕾，领世界芭蕾之先的是俄罗斯学派。根据俄罗斯学派的经验，舞剧应当是富有诗意的音乐剧。舞剧编导和舞剧演员的重要任务，是对戏剧情节进行诗的叙述，用概括的、富有诗意的舞蹈语言去表现音乐。决不能把舞剧创作搞成话剧剧情加动作的舞蹈化，不能把舞剧演员变成用舞蹈动作译解话剧台词和内心独白的哑巴。

“芭蕾”这个词本身就是“舞剧”的意思，但它已经变成一个舞种。从原理上说，各民族的舞蹈语言都可以胜任舞剧，不一定非要芭蕾化不可。关键是努力扩大运用各民族舞蹈语言进行诗乐合一的叙述能力。至于移植芭蕾这个舞种发展各民族舞剧艺术，自然也是一种路子。

世界各民族的民间舞蹈，是人类舞蹈艺术的宝藏。它们是集体的创作。它们通过世世代代的流传越来越精。它们用来体现审美感叹的艺术媒体，是浸染着浓厚风俗色彩的舞蹈方言。各民族舞蹈家，只要擅于用自己的形体“写”诗，并且让一首首形体的诗具有感觉的活力和心理的深度，他的舞蹈创作就可以立于世界舞蹈之林。

“现代舞”这个概念无法定义，但是它的某些特征有可述者。其最早是以芭蕾不发达的西方某些国家（如美国和德国）城市生活为背景的现代情绪的迸发。它有鲜明的个人意识和偏激的反传统精神。它无视传统舞蹈语汇的社会约定性，用真诚而执拗的个人心灵的图解取代人体的诗意的歌唱。它已经不是音乐的影子而让音乐充当它的影子——它让音乐紧随身后为它供应音响节奏。它像一头喝了酒的犍牛深一犁浅一犁耕着土地，让音乐跟着它的醉步一个一个往犁沟里扔土豆。它有时也模拟人类的现代行为（如登月和太空行走）来表达心灵的震颤与感叹，但它往往过于压抑表情而以机械性作为审美标尺。不能断言它无缘取得艺术高格，只要它的编导者和舞者带着诗的意识潜入现代的人世底层，用崭新的舞蹈语言复制意蕴深远的人生感叹，它就一定能够走进充满感叹的现代人生。

舞蹈的风格

舞蹈的个人风格没有纯粹的形态，全都以舞蹈的民族风格和种群风格为背景。舞蹈语言和音乐语言一样，都带有方言性。在舞蹈的天地里，一个个非常独特的舞蹈方言系统会在一些具体舞目中通过典型的舞畴序列、音乐伴同和相应的节奏型、高频显要部位动作、特有服饰及道具等等被人所感知。

在不少民族的古代生活中，帝王宫廷和贵族舞厅的舞蹈，常常从民间舞蹈中选取舞目进行专业规范，使其文化品质得以提高并且使其风格典雅化。然而这种情况又往往会使富有生气的民间舞蹈凋丧天真，成为枯燥乏味的贵族习气的对应物。

各民族历代舞蹈家创作出的舞目，在风格上可以剖分出如下层面：（一）包括时代风格、民族风格和各舞种一般风格在内的类群风格；（二）由个别舞蹈家个人艺术才性为内涵的、在感受方式和表达方式上带有鲜明个性特征的“文体性”显示；（三）舞境：指舞蹈风格境界的品类，如雄浑、豪迈、柔婉、细腻、劲健、粗犷、清丽、古朴等等境象的显示；（四）舞品：指舞蹈的工力品位。舞蹈和书法、绘画一样，可以分为能品、妙品、逸品、神品四个品级。其技艺处处能到，是为能品；如又能曲达情致，是为妙品；舞思远举，超迈寻常，是为逸品；舞动的人体与诗乐相化，使人的感受力溶失一切物质媒体而直对舞蹈的精神内容，是为神品。

诗歌简论九题

诗的本性是单纯

艾青在他的《诗论》中引录了达·芬奇的一句话："单纯，简洁，明白——荷马艺术的要素。"经过对他作品的长期诵读和体会，我注意到，达·芬奇这句话的精神，被艾青当做一条重要的美学原则信守终生。所谓"荷马艺术"，自然是指诗。

古人讲："人秉七情，应物斯感。"七情，说法不一。或谓喜、怒、哀、乐、爱、恶、欲；或谓喜、怒、忧、思、悲、恐、惊。我们知道，在现实事物跟人之间，存在着不同性质的功利关系。所谓七情，是与这些功利关系严格对应着的不同性质的感叹。感叹的"核"，是由悟性活动完成的"意"的抽象（即携带着感性成分的抽象）。"意"在大脑生理上激起的影响整个身心的反射，便是"情"。因此，任何感叹，都是携带着生动直感的意与情的统一。在诗人那里，当感叹刚刚找到复制自己的生动形式的一刹那，大脑生理上又会出现一次强烈的反射，此即所谓灵感的降临。复制感叹的生动形式有两种：直接的和间接的。直接的，是生活原型的概括和提纯；间接的，是比喻体或象征体的发现和营构。

既然感叹是大脑活动完成的抽象和反射，那么，它不仅是对各种盲目积聚的"柴堆"的批判，而且是对不能融入整体意境或整体境界的各种多余形象、多余感觉的批判。它是"一"，它在意境或境界的构成中，具有主宰者的强力。正是它，决定诗的本性是单纯。请看绿原《航海》："人活着 / 像航海你的恨 / 你的风暴 / 你的爱 / 你的云彩"。他用无尘埃的简洁和无云翳的明白，护持着境界的单纯。每一个笔触，都按得结实、明确；整个语言媒体，等于感叹自身。再看他的另一首《萤》："蛾是死在烛边的 / 烛是熄在风边的 / 青的光 / 雾的光和冷的光 / 永殡葬于雨夜 / 啊，我该为你歌唱自己的灯塔 / 自己的路"。

是生命的感叹启示了他对萤的发现呢，还是对萤的发现启示了生命的感叹？在我们心中跃动的，是两者共时性的相感。在诗中，第二段和第一段的关系是对比，突出萤光的不灭——纵在雨夜也永不熄灭。第三段针对萤光的不灭，抒发生命的觉醒：人的生命中应当有自己的灯火，那灯火应当在风中不熄，在雨中不灭；在无际的夜空，那曲折的光亮的长线，是他的路。这首诗写于20世纪40年代的重庆，发表后在众多人生探索者的心中引起共鸣。它的单纯，是它的质量，也是它的力度。

诗的感叹

诗的感叹。诗的任务是生产感叹，是在大家心里生产出一声“啊”。但是，“啊”本身却不能生产“啊”。把产生“啊”的生活情境，提取为艺术情境，让那艺术情境到大家心里去，拍打出一声接一声“啊”来，促进大家在情绪世界的觉醒，这是诗的基本方法。

就诗人跟感叹的关系而言，如果站在感叹的正面，那就要通过意境经营中“态”的造型，把感觉拍打得活跃起来，让读者的知觉接受意态的信号，直至那感叹的“核”在心中绽裂，不由自主地迸发出来。如艾青的《礁石》：“一个浪，一个浪／无休止地扑过来／每一个浪都在它脚下／被打成碎末，散开……它的脸上和身上／像刀砍过一样／但它依然站在那里／含着微笑，看着海洋……”

这不是哲理诗，也不是格言诗。这是用象征的意境抒发出来的、对一种人格力量的感叹。

艾青自己用一句问话解释过这首诗：“作为一个民族，作为一个要求生存的个人，遇到连续的迫害该怎么办呢?”意思是：应该学那个礁石。对于此种处境中的人活法，这首诗既是一种显示，又是一种劝喻，在这首诗里，看不到“啊”，却处处是“啊”。

再有，如果诗人站在感叹的侧面，他可以寓感叹于许誓，通过许誓的情态，把感叹托入读者心中。艾青的名作《我爱这土地》便是例子。“假如我是一只鸟，／我也应该用嘶哑的喉咙歌唱；／这被暴风雨所打击着土地，／这永远汹涌着我们的悲愤的河流，／这无止息地吹刮着的激怒的风，／和那来自林间的无比温柔的黎明……／——然后我死了，／连羽毛也腐烂在土地里面……为什么我的眼里常含着泪水？／因为我对这土地爱得深沉……”

如果对这首诗的感叹作正面的表达，应该是这样的：啊！我的在暴风雨打击中会悲愤、会发怒的祖国，我的对自己的子女无比温柔的祖国，我爱你，爱你！为了爱你我死而无怨！这个感叹，凝结在第二段的两个句子里。看，它避开了“啊”，却通体都是“啊”。

感叹是什么？是情绪的评价——用情绪作出的评价。如果只有表示评价的情绪，没有评价的对象，没有引起评价的根由，那么我们就会看到：纯粹形态的情绪，不能在心理上复制自己。感叹自身，不能复制自己。诗人要想成功地复制感叹，最好让感叹在能够产生感叹的感性结构的情态造型中消失。

诗的丰富与单纯

诗是人类感叹的火光。诗通过用意象组合起来的境界，从事感叹的复制。在诗里，意象是这样一种东西：第一，它是生动可感的造型；第二，它是意态或者情态的信息。在诗里，高质量的意象，又能在感叹上具有确定的指向。把意象放大为境界，情况不变。境界中意象这个侧面，蕴含着丰富的感觉和想象；境界中“意”的侧面，确定不移地指向作品的“核”——感叹。一首诗，就意象或境界中感觉和想象的丰富性而言，它是“多”；就意象或境界中感叹的确性而言，它又是“一”。

这样，我们就可以艺术哲学（即美学）上确定：诗是多与一的统一体。诗的这种美学特质，不因民族而异，不因时代而异，不因流派而异，却因水平高低而大有所异。古今中外，任何一个成功、长寿的、有巨大影响的流派，它的名人名作，都必然是多与一的统一，是丰富与单纯的统一，换句话说，都必然能使人看到与丰富共居着的高度的单纯，它们意象系统的营造，是那么简洁，它们的语言信号，是那么明白。它们的曲折多味，是在单纯、简洁、明白的面貌中取得的。

让我们举例，读一读里尔克的《豹》：“他的视力因栅木晃来晃去／而困乏，什么再也看不见。／世界在他似乎只一千根栅木／一千根栅木后面便没有世界／／威武步伐之轻柔的移行／在转着最小的圆圈；／有如一场力之舞围绕着中心／其间僵立着一个宏伟的意愿／／只是有时眼帘会无声／掀起——于是一个图像映进来，／穿过肢体之紧张的寂静——到达心中即不复存在”（绿原译）。

现在我把第二次诵读时的感觉记录下来：1.它在樊笼之中；2.人称“他”，让我把它当男子汉来体验；3.眼中只有晃来晃去的栅木；4.视力因之困乏；5.其他什么也看不见；6.好像世界只是一千根栅木；7.栅木之外便无世界；8.步伐威武；9.移行却轻柔；10.转最小的圆圈；11.像纯粹的力在绕着中心舞蹈；12.这时候，雄风疾驰的宏愿在圆心僵立；13.眼帘偶尔掀起；14.向远处眺望；15.山野的映像钻入它的肢体；16.穿过无奈压迫着渴望时的“紧张的寂静”；17.这一粒希望的爝火，进入心中便倏然熄灭。作品的“核”，便是“一”，它生发着“多”。它使一切形象成为意象，也使一切感觉成为“意觉”（借用佛家语），请看这首诗，多么丰富，又多么单纯啊！

诗的感觉

根据唐诗和宋词的经验，诗文的形象，都是带着意态的形象。那么诗的感觉，就应当踩踏着意态向前走。它跟随着意态，从最阔大的境界，到最精微的境界。阔大的境界，如杜甫在《登岳阳楼》一诗中写洞庭湖的两句：“吴楚东南坼，乾坤日夜浮。”意谓：吴楚大地从洞庭湖向东南绽裂出去，整个苍穹和大地，昼夜在它的水波上晄当。在这里，对吴楚、乾坤这些大境界的感觉是浑茫的。在对吴楚的浑茫感中踩踏着的意态是“坼”（音che，绽裂）；在对乾坤的浑茫感中踩踏着的意态是“浮”。这两句诗中的意态，是人生的、社会的、历史的大意态：它们暗示着安史之乱以后大唐帝国由于藩镇割据造成的分裂与动荡。精微的境界，如绿原在咏昙花的作品《哦，你?》中写到月光越过城镇生活的物欲的浮嚣，去亲近“从没照过一支光的”昙花时，感觉是这样的：“……多情的月光……／跋山涉水不远千里攀登／到这遥远、偏僻、孤高的／危楼，想挨一挨／你紫红的骨朵，瞧一瞧／你鹅黄的萼片，照一照／你珠蚌似的欲开／还闭的比纯白／更白的花瓣啊。”以上所引，在“危楼”一句之下，诗人用他的在激情中颤抖起来的语调，完成了对昙花的结实的、鲜明的、美极了的造型。而且，通过这造型，让自己丰富的感觉进入读者心中去复制自己。胡风先生在五十年前说过，绿原的诗，感觉多，并且说过，感觉多了不是坏事。请看引诗最后三句，仅咏叹昙花之白，就用结实的笔触给我们心中按进了四层感觉：珠蚌似的——欲开还闭的——（纯白的）——比纯白更白的。

又如，诗人对昙花“缓缓的、一动不动的开放”是这样感觉的：“比太古／更沉静，比童年／更悠长，黑暗包裹着你：／你独自缓缓／开放着，梦着又／醒着，凝视着又／疑惑着你露珠般／的美貌，宛如／没有染过一粒红尘的纳克素斯……”由这段文字我们看到：丰富的感觉，通过神趣生动的“态”的造型，为蕴含在深层的心性和情志提供涌入读者感知力的孔穴。这是绿原“感觉多”的实质之所在，也是中国意境论的实质之所在。在诗的感觉中，或者在一切艺术的感觉中，最需要下工夫的，是对“态”的感觉。诗中有一处“态”，写得比较精微。当诗人写到昙花缓缓开放时“梦着又醒着，凝视着又疑惑着”的情态时，打了一个比方，说它宛如希腊神话中喜欢临水自照的美男子纳克素斯失神落水后刚刚变出来的那支水仙花。这个比方，真是韵味无穷。

诗的语言

迄今美学（艺术哲学）关于诗歌提出和解答的一切问题，全都可以归结为诗的语言问题。这是因为：语言是诗歌艺术唯一的媒质，而媒质又等于内容自身。因此之故，当我们把诗的语言单独提出来进行讨论时，我们必须把任务缩小到语言形式本身的范围。

先说从语言角度着眼，诗是什么？通常人们把艺术发生期定在新石器时代晚期。在那个时期，当人们为感叹而歌而舞的时候，那舞乐的歌词便是诗。从那时起，人类诗歌的语言，便打上了乐曲和舞蹈的烙印——诗的四句段形式，是乐曲四句段形式的投影；诗的语言节奏，来自乐与舞的节奏；诗中脚韵相押的关系，来自乐句结尾处的和弦关系。这样，自上古起，由音乐旋律或歌唱旋律或歌唱旋律规范着的诗歌语言的格律，便长期处于统治地位。在中国，这种统治地位到六朝发生动摇，于是有了唐代律诗、绝句这样的“新体诗”的勃兴，于是有了吟诵旋律与歌唱旋律并存的局面。在律诗、绝句中得到典型反映的吟诵旋律，由平仄律、韵律、对偶律等要素构成。而歌唱旋律影响下的诗的格律，在唐代并未废止——一部李善注的《昭明文选》，便在古诗和乐府创作上培养出不少大师，如李白。

在唐代，进入市井生活的长短句的民间歌唱，到了文人手中又渐渐脱乐。文人们搬运了律诗、绝句的格律化经验，进行加工改造，于是有了宋代的词。尽管这样，词的本色仍是歌唱，李清照批评苏轼等人以文为词、以诗为词的作品是句式不齐的诗，正是要求严守歌唱的本色。

唐宋的诗韵和词韵，一直沿用至今。现在流行的“平水韵”，是宋人根据唐人用韵经验整理的韵谱。由于它是背离口语实际的古文古韵，所以不能代表汉语诗歌的主流。新诗到现代，抛弃了平仄律、对偶律，乃至韵律（押韵的规则）；不仅如此，还抛弃了四句段形式，以至抛弃了标点——它彻底地裸体了！裸体了，也就难写了。传统诗的语言格律只给这种新诗留下两样东西：一个是“顿”的运用，一个是句间“气口”和句内“律动”的协调。举例说：艾青写《我爱这土地》时，第一句的“假如”，紧盯着第二句的“也应该”；第二句的“歌唱”，紧盯着第三、四、五句的三个“这”，和第六句的一个“那”字。这样他才能打通“气口”让感情灌注下去，并且随着顿的运用，让感情一波一波汹涌起来。

世界上有没有这样一种语言，它专属于诗；谁掌握了它，谁就能学会写诗；谁用它写诗写多了，谁就成了诗人？这样的语言，到底有没有呢？

假如有这种语言，那么普通语言学关于“社会方言”的章节里，应当有它的专题；在应用语言学里面，也应当划分出它的类别，但是没有，全都没有。专门属于诗的语言是不存在的，这就是对这个问题所作的理性的回答。

假如对这个问题不作理性的回答，而作经验的回答，那么，这样的语言又是存在的！它在哪里？在那些最优秀的选本里。李白26岁出川以前，曾经把昭明太子《文选》（唐代流行的是李善注本）上超拔卓越的诗文，一首一首、一篇一篇照着写，仿着做，把大师的高明、名家的奥妙，细嚼慢咽地记在心里，练在手上。这样，翻来覆去临写三遍。这可是一千多篇诗文的作业量啊！吃得苦中苦，方为才上才。他通过一千多篇的作业量，完成了一件事：吃大师。古往今来，不论中外，文学艺术上任何出群的人才，都喜欢在自己的后院里偷偷地吃大师。当他自己身高体大，要把大师们的“最后品质”——一空依傍、特立独行的品质落实在行动上时，他又要一点一点地摆脱大师们的影响。不吃大师，必无大才，不吃大师，少调失教，一看就知道是野路子货。要之，关于诗的语言问题的解决，我力主大家采用李白方式：下一番死功夫，使语言活起来。

中国新诗是离开传统的母怀、自行断奶以后，踏着荒山野岭上的无路之路走到现在的。它要达到唐诗、宋词那样的成就，看来为期尚远。唐诗的繁荣，经过汉魏六朝几百年的准备；宋词的繁荣，也经过了唐和五代二三百年的准备。它们营养足，底气厚，不像新诗那样“前不见古人，后不见来者”。从一些青年诗人身上看，新诗的学步，靠的是译诗的扶掖；新诗的乳母，是舶来的名作；新诗的魂魄，是本民族的命运与感叹；新诗的媒质，是城市白活的诗译装束。丢人不丢？不丢人。这正是融入现代世界诗歌的大潮。而汉语——这就是民族性。就想说的是：应当有一本名副其实的“世界诗选”和一本名副其实的“新诗选”，各选三百首，作为新诗语言的教材。这样做，尽管未必能培养出李白来，然而总能在语言成色上消除一些少调失教的野路子味儿。青年小说家在小说语言上的自我教育也应当走这条路，不要动不动就卖弄什么伪匈奴气质来吓唬老百姓，也不要在自己的大作上贴上金奖照片，然后用柴叽叽的或者水咣咣的语言堆积物，去折磨受了骗的读者。

诗的语言，在由真诗和好诗构成的诗集中，特别是在由真诗和好诗构成的诗选中。通过对若干真诗和好诗的诵读、体味和研究，我们可以对诗的语言的若干特征作些简要的归纳。

第一，诗的语言，应当用“态”去完成有力的造型，让造型在“态”上蓄足意味。这样，诗的语言，便压缩着形（造型）、态、味三种东西。

从欧美一些现代诗来看，幽僻的个人生命体验中的心象造型，由于常常把保证他人理解的必要信息省略，而成为异常难懂的东西。但是，在作者本人的帮助下经过专家诠释，一旦弄懂了它们，便可以把它们当中极少量的优秀作品挑选出来进行研究。而那时我们将会发现，它们的语言，仍然是形、态、味的三位一体。若问何以如此，则应知道，这是感叹的本性所化生。

第二，诗的语言，必须保持整体感叹的单一指向和压缩在意象造型中心较大的情感密度（“情感密度”，最早由郝御风教授所使用）。假如一首诗必须用不同侧面或不同层次围绕一个中心的感叹，那么，不让它的语言出现回环的句式是不可能的。在这种时候，进入回环的每个语句，都必须是压缩着大密度情感的意象造型。

姑以美国黑人诗人休士（1902—1969）的《黑人谈河流》为例，说明以上两点：“我熟悉河流：／我熟悉那些地球一样古老的河流，／比人类血管里流的血液还要古老的河流。／我的灵魂成长得像河流一样深沉。／／我在幼发拉底河中沐浴，当朝阳还是年轻的时候。／我在刚果河畔盖小茅屋，河水抚慰我进入梦乡。／我眺望着尼罗河，在河边建造金字塔。／我倾听密西西比河的歌唱，当亚伯·林肯顺流而下新奥尔良，我看见它的浑浊的胸膛在夕阳中闪着金光。／／我熟悉河流。／那些古老的幽冥的河流。／我的灵魂成长得像河流一样深沉。”

这首诗中的“我”，是黑人群体——不，是黑人总体。诗中的每个句子，都压缩着巨量的经历和体验。迄今地球上的人类，无不是河流的子孙。这个伟大的感叹从黑人宽厚的胸膛里发出，不仅凝聚了遥远的梦想和业绩，更带着殖民史上的血泪。因此，它用亚伯·林肯的名字显示了倾向。在诗里，“当朝阳还是年轻的时候”这个天才的短句，把多少年月压缩了进去。应当把这个短句做成金花，贴在美国现代诗的脑门上。

诗的意象

立志写诗而又愿意摆脱伪诗、劣诗影响的年轻人，应在一生中把注意力集中在“短小的意象的张力之内”。按照中国的传统说，就是练就四句之内的硬功夫。结合新诗的特点，则应说是练就数句之内的硬功夫。

惊人的简短，是诗的基本素质。

被西方意象派诗人和理论家称颂多年的，希尔达·杜利脱尔的名作《奥丽特》，就是借用直觉构成的意象写出的、石块般坚实的作品：翻腾吧，大海——／翻腾起你尖尖的松针，／把你巨大的松针／倾泻在我们的岩石上，／把你的绿扔在我们身上，／用你池水似的杉覆盖我们。(袭小龙译)

奥丽特，是希腊神话中守护山林的女神。不用说，写她，就是写山林。但是我们可以看出，这首诗，是把山林的印象和大海的印象叠印起来的产物。希尔达·杜利脱尔把她的艺术追求分作两步：第一步，把山林彻底地大海化，让无数松针堆聚的巨量的绿，“翻腾”！“倾泻”！“扔”！在视觉中，承受着这些动作的山岩，在意觉中，代表着我们迷醉着的、体验着的心（故用“我们的岩石”）。第二步，把山林化成的大海还原成山林。我们看到，在靠近山脚的坡地上，泛着白光的杉树林好像荡漾的池水。啊，你也跟着那“翻腾”，那“倾泻”，那“扔”，来“覆盖”我们吧！

在读这首诗的时候，一定要把字面以外的那个角色拉出来，让想象力去指挥，那就是：风。

既称意象，自然应该有“意”字铺底。那么《奥丽特》的意是什么呢？换句话说，它的主题线是什么？它的深层感叹是什么？是由“翻腾”“倾泻”“扔”“覆盖”这些动词作为信息的，现代人的生命对山林、对绿所具有的强烈的爱与渴望！

在中国古代诗歌中，四句之内的“意象的张力”，是有许多经验值得研究的。最常见的，是唐人绝句里面两种可感受的境界，在对比格局中的呈示，以及情理逻辑在二者之间的跑动所引起的心理上的瞬间震撼（所谓“顿悟”）。请品味下列句子，便可稍稍窥其门径：“可怜无定河边骨，犹是春闺梦里人”；“劝君更饮一杯酒，西出阳关无故人”；“啼时惊妾梦，不得到辽西”；“遥知兄弟登高处，遍插茱萸少一人”；“马上相逢无纸笔，凭君传语报平安”……1982年秋天，我曾在“塞上诗会”的一次讲座上谈到绝句中的这种经验，当时我称之为“感受差跑动”。

古来诗人，容易坠入两个“泛”字。一个是泛神意识，以为万物有灵；一个是泛我意识，以为万物都是我的表情。这两个“泛”字，给哲学带来不少麻烦，却使人类的诗文与艺术出现了奇光异彩。在中国古代，有一首托名李白的词，调寄《菩萨蛮》，这样写：“平林漠漠烟如织，寒山一带伤心碧。暝色入高楼，有人楼上愁。／玉梯空伫立，宿鸟归飞急。何处是归程，长亭更短亭。”

入秋以后，气候变凉，地面水气凝为烟霭，山上树叶绿色转深，都是很自然的现象，跟人情世情全无关系。可是进入诗人的感觉，竟成了情绪的翻译，心灵的暗语。看，烟如织，林愁也；伤心碧，山愁也……古时交通困难，伤别之作殊多。这种情况，倒培养了诗人捕捉伤别意象的能力。“伤心碧”三字，本是“绿得要死”的意思，但在这里一用，却把伤心与乡愁一下子连通起来。词的下片，最能搅动情怀的是“宿鸟归飞急”五个字，用反衬的手法使我们看到那个孤零零远望的人此时此刻的心情。

另有一首词，也是托名李白，调寄《忆秦娥》，道是：“箫声咽，秦娥梦断秦楼月。秦楼月，年年柳色，灞陵伤别。／乐游原上清秋节，咸阳古道音尘绝。音尘绝，西风残照，汉家陵阙。”

在古代，月亮是离人的第一灵物。诗人让幽凄的箫声惊断了秦娥怀人的好梦，秦娥醒来后，梦境全失，独有冷月相照。那月亮，年年岁岁，灞陵桥上照离别，幽窗之内照相思；现在，又照首秦娥梦残时的惆怅。那么秦娥之所思，何日能归来呢？眼前清秋已至，落叶飘飞，古道远去，音尘断绝，鬼影子都没有。唉，眼中所见，只是西风里的残阳，照着汉朝皇帝的几个大坟头子。

意象包括气象，但二者又不相等。当意象获得大的幅面和大的背景信息时，便成了气象。我们谈到的两首词，第一首气象在篇首二句，第二首气象在下片四句。这两首词，气象宏阔，写了壮美中的衰煞：望乡难归，怀人不至，大唐衰势，已无可挽回。人世间各种苦乐，各种风光，都只在残照中了。

中国诗歌意象的超绝，是在汉语的语感中孳育和显示的。不熟悉汉语的美国现代诗人庞德，在探索最理想的艺术构成时，发现了中国古典诗词，这不是偶然的。中国古典诗词的意象，既能显示高超的艺术素质，又能显示成熟的文艺教养，绝没有少调失教的半吊子气。

不能用空灵写空灵

空灵不是诗歌必备的属性。空灵是诗的一种境界。有一种说法认为，只有用空灵的方法，才能营造出空灵的境界。这种说法很值得商榷。用空灵写空灵，其结果只能是空洞。清朝初年，声名赫赫的王渔洋，倡导神韵，常以空灵调制空灵，结果呢？不少作品神飞韵走，空洞无物，在人们印象里连感觉也没有留下多少。这不是说空灵的境界不好，而是说用空灵生产空灵，容易导致艺术上的失败。

近日读《朔方》杂志，发现上面有一首小诗，题目叫《金月亮》，作者叫梦也，写得很有才气。现在抄下来跟大家一起欣赏。

“深夜里／鸟儿用一片树叶遮住／身子，然后／睡去了……／／但是，即使在睡梦中／它也感到那巨大的／金块　正／一下一下地／蹭在它的／脸上……”

这首诗所要写的，是枝间月照的空灵小趣：鸟儿在叶下睡眠，月光本来是照不见它的；可是树叶在风中晃动，月光便一次一次闪到它身上。这首诗的笔力在于，作者把月亮比作“巨大的金块”，给了它重量，给了它辉煌；进而把树叶摆动时月光的闪动，说成那“金块”一下一下地擦动——“蹭”；又进而把明晃晃的“金块”的擦动——把“一下一下地蹭”，移入鸟儿的梦，带着金子的质感，带着重量的质感，带着光亮的质感，一句话，带着多么质重、多么结实的感觉啊！在这首小诗中，梦也的才华在于，他从空灵的反面入手，通过质重的、结实的美感造型，摘取了空灵的金果。这个金果，自然是属于他的。

空灵感，是淘洗掉世间人事因果的纯粹的情绪感。这东西本来就够空的，你再用空的方法去捕捉，那怎么会成功呢？那怎么会在自己和别人心中把它复制出来呢？只有通过不空灵的物象的质感，去结结实实地营造，才能让空灵的境界产生出来。李易安50岁时，只身流寓浙江金华，曾写《武陵春》抒发“物是人非”的愁怀。有句云：“只恐双溪舴艋舟，载不动许多愁。”她把愁情写成能够压沉小舟的有重量的东西，让它带着物象的质感沉甸甸地压迫读者的感知力，同时又将丧偶之悲、离乡之苦一律略去，这不是攫取空灵的功夫吗？

关于“诗的失宠”

现在在中国，诗的尴尬处境被一些青年同志称作“诗的失宠”。在这种令人心情黯然的幽默感的背后面，我们不仅听到了对懂诗者的呼唤，也听到了对好诗的呼唤。换句话说，它不仅在呼唤好诗，也为好诗呼唤同怀，呼唤理解者。

我个人根据经验认为，诗与社会有一种等价关系，这种关系，有点类似（商品）价值量和货币价值量的关系，其中的必要条件是等价。就是说，诗必须用它对社会的关注换取社会对它的关注。举例来说：在唐代，在长安陷于安禄山叛军的次年春天，杜甫写了一首诗叫《春望》。其中有两句诗是：“感时花溅泪，恨别鸟惊心。”有感于祖国受到的重创，有感于开元、天宝盛世的不再，他让小小的花鸟承受了人情世情的巨大悲愁，个人的慨叹也充分灌注进去。在这首诗中，他给了社会巨大的关注；诗成以后，社会也给了他巨大的关注。这首诗，特别是那两句诗，很快就震撼了文坛和社会公众，成为大家共有的抒情孔道。这首诗显示了一个真理：诗人，是社会情绪的器官。诗人的职责，是把握社会的感叹，用自己的感叹去拍醒它。在这两句诗里，杜甫将他从自然界借来的花鸟，压上了人世间极为沉重的悲愁。他对此还有些于心不忍呢。后来他到了四川，在成都草堂过上了安定日子，他立即想到为花鸟减掉沉重的悲愁，于是写道：“春来花鸟莫相愁”，同命相连的襟怀，紧系着世人，广及于花鸟。这不是典型的“民吾同胞，物吾同与”的品格吗？社会对于诗，不会亏待这样的付出者和奉献者。

文学史上的经验告诉我们，诗能否获得社会的回报，在多数情况下，甚至在社会风气“非诗化”的情况下，也取决于诗人自己，取决于他是不是社会情绪的器官，以及是什么质量、什么水平的器官；或者说，取决于他的“自我”的性质，取决于他所崇尚的美学思想跟社会上人情世情的普遍关注究竟具有什么样的关系。

有的新诗作者凭着对现代派诗歌的一知半解，片面追求诗的“纯自我化”。这样不好。实际上，现代派诗歌的优秀代表们对人类命运和生存状态的关注同样令人感奋。例如：洛尔卡、阿波利奈尔、屈谢尔贝克尔、里尔克诗中跟死亡抗争的主题，促使萧斯塔霍维奇以巨大的热情创作出他的《第十四交响曲》。看，作曲家代表社会回报了他们，他们的作品“失宠”了吗？

民歌妙品

诗人要在高质量、高水平上挺进，他就必须是民族传统的乳儿。我国民歌、古典诗词的妙品，是哺育诗才的乳母。

我要谈的四川民歌《高高山上一树槐》，就可说是一首民歌妙品，它自明清以来，一直脍炙人口：“高高山上一树槐，／手把栏杆望郎来；／娘问女儿望啥子，／我望槐花几时开。”

你看，歌词里那个“我”，手把栏杆，望着山上的一棵槐树，傻傻地发呆。槐者，怀也。这一层谐音关系，暗示了“我”之所思在何方，使望郎的情思增浓了色调。

生活情理告诉我们，女儿的心事，是瞒不过母亲的。可是那第三句，偏偏兜出了老娘的一问。这么一问，很是诙谐。“我”怎么回答好呢？说“我在想他”？那怎么行？娘呀，您没见山上那棵槐树？我看看它，啥时候开花——嗨嗨，傻丫头，那槐树开花，关你啥事。瞧，字字躲开情理，字字又紧扣情理，回答的话里越遮遮掩掩，心底的秘密便越清清楚楚。通过一个鲜明的、个别的形象，它使千千万万女孩子掩饰内心奥秘的那种“多余的”机敏，似乎全都变成可感知的东西了。多么强烈的艺术力量！

再者，那个“娘”，她明知女儿的心事，却偏要问她个“望啥子”，而那个女儿呢，明明是“望郎来”，却佯装作望槐花。歌词对特定环境中的特定情绪，作了多层次的揭示，使得短短四句小诗，带上隽永的喜剧情味。

诗的美学功能，是在读者心里从事情绪的再生产。我们现在有些诗，意象驳杂而情趣单弱。是不是应当反过来，让意象单纯一些，让情趣深浓一些，像这首民歌那样？

关于“微型诗学”的札记

从哲学上说，诗没有历史。诗不存在越往后越高级的必然规律。

诗感应着社会的推移，一个时代有一个时代的面目，一个时代有一个时代的峰群，但是它往往需要转过头去，越过悠远的岁月回瞻自己的希夏邦玛、珠穆朗玛……

但是，诗学有史。人类对诗的认识存在着越往后越高级的必然性。尽管这种认识历来有倒退，有回环，有虚妄，却能大体看出盘旋向上的走势。

迄今为止，人对诗的认识大抵仍然是悟性的。用诗的语态来论诗，来表述诗学的见解，似乎无古今之分，无中外之分。诗是最难用概念的逻辑加以把握的东西。

如果诗学不想变成枯干的蝉蜕，如果它想成为能飞能叫的活蝉，它就必须带着体验来表述；特别是，它必须带着产生成功作品时的体验来表述。这样，它用来飞翔的翅膀，不能不是感悟。这样，它的语态不能不是诗的。这样，当理性的火光从悟性的体内透射出来，就会形成一些语言的晶体，一些类似格言警句的东西。

这样，就有了绿原的微型诗学。艾青把他的微型诗学称为诗论。绿原把他的诗论称为微型诗学。

绿原说：“诗对于我永远是陌生的；也可以反过来说，我对于诗永远是陌生的。”——但他又说：“诗在诗人找到它、抓住它、写出它之前，早就活跃在田野上、江湖里、市街中，一直在熙熙攘攘、忙忙碌碌的社会生活自行生长着，诗人不过有限光俯拾即是而已。”

那么，诗到底是诗人有眼光俯拾即是的东西呢，还是对诗人永远陌生的东西呢？说诗人对于永远陌生的东西有眼光俯拾即是，这在逻辑上是否自相矛盾呢？否！

诗人是特殊的社会器官。他的眼光和他的感觉，就人的总体而言，是在人类用情绪和感叹评价自己和把握自己的漫长历史中逐渐生成的；就人的个体而言，则是在传统的濡养中通过长期的创作体验逐渐生成的。这样，在熙熙攘攘、忙忙碌碌的社会生活中自行生长着的那些属于诗的东西，便成为他独有的对象，便好像特地为他的眼光和他的感觉存在着；这样，他的眼光和他的感觉，在他寻找诗、发现诗和捕捉诗的时候，便成了他特有的“理论家”；这样，生活中的诗就像自动蹦出来一样成了他俯拾即是的东西。

但是就诗的写作而言，每一首诗从混茫的躁动到形神俱足的降生，都是连产妇本人也感到陌生的新鲜的婴儿。这种陌生，不仅来自“这一个”诗的客体的特异性，更来自“这一个”诗人不曾预知的自我泄露，来自他的自我和客体内容（生活之诗）之间完全不曾设计过的相互契合。

这种契合是绝对不可重复的独一无二。因而，它不能对诗人焕发出令他惊异的陌生的光彩。这样，我们就可以明白：社会生活中可以使诗人俯拾即是的诗，和在写作过程中熔铸了诗人生命的诗，虽然全都是诗，虽然在社会性质上并无不同，却是在艺术上既不等质又不等价的两种形态的东西。

试想，在浓黑的暗夜，献身进步事业的热血青年的激情，和带着生命光焰飞舞的那一粒萤火，它们的社会性质有什么不同呢？毫无不同！然而在艺术上，又有什么理由说它们是等质的和等价的呢？时间过去了半个世纪，那一粒萤火至今还在人们心里晃动！

胡风谆谆告诫：不要轻佻地走近诗。他还曾呼吁：要做第一义的诗人。

“第一义”三个字分量太重了。人，要像真实的诗一样活在世间；诗，要像真实的人一样与读者对语。这大概是其中包含的一层意思。人，要像崇高的诗一样活在人间；诗，要像崇高的人一样与读者对语。这大概是其中包含的又一层意思。把两层意思加起来，大概应当这样说：诗人要用生命来写作。他写进诗中的生命，不仅真实，而且崇高。这样的诗人才有可能成为“第一义”的。

绿原说：“诗就是诗人。”他又说：“诗人就是诗。”他的所指，在诗人，在诗，都是“第一义”的。

这种把人的生命的价值和诗的生命的价值等同起来的沉重命题，在任何民族和任何时代，都显示着顽强的、坚韧的、不流俗的原则精神。这种原则精神，护持着人类诗歌的大潮。

在我们这个星球上，假定确有真宰，那么玩味一下这个真宰如何摆布物欲与真诗，也许有点意思。

“真宰”，它把物欲和真诗安置在地球的同一条经线上，只是让它们一个在北极圈，一个在南极圈，然后，向我们演示如下“宿命”：物欲的阳春，真诗的残秋；物欲的盛夏，真诗的严冬——物欲蓬蓬，真诗凋零；物欲滔滔，真诗绝灭。反之亦然：物欲的霜期，真诗的花季；物欲的腊日，真诗的伏月——物欲衰残，真诗源源；物欲泯踪，真诗汹汹。

这样，要成为“第一义”的诗人，要做到“诗人就是诗”，“诗就是诗人”，确实轻佻不得。真诗属于献身者。

绿原说：形式是内容所生成。他又说：形式是诗人秘密。又是一个二律背反。根据第一句话，内容也是诗人的秘密。根据第二句话，内容也是形式所生成。

“内容形式着”，“形式内容着”，这是黑格尔的著名命题。根据这个命题，形式不是别的，乃是内容的实存状态；任何形式，都等于内容自身。把形式比作外皮或外壳，在哲学上是幼稚的。

但是就创作过程而言，内容的生成和形式的生成，不能不依靠语言媒体（即形式）的独一无二的经营。诗的创作过程，不能不是用语言媒体网捕、把握和营造内容的过程。在这个过程中，诗，固然是“这一个”或“那一个”诗人作为艺术主体用自己燃烧的生命审美地熔铸生活客体中诗情、诗境的产物，但是，它又不能不是诗人运用语言信号苦心操作的产生，又不能不是形式营造的产物。语言即形式。

当语言完成了对于内容的体现，语言的实存状态，就等于内容的实存状态。语言的面目或风格，就等于内容的面目或风格。从而风格即人，也就是语言即人。故绿原说：“形式也可以说是人。”

美有三层台阶：写在第一层台阶上的公式是：和谐即美。写在第二层台阶上的公式是：意味即美。写在第三层台阶上的公式是：真即美。

引入绿原“诗就是诗人”这个命题，似乎可以这样看：诗人必须立足于第三层台阶，从真的人情、世情中走出他的真我，将真的感叹、真的歌哭、真的赞许和真的批判通过艺术的营造诗化为深浓的意味，并且让情绪的波澜由内及外地生成语言的和谐律动。这种承载着意味和情绪使之生发和远播的内在律动，就是中国人叫做“韵”的东西。

可见，在诗坛上，越是将生命交付给诗的创作之手，越是把上述三个台阶倒过来对待。当历史不允许他营造绵远的意味时，他宁肯用燃烧的生命去呐喊！

绿原说：“或曰，‘赤裸的诗’，依仗本身的诗意而独立存在的诗，可以通过任何语言翻译而不变味的诗，才是真正的诗。或曰，一首诗是真是假，试翻译一下看，能翻译过去的都是散文，翻译不过去而剩下来的，才是诗。二者貌似对立，实系一枚钱币的两面。前者强调诗意的本身的独立存在，后者强调诗与语言（作者的母语）的血缘关系。能同时接受这两种观点的，诗学的堂奥庶几在望。”

有人说，诗可以译；有人说，诗不可译。二者都对。绿原本人是翻译家，他的话是用实践和体验托出的真知，故我相信。对上面的话，我这样理解：如果译者本人懂诗或能诗，他就有可能通过准确的语言信号的转换，把诗意保存下来，并使之“不变味”。这个“味”，自然是指诗情、诗意和诗的境象的“味”。诗还有另外的“味”，那个“味”，不是指诗的境象包含的“味外味”，而是指融汇在特定语感中的韵味。那个“味”，在不同语种之间无法搬运——因为它植根于诗与作者母语的血缘关系呢！译诗的高手，能够用自己的母语忠实地大胆地重写，让作者的诗情在原诗语言中生发的韵味，转变成和自己心的律动融汇在一起的新的韵味。郭沫若倡导“神韵译”，大概就是这个意思。但我们不能不承认，译诗语感和韵味的诞生，也就是原诗语感和韵味的涅槃。

关于散文诗：从逻辑上说，散文可以表达非常有诗意的东西，甚至属于散文范畴的小说中也不例外，如L·托尔斯泰的《复活》和《哈吉·穆拉特》的开篇。因此，专门表达诗意的散文，即诗化的散文，称作散文诗固无不可。

但是，在事实上，散文不论怎样浓化自己的诗情，都没有必要在文体的品种上，宣布自己已经不再是散文。因为整个文学乃至整个艺术，在广义上都必须是诗的。

现在有不少所谓散文诗，事实上并不比一些不以散文诗自命的散文更富有诗意，它们给人的印象往往这样：既不是合格的散文，又不是合格的诗。

关于未来诗的体式。既然诗已经裸体，那么她将来可能穿什么衣裳，谁也不可预料。

有一条可以肯定：硬让她格律化是不行的，硬让她散文化也不行。诗，她不喜欢预先的设计，她是由内容生发出来的。因此只能像开明的老人对他女儿的婚事那样：随她去吧！

国人喜欢以酒喻诗，姑仿效之。在任何时节，假诗的总量都和假酒的总量成正比。假酒滔滔，假诗萧萧。眼下即如此。

卷二　文学批评

评罗飞的诗二题

读罗飞悼胡风的两首诗

《你的泪花》和《土地对雪花这样说》，是罗飞为悼念胡风同志而写的两首诗。它们的情绪由心的深处涌出，那形象和意绪的光景，是感人的也是魅人的。

1980年秋天，罗飞曾偕曾卓去病院探看阔别了二十五年的胡风，见胡风的心神尚被残冰固结，当时的感兴，如同一粒松子埋入心中。六年之后，为悼念胡风的逝世，那粒松子才爆开坚硬的籽壳，钻出了青色的芽——有了《你的泪花》这首诗。这首诗孕育长久，它熟透了，它色味俱足，包容深远，又臻于高度的单纯。它构思的经线，仅在“一朝相见／又相对无言”九个字；那构思的纬线一层层压在上面，看似宽松，实则那内在的“意力”（用胡风论诗术语）依循情绪的逻辑在紧张地运动和推进。诗从冰冻着的“逼视的眼神”写起，写到室内的死静（“时间从旁边蹑足而过”），写到看不出也听不出生命的搏动从而转出了对于泪的渴望，写到泪花终于绽放，终于发出了生命的信息，看到它，“像从冰裂雪融的地层下／听到根的声音……”这一切，如同澄碧的波涌，用不着靠浓妆盛饰、堆积繁芜取力，其中史事的点染，情理的比衬，作者自我情态的隐现，也如波下摇曳的光影，离合错落而不乱纹理。

《土地对雪花这样说》是对胡风同志《雪花对土地这样说》（此诗初次发表于1951年上海所出文艺刊物《起点》第一期，罗飞同志也曾参与《起点》刊物的创办和编辑工作。胡风冤案经中央平反后，也曾发表于1981年《诗刊》第4期）的应和。后者是胡风同志当年（1951年）讴歌伟大的共产主义革命和他的新生祖国的啼血之作，内中且有极谦逊的、极真切的自我剖白。应和这首诗是十分不容易的。欲强为之，纵恕于功力之不必相敌，至少也应当伴之以啼血。罗飞这个作品，其孕育也有了五年的时间，细读之后，我们自能看出他的匠心：第一，他将他艺术的自我，先幻化为假定性形象——“土地”；第二，他让他的“土地”和胡诗的“雪花”进行充分的、高频的心灵感应，让那“土地”将“雪花”完全化尽直至“春蒸大野融”的境界；第三，他从胡诗繁多的端绪中单取那激切的剖白来应答，让那“土地”发出理解的、爱的回声。这样，他就有了一个理想的构思角度，就有可能以舒闲的姿容，运千斤之重力。那结果怎样呢？我以为是成功的。请听那“土地”的声音：“我知道／你的洁白／是你把全部阳光反射了出来／你的轻盈／是你把醉了的历史／加给你的负担全部委弃／你的冷俏／是你蒸腾尽了你的全部热能”。这里，诗的意象，叠合着对“雪花”的物格和胡风同志人格的精切理解和深情摩擎。从美学上看，那“土地”，具有的属性是崇高，它对“雪花”的态度不是赏玩而是庄严地解悟它的坚贞，解悟它献身者的品格，是让它在滋润生命中恪尽其志：“我将会有杂色的繁花／我将会有多汁的浆果／冬眠的生命春醒之后／雪花的清香／都将为他们所有”。这才是真爱！有了这真爱的中介，情绪的逻辑才把心的视力推向美的观照：“你知道我会懂得你的／你才飞向我——／滤净尘杂／化为一片片美丽的花／从那高高的／高高的滩空飘下来／飘下来／飘下来……”无疑，这也是啼血之作，内中充满了对革命的忠贞。这是罗飞磐尽心血制成的佳酿。如果胡风同志地下有知，我想这位以严格著称的诗艺的大师，会怀着欣慰珍惜自己的朋友和学生举献给他的这樽芳渌吧。

评罗飞的两首咏史诗

在罗飞的诗里，有真实的时代感应，有真实的罗飞自己，有严肃的艺术经营。最近读到他的《红石竹花》（《黄河文学》1997年第5期）和《保尔·高更与塔希提》（《朔方》1998年3月号）两首咏史之作，具有鲜明的代表性。

1.花的象征

《红石竹花》咏叹1871年巴黎公社，是献给巴黎公社120周年纪念日的作品。作品避开了一切可以鸟瞰全景的角度，也不让诗歌提供风暴、或者洪流的艺术造型，也不想用交响诗的音浪复制历史情绪的巨涛。它把情思流连的焦点对准一束红石竹花——当年公社女战士路易丝·米歇尔献给她非常喜爱的战友费烈的一束红石竹花。它用这种极为平凡的小花拍打人们的直觉，在诸多读者中寻找自己的同怀。它写道，这种小花“现在还可以见到它／和蒲公英黄色的小花一同／点缀着沃野”。

这束红色的石竹花，点缀着两个战友的爱，点缀着一个历史的瞬间，点缀着一个理想。

“他们的那个瞬间激荡过世界／他们的那个理想震撼过世界／他们的理想他们的爱／灼烫得就像他们的时代”。

这样，红石竹花——这种遇到微风便可以摇晃起来的轻盈的小花，便成了沉重的象征。这样，它便像镌刻在坚固的石碑上一样，镌刻在坚固的理性上，用它最朴素、最平凡、最美丽的颜色，伴随一个坚固的理性、和那理性一同承受历史浪涌的起落。这样，当作者回顾了巴黎公社以后百余年的历史以后，下笔写道：“在他们以后／红石竹花／总是开了又败／败了又开……”这是诗的结尾，可谓是“篇终接混茫”（杜甫句）。

2.文明的诘问

法国画界勇猛的猎豹——保尔·高更在19世纪末离开领世界之先的欧洲文明，投入塔希提岛的蛮荒世界，获得了一种被东方人叫做“超脱”的感觉——一种“灵魂的肉体甩掉的感觉”。罗飞写道：“被层层美艳的文明涂饰过的／这个潇洒的文明人／置身于陌生的毛利人中间／自感渺小／／塔希提男男女女的目光／像热带的太阳一样灼热／／他们四肢圆浑　肩宽体阔／锃亮的皮肤／罩着薄薄的橄榄绿／满脸憨态　怯生生的瞥视／唇齿间发出／成熟的果子的香气”。

高更在塔希提岛发生的灵魂的蜕变，在被“回归自然”的道家哲学熏陶了两千多年的中国人眼中又熟悉又不熟悉。关于这一点，罗飞引高更的原诗：“大自然正用她那巨大的声音在呼唤我／像迎接自己的孩子一样迎接我。”“一个纯洁坚强的人在我的躯壳里／获得了新生命。”

在塔希提，在纯洁的、健康的毛利人中间，高更感觉不到铜臭气，感觉不到伪善，感觉不到被马克思、恩格斯说成“不得不保存”下来的那个“祸害”——国家的存在。于是在他的感觉中，那个十分熟悉的欧洲文明，对他暴露出野蛮的属性；而塔希提的原始和野蛮，却对他显示出文明的特质；塔希提的文明是如此高贵，要触摸它只有借助梦幻的飞升。这种文明和野蛮的倒错首先震撼了他的心灵，然后才化进审美感觉随着他的绘画去震撼欧洲的世俗。等到罗飞的情绪逻辑捕获了它，时间已经过去一个世纪。

像与七月派共命运的其他诗人一样，罗飞的诗情是有倾向的。不管现代主义艺术家们如何在词句上躲闪“倾向”这个概念，倾向都像幽灵一样盘踞着他们的情绪和态度。表现在他们作品中的审美意识的偏激，往往正是某种倾向的指示灯。以高更为例：在物质奴役的大环境中，带着精神奴役创伤的斗士，正是把打破令人烦腻的虚伪的和谐美作为自己的美学追求，以此作为对近代媚俗风气和商品化灵魂的鄙弃与批判。让我意想不到的是，高更的批判精神会使这位并不年轻的作者年轻起来，使他以昂扬的战斗精神写了这首悼歌式的作品，踏着高更最动人的一段生命的行程，讴歌高更对“欧洲文明”（商业文明）和对他自己的勇猛的批判。“一个精神的猛士跨过这段距离／他掰断腻人的平庸／犹如掰断光滑的瓷片……”“瓷片”这个词，使人想到有力的铁钳，瞪圆的眼睛和紧咬的牙齿。在诗的最后，罗飞写了一个安魂曲式的段落：“弥留的时候他是清醒的：／在根本无雪的热带／他画的　他想的　他魂牵梦绕的／竟是他的‘雪中的布列塔尼’／——纯白的雪花　飘荡着／他用亲爱的故乡的雪／深情地覆盖着他心中的‘天国’／／太孤独了……”

用这样柔和的、温暖的语调慰藉一个峻鳍的、未经打磨的性格，没有任何不自然的地方。罗飞的手所抚摩的，恰是高更身上最柔软的部位——心窝！这个部位最后的和最动情的一阵跳动，被罗飞所感知、所捕捉，从而在罗飞的诗中得到一次成功的复制。高更如果地下有知，他会不会发生由衷的感动，这无关紧要。这首诗是写给现代的中国人看的。

3.关于咏史

咏史诗的情绪，是现实情绪的倒影。当然，这些倒影有阳光下的，有月光下的，有灯光下的，有静水中的，有水波中的。总之，是倒影，否则咏史诗就会失去价值。历来史事的咏唱，全都是世情的渴望。

罗飞这两首诗，所咏皆为史事，而且皆为外国的史事。史事与今事无关。外国事与中国事也无关。那么，咏史诗的情绪作为现实情绪的倒影，可谓既在月光下，又在水波中了。他的现实情绪，绝不是纯个人的杯水波澜，也不是失去现实依据的纯精神的浪涌。我们的民族，作为一个东方民族，不熟悉现代市场经济，不熟悉现代商品世界，不熟悉资本——既不熟悉它们改变历史的巨大力量，也不熟悉它们和人之间的复杂关系。应该说，学会掌握它们和支配它们，是我们这个古老民族的伟大进步。但是，一些人由于政治素质、道德素质和文化素质的衰退和低迷，常使逐利的本能大于理性的自觉，这就使他们的精神状况被利欲、物欲推入滑梯的板槽。

一面挥金如土，一面拜金如奴。商品价值规律（最小和最大）除了合理支配着商品的运动，竟然还以上帝般的权威指挥着“人生哲学”和“行为科学”的营造。凡此等等令人忧心忡忡。罗飞这两首诗，是否是针对上述情况有所为而发，不得而知，而我则是带着上述忧虑来感受它们和评价它们的。“历史问题的提出，是现实生活的比喻”，这是一句名言。大家知道，在一定条件下，比喻反而更接近真理。

美与善的颂歌

——谈吴淮生新诗近作

在宁夏的诗人当中，吴淮生同志是比较有性格的一位。他执着地歌颂历史与人生的美，歌项祖国山川的迷人风采。在他的性情与理念之中，有一个由二十多年教师生涯积淀而成的夹层，这个夹层决定着他所有诗歌的共同特色：仪态端严，思路清畅，而往往有激切的真情。

1.端严的仪态

我读吴淮生同志的诗，像欣赏虞世南派的小楷，感到它们庄重而不威凛，虽是那么不激不厉。这也许是因为，他喜欢按照他自已关于善和美的理解，去从他所经历的社会生活、自然界和他本人的人生体验中采撷诗的花蕾，并且喜欢正面地赞颂他们。他的一些作品，以意态胜，在意态之中，激荡着他的激情。他的意态是真诚的，从而他的感情是可信的。

比如1982年春天他到四川渡口市攀枝花钢铁公司参观，发现那里的人并没有统一的方音，那里的建设者是从不同的地方调来的，这就触动了他的诗思："攀枝花，为什么听不到本地口音？ / 大黑山笑着说：这里曾阒无一人。"但他转而意识到，这些建设者口音不同，心音却是一致的——大家的胸膛里都有一座钢铁城市沸腾的声音啊。于是，他的诗思获得了生发："金沙江是一张巨大的琴， / 日夜弹奏，伴和着钢铁歌声。"（《采自金沙江畔的诗·攀枝花方言》）在这里，情绪的产生和发展，遵循着最朴素、最明朗的逻辑关系，那言语的表达，也完全没有潜意识的淹漶所造成的晦涩和掩沓。整个诗的面目，没有做作出来的娇媚。

仪态端严，并非寡情，在人在诗，都是如此。吴淮生同志每到一个地方，都有诗思在活动。他是多情的。他的多情，与他对社会主义事业的关切相联系；他的诗人的自我，自觉地充当着新生事物的感官。

2.神州风物在诗篇

吴淮生同志的第一本诗集是《塞上山水》，里而选的是他赞颂宁夏山川风物的作品。

近几年，他诗中出现了中国南方和北方一些山和水的风采。这些新的山水诗，我以为比《塞上山水》里的作品还要好些。

他的《天府偶拾》中《青城山拾幽》和他的《黄山纪游》，堪称这方面的代表作品。

写青城山，他紧紧地抠住一个“幽”字。人们常说“青城天下幽”，幽在哪里呢？幽在不透；幽在上有浓荫，下有厚苔。这些，到了吴淮生的诗里，化出了一层层可以直觉的境界。他写道：“弯弯曲曲的石级／引我往绿天深处”，他不写“绿树深处”，却写“绿天深处”，使你感到一路登山，一路浓荫，“像走进翡翠凉棚／像步入邃远洞府”。他用一种封闭的境界，点化出了一个“幽”字。进而写山行之微劳，也很有诗意：“石级赠我几颗珍珠／又被凉气悄悄收去。”这是说，拾级而上，出了几滴汗，不用擦它，就不知不觉地消失了。“日光似淡淡的月色／摇曳出树影的扶疏”，这两句诗，写得情真景确。青城山上的日光，与贺兰山上的蓝空明日不同；它蒙在一层水汽里面，那热烈也是女性式的。所以当它从又高又密的树顶泻下来的时候，使人感到地上的树影如同在淡而薄的月色里摇曳。这又是通过一个“透”字，来写青城的“不透”。

青城山是不好写的，因为熟悉它的人很多。黄山也是不好写的，因为熟悉它的人更多。吴淮生同志写黄山，避开了笼统的放歌，切出了几个风景小块儿来勾绘、来着彩、来抒情。例如他的《黄山纪游·由半山寺看“金鸡叫天门”》，是这样写天门的：“天门内的楼台一定瑰峨壮丽，／不然，为什么把青色帷幕紧闭；／如果让凡人看到玉宇金阙，／天宫不就失去了它的奥秘？／／天门内的岁月也许不会惬意，／只有寂寞的神仙和玉帝，／王母娘娘专会创作爱情的悲剧，／划条银河把牛郎和织女隔离。”

他不仅进入了情绪，而且进入了幻觉。这首诗的奇特之处在于，他在流连幻境之中，忽然对王母的神权提出了诘责。而这些都没有离开天门的实境。又如《“梦笔生花”的回答》，也使诗中的意态和情绪同真切的实境互相因依：“一支巨笔在云发上挥洒，／笔端的青松多像盛开的鲜花。”

有了实境作基础，意态和情绪才不仅能够生发出来，而且能够具备感染别人的条件。他是这样展现自己的意态的：“我真想借走这支生花妙笔，／使我的‘锦绣文章’传遍天下。”话说得很风趣。但是幻想中石笔的回答又显示了作者风格的端严：“要是不用我蘸那生活的泉水，／你永远只好梦笔生花；／如果不勇于打开你心灵的门扉，／就是在梦里，笔也不会开花。”

这其实是他关于诗的宣言。他写诗也重想象，但是他颇不喜欢纯心灵的雕镂。迄今尚未发现他有哪篇作品，是离开对生活原型的感受凭空硬捏出来的。不同的人对生活有不同的理解。吴淮生同志心目中的生活，主要是善的对象物和美的对象物。他也不是完全不写他自己，不写他自己身边的人和事。他写给家人的几首短诗，是特别感人的。

3.天伦的旋律

他的《给病中的妻子》有这样几句："抚摩你鬓边的浓霜／我遗憾我的体温／为何不能把它融解／我爱／是我午夜的灯光／将它一丝丝漂白／／凝视你额前的沟壑／我问：我的心热／难道不能将它熨展？／我爱／在你爱的折皱里／我天天逍遥自在。"

我斗胆说一句，在宁夏新诗中，这是夫妻之情的绝唱，这是呕心沥血的"妻颂"。我原来以为元微之先生的"唯将终夜长开眼，报答平生未展眉"两句，在这个主题上，搭起了无可逾越的横竿，然而我错了。吴淮生同志这首诗，冲淡了我对元诗的信念。元诗写得真率，他的诗同样真率。我了解他，我也了解她，我了解那"午夜的灯光"，怎样照一架缝纫机上面的稿纸，了解他怎样写诗、写散文；而她在一旁怎样无眠，要么批改作业，要么打毛衣。我也了解"天天逍遥自在"几个字。他长于作诗人，作教师，却不长于料理家务，总是把她一个人忙得团团转。这不是自忏自悔的诗，这是从爱情的矿井里采掘出来的崭新的矿石。再看他《给热恋中的女儿》："你走了，和你的男朋友，／……你胸前的飘带向我眣眼，／神秘地挥起'再见'的手。""在你离我而去的时候，／你的笑容是不谢的鲜花，／你的快乐是不涸的河流。／我也要问你啊，亲爱的女儿：／时代的面影可映在你的心头？"

在这首诗里，我们应当看到作者的"自我"组合着三个侧面：又是父亲，又是教师，又是诗人。这三个侧面，使诗中的情感复杂起来，超越了单纯的父女之情，有怜爱，有赞赏，又有叮咛。在《给准备参加高考的儿子》这首诗里，也是如此。"看见你午夜犹明的灯，／我走到你背后，轻轻，轻轻；／……直到你的灯火倏然熄灭／我便欣赏起你酣眠的歌声……"

从这样的诗句里，如果我们仅仅感受到一种深沉的舐犊之情，那恐怕还是不够的。诗的末句用了"欣赏"二字，表明了诗人之所以为诗人。诗人的作品要想唤起他人的欣赏，他自己必须首先擅于把生活当作诗来欣赏。大凡有功底的诗人，无不是擅于欣赏生活的人。这一组震响着天伦旋律的诗歌不仅使我喜欢到心里发疼的程度，而且使我在诗歌美学上也受到了启发。

4.芳醉赖良曲

吴淮生同志写新诗，也写旧体诗。这两种诗的不同处，五四以后被一些人夸大了。而能发现并且把握其相通处者，才能使新诗的底气坚厚些。比如说，古人以酒喻诗，以为诗总该有些醇味。这一点，我以为便是新诗和旧体诗的相通处。所谓醇味不是别的，就是能够令人迷醉的诗意。诗人按照自己的某种信念写诗，写出来某种诗意，这都是比较容易的，但是，要让人家同时承认此种诗意在令人迷醉达到了"量"的规定，却非等闲之事。衡量这一点的标尺只有一个，那就是心理效果。心理效果是严格得令人咬牙切齿的教官。在它面前，任何尊兄贤弟羊腿茅台都将无济于事。

而凡有质量的诗，都是靠诗人自己在创作过程中通过严格的心理监测产生出来的。这种监测有两种类型，一种是渐悟效果的监测，一种是顿悟效果的监测。我以为，通过严格的自我监测熟稔地把握渐悟和顿悟的心理机制，便可以为诗的醇化放进精良的麦种，而不管什么体制，什么风格，什么流派。

吴淮生同志写诗，多半靠渐悟。读他的诗往往要一行一行读完，通体琢磨，才能使心里的诗味渐渐醇浓起来。举他的《灵州怀古》为例。灵州是历史的名城：仅李唐一代，这里就有李亨（唐肃宗）登基的大事，和“回乐峰前沙似雪”的绝唱。远怀它的过去，必须将尽人皆知的往事和它目前的形象一层一层精炼地叠合。这是诗的题旨决定了的。他是这样写的：“雪一样的沙哪里去了／古时明月而今依然皎皎。”这是用李益的绝句来点破题旨。下面写了“黄尘漫漫的受降城哪里去了？／登高怎不见狼烟升入云霄！”又写了“李亨登基的殿堂哪里去了？／连鼓楼、高庙也云散烟消！”一切早已迢迢远逝。下面，笔锋一转：“当年，戍边将士头枕沙丘入眠，／可曾梦见灵州今日的风貌？——”于是，绿色的田野、园林，整齐的新楼、街道，瀚海里碧绿的波浪，荒漠上飞来的天何、渡槽，等等，集中地展现。至此，古今印象便有条件在人们的心理感受中若即若离地叠合，为诗歌收束时古今两种情调的交汇准备了心理条件。那收束是：“唱吧，唱支怀古的曲子，　轻轻地／芦管的苍凉在记忆里萦绕。／／弹吧，弹一曲明天的歌，悠悠地／朝霞在琴键上欢快地跳跃。”

只有渗透，没有爆发；既有思古时的几许憾怅流入心扉，又有几许今日建设者的豪情鼓动脉管里的血流，诗的感情如涣涣的远浪，从容地推涌。这里，吴淮生同志掌握的要点，是看得出来的：他每一个诗行给予读者心灵的信息，都比较鲜明，比较结实有力。

顿悟之法在诗中尤为宝贵，但是掌握起来甚为艰难。唐代绝句中佳作很多，但出于顿悟而名传千古者寥寥无几。“五四”以后新诗兴起，在表达新思想、新感情的方法上借鉴译诗的偏多而借鉴古诗的偏少，尤其没有几个人着意借鉴绝句中的顿悟。这实在是值得遗憾的事。1982年秋上，我在《宁夏新诗点评》中谈到顿悟时，曾选吴淮生同志的短诗《飞过桂林上空》为例。这里，我愿意再引这首诗将顿悟的方法加以推阐。这首诗只有两节，共八句。开头一节写道：“一位朋友曾把心遗失在桂林，／我答应他到那里去将它找回。／而今我有幸访问红豆的故乡，／却没有来得及叩仙境的门扉。”接下来却是这样的诗句：“机舱中我正惭愧对朋友爽约，／自己的心却不翼而飞。／我捂着胸膛急忙从云端下望——／两颗心正在漓江欢畅地击水。”

这是好极了的构思，它采用了顿悟，但它重复了谁呢？它谁都没有重复。它像藕芽一样鲜洁可爱。一些论者指出：近些年来，朦胧的、象征性的意象，为新诗增添了新的思维方式和新的语言表达方式，这无疑是有根据的。然而，运用新的思维方式和新的语言表达方式的诗歌，不管取得了何等成功，我们也断断不能悍然宣布它们对传统的艺术思维方式和语言表达方式的取代。需要强调的是，“语言表达方式”，不指语言的文白而言。在诗的领域内，感受方式、思维方式、语言表达方式，古与今、新与旧之间，异同常变的辩证机理是十分灵活的。参透它们之间相同的一面、恒常的一面、稳定的一面，使创作中新的探索和新的追求不脱离中国诗歌优秀传统的根柢，能使我们的诗歌减少“新”旗号下面的许多薄劣货色，减少许多唬老百姓的假诗。像《飞过桂林上空》这首诗所运用的顿悟，我们就不能说它已经“陈旧”，已经不适用于“80年代新诗”的“多层次、多侧面、多方位”的感受与观照。为什么呢？因为感受与观照的多层次也罢，多侧面也罢，多方位也罢，多维性也罢，它们能够在多大程度上，接近最佳的心理效果，原则上取决于它们的表达方式能够在多大程度上适应人类感受过程和思维过程在心理运动形式上固有的一维性特征。心理运动形式的一维性，实际上就是心理运动形式的时间性。这种一维性要求诗歌提供给人们心灵的艺术信息，必须是单纯的、简洁的和明白的，像达芬奇所要求的那样。《飞过桂林上空》这首诗的成功，就在于它在单纯、简洁、明白的语言形式中精巧地设置了顿悟的契机。

好诗如芳醇，芳醇赖良曲。诗的良曲就是渐悟或顿悟的契机。我想再强调一次，这个道理，对于哪种风格和哪种流派都是适用的。它又没有时代界限，它是中国的东西，但是它又没有国界。

吴淮生同志是善与美的歌者。这是我总的看法。他歌唱了哪些善与美的东西，在这个有限的篇幅里是不便枚举的。我只就他如何赞颂善与美，谈谈自己的浅见。我以为没有必要专门谈他诗歌的某些不足。这是因为，他曾经向我谈起过创作的苦恼。我相信他自己的苦恼比别人的批评更能充当革故鼎新的动力。我在这里只盼望他今后写诗时让那些表现意态的词语潜沉得再深一些，为了防止“满、实、露”的现象出现，把构思搞得尽量成熟一些。

匍匐在慈母般的前套平原上

——秦克温诗断议

1

前些年，在敦煌唐诗的残卷里读到了这样一句诗：“论心最爱直如弦。”每想到这句诗，我都会想到秦克温。我比较了解他的人，也比较了解他的诗。因此，我比较真切地知道，那将他的人与诗联结起来的，是他的耿直与激切。他诞生在黄河前套，他是喜欢在前套平原上匍匐的前套平原的儿子。他有一种不怎么讲情面的透明性格。他的诗不像羼了奶的水，那么迷离，那么氤氲，他的诗像黄河之水，带着西北高原的土腥气。他的诗也如银川白酒，能把一种热辣辣的感觉送进你的胃口里去；只要你慢慢饮吸，有时也会感到一阵朦胧的微醺。近些年，当一些诗人把大千世界变成他们奇僻灵妙的精神世界的译码时，他仍然不改初衷，仍然用阳光一样澄澈的调子歌唱现实与人生。有人讲，诗不贵直，这话当然是对的。但我想补充一句：诗又贵直。因为“直”之难以把握，正在于“直”之难以坚持。从秦克温的创作作风上看，他大概主张文可以曲而理必须直。譬如说，他的诗也用象征，也用比兴与借代，也着意追求意蕴。但是他这样做，决不意味着弃绝尘俗，封埋客观形貌，而是为了有力地击响人们的心弦。又直又不直，这才是秦克温诗歌的基本素质。我在读他的诗时，不愿意像找蘑菇似的找“变形”，找客观形象的代用品。我喜欢从他的诗里感受客观世界的明亮色彩和尘世生活的温馨。我喜欢听他在诗里对我讲宁夏的小毛驴、土屋和芦苇湖，喜欢看他为知识分子入党难的问题在诗里忧愁、愤怨、扳着指头讲理。当代诗歌有一种情况使人厌腻：写什么，让你看不到什么。写青海湖，让你看不见青海湖；写柴达木，让你看不见柴达木；写贺兰山，让你看不见贺兰山；写黄河，让你看不见黄河。秦克温的诗就不这样，他诗中一些情真景确的特写常使我意绪流连：沙海的驼影，远天的炊烟，栖身于沙柳、蓬蒿的沙燕，生命迸发着火星的治沙队员，像金鸟一样闪着带亮的翅膀飞翔在六盘山的“花儿”，河套平原上麦苗的拔节、汗珠的落地；妇女们辗转在锅台、碾台、磨台之旁的旧影和她们停伫在汽笛、马达、电器之间的新姿；毛乌素沙谷间的脚印，平顶土屋下为筷儿编着料筐的茧手；在六盘山下，在黄河之滨，那妙曼的、燕啼一样的口弦，那定情的香包……凡斯种种，全都是他诗的河床上铺底的东西，他的激切的情流就是在它们上面涌着波澜，腾跃着浪花。他写人，尊重人格，写物，尊重物格，如果从物格转入人格，他也注意尊重物格的独立性，决不用主观的镪水消掉它们的形貌。

2

大凡耿直的人，皆以强与真的统一为美，皆以强与伪的统一为丑。秦克温是以强与真的统一为美的。他诗歌的第一个特点，就是能够为真理挺直腰杆。他有一首《“直”辩》，是这样写的：“我不认为直是人的毛病，／人怎能弯下七尺之躯，／歪曲灵魂？／尽管我踏着直人的脚印穿行人生，／被现实的峭岩碰得鼻青脸肿，／但我不后悔，也不埋怨命运，／而是更爱那宁折不弯的直人。”“那么他所矜持的“直”，是不是抽象的“直”呢？不是。他对“直”字，有他理性的发现：“直人……是真理的防风林。”面对这般警策言语，你只能颔首沉思。当我们想到忍受着风虐沙狂的防风林的颓枝败叶时，我们的呼吸是不能平宁的。古往今来，在这个防风林的颓枝败叶之中，不是挺立着许多刚烈的灵魂么？在诗人当中，承认并且实践着这种真与直的统一者，正是发现了并且护卫着强与真的统一的人。秦克温希望自己成为这样的人。他的情思，也喜欢将抗旱、抗沙、抗风暴的强劲的小植物加以人化。在组诗《离离原上草》的《沙打旺》一诗中，他的劲健的旋律是这样推进的：“风沙鞭打你更蓬勃旺盛，／你的名字与实际完全相符；／烈日如炉，徒增你一身绿素，／寒凝大地，你的根子不枯。”

他对马兰的赞美也这样铮铮作响：“藐视狂风、暴雨、飞沙，／顶得住烈日、酷暑、严霜。／盐碱蚀不烂坚实的根须，／生命是何等坚韧、顽强！”这是物格的颂歌，也是人格的颂歌，这是独立的物格与独立的人格叠合起来的颂歌，在这样的颂歌中，他对物格有挚爱，对人格有生发，对史事有缅怀。如他的《百里香》：“你全身偎依着地面，／一派青葱，几抹微红，／在革命战士打过仗的地方，／你的殷殷碧血化成一片火种。”

诗，是精神世界的虹。它不喜欢装扮庸俗的虚美，它喜欢到人生的远途上去伴随超凡脱俗者不畏艰险的跋涉，它喜欢为贡献者作出贡献。秦克温深知诗的这种禀性，所以他喜欢为那些在艰难中前进、在艰难中奋斗的生活笼罩上诗的虹彩。让我们读读他的《穿过沼泽地》，这首诗大概是记事抒感：“汽车载我奔向六盘山区，／途中一片沼泽驱散了欢喜。／丛生的杂草覆盖着泥泞，／车轮打滑，喇叭怨天怨地。／啊！一份人生征途的考卷，／写着何等严峻的试题！／让劣马在此嘶鸣顿蹄，／让懦夫借口退却叹息。／所谓彩虹化作长桥，／不过是痴人和幻想者的梦呓。”“前进！赤脚踏着刺骨的冰水，／泥巴溅起一片笑意。／生活不只是在柏油路上散步，／更要披荆斩棘把通途开辟。”

请看，在“一片沼泽”，“车轮打滑”，“赤脚踏着刺骨的冰水”等等景象中，事件的梗概相当鲜明。在这个陷车与推车的梗概中，意念的逻辑“气化”为情绪的波澜，拍打着读者的胸壁，同时将强者的形象深深地嵌入读者的心灵。读者为什么乐于接受它？因为强者的形象是“真”者的形象。

3

秦克温二十多年来一直让他的诗情带着乡音涌流。他的带着土味的相当规范的诗句，有元白乐府和现代民歌的影响，也有贺敬之、李季、阮章竞这些前辈作家的影响。我曾经做过一个实验：把他的《贺兰山，我心中的山》《土屋》《唱给毛驴》这些作品先用普通话朗读一遍，后用宁夏话朗读一遍，我感到后者的情味要浓得多。“形式，内容着”（黑格尔）。在他的诗里，宁夏话的韵调竟将一种扑心的力量赋予了词语所唤起的形象、意会和感觉。例如：“黄河向太阳铺平波涛，／亮出最纯正的颜色，／像我值得骄傲的黄皮肤，／清晰的肌理可数可摸。”

这是秦克温的黄河。当我的感受力同这个黄河拥抱在一起的时候，我感觉到，我的情绪震颤了。在这种震颤中，黄河的浪纹、黄河的色彩、黄河的湿土气，是同来自秦克温心中那种激切抖动着的宁夏乡音搅拌在一起的。

在旋动的空心球体里
—论刘国尧诗歌创作

当一个人的诗和他自己性格当中真正的美质统一起来为时候，他开始成为诗人；当他在创作中发现了他自己并且一步步完成他自己的时候，他的人和他的诗开始成为理论的对象。

把刘国尧当作宁夏诗坛上的一个现象来看，他已经成为理论的对象。这是因为，他终于远远地抛开了由数十家当代杂志堆积起来的浮薄的参照体系走向了他自己，他终于辞绝了某些先验的时髦框式，像勤苦的采珠人那样向生活潜沉，又带着他自己采得的珠向心灵的底部潜沉，直至那生活的珠辉耀出心的灵光，再把它们化为歌唱。

在当代诗歌界出现了唯自我才有真实、唯内向观照才有真深度、唯摒弃生活原型才有真价值、唯弃绝“物质粗渣”才有“真未来”的“新观念”的时候，做一个当代生活的歌者，并不是很容易的。我有幸读了刘国尧的二百多页诗稿，这些诗稿给我留下了以下印象：

其一，他对我们时代的崭新生活有一种真诚的参与意识并且热情地拥抱着它。

其二，他努力把握生活的主流，对它的美和它的冲突灵敏地作出情绪的反应。不论在哪里，不论在生活的哪个角落，只要那美的彩翼在他眼前倏地一闪，他的诗的小网子立刻就捕了上去。

其三，人生之美，成了他诗中常见的主题。由于他把现实世界的主体——人，当作心灵感应的对象，所以他诗中反映出来的当代生活的五光十色，多有比较坚厚的实感作底垫。

如果对以上印象作些分析，那么我以为刘国尧是以利他主义的人生态度调节着他的艺术的自我。他让自我成为反映社会人生的一个带着个性色彩的情绪的中介，而不是让它成为诗歌表现的终极目的。他避开了“纯自我”的雕镂，没有以一己之孤闭，搜讨“纯心灵”的幽曲，没有以“代表未来”的“纯美”的观念，去追求“纯精神世界”的奇幻。这使他的诗带着生活本有的光热从那飘飞着彩焰的幽寒境界的上空，大步走了过来。他多么本色啊！

他诚恳地对我讲过，他感到他的诗，缺点在一个“浮”字。被这种坦诚的态度所感动，我抱着专挑毛病的动机把他的作品琢磨了一遍。我觉得“浮”字——这个悟性的概念对他来说太宽泛，太缺少分析性。说这个字适用于他的某些急就章还可以，而从总体上看，他的多数作品在立意、选材、构思和情绪处理上，纵有些毛病，也不是一个“浮”字所能概括的。他的有些诗，似当加强“文火”功夫——再“炖”透一些。他的句段间一些很好的旋律往往带着粗刺刺的毛边儿，这些毛边儿即使来自对粗犷风格的追求也有不少是多余的。在他的某些诗里，服务于表现目的和造型目的的造句和修辞，还残留着一些钝化感受的“大路货”。我分析了存在上述毛病的那些作品，我发现它们都有来自生活体验和艺术素养的审美情绪的背景。从理论上说，凡是能感受到这种精神背景的作品，都不可能是“浮”的。坦率地说，我并不一般地同意这个“浮”字。刘国尧的多数诗歌，是靠情绪的激浪推出来的。他的诗在体式上属于放歌一类，放歌在艺术上的成功，往往要以“润物细无声”式的渗透力的减损作代价。假如放歌刻意求深并且追求凝重的美，那结果会是放歌本身的消逝。再说诗的所谓深度，一是指诗的立意和题材典型化，一是指表现和造型提供的感受层次。这二者的关系，不同风格、不同体式有不同的调节机制。让李贺用白居易典型化写实的方法写他的歌诗，或者让白居易用李贺多层次曲折的方法处理乐府的形象感觉，都会由于违反艺术辩证法而导致失败。风格学上一个不容忽视的教训是：对各风格各流派赖以护持优长的片面性越不理解越不尊重，就越容易显示理论本身的片面性。因为任何风格和流派的生机，都是靠片面性加强独创来维持的。刘国尧的诗歌在风格上已经有了比较稳定的主要体式，与这种体式不相适应的种种“优点”，都可能成为它的缺点。在自己已经形成的风格体式之内，努力追求质量的“极值”，这大概是刘国尧诗歌创作的前景。

1.两种实感的平衡

刘国尧的哪些诗歌，能够在读者当中唤起比较理想的心理效果呢？我以为是那些生活的实感和心灵的实感比较均衡的作品。例如他的《红灯，多亮了半分钟》，写西北某新城交通警察在车流高峰期，为保护一位残疾老人安全走过人行道，让红灯多亮了半分钟的“一件小事”。他写道：“就像影院开演误了时间，／车铃为何不连声叫喊？／就像球场电子表亮错了比分，／喇叭为何不频频高鸣？／仿佛有谁挥动了神奇的魔棍，／镇住了抱怨，喝退了询问。／哦！红灯。红灯。人行横道线内，／蹒跚着一串呆板的节奏／——一位手拄双拐的老人。”他把人们竟然忍住了平常情况下绝对忍不住的事情推出来作为衬景，让过时不换的红灯闪两下以后，把聚光灯对准人行道上一位拄双拐的老人，这种写法给人的感受是结实的，是有厚度的。等待——体贴和关切压住了众多的私虑，静默——理解和同情压住了众多的焦急。在这般情境中，刘国尧发现了人类集体意识中的道德力量。揭示这种道德力量并且讴歌它，是这首诗意念的主脉。但这首诗的艺术任务，却是作者要把自己灵魂的震动，在读者心中按照原有的强度大体类似地生产出来。

他成功了。他以较少的文字让生活的实感在情绪的逻辑上达到饱和，让心的实感在同生活实感的融汇中达到平衡。所谓心的实感，是指诗中交通警、自行车和汽车上的群众这两方构成的静境，饱满地显示着他们之间心灵感应的动境（重点揭示群众对交通警的充分理解和自觉服从），是指作者本人的感悟从上述物态的静境向心态的动境的透射：“而我，却为这短短的、红色的半分钟，／做了长长的、绿色的梦……”他的梦的绿色，显示着他对繁闹通衢上人民安全的守护神——交通警同志的精神的拥抱。

又如为人称道的发在《诗刊》上的《网兜里的面包》。这首诗的好处，除了上述的均衡而外，还在于他相当单纯地把握了丰富。构思这首诗的时候，刘国尧抓住一位讲师网兜里的“一叠讲稿，加上两个面包”抒发感慨。感慨是什么？是艺术思维的酵母，是催动和托浮想象之翼的气流。靠了感慨，诗人才能把握带着情绪带着形象的理性的因子，诗人的思维才能在“这一个”和“这一类”中间，完成悟性的穿透。中国的饭菜本来是很高超的呀，讲究火候，讲究刀法，讲究佐料，为什么我们的讲师要啃干面包呢？他对讲师们的日常生活作了典型的揭示：“可时间呢？／——早上，太忙：／奶瓶。菜篮。拥挤的车道……／——午休，太短：／作业。试卷。释疑的便条……”

第一行的“可”字，从逻辑上假定了讲师们都会做讲究火候、刀法和佐料的中国饭菜。接下来的四行，以无可辩驳的细节真实“论证”了讲师们与美味的中国饭菜的无缘，从而揭示了面包走运的原因。面包“走进了中国人黑色的拎包”，同自行车、四十瓦灯泡、量子力学论文、婴儿奶糕一起，“点缀着一代中国知识分子的风貌”。两个面包说明了什么？说明在“电子计算机时代，立体交叉路时代”中国知识分子对社会贡献甚巨而索取甚微。“哦！两个面包，／——这淀粉和H_2O的混合物，／是支撑教鞭的纤维，／是活跃思维的细胞，／是信念和艰辛的组合，／是速度和效用的骄傲”。

刘国尧相信，读者一定会跟他一样，盯视着在网兜里陪伴着面包的“一叠讲稿”，心中会产生和面包一样又酸又甜的滋味，一定会记住中国社会主义创业史上这珍贵的一瞬。

做生活的歌者真不容易。这因为人有尊严，生活更有尊严。生活对于逃避它、厌弃它的人固然会投以冷眼，对于拥抱它的人也并不轻信。她要检验每一个人对她的真诚，检验他在真假、善恶、美丑面前作出正确抉择的胆力和识见。刘国尧有一首诗叫《匹诺曹的长鼻子》。这首诗显示了他针砭世情的严正态度。他写道：“尽管我走进中年，／走向生活深处的时光，／目睹了骗得亲信的／假面具的微笑，／耳闻着诈取掌声的／伪君子的说唱／但匹诺曹的长鼻子／总在我的记忆中闪亮！／我坚信，在青发仙女眼里，／他们的鼻子都很长很长。”

生活喜欢接受这样的恋情：把它的“真体”从假、恶、丑的拥抱中解救出来，因为假恶丑总是像刁钻的无赖对它死纠活缠。像这段引文里那些带着义勇精神的言语，虽和《木偶奇遇记》里匹诺曹的故事联系在一起，但已经不再是幻想世界里安慰童心的仙果，而是成了疗救时风的银针。刘国尧诗中艺术同生活的距离耐人寻味。一般说来，那距离时远时近而倾向于近，若有若无而倾向于无。像这几行诗，生活的实感被凝聚，心的实感扑打着彩翼，观照、构思和抒写，同生活保持着无距离的距离。有时候，他死搂着生活不放，让自己的心紧紧地贴着生活，任它撞击，任它抚弄，任它颠荡，任它揉搓，任它撕扯，而后，他又以同样的力量搂抱读者，用他的心紧紧压迫着读者的心，对读者的心进行撞击、抚弄、颠荡、揉搓和撕扯，似乎距离论对他不起什么作用。在这方面比较典型的是他发在《星星》诗刊上的“写给我的宝贝女儿”的叙事组诗《自行车上的加座》。这组诗的生活是80年代中国“两代人在行进中的跋涉”，是“一只独弦琴，奏出两代人的歌。”其中《爸爸抱你“登基”》，推出了生活的特写：“雨后的清晨，明丽却有些沉闷。／妈妈抱着坐垫，抱着爱的牵挂走着。／爸爸抱着你，抱着上帝的赐予走着。／默默地，走向爸爸擦洗一新的‘飞鸽’。”这里，动态的特写里蓄足了静态的爱，这爱，在曲折的路途上显示自己的美和尊严。“为躲避路口板着脸的交通规则，／不得不绕绕道，在小街小巷中穿过”。这爱，将在路途的泥泞和坎坷中掀起心灵的波涛。看《下班路上，又是风，又是雨……》：“爸爸抱起你。爸爸扛着车。／风和雨汇合的黄昏，／在立交桥工地的泥泞中跋涉。／我的宝贝，别怕！搂着我。／好孩子，都不是温室里的花朵。”“突然，脚下一滑，连人带车滚下陡坡。／爸爸惊叫一声，扑向摔倒的你，／而你，却急匆匆在四周寻找什么？——妈妈缝的娃娃？阿姨给的糖果？／啊！竟是爸爸的这副近视镜／你正掏出了手绢在轻轻擦抹……”

从生活上说，一颗童稚的心，它在艰难中显示出过早的成熟，会把大人们的智灵推向懵懂的痛苦。这里有着辩证法的深度。从艺术上说，这几行诗，将生活的实感写得很足；而由布娃娃、糖果与近视镜之间的感受差所把握的感受和意念的大幅度跌落，以一种无可抗拒的逻辑力量把人们推向爱的痛苦。在这里心的实感岂止是饱和，人们心灵的负荷力简直要撑破了。另如《红绿灯下，民警叔叔走来了》也有这样的力量，也能以锐利的实感造成你心的疼痛。

2.放歌，在旋动的空心球体里

自从我国实行对外开放、对内搞活的政策以来，我国社会生活的各个方面都在新与旧、僵滞与活力的裂变中发生急剧变化。当社会上不少人还对此懵懵懂懂的时候，刘国尧的感悟力就比较敏锐地作出反应。他热情地迎上去，积极地理解它和参与它，为它辩白，为它歌唱。快速旋动的时代生活的信息之流，把他置于五光十色的空心球体的舱座之中，使他对生活的感受方式和观照方式发生了变化——从单向的、平面的开始变为全方位的、多维的。在刘国尧采用多维观照的方法时，他好像从包围着他的空心球体里跳了出来，在同它拉开距离以后，又把它进一步抽象为魔方的旋动。1983年5月，他在《飞天》上发表了《我也是魔方迷》一诗，就是采用多维观照的方法构思出来的新颖作品。它一发表就受到了人们的赞扬。由于这个作品具有方法论的意义，所以我们有必要进行较为详细的解析。

刘国尧在诗的开头写道："我真成了地道的魔方迷，/那缤纷的色块总在旋转我的思绪。"让我们注意"旋转"二字。思绪按照六面体旋转，跟按照球面旋转，那结果是一样的。问题是，在刘国尧的观照中，那旋动的六面体构成的球形空间包容着什么呢？他正确地回答：包容着世间万物，连那"生我养我——/古老而新鲜的九百六十万平方公里"也不例外。事情已经再清楚不过，我们只有适应他的这种观照方法，才能够感受他这首诗的境界和气韵。他写道："再不是拨浪鼓摇头叹息的岁月了，/也不是八字脚原地踏步的时机。/复兴了的绿色中国，/竞相生长着这么繁茂的陌生课题。"那繁茂的陌生的课题，是从魔方的旋动中展示的："合资方针。联产计酬。退职条例。/——色调，不也纷杂却还绚丽，/森林法规。物价政策。节能奖助。/——端绪，不也繁多却还清晰。/难产的住房。焦虑的待业。逍遥的污染。/还有经济犯罪，高考舞弊，超额生育……"

这些诗行使我们产生的艺术视象是什么呢？那些在球面上旋动着的现实生活的课题，犹如线团上面一组交错盘绕的彩线，它们确实令人感到"繁茂而陌生。"而为解决那些课题而进行着的改革、探索、整顿和竞争，作为那一根根彩线的普遍内容，又都呈现着滞涩、犹疑与果决、充满生气两个侧面的冲突。这是诗的第一个层次。

接着，刘国尧写了魔方的色彩和平面在旋动中的分离和组合："转功，色彩在执着地寻找同伴，/嫩黄。淡紫。深红。浅绿。/转动，平面在专致地寻找组合，/向上。向下。向东。向西。""……希望，在不断的转动中萌生，/困惑，在持续的旋转中荡涤。/运动中的纷乱，变迁中的离合，/显示出何等生机勃勃的活力！"这短促而快速的节奏杂色纷呈的律动，把远距观照中发出的咏叹表达得元气淋漓。但是，如果仅仅就此满足而不把激起上述咏叹的"情元"逼真地加以显示，那么心的实感就会由于缺乏生活的实感而显得徒有虚境的空灵。这一点在刘国尧的意识中看来十分清楚。请读下列诗行："——责任田在寻找养料，/——转产厂在寻找盈利，/——求知欲在寻找学校，/——高层楼在寻找地皮，/——惰性在寻找紧迫感，/——疲惫在寻找再生力，/——心灵在寻找沟通，/——生活在寻找情趣。"

这八行诗，相当于凝结在时代旋流中的生活彩块儿，它们要求我们的神思与它们同步旋动，在相对静止中对它们进行观照相体验。这种静止下来的观照和体验为把握旋功的思绪提供实感的基础。从章法上看，它们也为贯纵全段的气脉促进了结实的纬线。这是诗的第二个层次。

通过多维的、全方位的观照所获得的对象世界的信息，就总体而言，她是多端绪的、多层次的、多侧面的。这是这种观照方法的优点。为了不使它在作品中造成无所归依的乱流，诗人似乎有必要在作品的局部上用确定的主题线和情绪线把握它，使它服从一维性的推进。魔方，"六样色彩，五十四个平面，/四千三百二十五亿亿种图案，围绕一个坚实的旋转中枢变异"，这使刘国尧想到："共和国不也正围绕公民执拗的信念，/

滋育着每一个细胞的分裂、合成，／控制着每一缕信息的接收、传递。”这种来自多维观照的现代中国的背景是壮阔而美丽的。这个背景托出了一条单一的主题：调整——是它，把人们的思索引向一维和多维的统一。“——集市在调整价格，／——住房在调整面积，／——书籍在调整印数，／——车轮在调整速率，／——国务院在调整结构，／——老中青在调整比例，／——抱怨在调整情绪，／——时髦在调整含义。”

由魔方所象征的旋动着的现代生活，“要转出红扑扑一片21世纪的霞云，／要转出绿莹莹一块马克思预见的大地！”至此，整个诗歌的时代主题就焕发出绚烂的光彩。这是诗的第三个层次。

诗的第四个层次，亦即它的收尾部分，是作者自我的抒发。这抒发呼应着篇首，亮出了歌者的形象。“我欣喜，为平面的每一次排列；／我欢悦，为色彩的每一面聚集。／我始终没有忘记：我——／是一粒色素，在这聚合的光彩中，／是一条直线，在这结集的平面里。”

这个歌者的形象既然自比为一粒色素、一条直线，那么其他“无数粒色素”和“无数条直线”，自然就是共和国的无数为现代化献身的人，他们在大旋转的时代里的情绪和态度，自然统统被抽象到“我”这个激情澎湃的个体之中。这首诗的词语很直白，然而多亏了这直白，我们在跟随诗人旋动时才避免了晕眩。

3.何处是归程？

诗人是社会情绪的器官。哪里有社会情绪，哪里就是他的领域，他的居室，他的职位是限制不住他的。但是他和一切人一样，总是在特定的局限中生活，并且总是在特定的局限中凭着令他迷醉的“片面性”吸收各种社会情绪，并且总是通过“自我”的魔镜把它们反射出来。就社会生活和人生境界的无限性来讲，诗人的两只脚进行着无归程的跋涉。但是，就经历、环境、素养和气质的特定性来讲，诗人的艺术道路，又各有各的归程。刘国尧常常在探询：他这样走下去到底行不行？在他眼前，海天空阔、谷陵杂叠，一个个无首尾的路段，或在峰峦，或在沟谷，或隐于林木，或融入远霭。究竟怎么走？这不是任何“纯粹理性”所能回答的。我们只能根据文学史上提供的材料，悟性地探讨这个问题。我个人的意见是：作家以有涯的人生，对无涯宇宙，唯有此生此世特定的环境、经历、气质、素养所限定的他的艺术自我的“片面性”和艺术风格的“片面性”，才能帮助他在万千轮毂纵横交错的通衢之上，准确地找出属于他自己的那条唯一的道路。诗人不是宗教家，他不能自陷于来世的无限度的幻想，去追求包罗万象的“一切善果”。本文开头部分说过：“在自己已经形成的风格体式之内，努力追求艺术质量的‘极值’，这大概是刘国尧诗歌创作的前景。”这种说法，就是基于上述思考的。下面，让我们对这种说法略作展开。

刘国尧诗歌的放歌体式已经形成，他诗歌创作的归程，应是这种风格体式的“老”

境。假定以目前状况为起点，以风格的“老”境为终点，中间以矢线连接，那么，这个归程上的“长亭更短亭”，是否直接分布在那条矢线上面呢？不是的。在那条矢线之外，还有第三个点，代表着艺术质量的极值。这第三个点，凝聚着由起点到终点的中介过程。刘国尧要走过的“长亭更短亭”，分布在这个点同起点和终点的连接线上。简括地说，只有对于质量极值的一次又一次的追求，才是保证刘国尧将自己的艺术风格一次又一次地“撬”向“老”境的杠杆。“极值”这个概念，取自张贤亮谈诗歌的一次发言。他是从数学里面借来的。把这个概念用于创作过程，至少意味着以下几点：第一，诗人对创作质量的追求，应当在宏观上有一个可以预见的最高境界；第二，诗人在完成每一个创作题目时，都要观照着上述境界，对自己的创作效果实行最高级别的监测；第三，为了做到以上两点，诗人应当时刻准备同某些导致平庸的观念和习惯进行不留余地的对抗。从我读过的刘国尧的诗歌作品看来，我以为这点他都可以做到。倒是目前诗歌美学上的某些片面性，可能成为他的障碍。比如说：诗的任务是不是仅仅限于生活激情的直接生产？不是的。诗的任务是把生活激情变形为审美激情以后再去影响读者的心理过程的。带着艺术形式的讲求和语言质量的讲求去从事审美激情的酿造，那结果就不是用单味的生活激情去满足读者的审美欲望。让生活情感和审美情感二重化，从而使生活的激情发生艺术的变形，这在刘国尧的不少诗歌里已经做到了。问题在于审美成分的饱和。可惜的是，由于诗坛上流行的上述观念的影响，他有时在重视生活激情的同时，却忽略了对生活激情的艺术变形。在他这样做的时候，他好像忽略了对心理效果的监测。比方说，他好像没有假定在他案旁坐着一个在诗的苑囿里阅历丰富、不易动情的严苛的陌生人，一个不很可能用一些甜蜜的废话软化自己进取心的人。如果他假定了这个不易动情的陌生人坐在案旁，他就有机会从那张死面饼似的脸上发现，在自己纯激情的迸泻中，潜藏着一种威胁诗的东西。他就有机会发现：诗的艺术手段，与其说是给激情自身以充分的美学意义，不如说是给那些产生激情的“能源”以充分的美学意义。因为只有后者才会使一张张冰冷的脸激动起来，进入审美的观照与体验。目前对刘国尧来说，类似“有激情便有好诗”这样的观念，已经远远不够用了，他的不少好诗已经突破了这种观念。问题是，这种观念的优点在于“强调了最重要的东西”，缺点却是陷进了单质论的泥塘。因此，它在聪敏的刘国尧心里，有时导致诗的枯乏。不能否认，刘国尧是靠激情活着的，他的诗都有激情。但是他显然并不能够保证自己的每首诗都像他的优秀作品一样，具有比较丰美的艺术层次。令人叹惋的是，他的某些诗篇或者某些诗段，或者某些诗句，会把一些十分宝贵的激情扔在荒瘠的盐碱地上。我以为，他不妨对自己已经形成的风格体式实行“对外开放，对内搞活”的方针，目的是在自己的风格体式之内，大幅度地增多富有活力的审美范畴和修辞方式；在自己风格体式的主干之上，勇敢地培育多种风格境界的分枝，使自己诗的放歌，成为西北旷原上根深叶茂丰盈俊健的大树之放歌。冒昧地说，这也许就是刘国尧诗歌创作无归程的归程吧。

诗格与人格的交辉

——谈论贾长厚

我想无论如何，诗应当在人格上是可信的，贾长厚（贾曼）的诗跟他的人一样可信。

他用他对人世的各种思索，用他对人生命运和价值的体验和估评，用他从燥热沙原上寻找到的一朵朵信念的小花儿，酿造着真实的诗。

他的诗缺乏的是浓郁，然而他的诗能够向你心里滴渗一种微苦的蜜液。

大凡真实的人都活得很艰辛，大概真实的诗也不会轻松吧。

1

他小时候，喜欢诗，喜欢音乐，喜欢绘画。可是，他自己感到，在音乐领域里，他"像鸭子一样只能在水上漂浮，总是飞不起来"；在绘画领域里，他的精神总是溜号。

是大海把他送进了诗的大门："我在海边生活了多年，当我一个猛子扎进海底的时候，那静静的海底世界太迷人了。我感到画笔是无能的——只能画出海面的浪花、海鸥和帆影，无法表现海底世界的奥秘。于是，我把画板做成小船放进了大海……"

就凭这段话，他就有可能获得我们的信赖。

2

他的诗评引起了我的注目。他在诗评中，谈论过"传统诗"和"现代诗"问题。"既不做'传统'的抱残守缺者，也不要跟在'现代派'的尾巴尖上乱摇。"在《新诗观念纵横谈》中，他说："不要一提'传统'就厌烦，也不要一提'现代派'就摇头。"这看法大概是比较辩证的吧。

关于诗歌创作中的明、晦、深、浅之辩，并不是现在才产生的；关于诗思的内、外、主、客之论，也非自今日始。然而，历史让人类的实践和认识总是盘旋着往前走。每个时代都在一些议题上重复着前代。贾长厚援引台湾诗人余光中的话表明了自己的倾向。他主张深入浅出，不主张浅入深出，也不主张浅入浅出，主张诗歌关切社会。

3

他对诗的形式，进行了一些探索。如《小河·希望》中《小河》一诗：“一／条／小／河／哗／啦／啦／啦／流／淌／哗／啦／啦／啦／哗／啦／啦／啦／流／向／远／方”。

他说：“排列成S形，因为小河是流动的，这样可以造成一个视觉形象，拉开一个空间，展现一个意境（也寓意于小河的坎坷）。”自从五四以后，在诗歌语言形式上做这种探索，常常是知音很少，而劫难苦多。无标点的诗现在多起来了，指责者也渐渐哑默了。总算是一个不小的胜利。贾长厚的这类探索，与无标点诗不同，它似乎有点“字句形意化”的味道。例如：“她抬起头来／凝神地笑了／／泪水／却从深深的鼻沟／流／下／……”

他告诉我们：“这种排列形式（我叫它‘跌落式’）在调动视觉形象、增强诗的感染力上会起到相当作用的。”

贾长厚提出：“一味地追求‘诗的视觉形象’和‘立体感’，也会陷入形式主义的泥坑。”我想补充一句：内容的指尖伸到哪里，形式的合理界限也就达到哪里。还是黑格尔说得好：内容形式着，形式内容着。像这种“字句形意化”的试探，即使不无小趣，他自己也只是偶一为之，这倒是真的。

4

贾长厚对几位青年诗人的评论是热切的和中肯的。

葛林，无疑是宁夏新起诗群中具有才华的一员。贾长厚大概比较喜欢他的《年轻的太阳谷》，这一段诗歌堪称奇绝的佳构：“五月里／是丁香盛开的季节／紫色的花装满了太阳谷／紫色的芳香呀／却是太阳谷装不下的／终于从星星峡那边溢出去了／一直淌了很远很远。”

贾长厚说它，“不但语言平白质朴，意象单纯而明净，而且言之有物，抒之有情，尝之有味。”实在是很准确、很深切的。葛林的一个“溢”字，开拓出多少风光啊！我以为，葛林素质之可贵处在于，他似乎很懂得用单纯去征服。

他对柳风的诗评论得较少，却对柳风的生活际遇发表了自己的感慨。他介绍说：“柳风，是一位坚强的青年诗作者，他的经历比较坎坷，高中毕业后干过七年临时工，此后，理发、照相、修车、开荒、经商，什么都干过。他睡过沉闷阴暗的地窝子，也出入于大都会的高级宾馆，这些，在他的诗中程度不同地有过表现。但比之他的生活际遇，他的诗尚显得单薄，题材也不够开阔。”我对柳风也很了解。贾长厚对他的批评我以为有一定道理。但我觉得贾长厚的可敬之处，在于他指出了柳风应当如何向前迈步。他希望柳风的诗在他的生活经历受到沉淀时，变得深沉些，有分量些。

当青年诗人马钰以黄河为题发表一系列新作之后，贾长厚很敏锐地把握了他的创作特点。指出："他试探在历史和现实之间寻找形象，通过密集的形象组合给作品染上凝重的气氛，形式上有新的突破。"马钰的诗能闯出一条路子，是很不容易的。一个青年工人，能使自己的诗"在历史和现实之间"，"通过密集的形象"，"染上凝重的气氛"，这给宁夏诗坛带来了新的生机。今后马钰的成就，全看他能够在何种程度上守持和发扬贾长厚替他概括出来的这些优长。当然，也应当尊重贾长厚的劝诫："切莫像某些赶时髦者，玩弄文字游戏，把抽象的概念化为艰涩的意象，进行一些不伦不类的修饰；或者不着边际地生造一些与当今现实生活毫不沾边的东西，以现代派的组合排列掩饰文法的不通；或者说文法的不通加上多层次的意象使诗更难懂了。"这些劝诫，是诚挚和确切的。

他对杨云才和贾羽的批评也非等闲之笔。如说杨云才"着意追求一种平朴的叙述方法，纯客观地再现生活中的某些事端，运用近乎残酷的写实手法毫不动情地去再现或放大现实中的某些荒谬现象，通过无动于衷达到使人激动，通过不加解释达到使人理解，通过平静记叙求得内涵深沉"。之后，他不客气地指出：由于杨云才有时"站在纯客观的立场上来写"，所以部分作品"很难产生感染力"。这真是一剂良药！诗是蒸腾物的凝结，它不是冷雕。这是杨云才今后仍须留意的。

对贾羽的诗，贾长厚肯定了它们的清丽，有韵味，它们在平淡之中蕴蓄着波涌。但当贾羽经过"自我更新的阵痛"，按照"独特的心理趋向"，"寻找充满活力的新鲜太阳"时，作为诗人的贾长厚反馈给他的心理信息却是：对他的《狼火》《我和我之间》《北方孤独者的情绪》等等"并不喜欢"。能够给青年作者以龟镜者，方可为青年作者之挚友。贾长厚对宁夏几位青年诗人的批评是非常恳切的。

5

诗人，应该有自己的诗论；小说家，应该有自己的小说论；批评家，应该有自己的艺术哲学。

贾长厚在他的诗评中，谈生活，谈自我，谈情绪，谈形象，谈传统，谈创新，谈语言，谈修辞，谈内容，谈形式……他有自己的诗论。他把他的诗论用于创作也用于批评。他主张多方位和多视角地观照生活，他主张尽量把生活化入自我。

他认为，像眼睛容不下沙粒，诗歌容不下虚伪。他认为，诗的风格应该多样化，诗的形式应该宽阔而自由。但有一个前提，必须真挚而有深度。他主张，诗的主题应当适应生活固有的丰富性……

6

贾长厚的诗，我都是凑成堆儿读的。因为我一般不读文艺杂志，那里头充满了唬人的假货。

贾长厚的诗，我愿意花时间来读它。首先我信任他的感觉。譬如他写海风，就说它：“较盈，风抖动的薄纱／柔润，似流水淙淙／经过实地验证，海风中饱满的肤觉便是如此。／／像久别重逢的恋人／你抱住我，轻轻颤动……”

王国维说，诗人要以奴仆命风月，与花鸟共忧乐。贾长厚把风从自然界析出，让它和人共忧乐，真有“物我相契”的妙境。在诗中，常常需要这样：一旦捕住主要感觉，就要像发面一样把它发起来。接着上两句，他写道：“把我纷乱的头发梳理／把我皴裂的皮肤润平／我还从你喃喃的絮语中／感到了你的……”

原来，物我相契的美学机制中有一个杠杆，那就是注意力潜移——贾长厚让海风当了某个他所喜欢的密侣的抽象物，这才使他的悟性获得了魔力，把他沉睡的许多直觉力，一个个拍打得兴奋起来。那么一句是“感到了你的”什么呀？“是感到了你的柔情蜜意／纯洁和忠诚……（《旅途杂咏·海风》）。海风，为海风以外的东西——一种属于人的东西，充当着全体信息，给它以形质，以境界，以刺激力，以韵味。

贾长厚在跟我闲聊时，他热烈地主张在诗中应重视客体因素主体化的作用。这一点他显然在着意力行。

7

在贾长厚所有的艺术作品中，我最喜爱的是那些通过素描式的造型，在明澈的意境里表达出来的意趣。1982年秋天，我曾经在塞上诗会上解析过他的短诗《帆的风格》，那首诗使我六年以后“口中有余芳”，容后面再议。

他的《小河醒了》，也是诗中有画。“小船／最先把晨雾撩开了／船头微动／一点、一点、一点……／平整的镜面／被划破了／一圈、一圈、一圈……／／淘米的小囡／蹲在船头／把两岸倒垂的稻穗儿／一起兜进了竹篮……”

这是一幅水乡的画图，它的韵味来自天然的造化，但它又不是照抄天然。全诗撩、动、划、蹲、兜五个动词所提带的意象小片儿，全是通过诗人美感的中介作用酿制出来的；在心理上，是经过增效的，它们直通着你的直觉力，又内蓄着产生情绪或意趣的能，真不忍心用纯理性的语言对它“一言以蔽之”，真愿意多品一品它的醇美。

只要对象的内在联系可以把握，本质可以抽象，纯粹理性也就必然存在。但是面对一首好诗，面对单纯表象后面由主客观两方面统一而成的丰富性，纯粹理性很容易暴露出自己发育的不良，诗美学也就只好宣布自己是悟性的美学。贾长厚这首诗，就有点像唐诗，理性的因子全在直觉中被悟性地把握着，像是有，又像是无。

8

在20世纪80年代初，宁夏诗人的技巧就开始丰富多样起来。有相当一部分同志，既能够表达意境的宿构，又能够像竖琴手那样，用手中的弦，直抒胸臆。我读了贾长厚的抒情长诗《我渴望燃烧》以后，木然良久：我们有多少同志，一方面渴望着人的功能的发挥，一方面又叹惜着人的能源的浪费啊。在这首诗里，贾长厚作为抒情主体宣布，“我是一支／普通的蜡烛”，尽管像小草一样无足轻重，但是，并不卑微，“我的光／虽然微弱……／却也与日月交辉／……／我以热诚的心／使小屋充实／让夜行者的脚步坚定”。

这些铿锵的语句给予内视觉的是辉煌，由内视觉引起的整体感受，是带有外张力的。“我不哀叹／自己的俗陋／也不嫉妒／那里的辉煌／……我只愿人们／继续点燃我的心／我渴望燃烧／为多彩的时代／增添一些光亮／在燃烧中／我的灵魂／也得以翱翔……”

在直抒胸臆的诗里，境界、格调、气韵能达到末尾三行的水平，在贾长厚自己也好，在旁人也好，怕都是不可多得的。

读到这三行时，我听到闪光的铜号朝晴空吹奏。在此种时刻，再让我去捡拾“字句形意”的小趣，我犹豫起来。因为我眼中看到的，是从缪斯梳齿上飘落下来的发屑，像云母粉一样明灭。

9

诗，应当用单纯去征服！

诗，当然可以有复杂的脏体。但是，如果一只天鹅浑身透明，使你看到它不过在用一副骨架载着一堆裸露着的五脏六腑在天空飞翔，试问这有什么美？它必须以单纯的形貌刺激我们的直觉；而单纯，则需要包含，用一去包含十。

贾长厚的《浪花》，就是一首以单纯征服读者的好诗。“你是希望的精灵／把成功之路铺开／不息的浪峰／一个接着一个／一个撞碎了／又一个接踵而来／破碎了，又顽强地生成／永远也不衰败／哦！浪花／你是进取的表率！”

这首诗我已抄作座右铭，我感到越琢磨越有味儿，生活中每遇到挫折，我对它愣上一会儿，立刻会得到力量。

像这首短短的小诗，凝聚了贾长厚个人的多少感触，多少对人生的省悟。这感触和这省悟生动地显示了他本人心灵世界的意象的积存。

这就是“单纯”的威力。同时，它又是质朴的，字里行间毫不卖弄。

另外，有理论意义的是，它没有陷进感觉的泥淖。大批评家胡风同志曾经批评过诗歌创作中感觉过多的现象。是的，诗的强力，正在于尽可能用少量的感觉，赚得读者内心里各自独异的众多感觉的奋起。

眼下看来，最无希望占领未来的，是无节制地堆垛感觉和抽象概念之“混合物质”的诗作，在那种诗里寻找美的东西，犹如在大沙滩上寻找零金碎玉。

10

我常常这样想：在贾长厚许多发表过的诗里，我到底最喜欢寻找怎样的作品呢？许多年了，我一直喜欢他那些潜沉较深的意境之宿构。这些作品往往是些短诗，这些短诗辉耀着心灵，并且通过心灵辉耀着真实的人生。

这里，我想把《帆的风格》抄录下来，再评析一次。“白帆在海平线上闪亮／像洁白的海鸥在天海之间翱翔／／那忽隐忽现的帆影／牵着我旖旎的想象／我想，它会像镜面一样平整／有银幕一样宽宏大度的姿容／／靠岸后我不禁十分震惊／原来它千衲万补，满是孔洞”。

这不是莱蒙托夫的帆，这纯然是贾长厚自己的帆；这里也有礼赞，却无丝毫的忧郁。我曾在《宁夏新诗点评》里分析过它的顿悟功夫，这里让我们分析一下它的意境。

前半首向我们的内视觉输送着鲜洁的完美的信息：闪亮、洁白、旖旎、镜面、银幕。并且，令人意外地用了“宽宏大度”四字来显示主体形象“帆”的情态。后半首用“不禁”“震惊”陡地一转，从一百八十度的反面，揭示了“帆”的本相：“千衲万补”“满是孔洞”。这种巨大的反差锐利地穿入我们的悟性，使深藏着的理性剧烈地摇撼起来：这张一面忍受着风浪的啃噬一面制服着风浪的船帆，它的形象是带着悲壮色彩的，是崇高的；在人格上，它有启顽立懦的功效。由于这首诗准确地把握了真，它才准确地把握了善，从而简练地把握了人生之美。

或许有人会问：小人得志不是也常常出现由逆转顺的波折吗？我们说，不然。“君子坦荡荡，小人长戚戚”。请注意诗中“宽宏大度”四个字，这四个字所显示的形象，与任何卑劣小人的戚戚襟怀绝不相侔。界限是划得很清楚的。疑似之迹，不可不察，何况作者又指出诗中的征帆，“是骁勇将士的形象”呢。

在诗中，境是确定性与不确定性的统一，意也是确定性与不确定性的统一。如果谁的诗美学中了邪魔，蛮悍地置确定性于不顾，那会和置不确定性于不顾一样糟糕。在诗中，任何确定性都是通过真情实感的中介，由不确定性渗透出来的。不确定性保证诗歌在人们的悟性中能够使确定性成为有体肤毛发的灵魂。拿《帆的风格》为例，它写的是“征帆”，这一点是确定的；它写的是积年累月在海风中搏斗的征帆，这一点也是确定的；“征帆”的形象象征着正义事业中苦斗者的身世与品格，这一点同样是确定的。但是在不同读者心中，会有不同的“征帆”，会有对不同苦斗者身世与品格的记忆与评价。不言而喻，谁都不能让自己完全复现作者心中那个帆，一切是那样的难以确定。应当说，在成功的意境中，正是“类”的范畴在人们悟性世界的“认同”活动中，全意识地或半意识地或无意识地（通过本能反射）中介着确定性和不确定性二者的契合。我以为这些在《帆的风格》的构思过程中，获得了悟性的解决；这种解决，使它获得了诗的单纯，既避免了境象的芜繁，又避免了情意的枯干和赤裸。当然，这跟作者采用象征手法也有关系。

象征是凝聚之神，它具有悟性的抽象力并且能够加倍地增浓情味，在悟性世界里，它是无概念的概念。

11

贾长厚有些爱情诗也挺有情韵。他表达爱的真诚，抛弃了“海枯石烂”式的旧套，而用新颖的构思和奇巧的语言打动人心。如《你是我的四季》，他是这样写的：“初春／你怕烂漫的山花夺走我的心／仲夏／你怕闪烁的星星迷了我的眼／深秋／你怕火红的枫叶伤了我的神／隆冬／你怕洁白的雪花消了我的魂／我心爱的人儿不要怕不要怕／你 是我的四季”。

我喜欢这个题目，所有诗句都是这个题目的展开。读这首诗时，似乎心中应当有另一首诗跟它互译，才能把情绪引发出来。你是我的初春你是我的仲夏你是我的深秋你是我的隆冬——亲爱的人儿，你是我的四季！

12

一般来说，贾长厚不属于豪放派，但是他一旦豪放起来，也是颇具声势的。看他的《跋涉者，深深的足迹》。这首诗上来就呼唤人们“到大戈壁来吧／到莽莽大漠里来，”我们不禁会问：为什么呀？世界上还有比沙漠更枯燥的吗？那里难道有什么东西可以震撼我们吗？他的回答是：“大漠里的足迹／如大鼓般热烈……”

这是对大漠的独特发现，不，是对跋涉者的独特发现。这里，他运用了联觉（或曰“通感”），将视觉印象转换成听觉印象，密集的、深沉的足迹被转换为热烈的大鼓之声。他在诗中寄寓了如下哲理：人生的真价在于奉献，奉献者的步伐应如踏沙而行，“深深地、实实在在地／……留下一串／清晰的印记”。只有“投影在浪涛滚滚的沙滩上”，生活，才会显出“深沉的力度”，生命的价值，才会挤进那“重重盛叠的”历史的“岁月”。对这些诗句，我不敢谬托知己，然而我自认是读懂了的，历史，永远不能指望那些浮嚣轻薄之徒为它作出扎扎实实的奉献。下面，是献给忍着寂寞和艰辛的跋涉者的一曲绚丽的赞歌：“那一串串深深的脚印／把响亮的音符／书写在天地之间／那是一条隆起的脉络／死寂的荒漠／因此而有了生机”。

把深陷的客体形象表现为“隆起的”主体形象，显然注足了情绪的评价。而且最有意味的是，足迹被赋予了生命，它们像种子一样，即使被风沙吞噬，也“并不等于零”。“沙漠里埋下的脚印／也会发芽的／——不要太久了／这里将生出一条／绿色大道……”

这是多么昂奋的战歌！它揉进了真，揉进了善，揉进了对跋涉者真正的热爱和护佑。它如同温暖的手，给遭受风沙打击与封埋的跋沙者以诚挚的抚慰。

他的诗是可信的。最可贵者，在于他的直取人生。

13

我读了贾长厚两本诗集剪样，并不是所有作品都能激发起我的感触。由于我一直在为诗美学问题苦恼，所以我特别珍爱那些有理论价值的诗歌艺术的标本式作品。这就决定了我对作品的摄取面是狭窄的。

假如让我谈谈贾长厚诗歌还有哪些不足之处，我当然可以不避客套，列举一些毛病出来。但我必须声明：第一，在我看来，这些毛病有些已是贾长厚自己蜕掉的“病毛”，属于昔日的东西；第二，我的挑剔对于天天思考创作的作者本人来说，并不怎么准确可信。

我以为，贾长厚诗歌在选择题材上似应再严格一些，有些题材显得琐屑，而容量又受到明显的局限。诗人诚然应当以多情善感为特长，但是当他已经有了一些重重实实的作品之后，他最好尽力保住已经达到的质量。率尔之作，宜渐渐摈绝。有些实在不可割舍的，可以考虑写成散文小品。如果偶有感发，分量又不太重，最好也把它们写得隽永一些，追一追“余韵”。四年前我曾希望张贤亮的小说创作“保持质量平衡和全面精致化”。这里，让我把这种希望也奉献给贾长厚吧。

我对贾长厚也有不理解的地方。从他自己品尝过的人生来说，从他自己对生活中丑与伪的情态来说，我知道，他有苦味也有辣味。可我纳闷，当他把人生经验中的一些苦味升华为深沉而积极的强者的壮歌时，那辣味的东西怎么常常变得没影儿了呢？

陶冶七情，精酿五味，巧构意境，直取人生，在这几个方面，我们宁夏的诗歌作者都应当加劲地追一追国内外诗坛。而我相信，诗人贾长厚完全能够达到这种境地。他的人真实，他的诗真实，他的优秀作品已经做出样子。这些都说明我虽然是揣摩着谈些意见，却不是轻率为辞，凿空议论。而要做到这些，我们的诗人们似乎亟待加强诗美学的研讨，把用来把握诗情、诗趣、诗意以及用来辅助诗歌构思的美学范畴，搞得多样化一些，丰富一些，使这些范畴渐渐“活化”为技巧，并且在习惯中化为无形。

我以为，这是世界诗歌艺术对我们的呼唤，而这，又是跟任何流派的区分都无关系的。

绿原诗断议

1

诗的道路和人的道路一样，没有直线，一个和诗终生为伴的诗人，总是通过曲折的人生之路的造型，和曲折的个人命运的造型，实现着曲折的诗的造型。经过数十年旅途的颠连，历史的风雨会从他平生堆积起来的诗的丘峦，冲刷出他的最后一个造型——他的人格的造型。从1941年起，六十年来的绿原，他的人和他的诗都像历史一样丰富，丰富得让人难以说尽。

20世纪40年代初，绿原在民族的苦难和人民的苦难中开始了诗的觉醒。他宣告自己是一粒萤火，用自己的灯塔照着自己的路："青的光／雾的光和冷的光／永不殡葬于雨夜"（《萤》1942）

从那以后，他不止一次经受如磐风雨，每次都能护持自己的人生选择。金玉自守，勇于求真，这是绿原人格和诗格的主根！那时国统区的青年要想让自己成为真正意义上的人，让自己的诗成为真正意义上的诗，必然要迈出两个大步：第一个大步是叛逆，第二个大步是革命。于是，他颂扬了15世纪法国"强盗诗人"维庸："用诗讥嘲生命，用诗夸耀你的罪。"于是，他把自己的萤火化入伟大的革命的火光："愿诗与现实互相溶解：／像火焰的画家／运用最大的尊严和最新的道德，／将太阳同向日葵／溶解在一起。"（《愿》1943）于是，他再不是孤独的萤火，他看到了觉醒的劳动的阶级，看到了同志，颂扬这样的同志是"汗液凝聚出来的"，是"一粒盐"。（《有一个同志》1944）于是，他的觉醒发生了一个飞跃，将那粒给自己照路的萤火化入烧毁旧世界的社会革命的大火，在这样的大火中，他成了一名战士，发誓要"同旧世界拼到底"！在这样的时刻，他在组织上选择了中国共产党；他在文学上选择了鲁迅的忠诚传人，后期鲁迅派（即七月派）的大师胡风先生；他在诗美学上，宣布"必须用诗找寻理性的光"（《为了自由》1948）。

值得研究的是战斗的绿原没有宣布的诗美学的原则。当他存心"要用狰狞的想象，为娇贵的胃，烹一盘辛辣的菜肴"，用他的诗笔掀起横扫黑暗的狂飙时，他的诗美学的原则，事实上变成了“真即美”，“战斗即美”。在焚烧旧世界的烈火中，中国新诗的美学武库中出现这种剑与火的珍品，是它的光荣。他的《给天真的乐观主义者们》（1944）像滚动的火球，烧毁着昏头昏脑的庸人们的乐观主义。他的《复仇的哲学》（1946），呼唤一切活不下去的中国人抛弃幻想，跟着中国共产党的大旗去埋葬罪恶的旧世界。它的烈焰般的激情，铜号般的鸣响和鼓一般的节奏，具有巨大的艺术轰击力。他的《伽利略在真理面前》（1946），只开头的句子便等于一首诗：“在真理面前，伽利略是人的标准。”这首诗，通过对布鲁诺、伽利略的石雕般的语言造型，呼唤人们要为真理而斗争。“布鲁诺临死时对裁判官说：／‘你是怀着／比我听到判决书时的恐怖／更大的恐怖来宣布我的死刑的。”伽利略在宗教裁判者面前，则“用微弱的低声／像用霹雳一样／对世界宣布：／我可以说／地球是不动的，／然而，地球自己动——／我能奈它何！”他的《你是谁》（1947），更是一首磅礴的士气豪迈的长歌。“天堂的地板就是／地狱的天花板……／／暴戾的苦海／用饥饿的指爪／撕裂着中国的堤岸，／中国呀，我的祖国，／在苦海的怒沫的闪射里，／我们永远记住／你用牙齿咬住头发的影子。”

2

狂飙似的政治理性冷却下来，在最好的情况下，是转化为哲学理性。那典型的例子，便是歌德。歌德，他的狂飙似的政治理性冷却下来以后，哲学理性像块根一样壮大起来。歌德给人类文化史的贡献是两个：一个是伟大的《浮士德》，一个是伟大的黑格尔。他对黑格尔的发现和举荐，以他本人诗思的哲学化为中介。绿原从年轻时代起，便是一个有哲学气质的诗人。在他的狂飙般的政治理性冷却下来以后，他走近了歌德。他在距离歌德最近的地方，用东方的（他的祖国的）和西方的（他所心仪的）哲学轨道编织了一个网络，让自己的诗思在里面蜿蜒。在这种诗思的蜿蜒中，他所携带的，既有屈原似的骚怨，又有司马迁的愤激。他在一大堆的问号当中死盯着一个字——人！那一大堆的问号在中国式的俗气中飞舞。那是强有力的飞舞啊！我们看到，其中有多少问号被中国式的俗气变成圆形的气泡，那些气泡闪耀着美丽的幻彩，中间都有一些“夏虫”扇着小翅膀转来转去，多方位地、多侧面地吟唱着它们脆弱的、世故的“自我”。而在绿原那里，那些飞舞的问号全都变成了批判。在绿原的一生中，两次铁窗生活的熬炼，一个矢志不移地为真理而斗争的信念，一颗永不熄灭的诗心，使他用巨大的精神力量投入对人的关注。在他的心目中，人——特别是创造着的普通人，包括创造着物质和创造着精神的普通人——是可爱的！在过去的一百年中，物质文明的膨胀和精神文明的沙化，产生了卓越的《荒原》（艾略特），而在其中，物质文明的创造者和精神文明的创造者的非人化，则是比《荒原》的主题更加深刻的主题。这个更加深刻的主题产生了另一篇卓越诗篇——绿原的《唱歌的马》。不同的是，《荒原》披挂着一身典故的鳞甲，而《唱歌的马》的典故只有一个，那就是布痕瓦尔德纳粹集中营。艾略特在荒原上空升起了精神，绿原却让艾略特的精神降落下来，具象为人。绿原那首诗，是政治理性和哲学理性互相渗透的范本，它所具有的历史穿透力，令人久久震撼！

真即美！人即美！人的解放即美！战斗即美！批判即美！为人的解放进行的政治的哲学的痛苦的沉思，亦即美！

这样，他的诗便摆脱了有闲者卑微的美学，小市民庸俗的美学和懦夫们侏儒的美学。

3

提起诗在感觉世界的美，也有说不完的话题。尽管我知道，绿原也是一个敢于把散文套在车辕上，让它给自己的诗拉车的诗人，并且因此，他的诗也不惧怕裸体。尽管如此，我还是特别喜欢品味他的诗歌语言的律吕，例如《航海》："人活着／像航海／你的恨，你的风暴／你的爱，你的云彩"。

口语化的诗歌语言，它的律吕，或称格律，是在原始社会诗舞乐三位一体的时代，由音乐和舞蹈烙印在它身上的。诗歌脱乐以后不论走多远，它在美学心理上都有一种"返祖性"，这种"返祖性"，便是对它身上音乐烙印的抚爱。我读初中时，就被绿原这种节奏美迷住过，就算是儿童拾其瑶草吧。现在我64岁了，这首诗我仍然越读越喜欢。再者，我读诗时有个习惯，喜欢把诗人的原作拆卸一番，按自己的想法重新处理，有时玩来玩去，反而能够加深对原作诗美的感悟。举个例子吧，如《听低地德语女诗人朗诵》，原作是："像弓桥下面的溪弦铮／只是我一句也听不懂／／像夏夜乱坠的星雨丁冬／可惜我一句也听不懂／／像清晨玫瑰的呼吸细润／尽管我一句也听不懂／／像林间小鸟的绿梦蓬茸／正好我一句也听不懂"。

我把每一段的第一句抄在一张卡片上，它们就变成一个四句体的小诗；再把每一段的第二句抄写在另一张卡片上，让它们也变成一个四句体的小诗。然后，我带上它们，在郊外，在渠边的小路上吟诵。久之，四个比喻句的排比，使我心中开满感觉的繁花；而"只是"、"可惜"、"尽管"、"正好"四个词的递进，则使我品味到整首原作构思的奥妙。回来以后，我在原作的最下方，记下了自己的心得："整体意念是：听不懂——正好！潜语是：也许诗的语义会在某些地方擦伤朗诵者美丽的声音。"

五四以后，新月派的诗人如孙大雨、何其芳诸先生，倡导双音节结尾的新诗格律。他们忽略了一点：在使用四声的汉语中，像孙先生那样，参照抑扬格设计格律，这条路是走不通的。绿原没有走那条路。他这首诗使用的格律，是现代的口语化汉语格律。尽管他是偶尔为之，但是可以肯定那是经过反复琢磨的。它的格律，绝不是蜜蜂作巢时凭着本能排列出来的整齐划一的六角形。

当然，"反者，道之动"。被绿原自己称作"分行散文"的、长达446行的《高速夜行车》，在诗歌语言的另一"极"上显示了他驾驭诗歌重大题材的膂力。这样的诗，应当像卡拉扬处理交响乐一样处理它，让它的语言，携带着情流和意流，在指挥棒的挥舞中有节律地奔涌，让它的音流从密密层层的意象造型中一路冲刷过去，最后，疲劳地陷进绵绵不尽的沉思——关于人！在我的心目中，这首诗和《哦，你?》《……他走着》《唱歌的马》等作品，在中国当代诗坛上是同一个峰巅的构成物。

这个诗的峰巅，是巨大火成岩岩体，是由政治理性和哲学理性从现代人类生活深深的地层下面推涌出来的。

它在当代世界诗坛是一座孤峰。它的身边，只有风，只有云彩。在现代西方诗坛上，已经没有条件产生诗的巅峰，只有当代中国的历史条件才能把它孕育出来！

4

按说，每一首诗中都有诗人自己的人格造型。但是，诗的传统——特别是中国诗的传统又告诉我们，诗人往往通过咏物，专意地进行他本人人格理想的咏唱。1998年，绿原发表了他咏昙花的一首诗，题作《哦，你?》。在这首诗中，诗人对昙花的造型，就是对自己人格理想的造型。“……多情的月光……／跋山涉水不远千里攀登／到这遥远、偏僻、孤高的／危楼，想挨一挨／你紫红的骨朵，瞧一瞧／你珠蚌似的欲开／还闭的比纯白／更白的花瓣啊”。

在“危楼”一句之下，诗人用他的在激情中颤抖起来的语调，完成了对昙花的结实的、鲜明的、美极了的造型；而且，通过这造型，让自己丰富的感觉进入读者心中去复制自己。请看最后三句，仅咏唱昙花之白，就给了我们四层感觉：珠蚌似的——欲开还闭的——（纯白的）——比纯白更白的。又如，他这样咏唱昙花“缓缓的、一动不动的开放”：“比太古／更沉静，比童年／更悠长，黑暗包裹着你：／你独自缓缓／开放着，梦着又／醒着，凝视着又／疑惑着你露珠般／的美貌，宛如／没有染过一粒红尘的纳克素斯……”

丰富的感觉，通过神趣生动的“态”的造型，为蕴含在深层的心性和情志——这些“人的生命成分”提供了透入读者感知力的孔穴。在诗的感觉中，最见功夫的是对“态”的感觉。当诗人写到昙花缓缓开放时“梦着又醒着，凝视着又疑惑着”的情态时，打了一个比方，说它宛如希腊神话中喜欢临水自照的美男子纳克素斯失神落水后刚刚变出来的那枝水仙花！

接下来，诗人写昙花开放时一动不动的状态，写它“以无物为剑”，在“一动不动之中／进退着，在进退之中／幻化着，在幻化之中／飞升着，直至四大皆空”。那一动不动中的飞升，没有悔恨，没有迟疑，只剩下“现在这／千古一刹那的／拼搏和执着”。至此，诗的境界极其阔大：千古空空，唯此刹那；四大（地、水、风、火）空空，唯此梯米！在这里，“拼搏和执着”被高高地举起。（举向哪里呢？举向上文我所指出的那个峰巅！）在这里，我们终于听到一声宣告：这就是生命的真价！只要经过“拼搏和执着”，经过美丽的瞬间开放，即使“匆匆低垂、萎蔫、凋零”也甘愿，也怡然。这就是诗人所颂赞的生命的高格！

最后，是揭示题旨的咏叹："……如果没有了／你，没有了比人、比月光更其不可诱惑、／不可欺骗、／不可凌侮的／你啊，你以比蜉蝣朝夕更短暂的辉煌生命教人不贪光／不怕黑／不慕镜花水月……／以自己／唯一真实的开放与凋零睥睨／周围不可一世的虚无，我的／昙花？"

这等境界，偷窥的"人"不可及，追随的月光不可及，不论是人，是月光，全都战栗而退避。

在这里，昙花的"唯一真实的开放与凋零"和它对"周围不可一世的虚无"的睥睨，便是对它短暂而辉煌的生命形象和人格形象的一种造型。

今天，在霓虹的芒刺中，在俗物茫茫的世态中，这样的人格造型，正如这样的诗的造型，是耸立在寒空的，是"孤高的"；而那朵由于拼搏和执着无悔于速死的、自重自爱的美丽高洁的昙花，正是寒空峰顶上的一支孤葩。这正是雪线上的孤攀者绿原——不论他的诗还是他的人。这样一个绿原，在非诗的俗雾弥漫中，能让那些守着豪宅、满口"福、禄、寿、禧"打莲花落的人理解他吗？不！不能，也不必！——"夏虫不可以语冰"。

评绿原《……他走着》

1

绿原的350行长诗《……他走着》，发表在《人民文学》2001年8月号上。它的发表，是中国新诗的一个节日。

这是一首象征的大诗。在这首诗的开头，诗赖以产生的元素——历史的、社会的、人生的巨大感叹，非常彻底地消失在艺术的寄体——大象的走动里。这是因为，绿原将上述的丰富感叹（多），提升为单纯的人格感叹（一），在象征的寄体——大象的走动中，实现了由“多”向“一”的幻化。在这首诗象征性的意象下面，是巨大的人格感叹，而在更深层，则是由批判产生的历史的、社会的、人生的巨大感叹的炽烈燃烧。

这首诗是绿原用全部人情体验和世情体验，用全部生命力和艺术理想写出来的。这首诗，用新时期一些文学理论家的话说，反映了绿原本人“世纪末的精神向度”（陈思和语）。这个“精神向度”，是用批判和坚守两只巨臂举起的崇高的人格造型。

2

20世纪40年代，胡风说绿原“感觉多”，并说“感觉多不是坏事”。是的。在这首诗露头的地方，通体都是感觉。读它最初五个段落，我们整个身心都要涵泳其间，用精细的水磨功夫欣赏绿原的感觉；通过欣赏一个个水晶颗粒般的感觉，欣赏那位非洲大象的非凡性格；通过欣赏大象的非凡性格，欣赏诗人注入巨量感叹的崇高的人格造型。让我们通过引述，一步步进入这首诗。

诗人用“他”字称呼那位非洲大象。这表明，大象是人化的；大象的物格，是人格的寄体。

他走着，决然向不可知的地平线走去。移动着桥墩般的巨足，如此之轻，轻如柔掌之触摸。黎明，迎着朝霞，走在自己浓影的前面；走进黄昏，又走在自己淡影的后面——巨足，柔掌；浓影，淡影；不可知，决然……

他走着，走过绿蓬绿墙绿地毯的雨林，走过只有虫吟的寂静，只有筛形光点的阴森，走过小松鼠、大猩猩，走过让森林居民们打寒噤的白巾和鼓声，向一切温柔和疑惑告别，不再停留……

他走着，走过谁也不敢停留的旷野，走过饥饿线，生死场；走过老死不相往来的百兽之王和百鸟之王，或彼此视若无睹的老虎、花豹、苍鹰和金雕，走过弱肉们的警惕，惊悸和死亡，走过强食者对鲜美的死亡的恬然享受……走过令所有死敌结伴同行，向河流和沼泽狂奔的草原大火，向一切残酷与怜悯告别……

他走着，走过不可绕过的沼泽地带和浅水湾，走过木贼，驴蹄草，走过专叮他鼻端软肉的毒蚊，和大耳扇不走的恶蝇，走过大蝮蛇、鳄鱼和河马，走过恶臭水面上飞鸟的掠影和淤泥之下的深渊，向一切污浊与凶险告别……

他走着，走过绕不过去的沙漠，走过对于绿洲的向往，走过玫瑰、仙人掌、大蜥蜴的躯壳和骆驼的残骸，走过匍匐的生命发出的“水！水！水！”的呼喊，和自己当年的挣扎和痉挛，向一切干涸与灭绝告别……

他，走过雨林，走过旷野，走过沼泽，走沙漠——这“四走”的丰富感觉和血肉体验全都注进了我们的知觉力和解悟力；之后，又反复地增浓它们，锤锻它们：“走过沙漠，又是沼泽；／走过沼泽，又是旷野；／走过旷野，又是雨林”：这样把情绪激化到沸点，把库水增蓄到坝顶，立即是势不可当的爆发和倾泻：“——走马灯似的／饥饿和捕杀啊！旋转木马似的／咬啮和吞噬啊，然后／又是饥饿，又是扑杀，／又是咬啮，又是吞噬，／又是……不，只有／血：只是晕厥、麻痹和牺牲；没有／泪：没有痛苦、悲哀和反抗。／怎么回事？这就是／物竞天择么？这就是／适者生存么……”在雨林，在旷野，在沼泽，在沙漠，“血腥而仁慈的大自然，尽管你／以繁殖补救着滥杀，仍然／保持不住每对天敌之间／那奇妙的生态平衡：任谁的／生存空间都在／日益缩小，任谁的／生存时间都在／日益缩短，更何况……”

一个“更何况”，批判的锋芒转入了“人”，转入两腿直立的“异类”。一上来就指出，自从有了人，自然界就有了“共同的灾星，仇敌和主宰”：“芸芸众生开始面临／比那场草原大火更其可怖的／人化的危机”。“人，出于以‘自由’、‘平等’、‘博爱’／相标榜的无尽的贪婪和／无比的残忍，自居于／宇宙的中心，以暴力为／艺术，以屠戮为／娱乐，以自己的利益和价值为／道德，以虚伪的‘优胜劣汰’为／规律，将血腥的原始大自然扩大成／比血腥更血腥的文明大世界，把全体／禽兽不敢为、不忍为、不屑为的／对自己同类运用过、还在继续运用的挨不得的圈套，／看不见的网罟，／用软草盖着的陷阱，／诡秘的麻醉枪子弹，以及／绳索、镣铐、囚笼……和／其他一切匪夷所思的卑鄙手段／推而广之，进而运用到／文明大世界以外——；／或追猎，或围猎，或伺猎，或诱猎／……真是／无所不为，无所不用其极，向大自然进行／空前绝后的浩劫：／于是，雨林家园被电锯砍翻了，／旷野生死场被吉普车占领了，／沼泽被吸干了填平了……／被异类赶尽杀绝的生灵们／在绝种之前一刹那。／……或逃遁，或飞散，或喘息，或呻吟／而后扑倒，坠落，断气，僵化……／唯独沙漠震怒起来／乃与灰尘弥漫的阴沉天空相偕／挟史前宇宙大爆炸的余威，／一齐向不知悔改的异类及其／残余的文明乐园一步步／推进，席卷，淹没以至／有朝一日同归于尽……”

他走着，在他生存的、从而炼成他性格的小环境和大环境里走着。小环境是他的征途，大环境是自然界的“物竞天择，弱肉强食”、人对大自然的“物竞天择，弱肉强食”、人对人的“物竞天择，弱肉强食”，是人向大自然进行的“空前绝后的浩劫”，和大自然的报复向人的“残余的文明乐园”的步步进逼……

他活了下来，他走了过来，他力气大，他善良，他逃过了重重杀机，但是他的妻子死于悬崖下的峡谷和绝境；他的大儿和犀牛相搏两败俱亡；二儿被麻醉弹击中，沦为高贵的坐骑；三儿携妻儿远走——他独自走着，战胜诱惑，战胜制造死亡的诡计。走一走，收回一个脚印，决不留下任何一点痕迹。他走着，让生命淡出这条不归之路，决不让任何眼睛看见他的死。

终于，他凭本能指引走近一个“密封的古森林”，一个无何有之乡，开始了自己给自己举行的葬仪——

“这是一片传奇式的灵境：／一切物质转化为精神，／一切精神存在于、凝华于／看得见的琥珀似的时间里。／最里面是耀眼的白光，从一堆／长形白舍利表面发散出来。于是他／跟着出窍的紫色灵魂欲进还退／走到天然的神龛前面，把自己／英雄一生、忠诚一生、仁慈一生而／无愧于列祖列宗的那两根／跟舍利同样闪光的獠牙／（那被称为“人”的异类／梦寐以求终于得不到、也是他／为了保护它而不惮万死／投荒一辈子的“舍利”啊!）／以无师自通的方式磕了下来／用长鼻卷着，同时跪了下去／把它们呈现到圣灵面前，放在／祖宗的遗骸旁边；然后又／站了起来，退了下去，走向／另一端，在洞口旁边／一片化为褐色泥土的／拱形地面，再跪了下去／躺了下来，两眼缓缓闭合……”

3

肖斯塔霍维奇有一部以死为主题的交响曲名作，这部交响曲选择俄国和欧洲若干以死为主题的现代主义抒情短诗作为铺展主题的支点。那部交响乐我未听过，但我曾经仔细研究了他选择的那些短诗。在那些短诗里，死亡，有时被写得很凄美，像薄纱笼罩中闪着绿玉光泽的美人的脸。其中，那种借死的主题完成人格造型并寄寓崇高而超迈的人格感叹的倾向，可以说完全找不到。这当然是有原因的。自尼采以来，个性主义的主观化和主观主义的个人化，似乎猛力地向诗人和艺术家的意象与感觉突进，并且也确乎给诗、音乐、绘画等等带来过不少生机。一切经过体验的纯个人的心理真实的生动直觉，都被当成诗和艺术的目的。新康德主义美学关于“有意味形式”即美的本质的命题，刚一出生便被这种思潮用作它的命题。宏伟的黑格尔式的宇宙图景和歌德式的博大意象，被抛置在路边任风尘埋没。但是毕竟，辩证法的规律不可阻挡，上述思潮的内部包含着它自身的反面。这个思潮一面充满自信地扩展实力，一面自己给自己掐灭一个个乐观主义的灯盏。这个思潮出现过一些稀世的奇才，却没有出现过一个巨人。人，当他重新发现他和社会的一体性，重新发现他的族类和自然界的一体性，他的哲学家和他的诗人的宇宙图景与美学意象，会重新变得宏伟起来，并且为了大自然的未来也为了人本身的未来，他们会在他们的美学意象中植入比历代先贤更清醒、更激烈、更深刻的批判。这种批判，既要超越古代的君心贤愚与国运兴衰的主题（如《离骚》）又要超越对中世纪皇权、法权、道德和教权的批判如《浮士德》。它的理性和情绪的锋芒，会直指全球化时代资本意志对人和大自然无节制的劫掠，和导致人类与自然界大量物种一同灭绝的那个可以用数学精确性加以论证的可怖过程。

这种批判已经在进步人类中形成巨潮，这个巨潮涌入诗人绿原的情怀，他的忧愤满面三项洞汗漫不见际涯。这种忧愤使他产生一种辩证的诗情：一方面，非真非善非美的社会力与自然力的巨大堆积，以山岳般的重压强迫他进入超乎常量的“负崇高”的批判性体验；一方面，由对人对自然界共同命运切生切死的关注构成的巨大的批判精神，像倚天抽剑的巨人，昂然挺立在山岳般堆积起来的“负崇高”之上。绿原，他以80岁的高龄，完成了真正崇高的诗的造型。这就是2001年发表的长诗《……他走着》，和2004年发表的长诗《在旷野的那边》。在《……他走着》这首诗中，诗人从“他”，——大象艰难苦恨、刚毅不屈的一生，写到“他”奇崛而瑰丽的死：两种互相衔接的物格的造型，全都注入了崇高的人格体验，闪射着人格的光焰。那崇高性，是由大象造型中包含的巨大的批判力聚合起来的，那批判的对象，则是如山的“负崇高”的堆积。

反复吟诵《……他走着》，我们不仅在轻蔑崇高的人世俗流中看到那位“他”——大象崇高而悲壮的造型，而且在轻蔑思想和理性的文化俗流中看到一位敢于用理想站立着的诗的巨人。

4

六十年前，一首叫《茧》的短诗，如同一棵树的种芽，昭示了尔后绿原诗歌艺术的生长和伸延。那里面，包含着一条将会在绿原本人意识中愈益清晰的美学轨道，那就是，一方面要求诗必须有真的激情，一方面又坚定地护持理性。

要求作家用生命写作的体验派文学理论家胡风，影响了绿原大半生的创作。在其中，胡风关于优秀作品产生过程的科学表述，使绿原的美学轨道愈益深刻地包含着尖锐的二律背反（如上所述）。这个二律背反，在“体验（消化客体）——客体内化——在情感的盎荡中主客体拥合造成的生命的燃烧和蒸沸”。这样的过程中，得到了很好的解决。涵泳他的作品时我们可以悟知，绿原从社会生活和个人经历的感受和体验中，不但升华出一种跃动着感觉和情绪的雾团，而且升华出一种理性的心智。在诗的构思中，当这个过程完成以后，他还要让理性的心智携带着感觉和情绪多次返回社会人生的感受和体验，这样做，是为了把他们“喂大”。当燃烧的生命蒸沸为诗的时候，他的理性的心智会将燃烧的诗情凝结为诗的造型，并将丰富的感觉和浓烈的情绪赋予它，自己也消融在里面。

在胡风老人的学生中，假定有一位天才绝异的自然感觉论者，那么，他在接受了胡风创作论的影响之后，在创作中只需要燃烧和蒸沸一次。绿原则否，绿原跟他有篱墙相隔。绿原在写诗时常常要燃烧和蒸沸两次，一次是与感觉和情绪相伴的理性心智的产生，一次是理性心智在获得体验的肯定之后，通过艺术造型向体验的“回注”。理性心智，在绿原那里，有时是感觉跃动和情绪跃动的中介，作品一旦完成，它就消失得无影无踪；有时则携带情绪的巨潮涌出地面。前者如此诗前面几个段落；后者如此诗中间几个段落；有时则与情绪和感觉和造型拥合成浪涛的翻动，如此诗后面几个段落；尤为典型者，如《在旷野的那边》全诗所呈现的那样。这样，他对诗的驾驭便有了超常的膂力，凭此膂力，他在诗的天地里可以“掣鲸鱼于碧海”；这样，他诗歌的艺术境界，真的做到了“鲸鱼跋浪沧溟开”。

如何看待绿原诗中的感觉呢？在绿原的诗中，高密度的感觉在丰盈意态的表层跃动和推进，意态的下层，是拥合着理性心智的情绪热潮的翻动，让吟味者一路体验，一路感叹，随之又一路深思。在《……他走着》这首诗中，前五段的语言是“全感”的，让你在吟诵时视觉、听觉、嗅觉、味觉、肤觉全都忽悠忽悠地兴奋着，随时准备被拍打得跃动起来。这些感觉使你相信诗本身非常真实，以致使你完全忘记那位可敬的“他”——大象的艺术造型所具有的两重性质，只意识着诗人在赞叹“他”本身，而不察觉“他”——大象还充当着诗人为感叹世间理想人格而专意选定的寄体，犹如在海滩上看到真实的海螺在奔跑，而忘记螺壳里那个寄居蟹。在生活中，使双脚忘掉鞋子的鞋子是最好的鞋子；在艺术中，使读者忘掉象征的象征是最成功的象征。象征的察觉，是在几番品味之后。当崇高的人格造型从崇高的物格之中突兀而出，诗人的理性心智会从物象造型中挣脱出来，给崇高的人格造型罩上辉煌的彩霞。

这一首诗向我们展示了典型的绿原文体。我们在吟诵时，可以欣赏伴和大象步履的沉稳的音节，它不整齐，也不押韵，因为音节安排了象步的顿挫，使押韵成为多余。它的语调，是现代中国诗歌的赋体宣叙。它是赋体的缀满造型小件儿的铺写，它不像旧式赋体那样编排对句，更没有四六句的斧痕，但是诗句中随处可见的辩证性机灵，使它常常出现同类句式的模进，和带有回环气势的排比。它是那样自由，并不让你感到“戴着镣铐跳舞”，它又是那样精纯，它的语言形式不仅是诗的内容自身，而且是绿原自身——它只属于绿原而不属于任何别人。

开头说过，这首诗的诞生，是当代中国新诗的节日。它把新诗的表现力推举到雪线以上，并且它本身就是一个巅峰。在中国诗歌的流变史上，它又一次借“负崇高”批判的巨大弹射力，让崇高的人格造型屹立云空。有意思的是，在此类的诗人中，有两个湖北人，一个是屈原，一个是绿原。湖北二原，我无意将他们放在等高线上。我只是说，他们的巨制，在艺术构成的原理上属于同一个类型：他们的艺术成就，都是雪线上的巅峰。这个类型的诗人，不一定能讨好自己的当世，也不一定能讨好后世所有的人，班固就曾怒斥屈原《离骚》“露才扬己，显暴君过”。绿原这首诗和他的《哦，你?》、《在旷野的那边》等作品，在流派纷呈的当代诗坛，自然也具有自己的流派性。但是，地球上有哪一个高峰不是从林立峰群中挺出云表的呢?

绿原诗歌的恢宏境界，是在他本人步入老境时演化出来的。这种演化过程有一个中介，那就是他对里尔克诗集和歌德《浮士德》的翻译。对两位巨匠的翻译使他心胸大开，使他诗境恢张。特别是对《浮士德》的翻译，简直是替老歌德用汉语重写了一遍，使他在诗的领域里感受到天庭的结构、高原的规模、大海的气派。里尔克意象的精深，歌德的不避理性和不顾一切地求真，与绿原自己秉承的鲁迅精神汇成合力，锻炼了他的诗胆，使他卓异的诗才冲决最后的禁锢，完成一系列诗的伟构，代表性作品便是《……他走着》。读这首诗时，我们能透过精湛的诗艺，看到一张倔强的老人的脸，这张脸的纹络里，盘踞着人类的大忧患和自然的大忧患，并且闪射着不顾一切的批判精神。唉，从这首诗看，老头子像是豁出去了!

可敬的诗人啊，他，他们，怎么全都是这个样子!

献身者的美学

——鲁藜诗断议

1

做一个真正的诗人是很难的。他必须敢于让他的作品忠实地记录自己灵魂的历程，并且，必须为此经受各种严酷的考验而始终如一。我们共和国的诗人无愧于此者甚众，其中之一是鲁藜同志。

那是很久以前的事了，鲁藜以泥土形象显示了共产主义美学的崇高观，他并且宣布，“我是绿草”，“……到秋天，我便枯萎／我准备火种给严寒的世界”。

在“神与物游”的构思过程中，把自我牺牲的博大襟怀同土和草的平凡形象结合起来，这意味着什么呢？意味着这位谦逊，爽直、倔强的战士向当日的文坛宣布，他的诗歌崇尚献身者的美学。今天，人们难免要向尔后的历史叩问：经过二十多年冤狱的烹炼，这位诗人的节操是否移易了呢？能否让大家看看他那裸露的、不用彩绸装饰的诗魂，是否还像从前那样莹洁呢？鲁藜有一首近作，大概可以算作对问题的回答：“我走向深秋的旷野／我脱去我的衣裳，我的一切牵挂／我光着身子立在阳光里／也像一棵快活的小树／我的双手是枝叶／我的白发是花朵／我的心是红色的果实”。

看，还是一副晶红的魂魄！伟大的共产主义运动，造就了一种依照寻常逻辑无论如何也理解不了的人格，连诗格也不例外。

2

让这位诗人活200岁也不为过，他那颗心实在太年轻了。那颗心，一旦获得了表达真实情感的权利，便立即像一只勤劳的蜂，四处飞跑着去寻诗。他把现实世界里那些值得喜爱的东西，那些自发的美——尽量储入感官，酿造醇郁的诗情。读他的《蜂之歌》：“啊，花儿，在世界上如果没有你／我的生命就不能存在”／“为你我重振我那受伤的金翼向你飞来／穿过暴风，穿过雷雨向你飞来”；／“当我于晨曦中吸饮你的芬芳／我的痛苦的灵魂才凝结了甘露”；／“啊，花儿，你默默地开着／而我却从此永远不能沉默”；／“让我为你唱白了我的头发／让我为你吐出最后一滴金蜜”。

对于现实中真正的美，鲁藜的爱就是这样执着、这样天真。他是那样不顾一切地拥抱它们，以致使我们的灵魂也跟着疼痛的震颤，这是一颗多么年轻的心在歌唱！这一字字，一声声，多像是初恋者炽烈的情语！

1980年初秋，鲁藜到西湖去了一趟。中国人谁不爱西湖呢？她的山色，是民族的黛眉，她的湖水，是民族的美目；她的波光，是民族的巧笑。鲁藜满心欢愉地到了那里，实现了自己“少年的梦”。他说：“啊，西湖，你这般美”——“我像个少年人轻狂地飞上高峰／去痛饮你的幽涧里汲出的泉水”／“我泛舟在你那群山环绕的银色摇篮／任凭你把我的生命摇晃在波光山色里”。

是谁让这位老诗人作出“少年人的轻狂”呢？不正是那颗充满乐观的童心么？

3

鲁藜的诗，常常意涉深曲而出之以明丽。他常让繁复的社会感受通过情绪的抽象力加以单纯化。为了把情绪抽象所获得的成果固定在直观可感的信息中，他常常从自然界借取单一的事物来象征。对他来说，这整个的过程，是向理性趋进的过程。以他近年的力作《贝壳》为例：“……请你留下这枚贝壳／把它放在你的窗前／这里有如同象牙雕刻的小小天宇／乳白色的晨光正在扫荡着残夜／这里有一丝红斑像晴空一道彩虹／将会让你极目而充满希望／这里有一滴血渍像一片火烧云”。

将会点燃你那灵魂的火焰，理想的火花第一步，他先把贝壳从物质世界移入精神世界；第二步，他又用支配者的腕力把无穷的天宇移入小小的贝壳。并且告诉你，它如一具牙雕，小巧而又精致。他把当代社会史上正与邪、明与暗、牺牲与理想的冲突与交替，从从容容地浓缩在一个小小的焦点上，指引我们去观照，去彻悟。有了这样的创作意图作为中介，他那个贝壳，已经获得新的神髓，已经把诗人对特定社会内容的感受，理解和评价连同诗人的激情统统纳入它的形质，从而使人无法追究它到底属于哪一个品种，而只知道它是鲁藜从情绪上审美地把握现实与理想的一面带有幻彩的镜子。接下去，他这样写：“请你留下这一枚贝壳／把它放在你的身旁／你就会听到大海的奔腾呼号／好像一万支金色铜号在吹奏／你就会看见东方最壮丽的日出／好像一万枝玫瑰在开放／你就再度感到人生至高无上的欢乐／当你与艰险的恶浪搏斗的时刻”。

那超越了寻常限度的豪壮音响，那超越了寻常限度的绚丽光彩，是怎样强有力地压迫我们的感官，在我们与限险的恶浪搏斗的时刻，又是怎样从那音响、那光彩获得无穷的气魄和无穷的欢乐！文论家喜欢赞叹“尺幅万里”的工力，而鲁藜的阔大境界却只占据了一枚小小的贝壳。

鲁藜诗中的造型成分，都带有明丽的色泽。请看：“我是云／我轻轻地飘／我最爱幽静的山谷／在秋高气爽时／我化作一朵银菊点缀着她的胸襟”。

在秋高气爽之时，在山谷“胸襟”之上，那一朵白云被鲁藜比作一朵“银菊”，而他写小花，则是“向太阳摘一滴光”，“开一朵洁白的小花”。在一首诗里，形象和意念之间的关系应当尽可能地明确，而这，就要求意念本身首先是明确的。鲁藜熟稔地把握着这一环节。在他的诗里，不论形象与意念之间的结合有着何种曲折，那信息（表述意象的字句和修辞）都是明朗的，加上审美个性的影响，又都是鲜丽的。

4

鲁藜能够很熟练地使用脚韵。著名的《泥土》和《浮萍》都是证据。但他更多的诗不用脚韵，照样写得很好。譬如《叶子》：“叶子永远不会嫉妒／她身旁同枝生的浓艳的花／叶子总是默默在一旁／替花儿把风雨抵挡／一旦花儿度尽芳华／她就去把花之果扶持／很像是仁慈的保姆／轻轻抚摩着幼婴／而当果子熟透／叶子也将伴随它落入大地”。

这些诗句，是有节奏的，是有内在旋律的，只是不用脚韵罢了。以双音节为主的参差错落的节奏，和伴随着情绪起伏的诵读旋律，都还保持着音乐式的和谐。对于诗来说，保留格律固然是一种限制，取消格律同样是一种限制，无韵诗丢弃了句尾的装饰——脚韵，写作的难度反而增大了。它要求一个诗人必须明确认识，诗的美学任务，不是创造一堆押韵的语句，而是通过情绪的再生产，表达对生活的判断和评价。这首诗中的叶子已经人化，那器度恢弘的献身者的形象，不是成功地给了我们浓烈的感染和亲切的教育吗？

鲁藜不喜欢自己的诗神宽袍大袖地见人。

人与诗——深沉的脚窝

——牛汉诗断议

1

牛汉是一位可信的诗人。当他告诉你，“花在积雪的树枝和草根里成长”，他是可信的；当他告诉你，“所有的伤疤下面／都有深深的根”，他是可信的；当他告诉你，“一首诗变成数不清的蝴蝶”，他是可信的；当他告诉你，“我有了一圈／带血的年轮”，他是可信的……

为什么呢？他在写诗的时候，他坚守着艺术信念和生活信念的合一。他把他的生命体验放射到一个对象上，让那个对象带着他的生命体验，在他笔下完成一个“外在的”生命的造型，然后，让这个造型接受他的激动的嗓音发出的感叹。在这时候，他的信念近乎绝对的真实，他甚至不会承认他是在使用借体，不会承认他事实上通过幻想的假定，把他的生命移入那个对象。清醒地意识着假定、移借，意识着拟人、象征等等，那可能是艾青和绿原的事，但绝对不是牛汉的事。

牛汉，作为一个社会人，他早年接受了马克思主义和革命。但是作为一个诗人，他似乎过于执拗地让他的诗带有本真的意义，带有原生质。所谓“本真”，所谓“原生质”，是指诗人在泛神论的信念中或者在某种“准泛神论”的信念中，当物我相通的审美感叹出现时，只要跟在直觉后面的那种造成艺术轰击力的意蕴，而不要理性的清醒。尽管这种清醒不妨碍诗人的信念在假定中入幻，例如不妨碍艾青写《礁石》，绿原写昙花（《啊，你?》）。但是，这种清醒会使物象“人化”或“我化”的程度过于纯粹，纯粹到物象造型的一切细部都成了人性和人格的信号。它们在美学上臻于极致，但是它们在风格境界上（也是人格境界上）或为清雄（《礁石》），或为清远（《啊，你?》）唯独出不来“浑”的境界。那“浑”的境界在牛汉的诗中竟然比比皆是，并且带有原生质的性质和本真的性质。虚化了的人化或“我”化之后，独立的物性、物格仍然存在。这是返虚入浑之功！

“滚滚的黄河／在北中国／寂寞地湍流着／琥珀色的泪浪／像古骑士扔下的一张长弓／静静地／躺在草原上”。

这是亲吻着人格化的祖国对黄河发出的放歌，多么苍莽辽阔，气象浑然。但是再看：“每当黄昏／草原是更寒郁的。／太阳，／紫红的大火堆／熄灭了，／火苗如枯萎的花瓣／在风沙的吹袭下／沉落进阴暗的草海和平沙下面……”

这等雄浑的大境界，陈列在牛汉新诗历程的起点上；叫他在情思当中清醒地、理性地区分出物性和人性的成分，大概是强其所难。没办法。在他的感觉中，一切人诗的物象都是“有灵”的——和人一样并立着，谁都不是对方的奴仆。

2

我感到，有的人的诗是刻出来的，譬如薇拉·英贝尔；有的人的诗是揉出来的，譬如牛汉。牛汉的句子和句子之间，只要整体感上的意蕴和韵律能兜得住就行，剩下的就是光洁、利落。刻出来的诗也无妨于大器，英贝尔的《普尔科夫子午线》就很大器，但是它缺乏浑朴。境界浑朴，语言洁净，内力外发，是牛汉诗歌的特征：“雏鹰不是在平地和草丛里行走的禽类／它们的翅羽还很短小的时候，／就扇动着，鸣叫着／钻进高空密云里学飞。”（《鹰的诞生》）

“所有的伤疤下面／都有深深的根啊。”（《伤疤》）

“祖国，／你是不是也寒冷？／／我可以为你的温暖，／将自己当作一束木炭，／燃烧起来……”（《落雪的夜》）

这些诗的语言非常干净，真像揉透又醒好的面一样，光洁柔润，没有干渣儿，意象的粗犷、雄浑，又是美学上崇高境界的范例。

牛汉，作为诗坛的老将，他的诗不主一格。本文不缕析他风格中的多样性，只想浅议一下他如何把握诗的本质和诗的艺术职能。我比较肯定地认为，在他那里，诗的本质是感叹。诗的艺术职能是提炼和加工激发感叹的原体，或用雕塑，或用描绘，或用陈述，完成艺术造型——这些艺术造型，或裸露着原生质，或蒙罩着借体——以求在自己的知解和一切别人的知解中成功地实现感叹的复制，是“一个读者心里一个汉姆莱特”那样的复制。为此，一方面，他力求语言造型的精纯和锐度；一方面，又坚守着整体风格的大朴大素。

如他的《改不掉的习惯》：“聂鲁达伤心地讲过／有一个多年遭难的诗人／改不了许多悲伤的习惯……”这个诗人，出门时常常忘记带钥匙，睡觉时常常忘记关灯，遇到朋友常常想不到伸出自己的手跟人家相握，想写的诗总忘记写在稿纸上——多少年来没有笔也没有纸。诗的最后一段，只有一句：“我认识这个诗人！”

含蓄是有了，幽默也有了，却丝毫用不着借助朦胧。在给足了你的微笑之后，一下子轰出你酸味的泪。再如他的《桥》，这首诗加了一个副标题：“赞一个老朋友”。“你的苍白的头总是昂着／脖颈从没有发僵或打弯／你笑的音调是甜蜜和爽朗／但是你的背脊，唉，背脊／却驼成了一架拱桥／命运是一辆接一辆的超重卡车／从你的桥背上来回地奔驰／你的生命不住地震颤”，请看结尾的两句：“而你却向我宽慰地说／只有震颤的桥才经得住沉重的碾压”。

只有对于震撼人的人格的震撼人的关注，才能产生这等震撼人的幽默。在诗的天地里，把悲剧成分和喜剧成分沉重地熔铸成一块热铁，沉重地用幽默的笑，引出酸痛的眼泪，这在任何民族和任何时代，都像在小说和戏剧中一样，属于美学的尖端课题。牛汉的诗中，处处可以找到命运的造型和人格的造型——当然，全都是携带着造型的沉重的感叹，像贝多芬的旋律一样，是携带着造型的情绪的波涌。在他的诗中，悲、喜、幽默、崇高，在牛汉诗中已是常见的美学范畴。我是在鉴赏了这些范畴之后，才注意到他诗中“优美”这个范畴的。在20世纪40年代后期，一对逃避国民党特务追踪的革命爱侣，形影相随地颠连奔波，在他笔下被写成“两粒小火花”，多么美啊！这类的意象，时有所见。但是，只有少数作品，才能看出他在专意显示自己创造优美境界的硬功夫，例如《第一朵花》：“只透露出一抹胆怯的白色／花瓣紧紧地抱着贴着／坚硬得像没有缝的卵石……／蓓蕾渐渐地泛白胀圆／尖端裂开了一点儿缝隙／像微觑的眼睛……／几片白里透红的花瓣／支棱起来／像婴儿透明的耳朵／谛听着远方／听到了候鸟的羽翼拨动冻结的天空……”

这等纤细之极的笔触，这等纤细之极的琴音，只有滚动着腮肉在地狱的门口产生出来！

牛汉是真正的诗人，读他的诗，是读他的生命。他对诗的态度是，一旦钟情，生死以之。整整六十年了，把他和诗连在一起的脚印，不仅被他一米九的伟岸身躯压得深深的，也被他深沉厚重的感情压得深深的。胡风说：不要轻佻地走近诗。他做到了。

从绣花的笼子里走出来

——贺敬之诗断议

1

给人以光的是灯，给人以热的是炉，既给光又给热的是太阳。拿诗来比方吧：假如诗对生活和斗争没有任何实际用场，那么无论说它是灯、是炉、是太阳，全都近乎空话。在当年，马雅可夫斯基就曾号召过诗人，"请你证明你的诗是有用的东西吧！"他以为诗应该参与新事物的产生，应该参加现实社会的变革，而不应该成为不着边际的什么光，什么热。1940年11月，刚刚从川北"跃进"到陕北参加革命的贺敬之，进入鲁艺的第一学期，便发表了这样的宣言："……让我们来／谈论诗。"

"这里，／没有桂冠。／在今天，／诗，从绣花的笼子里／走出来。／正如，／我们重新解释了人，／诗。／我们的定义——诗，／是工作！／／在这里，／诗人和他的诗，／就是／工人和他的铁锤；／就是／农民和他的镰刀；／就是／战士和他的枪"。

不能不看出这是一个16岁的青年诗人对事业对时代的庄严许誓，不能不看出这是一种理性的喷薄和激情的燃烧。

大家知道，放之百家而皆准的文学的定义是没有的；同样，放之百家而皆准的诗的定义也不存在。那么，在1941年11月，在鲁艺的教学环境中，这个16岁的年轻诗人拿出的诗的定义，到底对不对呢？

数以百计的关于文学的定义，数以百计的关于诗的定义，要评断哪一个是唯一正确的，这个任务世界上没人能够完成。然而，要正确地认识这些定义的性质，却有门径可循。那门径便是：主体论加功能论。其中，对诗人主体性的研究，具有决定一切的意义。

怎样把握早年贺敬之诗的主体性呢？只要把如下事实加在一起就可以走到"门口"了：母亲浮肿的手和锅里的煮南瓜——母亲在他夹袄里子中缝进去的五块钱——逃荒的人群和闷罐车的车顶——湖北均县半年多流亡学校的生活——四川梓潼国立六中一分校的学习生活——进步教师、进步书刊和地下党对他的影响——"到那边去"——《跃进》："不回头，／那衰颓的小城"，"山，那么陡！／——翻过！""马群，／憩息在路旁，／倔犟的驾驭者的脸／映着火，／粗重地呼吸着，豆料和烟草的气息／膨胀在夜的胸膛。”——《乡村的夜》组诗十四首——对田间的特别尊崇，以及从胡风、何其芳、周扬获得的教诲和鼓舞——“打败侵略者、推翻旧世界”的革命豪情成了这个热血青年人生誓愿的一切……

由这样的主体性给出的文学定义和诗歌定义，当然就是“革命工作”论，就是“齿轮和螺丝钉”论。从青年贺敬之这个“定义”看，他的思路跟马雅可夫斯基和列宁是在同一个轨道上的。

2

我曾经留心过关于歌剧《白毛女》的聚讼。我相信李刚同志1996年在《新文化史料》上发表的情况介绍；不仅如此，我还对这个剧本的语言风格作了研究。我以为，当初在解决歌剧《白毛女》制词问题的时候，没有像《梁秋燕》一样走新曲艺的路子，是一种很有魄力的选择。这个选择，创造了“话剧加唱”的格局，探索了民歌和大众化白话诗的结合。后者在柯仲平的《边区自卫军》中取得了一些成绩，却以灵活多样的形式在歌剧《白毛女》的唱段中获得了长远的生命。

歌剧《白毛女》的创作，到了“执笔者”贺敬之手里，成了累死人的艺术酿造。在此之前，组诗《乡村的夜》，为作者准备了主人公生命体验的底气；《跃进》等等，为作者准备了删削繁芜的骨力。穷苦生活的体验和新诗的素养，全都帮了贺敬之的大忙。在这部歌剧中，丰盈的情节的血肉，和经过洗练的莹洁的语句，显示着青年诗人贺敬之的个人风貌。这个戏的脚本吸取了其他同志的不少宝贵意见，但它作为一个完整的艺术品，从呕心沥血的酿造到精修细改的出活儿，都显示着贺敬之一个人的习惯和心性。

《白毛女》没有走曲剧的路子，这个决策本身，就是新诗、新音乐力量的一次非常成功的检阅。它的诞生和它的成功，不仅应当在戏剧史上记上一笔，也应当在新诗的历史上记上一笔。

3

从美学上说，什么是贺敬之式的才华？什么是贺敬之对中国新诗的贡献？

第一，从《跃进》《放声歌唱》《雷锋之歌》这个长达二十三年的新诗序列看，用堆垛式的语句完成的意象推进，有时雕刻般的有力，有时风一般的强劲，有时静谧而从容，有时激射如烈焰……总之，在这个新诗序列上，夺得的自由越大，开拓的境界越多，在新诗武库中贡献的审美潜能就越丰富、越颖锐。这是有歌剧《白毛女》和民歌体咏唱伴随的贺敬之诗才有的主轴。

“雨，／落着……／——阴湿的南方啊！”（《跃进》）

三个句子，成功地实现了感叹的复制，裸露地走出了诗，打进你的感觉，搅腾你的心绪。

“啊，／‘我’，／是谁？／我啊，／在哪里？／……一望无际的海洋，／海洋里的／一个小小的水滴，／一望无际的田野，／田野里的／一颗小小的谷粒……”（《放声歌唱》）

在文学史上，抒情诗人在美学上的贡献，是用创新的形式把握时代的大冲动力和他自己的人格造型。诗人贺敬之的这种人格造型，在《雷锋之歌》中得到了非常自然的、理所当然的伸延：“我写这两个字：／‘雷、锋’——／我是在写啊／我的履历表中／家庭栏里：／我的弟兄。”

当我想到一位母亲浮肿的手和锅里的煮南瓜，想到那位母亲在送儿子出门以前，缝到夹袄里子中的五块钱；想到另一位母亲在受财主欺凌以后在七月十五日鬼节把孩子支出门去讨供香，自己在房梁上上了吊，当我想到了这两位母亲，我相信：这五行诗，是有生命体验垫底的真的心声！在已经过去的那个世纪中，贺敬之跟着中国共产党在中国两种命运大搏斗中投入了自己全部的生命，战斗了一路，留下了一路忠贞的嗓音，用他卓越的才情赞颂了美丽的人民，美丽的历史和美丽的国土。

在贺敬之的诗里，统一着人民的美学和革命的美学。他用民歌的诗句写歌词，写诗，写得非常美，美得让人感到往肉里头渗，让人打心眼里喜欢。

一首《南泥湾》，多么美啊！

一首《回延安》，多么美啊！

一首《向秀丽》，多么美啊！

一首《桂林山水歌》，多么美啊！

他喜欢李白。他用融合了民歌的口语化版式格律写过李白式的放歌——《三门峡歌》：“望三门，三门开：／黄河之水天上来！／神门险，鬼门窄，／人门以上百丈崖。／黄河劈门千声雷，／狂风万里走东海。”“走东海，去又来，／讨回黄河万年债！／黄河女儿容颜改，／为你重整梳妆台。／青天悬明镜，湖水映光彩——黄河女儿梳妆来！”这种李白式的放歌，又是多么美啊！

实际上他的非民歌体、非古典式的新诗，也会美得让你感到往肉里头渗。看他16岁时写在延安的《雪花》吧！

“你的小小的翅膀／在飞舞，／带着低声的／温柔的歌唱。”

青海高原的歌鸟

——白渔诗断议

1

我所熟知的青海新诗作者中，昌耀和白渔是如此的不同：一个，喜欢把感叹凝成五味的铁蛋让你啃嚼；一个喜欢把感叹化成五味的雨淋浇你的心。白渔的诗中也有雕刻般的造型，不过都如浪花，是流动中的造型。

白渔有言："如果人真能够转世，我仍选在青海……"他爱青海，青海也爱他。虽然他生于四川，养于四川，但青海的天、地、人，像母羊育化小羊一样育化了他的诗情。他对青海的爱，带着一种"跪乳"的情怀。当然，不仅因为青海的天、地、人是他诗情的乳母，更因为青海的河源和江源，有着伟大民族母亲河诞生时的产盆和胎衣。

他这样咏叹河源："蓝得不能再蓝的天／白得不能再白的云／静得不能再静的旷野／浓酽的痴情，连感官也凝滞了／每一个细胞，每一根神经／都因过度的兴奋而颤动"。（《约古宗列感受》）

他的悸动，他的颤抖，在我心里如数复制。诗中的情态低声对我喊：跪下！我于是拂净衣尘，跟他跪了下来。

他这样咏叹江源："我终于来了，依偎你洁白的胸脯／不敢呼喊：格拉丹冬，你的／儿子回来了／让不肖子孙的一时冲动碰疼雪岭的／肃穆／我不敢扑在你胸前含泪倾诉——／无言告慰！"

这位四川的赤子，他在长江母亲出生地这番含泪的倾诉，伴随的情态不是跪着，而是匍匐。读这些句子的时候，我哭了。

诗人用自己真实的诗的造型堆塑自己人的造型。诗的美学任务，是用精纯的艺术语言实现感叹的复制。这两首诗中的白渔，他的整个身子都在燃烧的诗情中抖动，如同感受圣灵的小儿。这两首诗，将他抖动着的身躯和灵智所感受的大善、大真和大美，送到读者心中去复制，让读者在平常感受力的迸裂中感受圣洁的崇高与辉煌。我想，人们提升对白渔其人与诗的喜爱，大概是从这里开始的吧。

2

读白渔的诗，如行山阴道上，好景好情，应接不暇，而那令人驻足的佳句，则如驿外鲜葩，让你动不动就折得两三枝。譬如，《牧女的拉伊》中“唱什么，不必看人的脸色”；《在哈萨克毡房》中“哈萨克的夜是属于冬不拉的”；《姑娘追》中“温柔的哈萨克姑娘／执掌爱的权柄”；《冰舌》中“冰舌无语／持一片纯洁”；《盐湖》中“看时间的翅翼／在蓝玻璃上缓缓滑翔”；《孤山》中“小孤山，像拧成疙瘩的心”；《春之盼》中“我宁愿是一截胸怀千丝的藕……／盛夏，为你捧出一枝莲荷”；《成熟在斜阳》中“朝霞是绚丽的／却带着夜的胎印”；《等你的日子里》中“等你，多简单的小事／连时间也长满了刺”；《思念是什么》中“思念是什么／能暖人也能伤人的火……好折磨人啊／却甘愿被折磨”……

唐人白居易说过：“人间要好诗。”不少人更增之曰：“诗中要好句。”然而诗艺诗才毕竟不能靠一两个句子向外显示，要写出好诗来，应当把握那感叹的“核”，和复制感叹所必需的整体框架。从创作论上看，白渔的优秀诗作全都从感叹起步。对那些作品来说，感叹就是挠心挠肺的情绪化主题，或曰诗的主题。感叹一旦产生，它就不断返回产生它的生活境域，去选取和提炼形象原料，把它们喂养成意象和情态。前文说过，昌耀是让情态携着意象凝结，白渔是让情态携着意象奔流。看他《岩缝间的索取》中的一段：“青苔携小草私奔了／春风立足未稳／已匆匆离去，匆匆离去／／唯有百灵鸟没有失望／和土蜂在石壁上同唱一支歌／干枝梅，在这里／咬着岩缝，钻入砂砾／收集着云的碎片，雾的残泪／珍惜它，滋润一片片稚嫩”。

看，情态奔流着，携带着意象；意象奔流着，像浪花的小手拍打着水流。啊，这是何等魅人的流动着的雕刻。

白渔发现，在雪线上，蜜蜂畏怯地跑光，为美丽的格桑花传播花粉的是苍蝇。要么，是蜜蜂换了苍蝇的躯壳；要么，是苍蝇抢了蜜蜂的营生。白渔被剧烈的感叹撼动了：“它没有玷污吉祥的花朵／丑恶的形象反而建立了美的功勋／当秋霜寒凝高原／苍蝇也随格桑花坦埋入雪中／花为棺椁的葬礼／也堪称壮美，别有一番诗情！”（《雪线蝇》）

啊，白渔，他盗来缪斯的指令，让我热爱起苍蝇来。这首诗是诗人将感叹返回生活原型后，提举起自己的情态，让他化作歌的彩流，让这歌的彩流把苍蝇采花的主体造型溶没。他好像有意识让视线从那主体造型上移开，将苍蝇带着嗡嗡之声像蜜蜂一样在花间忙来忙去的形象虚掉。事实上呢，他从“为美立功的丑恶”上背过脸去，却让我们的眼睛死死地盯着它。他的文字里实者虚之，我的脑子里虚者实之，没完没了地看见苍蝇在格桑花的瓣蕊间嗡嗡。

这样，他通过情态线的展开，将客体自我的形象都写进了诗里。

3

白渔诗的风格，要分三个层面来说。第一个层面，是他作诗特有的方式和语言习惯，或曰他的创作作风。是什么呢？是他喜欢让他喜爱的美的造型随着他的诗思流泻。很少见他静止下来用刻刀造型，他能“听见霞光和云彩簌簌流动”，他能在寒风肆虐、暴风巨响中“分辨出春微弱的步履”……他能把很多静的境界写成动的，例如他的《悠悠》：“天悠悠，地悠悠，人也悠悠，牛羊也悠悠／可摘云片，可抚雨头，闪电拖着长舌，在身边转悠／四季挤在一起，挤不动，流不开，抽不出的茧头／人也木然，山也木然，虽然总是等不来，／总在木然地把一个什么等候／盛夏易逝，隆冬长寿，倒不如多些冬雷夏雪／任该发的发，该冻的冻，该凝的凝，该流的流走／远也悠悠，近也悠悠，爱也悠悠，恨也悠悠／历史和现实，难忍地邂逅……悠悠，悠悠”。

这首诗，谁能对着他久久发愣，谁就会变成一支交响曲。这是白渔诗中最能显示他独有的创作作风而又能够洗净时俗习气的代表性作品。第二个层面是他内在的品格与素性，所谓“风格即人”是也。白渔性善，有“民吾同胞，物吾同与”的胸襟，故能和青海各族兄弟姐妹心连心，写出了与哈萨克民族和撒拉民族贴心贴肺的风情诗，如《鹰铃儿响》《姑娘追》。他的《孤雁》，则显示了他与万物为友的精神：“一只孤雁绕湖盘旋／叫苦了黄昏的雨丝……我的心被忧伤灌满”。

白渔爱乡、爱土、爱祖国，故能在约古宗列和格拉丹东唱出惊天动地的“儿子的歌”。我只见他对那些做好事的苍蝇笑笑地背过脸去，其余看到的全是他和艺术对象的正面拥抱。第三个层面是他的主观情怀与客体境界的渗透与融合。他的主观世界由于吞进青海山河旷原的大境界而扩张为豪放，为犷莽，由于吸吮了小巧、轻盈和悠闲而扩张为优美。“轻盈如林梢滑落的风／悠闲如高空飘忽的云”；“春拥着我，我拥着春／多惬意的良辰美景”；“森林之晨／云雾横腰一抹”……那主客观拥合而成的种种境界显示出来的种种风格，才是艺术意义上的白渔风格，那主要的属性，我以为是豪荡、雄奇和俊放。

塞上诗会：宁夏新诗点评

——在“塞上诗会”上的发言

在宁夏诗坛上，我是各位诗家的学徒。顶多是个“君子派”——“君子动口不动手啊”！今天谈谈阅读宁夏近期诗歌的一点个人感受。这是一篇随读随写的手记，不是专心结撰的论文。既是随感，就无须考虑“周全”“平衡”之类，更没有简慢某些同志的意思。好在这么多贴心同志在座，不愁没有补苴罅漏的机会，挂一漏万的缺点，就实在顾不得许多了。

马乐群《我和朝霞一齐走进车间》

这首诗发表在1982年5月2日《宁夏日报》第三版上。它一发表，就被人们交口称赞。我感到，它很好地表现了三中全会以后我国工人阶级的生活和情绪。不俗，不虚，不僵，不夹生，不绵弱。它是马乐群同志诗歌创作迈向新阶段的一个信号。作者切出早晨上班的一小段时间来起头：“踏着电铃的金色音符，／我和朝霞一齐走向车间。”／“穿过绿叶间泻下的光束，／兴致勃勃地跟工友交谈。”

谈什么呢？“谈阿Q，谈安娜，／谈郎平和周晓兰，／谈嫁给伤残者的芭蕾舞演员，／谈由经理变成经济罪犯……／谈经济特区，谈机器人，／谈物价和转产，／谈社员到中南海参观时的激动，／谈厂长的忧乐和工程师的预见。”

这不是平庸的豆腐账。在极为平常的车间生活的剪影里，作者用一个很不起眼的透镜，汇聚出我们时代生活的一个焦点。我们的生活就是这样，有焦虑，但更多的是兴奋。然而作者接着写道：“谈话坦率而短暂，／兴奋、焦虑都不会使我迷恋。”这就表现出工人同志特有的洒脱和豪迈，一点黏糊劲都没有。

只要紧紧把握住诗的特质，表现车间生活的难点之一——“时空处理”问题，是不难解决的。“这金色的八小时和金色的空间，是生活分配给我的责任田。”两个警策的造句，就把我们带上了工作台。诗人决不应该成为设备和动作的奴隶。诗人的目光，应该分秒不离地盯着自我的或者别人的灵魂。作者表现八小时里的劳动过程，只用了一个精美的特写：“飞转的毛坯上跳出蓝色的螺旋线”。其余，便是典型而又不可重复的，带着马乐群个性的精神世界。他写道，这块“责任田”：“我不让它荒芜，我播种思考，／我播种热汗水，／收获五彩的果实和闪光的发现，／收获电子音乐里妻子的目光，／收获尼龙衫上女儿的笑脸，／收获洗衣机轻快的圆舞曲，／收获撒了味精的油煎鸡蛋。”

这是精神涣散时的胡思乱想吗？不。这是活生生的普通人的活生生的劳动目的。它从结结实实的现实体验上展开了义务与欢乐，献身与幸福的辩证关系。在理论上给普通劳动者的头顶加上光环固然是一种荣耀，但是，在十年动乱中心脏磨出老茧的中国工人已经不大容易激动。这首诗的欢快旋律，是我们党的三中全会和六中全会在工人阶级的心弦上弹奏出来的。作者这样接下去：“我骄傲，我的价值能把／锈迹斑斑的现实，／变成组合理想的锃亮的零件。”

读到这里，真是无话可说。我也骄傲，我看到我们工人师傅既不是餐霞饮露的清教徒，也不是匍匐在个人享受上的侏儒。

通过这首诗，我惊喜地发现，马乐群同志正确地把握住了现实主义的路子，正确地实现了能量的释放。这首诗说明马乐群同志展现了自己，但是更重要的是自觉地发现自己。一个人施展自己的诗才，稳定地提高自己的创作质量，又要纵，又要控。纵，是在创作的路子上，使自己的追求多元化；控，是死死地盯着最适合表现“自我”的那些内容和形式。我说的自我不是小我，是美学范畴，小我是伦理概念。两者相混，会无端地制造悲剧。自我是什么？是世界观和艺术观在创作个性上的综合，是艺术生产“机器”的主动轮，是产生风格的主根，是任何作家、艺术家都摆脱不开的折射生活的三棱镜。离开这个三棱镜，就会失去情思，失去艺术的绚彩。

赵福辰《少女》

在宁夏崛起的新一代诗歌作者中，最引起我注意的是赵福辰。他是诗人肖川同志的同胞兄弟。但是，他不附乃兄的骥尾，而是有自己的探索，自己的追求。他的作品，很受所谓“朦胧诗”的影响。他喜欢把直观印象，基础观念和象征、借代、拟人、拟物等修辞方法交织或者叠印。他的自我，喜欢以较高的主观信念为支柱，强令客观形象发生变形，从而曲折地表达作品的主题。

对于“朦胧诗”，我实在不敢强作解人，更不敢谬托知己。因为它的艺术的彩翼，往往飞得太高太远，使我们过于艰难地在生活的大地上寻找它的投影。大家喜欢赵福辰同志的《少女》（《朔方》1981年第10期），我现在就试探着谈谈这个作品。“一朵花儿，飘来粉红色的微笑……／娇绿的口琴，亮在嫩红的唇间，／闪动着一个太阳，／朝淡蓝的远方，传播着希望。”

这是开始的一段。把动词“飘来”和偏正结构“粉红色的微笑”相搭配，这比单写笑眼的顾盼更有情采。口琴上闪动着的，是一个给爱慕者的灵魂以温馨以光亮的脸膛。这张脸膛，赵福辰按照艺术的法则，大胆地称作“太阳”。就是这样一朵花儿，一位少女，她以自己灿烂的美，牵引着远人的怀想。把神仙幻想当作现实来说教的是巫婆，把深曲的象征当作直观印象来讴歌的却是诗人。这里是否存在着“新的美学原则”另当别论，《少女》大幅度地突破了人们平素的审美习惯，却是千真万确的事实。“山坡。枯黄……／也有绿风的清爽，／为什么，这细微的呼吸，／又重复我童年的音响?”

“绿风”既是即景的素描，又是“青春气息”这个意念的翻译。诗中的自我，童年也喜欢口琴。少女的形象，在他胸中吹起一股绿色的风，使他青春重返。静静的留恋，使他呼吸细微，少女口琴的旋律，同出现在他回忆的童年时代口琴的旋律，看起来大有相和之趣。琴音的共鸣说明了情志的相通。在作者心里，这种知音者的共鸣，在价值上是崇高的和无限的。于是情绪上升，进入高潮：“不要问我，／为什么留下通讯处，／节拍的巧合，／是山，更是海洋！／生活的路上，／你我都在探索，／在那没有足迹的地方……”

原来那共鸣的社会内容是思考、是探索、是追求、是创造，“事义为骨髓”。读到这里，我们已经扪出这首诗的骨骼是很硬实的。知音巧遇，是在沙枣花开的五月，而被怀念保存下来的印象，却持续到六月、七月乃至更久远的时间，这在诗里怎么表现呢？赵福辰有他的办法：“一棵十六岁的沙枣树，／把五月拉得很长。”

这首诗有热情，有朝气，有推进生活巨轮的魄力。在艺术上，诗歌形象和生活形象之间那层相似关系，尽管让人进行一些曲曲折折的摸索，但是并不像其他一些“朦胧诗”，用歪七扭八的踢踏舞，把内在的情理逻辑踹得像破镜片似的。这首诗能够成功，在很大程度上取决于构思的整体性。希望赵福辰同志以此为度，今后写诗，把艺术与生活之间的曲折层次减少一些。为了完满地传达自己的审美感受，应该心仪自己的艺术语言，露出多数人的感受力容易接近并且喜欢接近的亲切笑脸。

罗飞《人的标本》

1982年4月22日，《健康报》上登了一则消息：共产党员沈福澎同志系青岛医学院教授，患心脏病于1982年2月9日逝世。他在遗嘱里写道：“我已与家人商定，将遗体奉献给我亲手一点一滴创造起来的人体解剖教研室。……如能制成标本，串成骨架，我便能在我所倾心的岗位上站岗了……”

这一则消息，点着了多少人的心啊！当沈教授的骨架还没有制作出来的时候，我们的老诗人罗飞同志就用自己的灵魂紧紧地拥抱了它：“啊，共产党人的生命／终结之后还有一个／新的历程／生和死／现在和未来／光亮的／会聚点上／屹立着／他岸然的骨架。”

这一副共产党人的骨架，具有超越时空的伟大的伦理价值，使我们寻常的感受力受到强压，受到突破。它并不逼着人们仰视，但是我们必须把头抬起来：它是崇高的！至此，诗人的情思趋势向题材的深层蜿蜒——“他的骨架／屹立着／证明共产党人／辉煌的人格／乃是钙与磷的合成／钙——使铁骨铮铮／磷——会爆发火花／使自己在光明中永生／有这副骨架在／又何须争论／共产党人／是否特殊材料造成?”

诗人借这副共产党人的骨架，对共产党人的本质作了鉴定。在考虑这个崇高形象的真正价值时，他对产生这种形象的我们艰难创业的社会主义民族进行了礼赞：“站在你的岗位上的／仅是一具人的标本吗？／不，这是／一尊高尚情操的晶体／附丽着我们民族的芳魂”。

最后回题部分，写得很有腕力。他宕开笔锋，写了蛱蝶和枫叶两种标本的色泽易逝，清芬难存，令人不由得回转过来，体味这副人的标本的永恒价值。这就在读者心里拉开了感受差，使读者的情绪急遽升温。然后，在读者的灵魂持续震颤的时候戛然收束。章法上又讲究，又自由。让我们欣赏一下吧：“蛱蝶枉然有一副／美丽的身躯／一旦制成标本／枯槁了粉墨、色彩／憔悴了图案、花纹／双翼会失落色泽的缤纷／枫叶的鲜艳／因压制而显得暗淡／虽未与群叶一同飘散／它的标本／却早失去了生意和情韵／我决不用／轻浮的颂歌／赞美僵死的标本／我礼赞的是——／真正的人／倾心于共产主义事业的／最高最美的坚贞”。

从上面三首诗作，我们看出诗美学上的一种现象：对于诗人来说，诗的意会和生活形象之间，有着多种多样的结合机制，这绝不是用什么“标准件儿”“样板诗”之类所能够限制住的。《我和朝霞一齐进走间》在酿造诗情的时候，生活形象保留得比较多，只是到点明段落题旨的时候，意会的逻辑才直接地露一下头。由于点得明，化得透，能产生“终篇接混茫”的功效。这种笔法的特点：第一，生活形象和艺术形象直接的相似多于间接的相似；第二，原型与意会之间的结合，基本上是通过典型特写的推进达到均衡的，因而它容易被多数人所感悟。赵福辰的笔法，则有点像李贺，奇诡多媚，具有一种曲晦的浪漫主义情味儿。它基本上不考虑原型和意会的结合在普遍感受习惯上所达到的平衡。他破坏了它，却把意象派诗歌所积聚的某些有益的审美潜能释放出来。流派就是同一类型的独创性加同一类型的片面性。去掉它们的片面性，就等于消除了它们的独创性。任何一个流派都生产自己的优质品、次品和劣等品。支配它们命运的因素之一是，占据读者时间的多少和给人审美感受的多少越接近正比关系，存活的时间越长久，反之亦然。《人的标本》这首诗很注意意会升华，强力地把握着形象对情绪、态度和理性的抽象作用。全诗极少使用比喻，大力删削细枝末节。这种“皮毛落尽，精神独存”的艺术境界，与我们这个注重理性的时代有着深刻的联系。它也含蓄，但不同于《少》。它的语言要直接向大多数读者传达情态和意会的信息，所以并不追求对生活原型的变形。艺术品的美，如同人体的美，在于筋肉与精神的均衡。罗飞同志对蛱蝶和枫叶标本的特写，马乐群同志对社会新闻的摘述，都不是闲笔，它们保证了作品血肉的红润和丰腴。

李震杰《古庙三题》

老诗人李震杰同志为培养宁夏诗作者竭尽劳瘁。二十余年来，他生产的主要不是诗，而是诗人。他是宁夏（包括调出去的同志）不少中青年诗人十分尊敬的老师。他的诗，已经出现了“老”的气韵。人而变老，恐怕绝不是诗人的追求；诗而变“老”，却是某些不用功的人一辈子追求不到的境界。“庾信文章老更成”，“老”是一种难得的美学境界啊。

《古庙三题》，从容之中见老辣，章法上十分讲究。我侧重谈它的章法。其中《壁画》一首，在浑一的结体中，包含了点题、展开，回题的完满布局。“残垣断壁的庭院，／依旧恐怖，森严。／布满蛛网的壁画，／仍然清晰可辨”。

这一段绾合全体。下来作两步展开。第一步展开是：“拷打，油炸／割舌头，上刀山……／多少鬼魂／正惨受熬煎。”由此，生发第二步展开：“这儿是否也有／冤案，错案，假案……／有谁来给他们／调查、改正、平反?”

这里的“潜台词”是：只有我们的党，才能对冤、假、错案做到调查、改正、平反。这里，情思已经完足，无须再循旧路回题。于是诗人别开蹊径，积极推向收束。“看着这／血淋淋的壁画，／就想起／可怕的昨天……”

一句话骂透千年血泪史。这等收束，在意中又在意外，又轻松又峻烈，那么淡又那么浓。我感到，带着多种章法程式，从容裕如地进行构思并且体现构思，在法度之中见自由，在自由之中见法度，是构成李震杰同志诗艺特色的重要因素。

再说这组诗里的《二郎神与哮天犬》。这首诗的结构完全是开放型的，无头无尾，只靠三个展开层次解决问题。第一个层次，写二郎的“三眼”和恶犬的“齿尖”：“你这三眼怪物／准是为经常窥探／人们心中的秘密，／所以多长一只眼，／而你那条恶犬／为了追踪、咬人，／才天生就／腿快，齿尖。”

第二个层次通过今昔对比，用十分俏皮的语调挖苦了怪神和他的恶犬；“过去只要看到／你们狰狞的嘴脸，／那些脆弱的心房／就会剧烈地震颤。／今天，你们上哪去了？／我找遍殿侧、门前，／也没把你们找见。”

只有明察天国的荒谬，才能明察人间的荒谬；只有纠正天国的荒谬，才能纠正人间的荒谬。为天国指谬，实际上是为人间指谬。作者在收尾处，用两个选择问句，勾出一个重要的现实主题：“是奉旨／去抓三圣母／没有回来？／还是不甘于／这破庙的冷落／悄悄混进了人间?”

对于极少数冥顽不化的帮派谬种、林江妖孽，特别是对他们的流毒，这是含着创痛的揭露，是伴着嘲谑的鞭挞！作品的喜剧色彩，丝毫没有减弱主题的严肃性；相反，它使我们体察到这位正直的老诗人以柔克刚、“四两拨千斤”的艺术功力。

肖川《乡恋》（三首）

在诗歌创作上，肖川同志的场子打得很宽。他不仅产量多，路子也多。他似乎想在多种路子的探索中，找到一种足以体现自己创作才情和艺术风格的主要形式。他通过多方面的训练，来逐渐地发现自己。这种情况，典型地显示着宁夏中青年诗人创作方面的普遍趋势。请看："杏花春雨江南好，／杨柳婆娑碧影摇，／母亲倚门长相望，／年年月月泪空抛。／何时还我相思债，／搂定女儿唤阿娇？／爱和恨，两相交。"（《两地心》）这是肖川。

"蚌壳里的夜，有多长？／不再思量，不同思量，／我已摆脱苦闷与忧伤。／如果被昔日的泪水淹没，／我的生命不会闪光。"（《珍珠》）这也是肖川。

"哦，宁夏，我的第二故乡，用什么报答你的给予？""你给我柳笛，给我少年的欢欣，／给我长风，给我战士的豪气，／给我铁锤，给我铁的性格，／给我笔，给我纸，给我诗情画意。"（《我的歌》）这还是肖川。

肖川同志创作的路子有两种：一种是诗备众体，在各种体式上均衡发展；一种是通过若干时间的摸索，在某种体式上相对地稳定下来。梁山好汉兼通十八般武艺的很多，但终归是各有各的专擅：李逵是斧，林冲是枪，呼延灼是双鞭，张清是没羽箭……这里似乎有一种辩证规律在起作用。我认为，肖川同志自由诗方面的潜力比较大。他的自由诗奔放而又流畅。让我们看看他的《乡恋》吧。"我在海边漫步，哦，真美——／那恍惚的椰影，那朦胧的归帆；／海浪轻轻，拍打我心灵的堤岸，／月光澹澹，摇起我诗意的小船。／松软的沙滩床褥般温暖，／柔细的海风比情人还要缠绵／……／蓦地，我听到一支歌，／轻似罗纱，隐如烟雨，颤若丝弦。／"宁夏的花儿，塞上的歌……"／这不是母亲呼唤天边的儿男？／在南国，我望那亮晶晶的北斗，／似见塞上明珠闪耀的光环；／在海边，我听这优美的乡曲，／似听到贺兰山下渠水潺潺……／"一个春夜，在海角，在天边，／我的梦很香很美，又很甜……"

在写于南国海滨的这首诗中，肖川同志倾注了心血，倾注了真挚的爱。诗的情思、意象、语言的旋律都相当考究。近两年来，肖川同志立志为宁夏放歌，为大西北放歌，为此，他刻苦磨炼，努力耕耘。我热切地期望着他的成功，给自己的创作主题归类定向，在时间和精力上需进行大量的投资，这样做，可能成也可能败。关键在于能不能下去。诗人最好多写自己双脚踩过的地方；广袤的大西北，壮丽的宁夏川，一定要分期分片地跑一跑，看一看。写新的边塞诗，与其过多地倚重想象的飞船俯临虚渺的山川，毋宁执着地将情思建立在真体察、真感受之上，最好是把两者结合起来。肖川同志关于诗歌艺术的自觉意识是很好的，他很讨厌为文而造情。他的不少好诗，是真情实感的产物，是为情而造文的。一个诗人到底能够在何种程度上避免为文而造情，并不取决于的他主观意志，因为对题材倾注的热情和由题材酿出的诗情并不完全一样。假如他没有机会深入地把握他的抒情对象，假如他对自然、社会和精神领域的特定对象不能通过反复的体察和感受去把握产生真情实感的心理契机，他就难免为盲目性所戏弄，难免为文而造情，难免蹈入空灵一途，难免在走了一段弯路之后像幽丽叶那样发出如下喟叹："我怎么偏偏爱上了应该恨的人！"

讴歌宁夏山川和大西北的襟抱和本职工作的具体矛盾，决非肖川同志凭个人之力所能解决。愿肖川同志获得切实有力的帮助。

贾长厚《帆的风格》

这首诗，诗人很精细地设置了感受差，上来，先呈示第一种视觉感受："白帆在海平线上闪亮，／像洁白的海鸥在天海之间翱翔。"

这个极洁白、极纯净的帆影，使诗人的感受出现了幻觉："我想，它会像镜面一样平整，有银幕一样宽宏大度的姿容。"

接着，他呈示第二种视觉感受："靠岸后我不禁十分震惊，原来它千衲万补，满是孔洞。"看，感受差拉开了。最后的任务，是不失时机地带领读者快速地悟入。他选择了咏叹语调，在两个句子里完成了情理逻辑在感受差上的划动："于是我产生一个联想，征帆，你是骁勇战士的形象！"

贾长厚同志为人诚厚，诗也写得老实。这首诗的成功，却在于虚实结合，透出不少灵气。很显然，联想与幻觉帮了他的大忙，顿悟帮了他的大忙。

吴淮生《飞过桂林上空》

长年着力于塞上山水诗的吴淮生同志，使贺兰山和宁夏川的上空，缭绕着一缕甜美的歌声。我感到他的诗风就是一个字：甜。它是朴素的、委婉的。它的情绪常常不是突发，而是让它带着自己亲切、从容的态度，像小溪里的水一样点点滴滴渗入我们的心田。他娴熟的文笔，获得同志们的好评。近两年，他的诗风也有变化。他的一些新探索，我们通过《飞过桂林上空》这首诗可以见到一斑。

"一位朋友曾把心遗失在桂林，／我答应他到那里去将它找回。"这两句诗，很有悬念。"而今我有幸飞过红豆的故乡，／却没有来得及扣仙境的门扉。"遗憾！朋友那颗心，是找不回来了！岂止如此："机舱中我正惭愧对朋友爽约，／自己的心也蹦出口不翼而飞，／我捂着胸膛急忙从云端下望——／两颗心在漓江欢畅地击水。"啊，还给别人找心呢，自己的心也失落了。从侧面赞颂桂林山水，这是多么不落俗套的巧思。

高深《鹿回头》

高深同志很早就发表诗作。他的诗笔曾经长久搁置。重操翰墨以后四五年间，看他的诗，他的语言风格，似乎是在通过多种新的尝试拓宽一条现实主义的路子。他惯于苦思，也善于转益多师。我以为他的创作是在变化中求提高，大概可以比较快地走向成熟。

我最喜欢他的《鹿回头》。同志们知道，在祖国南大门上，在天涯海角，有一个地方叫鹿回头。传说一个猎手把一只鹿追到那里，鹿变成一个少女和猎手结为夫妇。理解这个故事，历来从猎手的角度着眼，教诲人们：只要勇于探索、勇于追求、锲而不舍，一追到底，目的就会达到。可是善于深思的高深同志偏偏着眼于被追捕的那只鹿，把角度完全换了。这就使他把看来无可争议的情理，一下子翻了过来。他写道：“可怜的梅花鹿，／被追逐到生命的绝处。／于是变成了美丽的少女，／嫁给了要致她死地的猎户。”“生命的绝处”，“要致她死地的猎户”，这些短语，不是作者咬着牙写出来的吗？很显然，这是要跟传统的说法掰腕子！“生与死转化成恩爱，／猎人和猎物结成夫妇。／这美丽动人的传说，／美化了弱者的屈服。”

这里，诗人运用了顿悟。前四句，呈示了传说的梗概，为翻案埋下伏笔。后一段的前两句，从这个传说的深层挑出最使他动情的那根主线——生与死的搏斗关系，完成了蓄势的任务。末两句用势，以新时代的理性，对传说的实质作出裁断。这个裁断，完全是高深式的。我感到，这位诗人平常不易察觉的战士的素质，在这里像镁光灯似的闪了一下。

马静《雷天》　陈幼京《无题》

我想谈两首情诗。情诗是崇高的心声，是爱神的歌。它不亵渎大圣大贤的殿宇，它也有权拒绝各种亵渎。它决不同于靡靡之音。靡靡之音，不管它多么柔艳，都只能暗暗地与空虚灵魂中最无教养的粗卑的自然力相适应。而健康的情诗，却能向人间显示“第二自然的人类”所独有的高尚品格。我们需要社会主义的情诗，我们需要我们时代的白朗宁夫人。

一个真正的情诗作者，宁肯失落一对金镯，也不肯失落美好的情绪。这些情绪的母体，或是往昔的追忆，或是今兹的际遇，或是未来的梦想，只要与新生活创造者蓬勃向上的气息相通，它就是健康的、美好的，而无须计较表面上是喜是怒是哀是乐。请先看马静的《雪天》：“雪花飘舞不停，／飘舞不停，／原野繁闹而宁静。／我们踽踽而行，／披着雪花，／迎着寒风。／你唱歌给我听，／我感到你的喉咙在颤动。／我问你：‘是否太冷？’／你却问我：‘是不是雪花湿了你的眼睛？’／雪花飞舞不停，／飞舞不停，／原野繁闹而宁静。”

这首诗的全部感受，由以下几个层次构成：第一，这是一对热恋中的情侣；第二，他们漫步在风雪中。一个用歌声表示自己的热情和欢乐，由于意识到“她”的存在，他越想唱得美些，就越难消除嗓音的紧张。一个默默地走着，特别细心地接受着那颤动的歌声里面只有她才能体察到的感情的脉冲。最妙的是两个人的温存互问。她问，“你是否太冷？”这样的关切，是多么得体！可那个“他”呢，就不怎么会体贴人，不着天不着地地问人家“是不是雪花湿了你的眼睛？”活脱脱露出一股傻气。而这，全由一个“却”字转出。这种初恋时极难重复的记忆，大概要陪伴着这对爱侣直至终老吧。

这首诗的环境，也布置得十分精当。这一对情人静静的身影和他们热烈的内心，由宁静的原野和繁闹的雪花把爱的密码巧妙地翻译了出来，真是“不着一字，尽得风流”。

陈幼京的《无题》，把高度的单纯和高度的丰富统一在一起。“在你的手心里／写下我的名字／在你的本子里／画下我的眼睛／在你的衣上／留下我的泪迹／在你的枕下／藏着我的诗集／可是／我的心呢？／你准备／将它放在哪里？”

四个情态特写，利利落落地完成了蓄势。你爱我的名字、眼睛、眼泪和诗，这就是全部吗？不，并不！真正的爱情应当是什么呢？应当是两颗心的焊接——说准确些，应当是我的心装着你的心，你的心装着我的心。但是如果这样写出来，就太煞风景了。我们看到，作者在结尾处只是轻轻一问，便顿然凿开了情绪之泉，任它冒向自己，冒向别人，冒向无限，冒向永远。犹如政治题材和历史题材的价值，对政治的头脑和历史的头脑而存在，高尚而纯真的爱情题材的价值，对关心爱情纯洁化的头脑而存在。把爱情写得浮薄俗滥，只能怪文墨的轻佻，真正成功的爱情诗，是与人类的爱情生活并存的。

我所以拈出以上几首短诗来咀嚼，主要是因为从中发现了顿悟。我以为，通过短诗，苦练顿悟功夫，对于宁夏诗歌水平的提高具有十分重要的意义。在这方面，我们一定要向唐代的大师们学习，一定要使《古庙三题》《飞过桂林上空》《帆的风格》《鹿回头》《无题》这样的作品，成倍地、几十倍地增加。顿悟，并非我们民族所独专，却为我们民族所擅长。它在当代诗歌创作中绝不是没有用武之地。艾青老人的《一个黑人姑娘在歌唱》，我二十岁就把它背过，到现在还能征服我。它靠的是什么力量？顿悟。一层一层地拉开感受差，让情理逻辑在人们心中闪电似的划动，刹那间造成灵魂的震颤，这就是所谓顿悟。顿悟的手法，要求在铺垫上去掉任何疙里疙瘩的东西，给人以甜润而明媚的语感。

王庆《宇宙之恋》

“云霞／地球寄予太阳的情书”。古来“天公，地母”之说，大概已经无人理会。不想到了王庆同志笔下，却能如此出新。这首诗起手不凡，用了11个字，就以寥廓空间里的奇情异彩抓住人心。接续这样的开头，难度是很大的。他设想太阳成了青年男子，地球则是怀春淑女。他们久久地“含情注目”。“当地球羞涩地背过脸去／太阳便悄悄给她拉上帷幕”。夜里，浩渺星空也有“舞台任务”。它也人化了：“宇宙间闪亮了无数只眼睛／也许有的是妒忌，有的是祝福”。黎明，这对伟大的“恋人”又出现在作者眼前，出现在作者心的屏幕：“……我终于看见太阳吻着地球／啊，大地上又有多少新的生命成熟”。

这是一首无倾向作品，但它将豪放与婉约揉为一体，以对光对热对新生命的爱，扩充着我们健康的美感。

秦克温《唱给毛驴》

秦克温同志笔名秦中吟，可以想见他对白氏乐府的态度。他喜欢用乐府的调子表现城乡生活的诗意，却并非专意托讽。从他的一些好诗来看，他比较注重原型生发。就是说，通过感受、理解和评价，形成情绪化主题，再反馈生活原型生成诗的意象，最后把情理的逻辑和带着现实生活本来面貌的艺术形象交织起来，构成诗的艺术境界。在他所走的这条路子上，传统的影响和探索的痕迹几乎同样明显。不妨看看他的《唱给毛驴》，我把它的主脉摘引如下：

“我又见到了你啊，儿时的伴侣，／在春风吹绿了的塞上山区。／／你又在风尘仆仆地拉磨犁地，／欢动的银蹄激起我记忆的涟漪——／儿时，我刚刚穿上土改分下的童衣，／／一条缰绳把我们的命运紧连在一起。／／你没有高骡大马骄矜的神气，／却有着老黄牛的忠实驯良和朴质。／任绳套扣进肉里从不哀声叹息，／泥泞中拉车爬坡也不耍滑顿蹄。／／可是，在那割尾巴的血腥日子，／妒富者却逼你陷入灭种的境地。／从此，我只有在梦里见到你，／偎依在你的身旁我真想大声哭泣。／／在灿烂阳光洒遍祖国的日子，／我终于又见到了你啊——毛驴！／我用颤抖的手抚摸你的周身，／用满腔激情呼唤你的名字。／看到香甜水草给你一种活力，／我的心啊着实感到庆幸、宽慰。／／毕竟结束了，那历史上最大的悲剧，／我们的时代充满了光明的希冀。／是的，山区的道路在呼唤着高速机车，／但是，失去的岁月夺来是多么不易！／／让那些幻想家去沉醉于想入非非吧，／我要伴你尽早耕开板结的土地。／不误农时播下幸福的种子，／让新生活的禾苗早早扎下根须。／／啊，为了祖国万代子孙永不当驴作牛，／我愿伴你，直到你进入博物馆里!”

作者的情绪既真切又典型。他小时放过驴，对毛驴的习性摸得很透。农村推行责任制以后，毛驴重新受到了农民的重视。这和农村生产力的实际水平分不开。这不是历史的过错，这是唯物辩证法的胜利。当然，农村生产力的发展，势必要在将来某个时候用多种多样的机械来取代毛驴，然而现在决不能对毛驴的客观作用视而不见。在秦克温同志向毛驴吐诉的关切和挚爱里面，我们找不到虚饰的言词。一句句，一声声，全是情思沉婉的贴心话，但在作品情态化的形象中，又渗透着一种冷静的历史感。这是社会主义新乐府，它典型地表现了秦克温的创作个性。这首诗的缺点是似未能删削冗赘。

刘国尧《别学我，新来的徒弟》

从刘国尧的诗里闻到了机油味儿，这使我“庶欲忘饥渴”。热情，敏感，不拘谨，不保守，处处寻诗，处处有诗，灵机易动，出活很快，这是他的特点。但是，作为他的一个读者，我盯视着他所生活过的车间，盯视着同他休戚与共的人群。他的最好的年华是在工厂里度过的。在那里，应当有他生命的根。尽管后来他上了大学，又留校教了书，我仍然坚定地相信，这个在大千世界里流连忘返的游子，总有一天会深情满怀地跑回来拥抱自己的生活母亲。这不是希望一个诗人胶柱鼓瑟。在把握生活方面，只有主根扎得牢靠，须根才可能结结实实。诗人当然可以远涉宏阔的人生，但我以为，首先还是要用宏阔的胸襟涵纳自己感受深度最大、情绪记忆最多的那部分有限的生活。可以漫无次序地想一想，孙犁与白洋淀，李季与三边，柳青与皇甫村，杜鹏程与延安保卫战的战场，冯德英与山东老家的农村武装斗争，路展与内蒙古草原，张贤亮与南梁农场，鲁迅与绍兴城乡，肖洛霍夫与顿河哥萨克村……这些关系，它们实际上已经把作家的生活区分为基础生活和非基础生活。这两种生活在相辅相成中支配与被支配的辩证关系，它们在情绪上互相生发的辩证关系，不仅对小说家起作用，对诗人同样起作用。基础生活对作家的牵引力是如此之大，以致当你离开它远走高飞时，它还是你的翅膀。

我把刘国尧同志其他作品撇开，特意选他的《别学我，新来的徒弟》来谈，就是受了以上这些想法的支配。我特别喜爱他的“自我”中那种工人师傅的本色。这个“自我”，这个师傅，在摇着徒弟的臂膀，亲切而又爽直地说着贴心话：“今天的你，多像当年的我，／那时，我也是个十七八岁的小伙。／惊叹虎钳旁奇妙的情景，／目光被魔术师般的双手牵着……”如果认为，师道应该尊严，那么“天道”（客观规律）应当更加尊严。这位工人师傅跟徒弟谈话，一上来就给自己“拆台”：“别听人说，我是我师傅的好徒弟，／尽管小几岁了，从不吝啬汗水的洒落。／可我只会重复师傅娴熟的动作啊，／就像拙笨的画图人，只会虔诚地描摹。”

在这里，“十年如一日”这句褒语，竟理所当然地成了贬词！时代在日新月异，21世纪的召唤，也要求我们的劳动生活在创造中日新月异。如果我们的产业大军，我们的生产技能，总是进行纯粹重复性的更替，我们哪一辈子才能赶上世界先进水平？

“我确实不是好徒弟，别学我！／这古老动作莫非还要带进21世纪末？／那么当2001年的黎明时刻，／你别难过！发现自己扮演了一个悲剧角色。／如果外科大夫还像当年的华佗，／如果印刷工人还像从前的毕昇，如果纺织姑娘还像昔日的黄道婆……”

所有警世之语，全为警人而作。这一段写得十足尖刻，具有雕镂人心的力量。它是这首诗的逻辑起点，没有它，就没有这首诗的全部情理，因而也就不会有作者的创作冲动。作者带着自我批评的精神向因循守旧的生活挑战，并不是要把这位“徒弟”的头脑搅糊涂，而是要给他的心中安装一副奋发向上、勇于创新的弹簧。所以，他在正面申说自己主张的同时，把次位“徒弟”的眼光引向了今日之世界：“别学我，别学我的师傅，别学我师傅的师傅，／只是把发烫的汗珠捧献给贫穷的祖国。／当你拿起了锤，学会了锯，掌握了锉，／就要有勇气去否定！去探索！／你看，卫星（似当作飞船，）早已登上月球，／你看，公路早已凌驾云空，／你看，机车早已驰过荒漠……”

至此，神完意足，目的达到。读完以后，感到很攒劲，很开阔。

丁文《愿望》

丁文同志写诗很重情绪，也很重骨力。他的诗多半是有事义可寻的。比如《愿望》（《朔方》1981年第6期）就是有所为而作。一位青年诗人说，“你们那一代有时也写‘我’，但总把‘我’写成‘铺路的石子’‘齿轮’‘螺丝钉’……”丁文在这首诗里用了二十多个坦直的比喻回答了他。

“在沙原上，／我是最外的一条林带，／在绿洲里，我是最远的一条水渠。”表示“我”苦于贡献上的微薄，甘于名利上的寂寞。

“炎炎烈日，我是一丝云，／给人们潮湿的希望；／渺渺夜空，我是一粒星，／给孩子美妙的幻想／……／小河流水，／我是一棵倒下做桥的树；／天海苍茫，／我是一只绕船飞翔的海鸥。／……我是一根结实的竹子，／全身连着年老盲人的神经；／我是一束燃烧的松明，／火苗舔着夜诊医生的路径。”

前面提到，自我不等于小我。从美学上说，丁文这首诗所要抒发的，是革命者的崇高感。对一个学了多年雷锋精神的民族来说，为人民献身的品质并非罕见。但是在拨乱反正的年月里，这种把小我融入“无限的为人民服务之中”的精神，却能绽破许许多多小我的感受力，用美的力量强压着人们去深思、去自省。诗教，诗教是客观存在的。当然，它不是说教，而是通过感染来启迪，作品由意念升华出来的形象，生动而有力量。

“我是笑容，／想和年轻的女售货员相识；／我是理想，／唤醒识破红尘者的梦……”本来，对于某些小我中的“私”字，既可以规讽，又可以针砭。丁文却让他的自我出场，在宽广的生活空间展示了“应当如此”的情态，使读者在绵长的回味中细细打点自己的取舍。这在构思上和体现上，是费了一番针线的。

屈文焜《我是六盘山的农民》

屈文焜同志对他的故乡六盘山区爱得要命。他的组诗《我是六盘山的农民》之一《我在故土里歌唱》，就给我这么一种感觉。你听：“故乡啊／踏着我走吧／别难过／我死了，随便／让犁去解剖／让风去评说／只要，是在你的心窝。”

爱一个人，就恨不得钻进他的心里；爱一块地，就恨不得钻进它的土里。“踏着我走”“让犁去解剖”“死在你的心窝”，这些言语是什么意思呢？原来，他把自我化成一条“蚯蚓”，潜身故土。“为了你，我一辈子／暗暗地摸索／悄悄地活着／／凭着心的感觉／我知道，你／春天跳动的脉搏”。

这带“心”的蚯蚓，是物化了的人，在泥土的下面，“包揽黑夜”，这还保持着蚯蚓的物性。但是接着：“不让它再蒙住你／明天的眼睛和耳朵”。这就是从物性伸延出来的人性了。这句诗，完全是在物化的基础上，使用意向的力量推出来的。把黑夜留给我一个人吧，我不能让它再出现在泥土以外。这是点着了情绪写出来的句子。自我牺牲的精神达到了这样的深度，那么它的所求，自然只有泥土中的微量养分了：“我不盘根错节／攫取你的籽和果／我不出头露面／争夺你的光和热”。

这些誓词般的言语，仅仅表示了对故土的爱恋吗？不。它同时表示了对某些贪图私利者的轻蔑。这个“蚯蚓”，这个“柔软的生命”，它是满怀着人情，关注着世情的。它在代表一些献身者的心灵发言。现在，我们明白了：所谓“踏着我走”，是赞颂献身精神；“让犁去解剖”，是纯洁者的自洁；“死在你的心窝”，是对故土的振兴表示“虽九死其犹未悔”的坚贞。这里显然包含着对不正之风的骚怨。对屈文焜同志和他的诗，我都接触不多，不能作知人论世之谈。我觉得这首诗是他的刻意之作，写得比较凝重。只是，我想试探着问他一下：泥土下面的色调，固然不免幽暗，泥土下面的音调，能否再明亮一些呢？

万里鹏《兔子的悲剧》

这是一首讽刺诗。

中国历来诗分美刺。美是奖誉，且不多说。刺就应当分析：用于敌我矛盾，那就是打击；用于本阶级，即使针砭痛些也应该是为了疗救。掌握这个分寸，有一个专门的范畴叫做“持”。古代诗论家要求自己时代的诗人们遇到不满意的事，要“哀而不伤”，进行讽刺的时候，要“怨诽而不乱”，这大体上是借讲述《诗经》的经义立论的。汉末郑玄索性把诗定义为“持也”。其后刘彦和谈诗，也承袭他的说法。我们怎么看这个问题呢？把诗定义为“持”，是训诂上的错误。“诗”字和“持”字，在先秦文献上只有同音假借之例，却无语义互训之理。但是写诗应当有所持，特别是写讽刺诗应当有所持，这一点，我们完全可以批判地继承下来。因为各时代各阶级既有自己的立场，便有自己的所持。社会主义制度，要求诗人们树立维护革命利益的自觉意识，要求对我们自身的病痛，既勇于自救，又不能自乱。万里鹏同志的讽刺诗《兔子的悲剧》，就能让比较犀利的笔锋恪守这一点。他针对龟兔赛跑的故事，做了翻案文章。“兔子尝尽了人们耻笑，见了人影就逃之夭夭”，“乌龟得了个大奖章，背在肩上，到处炫耀”。这个寓言故事的结尾，被万里鹏当成自己故事的开端。于是，一种崭新的逻辑在我们脑海里跃起来。这个故事是怎么发展的呢？“兔子也学乖了一点，／起早贪黑，悄悄练跑，／盼望一次竞赛，／把自己在人们心中的形象改造”。而那只可爱的乌龟，却因为“发现有点不利的动静，／干脆缩进奖章睡觉了”。奖章成了盾牌，多么危险！但是无须多虑，“地球公转千百次，／比赛仍是无期遥遥，／对兔子的看法千秋不变，／乌龟的荣誉万世不凋！”写到这里，作者已经把人们的同情转移到兔子一方。他的作意是什么呢？请看：“于是我悟出一个道理，／祖国的人才绝不是太少。／怕只怕没有竞争难露锋芒，／怕只怕身上烙印不变的记号！”

噢，原来他在向违反历史辩证法的社会惰性挑战，担心祖国人才的淹没。这完全是站在党的立场上说话，他确实是有所持的。

同志们，近两年来我对宁夏诗歌的兴趣在渐渐浓郁，但是我读得很不全面，谈得更不全面。我觉得我们的诗歌同我们自己的过去相比，在艺术质量上有了较大的提高，但是如果放眼全国，我们还须作很大的努力。从已经发表的作品看，从编辑部的来稿看，还有以下几个问题需要注意：

第一，目前我感到，模拟、粗糙、为文而造情，是宁夏诗歌提高质量的严重障碍。很久以来，人们在讨论什么是诗，什么是“非诗”。有些同志觉得这个界限无法把握。其实，诗的美学任务，简而言之，是在作者和别人心中从事情绪的再生产，详而言之，是从事以特定情绪为中心的各种审美感受的再生产。情绪这个东西，不能拿机器制造，必须取自真的感受和真的体验。只要坚持为情而造文，我们就能够把握诗。

第二，有些作者自我要求不严，自我训练不甚得法。我们有的青年同志，摸索到一个简易的办法：摽着大师学，摽着大师写；摽着海内“诗尖子”学，摽着海内“诗尖子”写。这种方法的特点是，从难从严，富有向上精神。如能辅以循序渐进的简明课目，这个办法很可能是高效率的。有些同志喜欢“敝帚自珍”，这很难说对不对。因为有的“敝帚”，其实并不敝，作者“得失寸心知”，称“敝帚”犹如称“拙作”“歪诗”之类，不过是一种自谦。但如果真属敝帚，最好不要自珍。连李白都“悔其少作，中年弃之”。我们要敢改、敢砍、敢扔，要拿出诗不感人死不休的狠劲来。我们要准确、鲜明、生动地使用祖国各民族的语言。在诗的用词、造句方面，我们不少作品既不长于造型又不长于点化，在出情绪、出境界、出效果方面显得孱弱无力。我们要把每一首诗都当作诗美学的实验作业来写。

第三，有的青年同志忽视学养，向社会学习也很不够。我国古来诗艺的大师，没有学养的极少。他们既注重诗学研究，又注重诗外功夫；既注重感悟，又注重法度。我们也应该这样，把诗歌创作和诗学研究结合起来，不要担心诗歌理论的“干风”把自己艺术创造的绿洲吹得枯黄。

第四，我们有些诗作，一冗、二露、三晦、四乱。冗是不长于剪裁，作者误以为想到哪里写到哪里就是“内容决定形式”。一首诗常常承担几个主题任务，在删削、跳跃、转折等方面缺乏胆识。句和句、段和段中间，推进不够积极。这类作品，譬如多头向日葵，最后哪一盘都长不好。露，常常是构思上夹生的表现。生活原型进入作品，没有经过情思的发酵就一路写来，既无真情，又无美感，这是一种露。反过来，在针对不被人们普遍熟悉的对象抒情时，过多地让意向、情态抛开意象赤身裸体地上阵，不给人涵泳的余地，这又是一种露。晦是晦涩难懂，或者根本不知所云。这种毛病，又常跟不贴切的用词、不合习惯的造句、谁也猜不透谜底的隐喻搅和在一起，使人不愿咀嚼。乱是不重章法，起头、结尾、展开、过渡，都不讲究设计。现在新诗在涨价，我们也要把作品的质量搞上去，给新诗争气。上述种种，相信我们一定能够逐渐克服。

感应时代的强烈搏动

——《中国当代西部新诗选》中宁夏作品点评

1

有幸读到由孙克恒同志选编、由甘肃人民出版社出版的《中国当代西部新诗选》，我的心里很不平静。掩卷之际，我在想：在广袤宇宙中，那无穷无尽的不和谐之中呈现出来的和谐是什么？在绵长的人类历史中，那从无际涯的不和谐之中挣扎、苦熬、拼搏、夺取出来的和谐是什么？在中国社会主义革命和建设的最初三十多年里，广大人民群众在马克思主义旗帜下一面荡涤旧世界的残余，一面从自身的幼稚性和盲目性中解脱出来的过程，不也是在许许多多不和谐当中增添和创造新和谐的过程么？这又是什么？如果我们仔细地品味这部别开生面的诗选，那么，单凭入选作品在我们印象里碾压出来的深痕，我的脑子里就会浮出一个清晰的答案来，那就是：美！

大西北何以如此强烈地激发起诗人们的情感？正在于它在许多方面都以巨大的反差由大幅度的不和谐之中显现着珍贵的和谐。一处处由人的伟大力量创造着和增添着的美——它在这个广漠天地里的辐射，使原来令人感到生疏、畏怯乃至恐惧的犷莽境界，越来越多地转化为令人眷恋的崇高。大西北，它将长期地葆有美与崇高直接映射的极致，不论它的景观还是它造就的人，都是如此。

我任胸中荡漾着脉脉情流，读完了这部诗选的每一首诗。我特别留心的是九位宁夏作者的作品。这些作品在我看来为集子里整个诗的交响增添了朗润而刚健的管弦之音，我从它们看到了一层跃动着的江南秀色，看到了美的创造和美的增值，看到了旧时代、旧生活的皮屑的蜕落，看到了蠕动着的崭新世纪的昂然的人。它们这么有魅力地参加了诗的交响，我愿意用我微弱的掌音为它们击节。

谨依页码顺序把它们在我心波上激荡起的浪纹如实地勾绘出来，名为“点评”，实际上不过是从接受者的角度对诗坛劳动者们作出一些“反馈”。文学评论是靠理性支撑的，但直接剪裁“三论”缝制出来的某些当代评论使我感到畏惧。在评论的天地里，我可以跟随我们的队伍从腾格里大沙漠的中心线穿越过去，但是我顽固地坚持我们应该尽可能地追寻闪烁着水光的绿洲链往前走。在这个绿洲链上，我愿意成为这样一只骆驼：擎着理性的心灯，背负着艺术感应的沉重货物，走悟性分析的路。在下列点评中，我让自己对作品的理解和感受纠结在一起加以显示，这样做，是为了躲避那种生瓜式的理性凌空高踞的姿态。

2

王庆：《在祖国的西北角》

它一上来就对“塞北江南”——宁夏的姿容作了诗的勾勒：在贺兰山与鄂尔多斯台地之间，在六盘山与腾格里大沙漠之间，人的身影屹立着。人，使这里的田园熟化，草滩鲜嫩，远非自今日始。这一层意思，使我想到整个大西北的古老垦区——想到“金张掖，银武威”，富饶的南疆，宁夏川区和湟水谷地一米左右的熟土层，想到一片一片历时悠久的牧场。作者在他勾勒出来的这块地域里，用“长城与黄河那人字形的组合”，很有力度地把人的主体性嵌进我们的印象。这就为一种悟性的论证准备了前程：“不该在历史的回音壁前，／给世界留下太多的荒漠的歌声！”

作者用第一人称抒情。诗中的“我”，就是“宁夏人”。“我”的现实生活、“我”的心理构成，与宁夏久远历史之间的潜在关系，不是直观的，也不是纯物质的。因此，不论靠旅游者的“猜想”，还是靠学者的考据，都是不容易把握的。它积蓄着邃远的精神与情绪的历史，只有在长期的苦斗生活中“泡透”了，才能对它有真的体验与真的理解，才能懂得如何从“宁夏人”淡淡的生活剪影中，品味出具有历史容量的内在的感情浓度：“秦渠、汉渠、唐徕渠流进‘盖碗’，／我的微笑在酽茶上飘动。”这两句诗，来之不易！

《沙枣树下的塞上》

这首诗起笔处用小女儿带着稚气的绘画，对黄河、黄土高原、沙枣树、金色方格中水稻田无尘杂、无缝隙的绿，和塞上人五色缤纷的憧憬，作了饱满的、渗着情韵的概括。那么明天将是什么样子呢？一阵肃杀的秋风，“果断地把这一切涂抹——／树木降下褪色的旗帜，／村庄裸露出家底，／土地还原了本色……”“仿佛整个世界变得清晰了，／你审视你的希望所在，／陷入了冷静的思索……／所有以前洒落的汗珠，／变作雪花飘落在你手上，／你开始衡量着经济效果……”

“经济效果”这个概念看来非用不可。因为整个构思等待它的点化。在这里，它是杠杆的支点。那来日的轮廓虽然多是虚影，却决然离不开这个杠杆的支撑。新鲜的景观和更加新鲜的景观，将在人们心中按照这四个字铺出的底色层层堆染。

《黄河北上》

这首诗选择了典型的“宁夏人”的视角。“啊，黄河——／在浩浩东去的途中，／你却毅然北上！／我想问，你是惦记着／塞上这一方儿女么？”作者的思绪是经过精细编织的：“只有塞上这一抹平川，／才牵出慈母细腻的畅想，／小渠是千缕深情，／经描麦海、稻浪……／在黄土高原，／晕染出‘江南’风光。”最后，想象奇特而空廓：“北斗星是你不灭的倒影，／映在我苍穹般的思想……”

这是一曲审美悟性的凯歌。谁都知道，黄河是几经曲折，蜿蜒北上的，这里却用了个“毅然”。黄河的河道，纯然是天道，“不为尧存，不为桀亡”，然而，却为“宁夏儿女”北上！北斗星绕着北极星巡天回转，也与黄河无关；而在这里，竟然成了黄河的倒影。王庆这样写，除了将黄河赋予人性之外，不是要把他对伟大的母亲河的赞歌，唱彻宇宙么。

读王庆的这些诗，有一种精润的刻镂感。

刘国尧《多情的柔肠》

这首诗和王庆的《黄河北上》有异曲同工之处。作者对黄河在北中国绕的那么大弯进行了超高空观照，向它发问：“你呀，为何不爽快地奔向远方，／早一刻去到海的温暖怀抱，／洗掉满身的沙石、泥浆；／而是向北拐去，又向南流淌，／弯弯曲曲，曲曲弯弯，／这般地眷恋平川，眷恋山冈？”这里，同样运用了诗的“特权”，摆脱了多种自然属性的纠缠，刻画了一个伟大的人化了的母性的黄河！

不同的是：王庆诗情的集聚处往往在篇首，而刘国尧则比较重视终篇的迸射。刘国尧这首诗的结尾是这样的：“当看到爱人第一次抱起婴儿，／我才恍然大悟！涌出热泪两行。／啊！当亲娘的谁不情切切，意绵绵，／黄河啊，不就是祖国母亲胸中一腔柔肠！”

作为一个诗人，刘国尧总是这样相信真实而炽烈的情绪自身产生的震撼力，他在让它倾泻出来的时候甚至不想去修饰它。是啊，奔涛跟砺石有什么关系呢？跟刻刀又有什么关系呢？谁又能够从飞泻的浪花扪摸出方、圆、滑、涩？

搞学问要重原理，搞艺术要重本色。各种凝定晶石可以长在，奔泻的浪也自可以在变幻中久存。

《红灯，多亮了半分钟》

我已在《论刘国尧》中分析过这首诗。这里想补充一点：刘国尧构思诗歌作品的时候，在他所寻觅所把握的内在尺度与他诗歌的外部表现之间，有一种反差。后者是天然去雕饰，前者却相当细腻。他那样悉心地体察人情和世情的美质。这首诗所讴歌的交通警同志，硬是从尖锐的不和谐当中创造出了和谐，硬是让人情美和世情美的鲜花从一次危机中挺拔出来。为了让一位拄着拐杖的老人安全地走过人行横道，交警同志毅然将红灯换绿灯的时间推迟了半分钟。在此瞬间，自行车、汽车的焦急变成了欣悦。因为大家知道，成全公共生活的和谐，如果有必要以个人生活的和谐遭受瞬间“破坏”为代价，那么这种瞬间“破坏”在大家的自觉意识中，就会转化为一种崇高的奉献。真正生活的美之所以与庸俗无缘，正在于它包含着崇高的奉献。

肖川：《“花儿”的旋律》

这首诗通篇是心象的物化。四个诗节，写得秀洁而硬朗，语言也守持着单纯。

用语言描绘音乐感受是比较困难的。人们要想精确地传达音乐感受，只有通过音乐本身。然而类似地描绘音乐感觉，却是可能的。

“花儿”是中国民歌中极有个性的一种。它是聚居在河湟一带（青海省海东）和洮岷一带以（临夏为中心）的回回民族代代相传的歌唱。它被汉、藏、撒拉等兄弟民族学唱并且随着当地回族的迁徙远播宁夏与新疆。它处在甘陇小调、河西小调、信天游和地方说唱的包围之中，却和它们油水难溶。它在大西北的民歌中卓然不群，理所当然地引起音乐工作者和诗人们的注意。但是用语言的形式描绘“花儿”的三个段落是成功的。在这里，肖川以自己的心灵感应写“花儿”的旋律也是成功的。

在肖川的意象里，“花儿”的旋律是液质的，它清亮、嫩绿，带着大气的香甜。他把“花儿”的高亢激越，比作“高崖泻下的清泉”；写它旋律的下行，有时“凝重而轻缓”；上行，“忽而珠帘倒卷，把天空淋得瓦蓝”。这一句又把“花儿”的高亢激越写得很“到”。他把“花儿”的婉转、低回、绵绵不绝，比作泉水之在深谷，“把草色洒满河滩”。另有，写那细腻，如同奶皮；写那粗犷，如同高原；写那轻盈，如同柳絮；写那开阔，如同长天。这样，他拓开了一个绿色的世界，在这个世界里，羊在跳，山在晃动，“岩石也要张开嘴巴，吮吸大气的香甜”……真可谓淋漓尽致。他以诗人的悟性，捕获了“花儿”旋律的许多特色。

《答乌鞘岭》

乌鞘岭是兰州到河西走廊的咽喉之地。肖川抓住一个“鞘”字，给了它肃杀之气：“月儿凝成个冰砣，／朝日也蒙上霜白。”那么，那“刀”的锋芒哪里去了呢？它“随民族之魂魄远过天山。”笔锋直逼久远的西北开发史。他写：“张骞从这儿去了／班超从这儿去了／李广、霍去病从这儿去了／岑参、高适从这儿去了／……历史便有了疏星般的亮色”。这历史的“亮色”，如今已是“一片蓝天”，然而大西北的开发，事正繁，路正远，宝刀还不到归鞘的时候。他无端地赋予这个险隘以刀鞘的意义，从而用历史的大回环，兜出了今日大西北的开发远超古人这个主题。最后结尾很轻松。

《过河西走廊》

这首诗从宏观上把握了河西走廊的一派老相，而把历来传唱的河西富庶的农业区和新中国成立后发展起来的各项工业建设推到布景背面。这里显然有一种艺术的“偏激”，想向我们展示河西走廊的时代色彩过于淡薄，开拓的步子过于艰难因而也过于缓慢。长城，衰老了；连那云、那山、那骆驼，也衰老了。走廊悠悠，岁月悠悠，火车在荒蛮的境界里沉重地蠕动，沙砾、断石、枯草，尽像是女娲补天的遗物。

艺术跟美的关系是什么？说美是艺术的对象，这在原则上是对的。但是诗的对象，却常常是美的挣扎、美的梦想、美在临产时的阵痛，和美的幼芽顶破坚厚土层时的自信。当美在诗人眼前显现的时候，诗人便受它的指引，深潜到它在同各种非美的冲突中艰难诞生的过程之中去。只有在那里，他的感悟才能够启动情绪发生的机制。诗人是社会情绪的器官。他必须是既善于在自己心理上启动上述机制，又善于在别人心理上启动上述机制的高明的术士。那就要暂时地避开现成的美，而去勇敢地开掘美的和非美的冲突，为美吹响催生的号角。

“车窗上的眼睛却很年轻。”肖川的这句诗，使我在荒漠的高天厚地里看到了遍地新芽，心中升起了时代之美的梦幻。

《秦汉古渠》

秦汉古渠，传说开于秦而修于汉。秦朝的砖，汉朝的瓦，较之这金子般的水，比草芥还轻，“不知被冲到哪里”。涣涣的古渠之水，流淌了两千多年，这期间，有过多少次改朝换代，有过多少次战争与和平的交替，都无须细说——“一只古老的羌笛，／把历史吹得弯弯曲曲”。

这就够了。如今，它带着新时代的形影，灌溉着诗人的心田：“流动的曲线上，／有手扶拖拉机的影子，／轻便摩托的影子，／飞机掠过的影子，／高压电塔的影子……”引人注意的是这首诗内在的认识价值。举世闻名的秦砖汉瓦为什么不如这条秦汉古渠价值高呢？因为这条渠和一代代黄河子孙的身躯、智慧、筋肉、血脉融为一体，用自己的消耗从事着生活本身的生产。它是生产力，而秦砖汉瓦则纯粹是古史的鳞屑。

沙新：《致一位裕固族女歌手》

沙新是一位年轻人，他对生活中的青春活力比较敏感。这首诗的喜人之处，是写出了歌唱艺术的迷人境界。诗一上来这么写道：“绿色的风／托举起草原金色的黎明”。

这两句写出了女高音的音色在随着旋律线闪耀时在人们心中唤起的婉转、柔嫩、明亮的意象。马群、瀚海、山坡，歌声、笛音，少女阿提姬，小伙儿巴特尔——一副祁连山里裕固人的生活图画。同一切写歌唱的诗一样，沙新也是从效果的角度打开想象彩翼的，他也运用了比喻：“悠扬／似春雷滚过大地的／第一声轻捷的足音／深沉／似雾霭流岚掩映下／晶莹剔透的祁连雪岭”。

他把歌声的悠扬比作春雷的足音，这是比较大胆的。在这个比喻里，他只保存了歌声的“青春气质”、旋律感的“深隐而绵远”这些类似“春雷”的因素，而把女声的音色抽象掉。

这首诗感觉灵敏，语调轻捷。

吴淮生：《火炬树》

这首诗是献给中美两国人民友谊的。它告诉我们：在腾格里沙漠东南隅的边缘上，有两行火炬树。这是从美国中部移植来的。它们是美国人民的馈赠，它们在中国土地上感受着两国人民友情的交融。在这里，在大西北的一角天地，这种交融并非从今日始。1936年埃德加·斯诺就在宁夏撒下过友谊的种子。他和火炬树是同乡，故土都在美国中部归去了，带着红星的光辉，火炬树却来这里落户，在瀚海的日色里闪着绯红的光。诗人深爱这一个“红”字，深爱“火炬”这个名称，所以他反复吟咏，难以抑止自己的感情。

诗人把火炬树写成“无边瀚海中”的“一支奇特的队伍”，这是他苦意经营的起点。“队伍”是前进的，是动态的。它在阳光映射下“向前，向前，直到蓝天远处”。这个靠艺术幻觉构成的“动”的意象，充盈着诗人激切的爱：这两行火炬树，是肩负着美国人民的情谊，来这里与风沙搏斗的可爱的战士啊！下面，为火炬树造型：“红色枝叶撑开美丽的阳伞，／好像是擎起了蓬蓬火炬。”

诗人的感应很细腻。他立即想到了斯诺也生在美国中部，跟火炬树是乡亲。至此，感情的火花更明亮了：“记者向往在大洋上架一座桥梁／树哟，立志把凶猛的“黄龙”缚住。”

这首诗在情绪上回环推进，绝不散乱，能显示吴淮生诗歌从容潺湲浮动的格调。

《五月，在沙枣树下》

这是一个不易出新的题目。如果诗人没有特别新颖的感受，如果他选不出一个与众不同的角度，那么写这个题目，是不可能讨好的。我们看到，为了解决这个问题，诗人做了一系列的努力。首先，他写金色沙枣花引起了他的“一缕乡思”：他想起“扬子江畔／那个多花的村子”。为什么呢？因为“沙枣花浓郁的芬芳／太像江南八月的桂子”。沙枣花雅号“夏桂”，最初大概是出于江南人的感受；这里，吴淮生作为江南人再一次肯定了它。下一步，进入幻觉：宁夏的水田与家乡的水田叠合，像九宫格一样“放大了老家的房子”。幻觉中的意识，多半是潜在的和痴迷的。诗人巧妙地利用了这一点，奏响了诗的凯歌：“于是，我带着儿时的欢欣／跑去拾记忆里的螺蛳／谁知滑倒在田里／跌落了乡思／跌醒了记忆”——“江南和塞北的秧田／水，一般温热／泥，一样柔腻／轻轻搔痒着脚底”。

好诗常常从平凡之中把握独特，常常从微细之处把握大的局面。一双赤脚的“脚底”，完成了江南和塞北的对比，实现了诗人对塞北土地的情感上的拥抱，也实现了对读者心弦的震颤。在这首诗里，沙枣花只起了个“药引子”的作用，真没想到！

屈文焜：《阡陌，我的加号》

这首诗讴歌了宁夏南部山区新的生活和新的希冀。作者巧妙地把山地里纵横交错的阡陌想象成数学里的“加号”，然后对这块土地抒发了历史的情思：“多少年哟／父辈划着，划着／用长茧的手／汗水和犁”但是，他们给自己的生活“加”出了什么呢？只“加”出了沉重的贫困，加出了周而复始的迟滞的生活。这些土地上的“加号”，也

"加"出了不少美的东西，比如"把黄色的秋风／和嫩绿的春雨／加在一起"，"把牛车的向往／和马达的希冀／加在一起"。但是屈文焜宣布："哦！这不是我的得数！"他的得数是：在阡陌上，收获，要标新立异。这首诗代表着一代人的呼喊：把沉重的、迟滞的生活从家乡的土地上彻底送出去，把现代化的节奏和效益一步一步地"加"上来！

《草原交响诗》

依我猜想，这首诗写的是甘南生活的印象。在那里，屈文焜在部队和地方上"度过十个难忘的春秋"。整篇作品，洇漾着浪漫的幻彩。全诗共分五段。第一段用"牧笛和吉他／在马背上争鸣"把我们引入富有特色的甘南草原的境界。那里，"白云和羊群／在天地间漫步／冬天和春天／在雪山下同居"

"同居"云云，使我们想起在洼地的阴坡上那芊绵的春草中大块大块的积冰。第二段写无尽的草，风拥抱着的森林，写一代代人深藏的梦幻和流布的传说。在这里，英雄的格萨尔曾驰马与霍尔人作战。（霍尔，一说指回纥，一说指吐谷浑。今年10月在西宁，《格萨尔》研究室的王歌行同志相告，"指吐谷浑"。那么，屈文焜诗中格萨尔在甘南草原上的驰骋，当在吐谷浑人初迁河、湟、洮、岷一带的南北朝时期。当时在吐蕃民族心目中，吐谷浑人是外来的入侵者，与《格萨尔传》的背景比较贴合）第三段是一曲漫歌，咏及岩石、焦土、晨露、野路、童话、溪流。作者"我"与牧人之子合一，让这一切境象"喂养"起来的气质与力量，在他的自我感受中攒动、充斥、冲荡和搔挠，从而，在他的"肌体里，繁衍着一代热能的元素"。第四段是关于"明天"的一首"立体的诗"。作者幻想着大草原以它"新世纪的"交响，"回荡在整个宇宙间"，带着白云、彩虹、帐篷和青年人的爱恋。第五段有收束的意味，概括地歌咏了对大草原上新生活的流连："儿子和电子／在庭院里合影／现实和理想／在舞台上碰杯／生活和艺术／在牧场里相吻。"

诗的语言坚实而流畅。

贾长厚：《跋涉者，深深的足迹》

这首诗上来就呼唤人们"到大戈壁来吧／到莽莽大漠里来！"我们要问：为什么呀？世界上还有比沙漠更枯燥的吗？诗人对大漠——不，对大漠跋涉者的人格之美，有他独特的发现。"大漠里的足迹／如大鼓般热烈……"

这是运用了联觉（通感），将视觉印象作了听觉描绘。这两句诗，真为大漠跋涉者壮行色。这里包蕴着哲理的意味：人生的真价在于奉献。奉献者的步伐应如踏沙而行，"深深地、实实在在地／……留下一串／清晰的印记"。只有"投影在浪涛滚滚的沙滩上"，生活才会显出"深沉的力度"；生命的价值，才会挤进那"重重叠叠的"历史的"岁月"。

诗的第二段赞美了跋涉者的勇气："当风沙张牙舞爪／玩味它的杰作时／跋涉者的脚／闯进了它的王国"。"那一串串深深的脚印／把响亮的音符／书写在天地之间／那是一条隆起的脉络／死寂的荒漠／因此而有了生机"。

"隆起"二字，积贮了诗人的情绪和评价。第三段着力展开上一段里的这种情思：足迹，是有生命的："脚印被风沙吞噬了／但跋涉者的足迹并不等于'0'／——种子播进土地／不也是如此吗?"读到这里，我们应该预感到诗熔岩即将喷发。于是，有了下面几行："沙漠里埋下的脚印／也会发芽的／——不要太久了／这里将生出一条／绿色大道……"

这是跋涉者昂奋的战歌。我自己也吟咏过沙海跋涉者的踪迹："人世间换了多少个寒暑，／多风和沙海——健忘的心田。／埋掉的踪迹变不成化石，／又何曾想过会进入史传?"(《骆驼》)我的意思是：不埋就干，埋了就算。贾长厚比我要积极得多，他表示了这样的信念："当沙漠／在地球上灭迹的时候／天地间将会长留／跋涉者那深深的／扎扎实实的脚印"。看来贾长厚喜欢让奋斗者的坚忍，抹去一层深郁的苦味，让它带上一层金属的辛甜和亮光。

秦克温：《我是治沙队员》

这首诗里的治沙队员是一个强者的形象。他像一株红柳根，"在沙窝深栽"。强者必然是勇者，他"不叹烈火烤晒黄沙埋没的痛苦"，"不叹枯燥的沙漠洪荒一样寂寞"；强者必须有笑傲艰难困苦的气概，他"欣喜沙漠把人生之书向我打开"；强者必须清醒地认识自己奋斗的意义和价值，他"所选择的课题关系着祖国和世界"。为此，他"乘骆驼进入茫茫沙海"，他的拼搏和祖国的心脏一起跳动，伴着沙燕，伴着驼铃，伴着风和雨，在沙漠里"去去来来"。在大西北无际荒沙与动植物生态及人民生活极不和谐的情境中，治沙队员的这种形象正是在夺取美和创造美的战斗历程中挺立起来的崇高形象。他向生活的宣告也因之成为真正的诗："用理想和汗水为沙漠制成春衣，／我的心也像是被绿洲覆盖。"

《石嘴山》

石嘴山的特征是"石嘴"。作者把它写成凝集着整个贺兰山情绪、态度与性格的一张"嘴"。(长期以来，有些汉语文献指出"贺兰"即蒙古语"骏马"之义，贺兰山也被喻作骏马加以赞颂。那么贺兰山北端的"石嘴山"自然就是那骏马的"嘴"了)贺兰山用这张"嘴"干了些什么呢?"一口口把绝望咬碎"，"吐出不尽的煤炭、繁荣、新翠"。它的这种由"岩石和钢铁铸就的"性格，与"我们民族素有的韧性"合为一体。这是一首很重视骨力的诗，它的主题是结尾两句："开拓要有蚂蚁啃骨头的精神，／要敢于把一切艰险咬得粉碎。"

《唱着小曲走西口》

这首诗写了今日富裕起来的农民走西口的开心。"他唱着小曲走西口，／歌声里流蜜，也流着油!"

走西口干什么呢?"去开眼界，去把财源求"。这样几句，就点亮了诗的时代主题。

多少年来，从晋北高原上产生的一曲悲凄柔婉的小调传到包头，传到巴彦高勒，又传到宁夏川，在那些地方落了户。那小调一句句一声声全是牵肠挂肚的嘱咐，充满了苦味的爱也充满了命运的重压。有道是：“乱世之音哀以思，其民困。”新的时代，翻了历史的旧案，改革的浪潮，更冲尽千年的愁容。在这首诗里，秦克温要通过农民命运和情绪的变化，高唱盛世的颂歌：“满装大把票子和满腔豪情／他唱着小曲走西口……”富裕农民告别穷神以后的昂奋姿态跃然纸上。

高深：《小镇》

这首诗的特点是，诗人对小镇的生活进行了观察和体验之后，提取出它的情趣向读者心里滴渗。滴，有幽默的水花；渗，有新颖的意趣。诗一上来告诉我们，这个小镇在他的故乡辽宁，是“大都市新结的远亲”。它“匆匆忙忙地生长／一大半的建筑／正在赶装窗门”。它单单选择了中午的一组镜头：“中午／没有一丝风儿／小镇在烈日下打盹／裁缝店唱着单调的曲子／老铁匠打着哈欠／怀抱一把睡着的胡琴。”

一派慵困气氛。那活动着的境象是什么呢？镜头对准了“一座小小的书店”：“买书的人还不多／阅读的人可成群／簌簌的纸声像蚕吃桑叶／又像知识的河流／冲洗着那愚昧的沙尘”。

《给青藏高原的牧人》

这首诗里有几处警句颇见意蕴。第一段如“你（牧人）忠实的朋友／是无私的草原／是眨眼的阳光／是会歌唱的水”。第二段如：“草原，一部放牧民族的史书／记载着羊鞭的命运和荣辱”。第三段如：“水一样透明的心／咀嚼着苦难和幸福”。第四段如：“苦果里有甜甜的陶醉／笑眯眯的眼睛渗出几滴喜泪”。这些警句里凝结着历史的观照，现实的思考。最后引出的两句，该反映着体制改革给牧人们的生活和情绪带来的转机。

《塞上雪》

“下雪了／天空唱着无言的歌／塞上的大平原／搂着睡熟了的黄河／不多时／反穿上一身滩羊皮袄／袒露出高洁的品格”。这是开头的一段，写得真好，给塞上的大平原留下一个高洁的品格，已经足够了。后面的段落实在多余，它们不是护花的翠叶，而是拖累珍珠的泥渍啊。雪盖着的八百里银川“孕育”着什么？“孕育”着“丰收”？宁夏赖黄水之利，年种年收，又没有冬小麦，老农们对“瑞雪兆丰年”之说，向来不以为然。“责任田吞咽着瑞雪／亲吻着洁白的肥沃”，这不是没话找话吗？何必滚珍珠而惹泥渍。我意在“品格”二字打住，其余全删。

3

这九位诗人的作品表明：宁夏诗歌和20世纪80年代初相比，有了长足的进步。抒发感情和结构意境的手段提高多了，也丰富多了。最可贵的是诗人们对生活和创作的态度始终是严肃的，所以进入《诗选》的20首诗，都是真情实感的产物。这些作品，紧扣主题而不僵滞，想象飞腾而不浮嚣，入幽微而不晦涩，出奇险而不狰狞，让诗的美质带着亲切的面容同读者相见，使读者在精神上很乐意将自己融入，毫无“啃洋灰块”的感觉。由此可见，宁夏诗歌的主潮是相当健康的：她拥抱时代精神，不厌弃也不惧怕朴素；她既尊重中西诗歌的优秀传统，又能吸取现代派诗风的某些精华，进展比较稳健；她的语言是真真正正的现代白话，除了艺术美之外，并不厌弃词句的规范；在表达方式的选择上，也没有蔑视接受心理的倾向。若说不足之处，那么我以为这些诗歌的不少地方，还可以让情感的密度再增大一些，章法上再洗练一些；我们不少诗歌作者还缺乏短诗意识——即在几行、十几行之内结束全篇的意识，所以有时会把“绝句”或“小令”式的东西拉成多段落的“歌行”，而总的意绪在量上并无增加；有些作品不敢跳跃，显得空灵气匮乏，为什么非得把逻辑线上的每一个环节全都写到了不可呢？

章永璘灵魂的裂变

——《绿化树》札记

读《绿化树》的时候，我们在章永璘身上可以看到一个狼孩的二律背反。章永璘这个人物逐步马克思主义化的过程，是在生活实践和理性思考中实现的，是在痛苦的二律背反中通过精神世界的裂变一步步完成的。

精神的裂变

“深夜，是我最清醒的时候。

“白天，我被求生的本能所驱使，

“我谄媚，我讨好，我妒忌，我要各式各样的小聪明，但在黑夜，白天的种种卑贱和邪恶念头却使自己吃惊……我审视这一天的生活，带着对自己深深的厌恶。我战栗，我诅咒自己。

“……尽管我也怀疑为什么把能促使人们精神高尚起来的东西、把不平凡的抒情力量都否定掉，但我也不得不承认，现实的否定比一切批判都有力！”

这不是异化的自省。异化的自省，是劳动者对于资本与劳动的对抗关系所表示的自觉意识：他只有在离开劳动的时候，才感到他是属于自己的。上面这一段自省，是章永璘解除劳教以后，以一家国营农场的农工的身份，对自己的灵魂所作的剖白。这段文字容易被我们忽略，然而在《绿化树》中，甚至在尚未展开的“启示录”的整个构思中，都是至关重要的。它展示了章永璘灵魂“开壳儿”和“脱壳儿”的端倪。只有把握这个端倪，我们才能从情理的角度把握《绿化树》乃至整个“启示录”的逻辑主干，就会信服：一个连自己都“意识到”自己确实是个“资产阶级右派分子”的人，怎么会经过灾厄的熔炼——而不是经过一次次政治斗争的实践，比如说当上三四次工作队员——成为一个马克思主义的信仰者。

章永璘这个人，在张贤亮笔下，到了白天，他就是本能的奴隶，到了深夜，他就是理智的主人。一方面，他的精细入微的内省意识，使他感到自己所接受的那种改造，等于在碱水锅里煮他的肉；另一方面，章永璘似乎又想告诉我们，只有抛弃某些即使按照客观价值来说也曾经是高尚的和珍贵的东西，而使自己沦入卑贱和粗俗的底层，并且在卑贱的对象、粗俗的对象和同样卑俗起来的自我当中，发现了自己原本不熟悉的另一种高尚、另一种珍贵、另一种纯洁时，他的那副贵宦遗孽的胎骨，那副由极其精雅的，被“具有不平凡的抒情力量的”欧洲18、19世纪文学巨著所哺养的，被暖融融的人性论和人道主义所浸染的灵魂，才有可能真正得救——换上一副革命的无产者的世界观。

章永璘性格的逻辑终点是成为一个马克思主义的信仰者。我们在《绿化树》里所看到的他的谄媚，他的讨好，他的各种卑贱和邪恶的念头，还有他的阿Q主义——这些在生与死的界限上被一种动物般的求生本能驱赶出来的东西，本来是可以被一种自命不凡的高贵感和温文尔雅的施舍精神掩盖起来的，而在这里，却如同一条一条训释详明的笺注，注明了他原先所奉守的高尚、文雅之类带有多么明显的虚饰性和脆弱性。新细胞要产生，旧细胞必然死灭。这在精神领域和在生物界并无二致。小说告诉我们，在章永璘身上，那些使他不得不然又使他自惭自愧的操行，不是什么常驻不变的东西，不过是渐生渐脱的心灵的鳞屑而已。

狼孩的二律背反

小说在两个地方表现了章永璘的二律背反。一方面，他为本能所驱使施展各种求生手段是对的，因为他要活；另一方面，他在道德上谴责这些求生手段也是对的，因为不高尚。一方面，不管他怎样承认自己“虽然不自觉，但确实是个‘资产阶级右派分子’”，他还是通过血和肉的实感，否定了把他搞成“右派”，抛进苦海的那种做法，这是对的，因为那种做法不合法制。另一方面，他又肯定：一种带有畸形色彩的现实和苦境，确实使他这个被冤屈的青年知识分子的灵魂受到了有效的批判，这也是对的，因为这是事实。在章永璘性格的逻辑中，两组尖锐对立着的命题居然都是对的！这就使章永璘精神世界的革命性变化，必然会伴随异乎寻常的剧痛并带有十分畸形的色彩。在这两组令人懊恼的二律背反之中，有一种比金子还要贵重的东西，有一种比章永璘的潜意识还要潜在的东西，有一种比他的本能还要本能的东西，那就是，在章永璘整个精神世界的根柢部分，埋藏着对党对社会主义的信赖。不然，他就不会攀爬命运的藤索，寻求人生的真理。什么是他的所有？虱子，烂棉絮，罐头筒，《资本论》，马缨花。在感性的世界里，他从马缨花的爱情中获得人世的微温，而在理性的世界里，他却在不见涯际的荒寒崎岖的险途中，捧着《资本论》朝着马克思主义艰难地跋涉。他没有颓唐下去，他拼命地饮啜这部伟大的无产阶级圣经中无穷无尽的精神的甘泉。如果我们在这种“圣子受难”式的形象中看不到党的光辉，那我们就完全错了。《资本论》是很不容易读懂的。它的展开方法，本质上并不同于黑格尔那套理念外化和理念反思的辩证方法。它的方法，是仅仅属于马克思而不属于任何黑格尔的方法。简要说来，它是在彻底唯物主义的基础上，深刻地把握了历史与逻辑相统一的辩证关系的，从抽象到具体的方法。这种方法即使是地道的黑格尔派哲学家都难于理解。章永璘勇敢地拥抱那种陌生的方法，说明他有一种炽烈的理论热情。这种热情不是自天而降，而是同他的命运感纠结在一起：他要从《资本论》的启示中，认识自己也认识人间，认识个人命运也认识国家命运。他要在个人命运和国家命运之间，搭上一道马克思主义理论的桥梁。我们在《绿化树》中看到，首先被章永璘认识的，是他——一个狼孩所出身的那个阶级。我们大概可以预言：在“启示录”的其他部分，章永璘还将通过《资本论》所揭示的生产关系必须适应生产力实际水平这个原理，还将通过生产关系中有关所有制分配问题的原理，揭示那种让生产关系无限度地超越生产力的做法，如何不可避免地破坏生产力的发展，生产关系上的“一大二公”和分配制度上的“大锅饭”，如何不可避免地把社会主义经济推向困境。从逻辑整体上看，作家张贤亮同志还将根据党的十一届六中全会《决议》的启示，把一个时期中政治思想、政治策略上极左的东西，同经济思想、经济措施上某些背离科学社会主义的东西，放在以章永璘为理性器官的一代小人物的具体命运、自觉意识和眼耳鼻舌身的精细感受上加以揭示。这根本不是什么“概念图解”，这是对我们已经走过的历史道路，通过理性的、情绪的、直感的回顾所作的典型的概括和形象的抽象。章永璘这个人物，除了他的具有七情六欲的血肉之躯，他还有一个理性的舵。正是这个舵，将帮助他战胜生活上、感情上一个又一个回流和旋涡（例如第十四章那段关于死的幻觉在他灵魂中所掀起的、带着各种幽秘光感的黑色风暴），将他人生的航船送入马克思主义的大门。只有这样一个过程，才是他性格中的二律背反随着条件转移不断产生和不断解决的过程。章永璘的性格发展史，同我们党从八大正确路线到十一届三中全会正确路线这中间所绕过的巨大而痛苦的历史曲线，有一种内在的平行关系。与此相关，这个性格发展史的美学价值，在于作品主人公在一系列畸形的遭遇中载起载落的、富有悲剧色彩的命运，实质上是这一阶段里我们党和国家命运的一种历史的微分，而它的沦肌浃髓的悲剧性质，则在于真实地揭示了以党的十一届三中全会为代表的新时代诞生时的痛苦。

蹑风雅之遗踪

——张贤亮小说的现实主义特色

张贤亮小说的基本特色，是开放型的、中国式的社会主义现实主义。他小说的土俗民情之美，承袭着风的传统；他小说的政事、史事之褒贬美刺，承袭着雅的传统。用我们民族的美学范畴来概括，他小说的基本特色，遥承风、雅的血脉，是风与雅的结合。

特色鲜明的风土性

从黄河前套的农场生活中步入文坛的作家张贤亮，一开始便注意了作品的乡土风味。他把他所熟悉的西北一隅里的风俗民情，通过场景、细节、语言、动作和心理描写，尽可能有情味、有意趣地扑打到人们的感官里面来。单就语言、动作来说：《灵与肉》里，牧马人为使许灵均免于揪斗，带上他向西山下草场转移时鄙夷地撂下一句："去波！咱们上山去，管他们妈嫁给谁！"《邢老汉和狗的故事》里，邢老汉这样跟他的狗聊天："今天上哪里去啦？我看肚子吃饱了没有？狗日的，都吃圆了……"《河的子孙》里，魏德富对魏天贵说："天贵，你呀，装龙是龙，装虎是虎，装个狮子能舞，嘴皮子就是活，要不怎么当干部呢？"像这样的人物语言，真算是土到家了。动作、表情也是一样。跟踪龙小舟的魏天贵趴在爬地虎上；韩玉梅噙着筷子看魏天贵挑水；魏天贵在他老婆临终的时候，像磕头似的把头磕着钢丝床的床沿；《绿化树》里，章永璘故意领取不能打浆子的稗子面"打浆子"，回来以后在板锹上摊煎饼吃，吃饱以后吸着"双鱼"烟过瘾；马缨花偷看章永璘披着破棉絮像个"菩萨"似的读书；海喜喜偷看马缨花洗澡，马缨花骂他"没起色的货"；马缨花在雪地上走路，为了怕湿鞋，踩着自己的脚印迈步；章永璘发现马缨花给他的死面馍馍上一个中指纹，感动落泪……不一而足。这些语言，这些动作，假如连同它们的场景一齐提取出来，便是一首首美丽的"风诗"。张贤亮通过一个个小人物的故事，反映了十一届三中全会以前和以后前套地区人民生活的变化。这里有命运的顺逆、人情的冷暖、政治的得失。他的小说为中国的当代文学提供了黄河前套地区一个个活生生的切块儿，他在一系列事件纠葛中揭示了这个地区特有的生活习俗、心理活动方式、语言表达方式。他告诉我们，这个地方的人怎么爱、怎么恨，怎么忧伤、怎么欢乐，怎么赞扬、怎么讽刺，等等，他让他的许灵均、邢老汉、魏天贵、韩玉梅、章永璘、海喜喜、马缨花“满身披挂”着这个西北一隅的乡风土俗，走进了中国文坛。在把握民情风习这个环节时，张贤亮胸襟宽广，他并不拘守“纯前套性”。前套地区，是塞上的“天府”。它有古老的牧业史和农业史，两三千年中，为戎、汉、羌、回各民族开发垦殖，它总是有着许多新开发和待开发的地带，这使它像一块强力的磁铁，历来吸引着东、南、西、北各方男女。它有久远的移民史。这里的回族和汉族居民至今还能略述祖上迁居的情景。新中国成立以后这个地区各条战线的党政干部和知识分子，更有许多来自外地，人民政府也曾经组织过集体移民，而国营农场和矿区则有许多工人是从各地“盲流”而来。1957年以后，这里新辟了劳教农场，被劳教人员中主要是被冤、假、错案打下来的“右派分子”，这些“右派分子”，又多半是外地分配来的知识分子。这种情况，使张贤亮小说的前套风貌，在人物的性格、语言、情态、心理诸方面呈现斑驳的色彩。举方言为例：李秀芝对许灵均的缠绵情语，用的是四川话；在玉米地里向石在倾吐心声的乔安萍，说的是河北话；和邢老汉过了一段日子的女乞丐，说的是陕北话；和章永璘海誓山盟的马缨花是青海撒拉族姑娘；海喜喜是甘肃人，他的话带有河州韵味；而不同于陇东、陇西一带的关中次方言，牢骚不断的中尉说起话来满口东北腔；带着罗宋帽的老会计说话是上海味的；谢队长骂海喜喜的时候，一声“我把他妈的”就亮明了他的关中籍贯；被打成“三反分子”并且迫害致死的副师长宋征，是在老家四川当了红军的，他到死乡音无改；马缨花饶有兴味地模仿章永璘的“怎么”，说明她对自己不熟悉的方言是相当敏感的，她让她的小女儿尔舍管章永璘叫“爸爸”（不叫叔叔），就是巧用前套方言，收取双关之效。方言是乡土性的灵魂，只有方言能够透露一个地区人民群众心理活动的特定形式。方言的纯杂能够说明一个地区的习俗是封闭型的还是开放型的。张贤亮笔下的前套习俗，既有开放的一面，又有封闭的一面。

乡土性从中世纪代代传承而来，它具有变异性。有些乡土性，在大城市逐渐消退。“纯乡土性”的最后壁垒是农村。在这个地区，只有农村生活才有浓郁的、“纯正”的乡土特色。像《邢老汉和狗的故事》《河的子孙》这些描写农村生活题材的小说，那里面人物的语言和人物的表情动作呈现着“纯粹”的形态。这里的地方特色是由封闭性和开放性统一而成的一个多层次的系统。这个系统以当地土俗乡风为轮轴，以北方情味为轮辐，同大河上下、长江南北各地移居者带来的异地风习互相吸引又互相排斥，有它相对的独立性。张贤亮的小说写了当地人，也写了外地人。所有外地人都跟当地人有交往，都以当地自然景观为活动舞台，都受到当地生活方式和语言表达方式的濡染。这种活生生的情况，使众多外地人的心理、语言、活动等等斑驳异趣的色彩涂上了一层统一的光泽。拿稳定性最大的自然景观来说，张贤亮所写的前套地区有西山（贺兰山），有东山（横山丘陵带），有北去的黄河，有生满芦苇的水泽和水旱间作的田畴；有穿过红柳丛和沙枣树丛的，穿过白花花的盐碱地的，穿过长着牵牛花、雏菊、木贼、野荷、冰草、苦艾、马兰草、爬地虎、芨芨草土地的；有密如蛛网的沟渠桥路，有上面堆着柴草、木料、树枝，封着粮食、竖着泥糊的小烟囱、檐前挂着大串大串红辣子、成堆成堆地挤在树丛里的平顶的小土房。那里有向现代化发展的城镇，也有像“镇南堡”那样倾圮了的古堡。在它正西，在形骸裸露的贺兰山背后，是天空一样辽阔无际的腾格里沙漠；在它正东，在北去的黄河和南北伸开的“横山”丘陵带那边，是著名的毛乌素沙漠。他作品中的人物大多生活在这里：他的许灵均、石在、周原、章永璘、乔安萍、马缨花、海喜喜等人，就生活在贺兰山东麓的国营农场或农建师团里；他的邢老汉、魏天贵、郝三、韩玉梅，就生活在黄河滩地上的小村子里；而他的陈抱帖、罗海南、石一士等人的故事，就在此地的一个城市里扮演。他常常用他敏锐的感觉捕捉这里的自然景物。它们有的粗犷，有的细腻，他把它们一片一片缝缀到最适宜的人物生活的场景里。

还有一点值得我们注意的，是他小说里童谣、民歌、民谚的使用。像魏天贵童年时代在河滩上跟那些打驴仗的农村娃娃们唱的；“我在高高山，你在低低山，我吃羊肉面，你吃驴粪蛋。”又像马缨花坐在炕沿上，头顶着孩子的头，一边摇一边唱；“打箩箩，磨面面，舅舅来了做饭饭。擀白面，舍不得，下黑面，丢人哩！给舅舅宰个大公鸡，公鸡叫鸣哩！宰个大母鸡，母鸡下蛋哩！给舅舅擀上两张旗花面，舅舅喝面汤，我吃一大碗！”让这些有滋有味的童谣从作品人物特定的感情中重新生长一遍，能为地方色彩增添不可代替的魅力。其他像海喜喜和马缨花唱的花儿，对于作品的风土味更起到渲染的作用。

现实主义不是空的，它是通过艺术典型化的过程历史地、具体地、真实地反映社会生活的写实主义。它不能只有魂魄，没有筋骨；也不能只有筋骨，没有血肉；也不能只有血肉，没有皮毛。没有皮毛的现实主义作品是丑陋的，膏血丰盈的现实主义作品，应当让社会生活的魂魄、筋骨和血肉的各种深涵的秘密，通过它的皮毛的形形色色来显示。张贤亮小说的土俗民情之美，就是黄河前套这个特定地区的个性美，它是生活的皮毛之美，但是也只有它，才能以不可重复的声色形貌显示出前套生活的旺盛活力。

义兼美刺的史诗性

张贤亮小说的现实主义特色，还在于它的义兼美刺的史诗性。他是一位史诗型的作家。他以真挚的热情，褒美马克思主义，褒美伟大的人民战争史，褒美党的十一届三中全会路线，褒美城乡的社会主义改革，褒美伟大的祖国和伟大的人民，他也以犀利的批判锋芒贬斥和讽刺极左的路线和政策。他继承中国古典现实主义“亲风雅”的创作路线，不仅不规避政事和史事的褒贬，而且在党的思想的指引下，在政事和史事的褒贬上表现了他的识见、胸襟和勇力。他作品的这种精神，是遥承“雅”的传统的。在《诗经》风、雅、颂的分类中，“雅”是“政”的意思。大雅是对周王朝创业历史的褒美，小雅则兼有政事的美刺。张贤亮的《灵与肉》，从主人公的生活情绪上否定了极左思潮和“文化大革命”。《邢老汉和狗的故事》暴露了极左政策给我国农业经济造成的危机，以人木三分的讽刺，否定了所谓“批孔”：“政治上不去，批孔哩！生产上不去，打狗哩！整了人还不够，还要整畜生！”“吉卜赛人”揭露了极左的阶级政策（唯成分论）的荒谬，赞颂了党中央关于摘掉多年守法地富帽子和落实地富子女的政策的决定。《四十三次快车》通过悼念周总理的民心和党心，批判了关于“党内资产阶级”的命题。《霜重色愈浓》批判了从反右到“文化大革命”的一系列极左的政治运动。这些极左的政治运动使不少人的政治素质发育畸形，使不少无辜者蒙受灾难。那些极左的畸形的大脑“能把人的每一个脑细胞都制成片，放在所谓的‘政治显微镜’下面，这套超科学的方法不仅会把一个脑细胞放成足球场那么大，还能观察出脑细胞中根本没有的分子。”《土牢情话》写于党和人民批判“两个凡是”的深刻斗争取得历史性胜利庄严的时刻。它用淋漓的笔墨、生动的故事，揭示了“无产阶级专政下的继续革命”在理论上和实践上的谬误。《肖尔布拉克》揭露了党内反右倾和盲目大跃进给农村带来的贫困和饥饿，批判了“文化大革命”和反动的血统论。《河的子孙》批判了1959年反右倾到“文化大革命”各次极左的政治运动，用郝三的假案揭露了60年代初期脱离实际的阶级斗争扩大化。主人公魏天贵三十年间的生活，以十分鲜明的个性形式反映了中国农村波澜层叠的历史脉络。魏天贵“半个鬼”的艺术形象所具有的典型价值，在于它恰恰是中国农民社会主义生产力抗“左”本性的生动体现。“绿化树”的史诗性在于，它把握着个人命运和国家命运的不可分性，展开了在“左”倾祸患中沦入生活底层的知识分子章永璘否泰无常的命运翻覆。这种翻覆是二十年间历史翻覆的缩影，促进了党内外的理性大脑探索马克思主义真理的历史进程，揭示了人民群众的朴素理性同极左政策之间的巨大差别。人民群众活生生的是非、爱憎，归根到底反映着历史规律的客观要求（真）、反映着整个社会的普遍愿望（善）。作品以幽默的笔墨把极左思潮的假真假善当作喜剧对象进行了嘲讽，这种艺术情态预告了极左思潮的统治地位必将终结。

党的十一届三中全会和六中全会显示了中国马克思主义对极左谬误的伟大批判力量。这种批判力量造就着一批又一批才华横溢的现实主义作家。这些作家将用自己的优秀作品为未来世界留下中国社会主义艰难创业的历史形象。这些作家尽管对外国现实主义多有借鉴，他们在民族文学的传统上是遥承风雅的。他们是社会主义的风雅派，他们的作品不断通过政事与史事的评价深化着社会性、史诗性的内容。张贤亮就属于这一派。我们可以看到：在他的小说里，那政事与史事的观照，本是逻辑上的经线，那土俗民情的观照，本是逻辑上的纬线。但是在艺术处理上，他避开了公式化、概念化的险途，十分正确地把两条线调换了位置：他把土俗民情的体察，通过典型人物的性格史变成了艺术结构的经线，而把对政事与史实的观照，变成了推涌事件波澜的内力，化出了艺术结构的纬线。换句话说，他用一个又一个人物的人生故事，展开了黄河前套地区的民风土俗，展开了这个地区乃至大西北其他地区城乡劳动者的命运、性格、忧乐和欲望，他只是在艺术结构的纬线上，将作为背景的政事与史事提到字面上稍作点染。作为一个艺术家，他应该这样做，他也必须这样做，只有这样做才是得风雅之深旨。当然我们在阅读张贤亮小说的时候，总会将故事线融入历史纵线和社会横线交叉而成的坐标，来把握人物与事件的典型价值和社会意义，这样，政事和历史的经线同土俗民情的纬线的关系又会恢复本来的面貌，这样我们才能悟出：那些与我们同时代的一个个作品人物的典型命运，乃是我们这个时代的历史命运的微分。

瞬间·历史·审美个性

现实主义要求小说家在展开主人公性格时，一方面不脱离特定历史瞬间的具体规定，一方面做到“乾坤万里眼，时序百年心”，以比较高远的历史眼光来观照他作品中的人物与环境，并对它们作出审美的评断。让我们联系《绿化树》来研究张贤亮对这个问题的解决。

《绿化树》出来以后，有同志批评它有两个缺陷：一是“对知识分子过分贬低”，一是“流露出一种对苦难的病态的崇拜”。（胡畔《〈绿化树〉的严重缺陷》，《文艺报》1984年第9期）这种批评一方面是说《绿化树》对章永璘性格的展开，脱离了1961—1962年特定历史瞬间的社会环境的规定性和人物性格的逻辑，一方面是说章永璘的性格中看不出作家对极左思潮的批判力量。批评的锋芒，是直指《绿化树》的历史真实和艺术真实的。关于张贤亮小说的现实主义特色，我们已经分析过风土性和史诗性又统一又区别的关系。这里还要补充的是，如果没有主人公的性格发展和社会环境之间真实可信的统一作为风土性和史诗性相互渗透、相互联结的中介，一切都归于落空。因此讨论一下这种批评确有非如此不可的必要。

一是“右派”章永璘的原罪心理。《绿化树》写了章永璘从劳改释放后转场就业到再次无罪而囚的两个多月的生活。这两个多月里，他同压在“两个估计”之下的广大知识分子在身份上处境上都还有天壤之别，他连“摘掉右派帽子的右派”都不是，他是一个戴着“右派”帽子的“劳改释放犯”（强调一下：不少反科学的观念和术语，在党的十一届三中全会以前全都是活着的）。他当然是一个非罪者。但是在当时，一个非罪者意识到自己无罪并不容易。因为章永璘理智的困惑和扭曲，是在“专政”强力下的困惑和扭曲。这种困惑和扭曲集中表现在他的原罪心理上。由于“咒念金箍闻万遍”，他内心里真的承认了自己是“资产阶级右派分子”。为此他向自身寻求罪证，省悟到自己脉管里流着资产阶级的血，从而甘心为一个覆亡的阶级受苦，甘心充当“最后一个乌兑格人”。这种心理的逻辑是：我的罪乃是祖上所传，我是替祖宗背十字架。又，关于他本人，他只承认“堕落到深渊边缘”，言下是：并没有堕入深渊。再有他反省自己“曾经生吞活剥地接受过封建文化和资产阶级文化”，反省自己在品格上对不起马缨花，对不起海喜喜，对不起卖土豆的老乡……这些，都能够满足“专政”的要求吗？当时极左思潮向章永璘这样的专政对象要的是“反党反社会主义，反马克思主义”的“罪行材料”，而章永璘捧献的却是祖上的血液、旧文化的影响、深渊的边缘、对不起几个普通人，真是开玩笑。威凛难犯的极左思潮向他要的是“城门楼子”，他献上去的却是“西山猴子”！他对极左思潮提到“专政”高度的那种“改造”，究竟顺从了多少呢？

二是关于马克思主义和马缨花们。那篇批评文章以为《绿化树》“夸大马缨花帮助的力量和意义，夸大自己的‘堕落’程度，从而把‘我’经过这段‘苦难的历程’，而最终成为马克思主义信仰者的过程，说成是一个‘堕落’到‘深渊的边缘’的受封建文化和资产阶级文化毒害的知识分子，被‘体力劳动者’所挽救，扶持着走上革命正道的过程，是不合乎实际的，其间很难说没有哗众取宠的成分”。章永璘是从死人堆里爬出来的人。所幸的是，他还没有被“转化”成“死物”，他还是个“动物”，他还有饥饿和痛苦的感觉。他转场就业的那个时候，三年的普遍饥饿已经临近尾声。马缨花们给予章永璘的，的确不是生命，不是马克思主义，但是，她们给了耐受着极左酷寒的无辜的知识分子以信赖、以温暖、以关怀、以爱，这说明他们的朴素理性对好坏人的判别力，不知比极左思潮高明多少。章永璘原以为饥饿从一切人心里驱尽了怜悯和同情，待他从一些普通劳动者那里获得了这些可贵的感情，他的感情发生了变化，他感到生活的美丽和生活的艰辛一样地使他战栗。这里丝毫没有对知识分子的贬低，更没有所谓过分。

在《绿化树》里，章永璘才刚刚接触马克思主义，那时他还没有能力用这种革命的批判的武器剖析个人的命运，洞照极左的现实。他是“专政对象”，他还戴着“右派”帽子，他像所有遭了劫的知识分子一样，并不能预卜若干年后会遇上党的十一届三中全会拯救自己。摆在章永璘面前的首要问题，是怎样解除那未知所终的精神磨难，怎样寻找失去的自己，怎样在那种处境中认识自己人生的意义。他为什么要研读《资本论》呢？这个被极左思潮认定为“马克思主义敌人”的青年人，他必须知道什么是真正的马克思主义。那具体的目的，或者是为了寻求规避，或者是为了平衡心理，或者是为了使自己的言行获得合理的解释。他实际上是集原罪者与辩护律师两重身份于一身，来研究这部无产阶级伟大的经典的，这样，他的热情自然会是双倍的。我们知道，事情总有自己的客观法则。一旦章永璘潜心于马克思主义博大精深的体系，他的思想就会被它的无可抗御的伟大逻辑力量所征服，就会被它引向对社会对历史的观照并且会被它的革命性和批判性的光芒所透射；而他自己，也会在这个过程中逐渐完成理性的觉醒。章永璘对极左谬误的批判力，不可能孤立于广大劳动者的普遍境遇和普遍情绪对极左谬误的批判力，也不可能先于和深于党内马克思主义理性对极左谬误的批判力。在《绿化树》中，章永璘的这种批判力，还在起跑线的后面蹬着起跑器呢。

三是悲剧题材和喜剧处理。研究《绿化树》时，我们必须区分两个人的理性：一个是小说主人公章永璘的理性，一个是作家张贤亮的理性。章永璘的理性还远不足以对极左谬误进行批判，作家张贤亮的理性却完全有这种批判力量。我以为，尽管在展开章永璘悲剧性命运时张贤亮把握着细微的小感觉、小动作、小情愫推进着他的细节，但他对章永璘整个命运线，却采取了“超高空”的观照，他完成了理性的超越。他的理性发现：极左思潮统治时期的胜诉者终将败诉，败诉者终将胜诉，居于审判席上的极左思潮，终将受到马克思主义理性的审判，被极左思潮审判的无辜者或者将要站在审判席上对极左谬误作出裁判，或者将为那些谬误提供证词。他在极左思潮的严正情态和堂皇威仪中，看穿了罪与罚的颠倒。这样，他终于发现那一段悲剧原来是一段喜剧。于是，他舒开苦皱的眉头，嘴角压着沉毅的嘲笑，完成了《绿化树》的构思，以雍容大度的幽默感，写出了章永璘个人命运的一段波澜。从美学上说，把悲剧情味和喜剧情味渗透起来，这是高难度的作业，而在主人公悲剧面前这种喜剧情态的选择，正意味着作者对极左思潮的理性的批判。张贤亮是在党的十一届六中全会“决议”的制高点上回首往昔的，他的情态里包含的理性，闪耀着六中全会《决议》的光辉。在《绿化树》里，那闪耀着理性光辉的幽默感，实际上是一种历史感，它被有的同志看作“对苦难的病态的崇拜”，这大概只能是暂时的。《绿化树》对于普通劳动者真朴的善心善行、一往情深进行了诗意的描写，对于极左思潮头朝下的“真理”发出了宽阔的嘲笑；对于支配社会历史的客观规律进行了锲而不舍的探寻；对于主人公章永璘情绪的历史，写得有波澜有声势，深婉而又真率。这些，都显示着张贤亮独有的创作个性。喜剧性的观照反映了他的宽襟大怀，诗意的描写反映了他的感悟精微，主人公性格的坚韧与情怀的激荡反映了他的血热性沉，而灵魂的坦露和真情的抒写，反映了他的烂漫无涯。

雅言与俗语的宽阔世界

张贤亮自己讲过，他写语言，“要洋就洋到家，要土就土到家”。他的小说语言可以区分为雅言与俗语两个部类。所谓雅言，是指他的叙述、描写和议论。他对现实主义文学的写实能力，看来有他自己的追求。他的描写要调动全部官能感受，因而他常常要求自己的语言扩大感觉的容量。例如《土牢情话》里石在扑倒在渠搧上的一段：

“也不知过了多长时间，中午酷热的阳光把渠搧上的砂土晒得发烫了。干燥的、闪光的细砂，悄无声响地从渠搧上蜿蜒流下，如同不尽的、结晶成固体的眼泪。细砂流到我头顶，流到我赤裸的胸脯，给了我一种凄凉的温暖。一只土蜥蜴，在芨芨草中探出头，用米粒大的眼睛望了望我，又急匆匆地掉尾爬去。几只小蚂蚁，在我眼前商议着，踌躇着，最后还像叹息了一声似的败兴而归……”

这里，用二百个汉字容纳了五十多种关于名物、动态、情状的细密感觉。画面那样浅近，那样富有情味，除了“渠搧”“渠搧坡”两个方言词，那富有表现力的词语都选自现代汉语词汇的总库，句式也甩掉了方言土语，而在五四以来新文学散文语言的基调上，堆点了一些从汉译世界名著的优秀译笔中借鉴而来的风采。我们注意到，张贤亮在使自己的叙述语言内容丰富的感觉时，有时候使用一些译笔式的长句，有时候则把长句切断，保持了汉语口语的习惯句式。这都属于雅言的范围。可以说，雅言在表现小说的史诗性和政论性方面，比俗语要深广；张贤亮对历史与社会的观照越宽阔，越深刻，他使用雅言的可能性就越大。

张贤亮小说的乡土气息，一是靠熔铸了丰富实感的形象特色来表达，一是靠人物对话的地方风味来表达。后者便是俗语的使用。例如下面引的《河的子孙》中魏天贵对吴尚荣说的一段话，就是作者用银川方言的韵调写出来的：

“……明天我就去给你开准迁证。你们家的房子我给你盖，搬迁费我给你拿。你从明天起就给咱们大队干活。我不叫你干农业，你给我筹划着办工厂。办啥厂，咋样办，你拿主意。需要啥，你说话。搞不到的玩意儿，我给你一张条子，保险你手到擒来。可是，你尕子还要跟我大辩论，‘万岁’、‘万岁’的，我也不饶你，轰你那四口子回去吃红薯不说，还要把你送公安局！”

在这段话里，并没有标示银川方言的韵调，因而我们并不能看出“准”字应当念“肿”，“擒”字应当念“晴”等。只有“咋”“尕”二字，才在北方话中带点“西北味儿”，而它们流行于甘、宁、青却并不专属前套。如果将“尕”字改作“小”字，便可以用中国北方好几个省的方言念下来。有些俗语的地方性不仅表现在韵调上，还表现在方言词语上。比如《绿化树》里章永璘叫了马缨花一声“亲爱的”，马缨花很不习惯，于是有了这样一段对话：

“你刚才叫我啥？”

“叫你……叫你‘亲爱的’呀。”

“不，不好听！”她搂着我的头，嘻嘻地痴笑着。

“那叫你什么呢？”我诧异地问。

“你要叫我‘肉肉’！”她用手指戳着我的太阳穴教导我。

我想起海喜喜唱的民歌，不禁笑了。

“那你叫我什么呢？”我用戏谑口吻又问道。

“我叫你‘狗狗’！”

像“肉肉”“狗狗”这样的爱称，流行于甘肃、青海两省河、湟、洮、岷一带回、汉、撒拉各族青年爱侣之间。它们的地方性缩得更小了，它们已进入了方言词汇。

在张贤亮的小说中，文学语言的两个部类区分得这样鲜明，又结合得这样融洽，这就使他的小说在语言上具有了雅俗相济的宽阔风貌。是的，我们应该看到作家张贤亮有一匹骏马，载着他的直觉、情绪和思想四处奔突，载着他的现实主义理想从心灵的奥府到直观的物态，从历史到现实，从社会到大自然，去涉猎千差万别的人生境界。这匹骏马，便是他的文学语言。

脱毛之隼在长天搏击

——论张贤亮的小说

同志们，用连续讲座的形式将张贤亮同志的小说作一次稍微有系统的探讨，这个任务，超出了我自己力所能及的范围。正如大家所知，生活是张贤亮的对象，张贤亮也是我们的对象，作为张贤亮的对象的现实生活，那深广而又纷繁的内容使他很难穷尽微奥，作为我们对象的张贤亮，同样是很难说得清的一个存在。诺贝尔晚年说过一句话：人，是世界上最复杂的物质。不言而喻，在这种“最复杂的物质”当中尤其复杂的，是作家。世界上，再没有比艺术思维更难用理论的语言表达的了。

我们这个时代有一个特点：我们的人民因为在那个“史无前例”的岁月里受够了假、大、空的欺骗，所以现在特别喜欢真实的事物，真实的思想，真实的人。一个人，如果他毫无遮掩地将自己的胸怀，将自己大起大落的人生和充满痛苦的内心冲突讲给我们听，如果他能够突破二三知己的小圈子，把他经过炼狱的心灵的历程和肉体的历程所唤起的、对于生活真理的追求和发现，像天真的小孩子那样，带着真诚的笑，慷慨地奉献给普普通通的劳动人民，那么，他就是真实的，他就是善良的，他就会由于真实和善良而具有美的价值。为什么我们大家要抢着阅读张贤亮同志的小说？我想那真正的原因，在于他通过一系列富有艺术魅力的作品，向我们公开了一个真实可信的他自己，向我们公开了他那颗沉毅的、进取的、散发着苦味儿的心，怎样从伟大的劳动者那里获得了生命的灵泉，获得了温暖和抚爱；又怎样被一个坚韧的身躯载负着，经过漫长且多难为命运而跋涉，终于叩开了马克思主义之门——这样一个令人惊异但又决不令人怀疑的历程；在于他多数小说的环境和人物，是通过富有情味为描写获得细节真实和典型价值的。他的描写，似乎应当称为“全感描写”。这种描写能唤开我们的感受之门，能让我们的视觉、听觉、味觉、嗅觉、触觉和筋肉感统统活动起来。这种描写如同一只无形的手，把我们的智灵抓进他的小说，让他潜入人物命运和事件主题，去感悟现实生活情与理的逻辑，让它通过一连串独特的、洋溢着风土味儿的人生画面，去尽情饮啜诗意的美感。

我们这个讲座主要是从创作论和风格论的角度来剖析张贤亮同志为我们提供的文学现象。讲座题为《脱毛之隼在长天搏击》，是想对张贤亮同志近几年来卓有成效的苦战，来一个“形象的拙象”。今天讲的绪论包括三个部分。

不断猎取新的高度

一个作家的作品在读者心中唤起的情绪越深越浓，它越会在很长的时间里伴随读者生活。到了这步境地，了解作家的思想和形貌，了解他的人生历程和他的艺术经验，都会成为一种渴望。应该说，认识张贤亮，认识这个大有希望大有前途的作家，也容易，也不容易。怎么说容易呢？你只要在想象中把高仓健那张脸连同他那种魅人的男人气移植到一个上宽下窄的头型上，就可以在脑海里复制出张贤亮。要是能让那张脸带上几分含蓄的浪漫主义诗人的狂质，就更加肖似了。怎么又说不容易呢？当你看到那张脸由一副很壮实的、魁梧身个儿载负着，一动不动地凝望什么的时候，你很容易误解他。你会以为他在看贺兰山，看它在淡云围裹下峰峦的褶裂，看黄河，看太阳在它的浪纹上抛撒的光点儿……不，他不是在看任何东西。他那副冷肃的带点悲剧色彩的、漫不经心的眼神常常会突然发出亮彩。这就告诉你，他是在飞，在猛鸷地飞。你会看到，在艺术王国的穹壤之间，他已经把贺兰山，把黄河，把宁夏川上空大块大块漂亮的云彩抛在下面，朝着连他自己也很陌生的，看起来十分平贴而实际上被湍急的气流托浮得更高更远的云层冲击。

这是一支隼。这是一只劲猛的、沉毅的、灵气十足的隼。这只隼还在脱毛，在它飞翔的时候，假如你用高倍的望远镜跟踪它，你会在它被风吹乱的腹毛中间看到一两处光秃的斑块儿，当它被高空的湍流一次次打斜身子又一次次冲上去的时候，你会看到，它的两翼兜风性能还不十分好——不多几处新生的羽翮还没有把它的翅膀上的缺口补齐。到了这时，你会相信这样一种说法：我们应该尽力抛弃关于它“总是一举成功”的各种印象，我们应该倾注真诚的关切，注意它的失败，它的必要的退却，它的不顾一切的进击。没有引人深思的性格，就不可能有引人深思的成就。在这只隼的高翔中，你很少有机会看到它舒平两翼，自在盘旋，陶醉地饮啜搏击的欢乐。每次它胜利了，它都把这种饮吸之权留给了我们，而它自己，又轻抖着翎毛翘首四望，去寻索一个冲击点。这只英健的隼，它要在长天搏击中换完自己的毛羽，它要让每一根毛羽一钻出来就习惯高空的气流。它对自己的毛羽，不怜惜也不炫耀，只要求它们服从一个目的，那就是不断猎取新的高度。

现在让我们谈谈“脱毛”的问题。脱毛，这是一个极好的词，它有鲜明的辩证法色彩而毫无侮谩之意。没有脱毛，就没有进步，没有脱毛，就没有成熟。我们整个社会，从极左羁绊下挣脱出来，也在经历着脱毛的过程。当前我们党领导的全面改革，不就是我们这个社会全面的脱毛吗？全脱毛，对于张贤亮来说是有必然性的，我们不能过于简单地把它看成个“改了行的诗人”。为什么呢？因为对他来说从写诗到写小说，这中间有一段长达二十多年的间隔。长时间畸形的历史，使他的记忆里积淀了各种纠结着矛盾与痛苦和心灵与肉体的感受，这些感受连同他的审美意识一起耐受着极左的高寒，全部像冬眠一样沉睡着。待到三中全会的春阳暖透了贺兰山下的冻土，他的这一切，才又慢慢苏醒，慢慢恢复了活力。随着对“两个凡是”的批判，特别是党的六中全会《关于若干历史问题的决议》公布以后，张贤亮心里坚硬的冰块儿才算真正地消融。党的阳光给了他一个温暖的、宽阔的、和谐的心境。有了这种心境，他才可以把自己的审美能力释放出来，对昔日的人世进行回顾，才可以通过抚今追昔来深刻地揭示历史性的主题，才可以追随城乡社会主义变革的巨潮，揭示新时期人与人的崭新关系，以及人的道德观念、价值观念和命运感发生的变化。我们应该意识到事情还有它复杂的一面。当他重新操笔的时候，严肃的责任感使他意识到自己的世界观和社会观还要进行必要的校正，他的艺术经验和美学理想也须进行必要的充实。大家看看，同样是落难的知识分子，《霜重色愈浓》里的周原、《土牢情话》里的石在、《灵与肉》里的许灵均、《绿化树》里的章永璘，这四个人的性格是不是一步一步地深化的呢？他要进行小说写作，不能没有一个扎扎实实的准备过程。但是，他已经四十多岁了，他哪里有时间进行专门的准备呢？他必须夺年抢日地突击。那他是怎么做的呢？我们看到，他一上来就把审美的游标拔得很高——拔到了巨匠的水平线上，要求自己艺术的活路，逐步地达到他们的质量级。“从战争学习战争”，在构思中熟悉构思，在结构中熟悉结构，在描写中熟悉描写，在刻画性格中熟悉刻画性格，通过巨量的审美活动迅速地提高和丰富审美能力。于是，我们看到，引人瞩目的《吉普赛人》《霜重色愈浓》《土牢情话》《灵与肉》《龙种》《河的子孙》《肖尔布拉克》《男人的风格》《绿化树》出来了……从数量上说，他用四年时间，完成了一百万字的写作任务，足见他过人的勤苦。而从艺术的高度上看，在这短短的四年时间，他和三中全会以来某些优秀的中青年作家一样，通过勤奋的创作实践，将中外小说艺术上溯数百年的历史道路，从感悟的逻辑上简练地富有成效地重走了一遍。这只文学的猛禽，它飞得多么好啊！但是我们要看到它那一边忍受脱毛之苦，一边往高空猛穿的形象。作品一一地问世，显示旧毛无力新毛未全的那些特征也随着一一出现。比如说：特别精美的描写有时同一些行文的粗疏冲突着；非常果决地把握理念的中介进行整体构思和典型概括的宏阔器度，有时同一些没有化透的议论的硬块儿冲突着——这些硬块儿迫使感受力搁浅，造成审美活动的中断，体现生活丰富性和现实广阔性的一些有成效的努力，有时同某些专门领域中个别概念的不准确、不明晰冲突着；相当聪敏地借取中外文学匠师的某种套路（古人称为“偷势”，是一种比较合理的借鉴方法），同一些当避未避的模拟痕迹冲突着，如此等等，不一而足。总的来说，战略家的支配感和单视的眼力，同掺入某些局部的一些盲目性的碎片冲突着。这些现象给读者留下了憾意，却为在总体规模上猎取超常的高度赢得了岁月。我认为，他的小说创作在短短的四年里越过了两个质量级。

一是《灵与肉》的获奖，标志着张贤亮的小说跨进了全国优秀文学作品行列。1979年在宁夏荣获小说一等奖的《霜重色愈浓》，它的质量并不如《邢老汉和狗的故事》——

后者实际上已经越入了全国水平。它的整体的成功，和包括在《霜重色愈浓》《吉普赛人》《四十三次快车》《四封信》《在这样的春天里》这些作品中的局部的成功，作为量变过程中的部分质变，准备了《灵与肉》的诞生，准备了向全国优秀水平的全面突破。

二是《绿化树》的问世，意味着张贤亮的小说，又从全国优秀水平开始越入匠师一级。它是张贤亮的小说快要全面地完成脱毛过程的一个信号。《绿化树》是一部极为优秀的作品，是中国革命文学继《太阳照在桑干河上》《暴风骤雨》、艾青诗歌和歌剧《白毛女》为代表的一些历史的丰碑之后，代表三中全会以来文学创作最新水平的又一群丰碑当中突兀挺立的一座。如果这个九部连续的中篇在保持质量平衡和全面精致化的前提下能有五部达到或者超过《绿化树》，那么，即使我们用最矜持的态度和最冷静的语言来评价，张贤亮都将是一位为我们党和我们民族争得世界荣誉的伟大作家。《绿化树》的问世，是张贤亮小说质量的一次爆发式的突破。而此前《土牢情话》《龙种》《河的子孙》《肖尔布拉克》《男人的风格》这些作品，在思想和艺术的不同侧面上为《绿化树》所代表的全面突破，准备了部分的质变。张贤亮是一个自觉意识很好的作家，他完全知道应该怎样在已经猎取的高度上继续自己的拼搏。我觉得张贤亮小说艺术进一步提高的各种可能性，有的在《绿化树》里面潜藏着，有的在其他作品中潜藏着。这里我不揣冒昧，把它们综合成以下五条：

1.他将继续把艺术思维的横杆架设在中外大师们的肩头，在探索多种艺术手段结合的过程中，将自己已经闯出来的路子走到底。

2.他将继续用诗人的激情和不可重复的风俗化细节，使作品尽可能充分地用艺术的灵泉溶掉那些不太必要的议论的硬块儿，使每部作品，尽可能充分地达到艺术的饱和，同时，他将在艺术气韵的追求中继续加强作品中历史的和理性的逻辑。

3.他将继续保持战略家的支配感，在整体构思和细部刻画上求得更好的均衡，与此同时，他将在情节主线和情节副线的感染力方面求得更好的均衡。

4.他将继续加强他的富有魅力的描写，调动人们各种感官活动的能力，尽力使他的诗笔、史才、议论三种笔路有一种和谐统一的艺术色调。

5.他将使自己小说结构的格局更加多样化，并且力求它们的紧密与完整，与此相关，他将更加注意作品脱手前精致的“收活儿”。

张贤亮与“八大”以后二十二年的中国史

令人怀念的“八大”，因为她揭示了中国经济与文化发展的伟大前景和在党内外政治生活中扩大了社会主义民主，批评了个人崇拜，从而在广大人民心中燃起了一试身手的烈火。但是1957年反右扩大化、1959年反“右倾”、1963年至1976年以反“走资派”为重点的“社教”和“文化大革命”这些政治运动构成的历史，是党的“八大”的政治成果遭受越来越严重的挫折的历史。在这二十三年里，张贤亮以所谓“右派”的身份落难于劳改队、劳教农场、牛棚和监狱，他的最好的处境是当农工。他的境遇每况愈下的过程，和党的“八大”路线一步一步受挫的过程，有一种内在的平行关系。他在自己悲苦的经历中，通过血与肉的实践，逐步认识到“越大越公越好”的极左倾向，把社会主义经济一步步推向绝境的历史谬误。他抱着马克思的著作，忍受肉体的苦难，却进行着精神的攀登：越是苦难加重的时候，他越要提出个“为什么”，并且力图用马克思主义回答它。他的理性觉醒的过程，他的提出问题和寻索真理的心灵的历程，和他越来越倒霉的肉体历程之间有一种不平行关系，是一种“剪刀差”的关系。他的肉体的历程所构成的波线越是下降，他的精神的历程所构成的波线越是上升。而我们党，在这二十多年里也是这样。党内多数马克思主义者随着“八大”路线的一步步受挫，随着极左倾向造成的历史苦闷的一次次加深，也在不断地提出问题，并且力图用马克思主义解答它们。当极左倾向以林彪、江青两个反革命集团的出现为高潮，使“八大”路线和党内马克思主义者的处境降落到最低点的时候，党内马克思主义的觉醒的历史波线，却上升到了最高点，其结果便是“四人帮”的覆灭和党的十一届三中全会路线的产生。这里也有着一个“剪刀差”。伟大的十一届三中全会路线的产生，标志着中国革命的历史在更高、更完满的阶段上向“八大”路线的回复和发展。而被三中全会解救出来的张贤亮，他捧着《资本论》，从非人的境遇中走出来，在党的光辉照耀下，他也在这个时候大体上完成了理性的觉醒。两个“剪刀差”，一个是历史的，一个是张贤亮个人的，中间存在着内在的平行关系。如果用辩证法的语言来说，这二十三年中，张贤亮个人命运的螺线同我们党和国家历史发展的螺线，这之间存在着内在的平行关系。这样，前者就能够以它独特而典型的形象，充当这二十三年革命道路的“历史的微分”。张贤亮发现了这一点，意味着正确地发现了他自己。于是，他有了“唯物论者的启示录”的宏伟构思。

张贤亮作品主题的群团结构

是的，张贤亮不愧是一个长于理性思维的人，他在从事文学创作的时候，一个极为重要的收获便是很快地发现了他自己。他在自己人生列车的窗口感受到的人和事，当然也纷纷进入了他的作品，但那感受、那理解、那评价、那种种的思维活动，全都是以他自己人生经历的典型性为轮轴的。而我们要集中力量弄清的是：他的个人经历对他作品主题的影响是什么？让我试探着分析这个问题。张贤亮写小说的主要着眼点是党的十一届三中全会。在他的小说里，得不到劳动补偿的农民、冤假错案的受害者、逃荒者、盲流人员乃至不幸卖身的年轻妇女，这些人的命运没有一个是孤立的，全部被极左的政治路线与经济政策驱赶着。对这些人的命运所包含的主题意义，张贤亮的认识是逐步加深的。开始，他只是形象地论证着极左的谬误和三中全会的正确。三中全会的路线结束了他们的苦难，唤醒了他们当中一些知识分子对人生、对祖国、对劳动者的爱的自觉。后来，他进一步发现了这些不幸者的命运，必然包含着对经济改革和全面社会改革的历史要求。越是对他们的苦难进行“反思”，就越能发现这种苦难有一种巨大的弹力鼓动着改革的热情。这样，他的作品主题的第一个群团，是昔日人生道路上无辜的落难者和底层小人物的命运中包含的逻辑意义：它们论证着极左路线的谬误，三中全会的正确，改革的必要。第二个群团，是为了根除这种苦难，为了使这种苦难不再出现，为了民族振兴，必须努力地推进四化建设，全面地推进社会主义改革。他笔下的改革者，像农村的魏天贵、国营农场的龙种和城市的陈抱帖，并不是从第一群团的生活基础上选择的人物，那充当第一群团的不幸者的理性头脑的人物还没出现。我们注意到，在《河的子孙》《龙种》《男人的风格》里面，改革者周围都有一群受过苦难的普通人的形象。这就表明了两个主题群团之间的共轭关系。前者愈深广，后者也愈深广。而这种共扼关系，稳固地把握了当代历史的脊骨。这种关系对以《绿化树》为代表的九部连续中篇总主题的构成，具有极为重要的意义。为了使两个主题群团更加统一，他要让第一群团自身，逐渐地站立起一个马克思主义的大脑。这个大脑便是未来的章永璘。

同志们，以上所讲，是要用粗糙的线条勾画出张贤亮小说创作的最内在的规模，为以后的艺术分析，敲一通开场锣鼓。

吐纳英华，莫非性情

——张贤亮小说的作风

引言

孟子有句很好的话，道是“知人论世”。这话在研究作家作风的时候，是很可以派用场的。知人，有助于弄清作家的作风和他的风格赖以形成的主观原因，而因为“人”本是“世”的产物，所以论世，又可以帮助我们弄清决定那些主观原因的客观本源。人是社会关系的总和。社会关系通过实践、经历和环境习染移入精神以后，便可能以主观世界的定性，折射客观世界的真实。因此，我们认识一个作家的风格，应该对布封“风格即人”的命题作这样的展开：

（1）把握作家身世和环境的历史，以把握他风格形成的客观因素；

（2）把握由前者产生的单单属于他而不属于别人的气质或性格体系，以把握他风格形成的主观因素；

（3）把握他的艺术素养，以把握他风格形成的美学因素；

（4）把握他由气质和素养结合而成的，处理客观生活素材、完成艺术作业的特定习惯方式，此即作风；

（5）把握在作风或者才性中介下，他的创作过程中主观因素和客观因素的辩证统一关系，以把握他的艺术思维所产生的气象、境界的风韵与格调——风格；

（6）把握他气质或性格、才性或作风、风韵与格调之辩证的发展。

这里，我们就准备按照上述层次研究张贤亮小说的作风。这一讲的题目《吐纳英华，莫非性情》，是用来概括前四条的。下一讲继续展开，我们将把第五条和第六条合起来，从他的作风转入风格。

张贤亮的气质构成

我们先简略地了解一下张贤亮的人生历程和他早期的文化素养。

他1936年12月生于南京；1943年至1949年在重庆和上海上小学；1949年至1954年在南京和北京上中学；1955年到宁夏，在贺兰县（县址在银川以北二十五里）京星乡做乡文书；1956年在甘肃省委干部文化学校做教员（当时银川是甘肃的一个专区）。

1957年他因政治抒情诗《大风歌》受到陕西、甘肃等地报刊的批判。次年年初，被错划为“右派分子”，开除公职，送西湖农场劳教。四年后，在宁夏南梁农场就业。1958年至1976年的十八年中，他经历了两次劳教、一次管制、一次关监。事后，他在致孟伟哉的一封信（《人是靠头脑，也是靠思想站着的……》）中说：“在长达二十二年的被惩罚管制的生活中，我有许多痛苦的经历和直到现在还经常用留恋的心情来回忆的欢悦的遭遇。……生活，对我来说，已经不是什么打击，而是一把带着尖利的锯齿的钢条，来回地折磨我。”

在《从库图佐夫的独眼和纳尔逊的断臂谈起》一文中，他谈到了家庭出身给他带来的灾难：“五七年批判我时，我的一位好友（现在仍是我的好友）在《延河》上发表了一篇《张贤亮是什么人》，大部分篇幅都是我祖父和我父亲的历史，真如曹操说陈琳的话：‘荼及先人’，还加了许多艺术的虚构。……后来，这就成了我一次次的判决书中的主要依据，搞得我有口难辩，苦不堪言。”“然而，我私下里一直认为思想意识或精神、灵魂方面的东西是不会通过染色体遗传到下一代的肉体上的。受其苦深，其印象亦深，所以，我的几篇小说都是围绕这种主题展开或与此有关的。”

这是他人生历程的大概。关于他早期的文化教养，他在致孟伟哉的那封信中是这样写的：“……过于早熟的我，生吞活剥地接受了我能接触到的封建文化和资产阶级文化，以致我在气质上和观点上，大约也能跻身于那种资产阶级小知识分子的行列中的。”

他所说的“封建文化和资产阶级文化”，包括中外文学的艺术精品。吞咽这些艺术精品，对他艺术素养的形成起了决定性作用。

以上材料过于简略，但是对于我们认识张贤亮的气质与素养有着重要的启示。这里我又根据宁夏区内外一些评论家的精切识见，区内某些熟悉他的作家对他的深刻印象，我个人同他交往中的印象，特别是我在分析他的创作过程时获得的一些信息，将上述材料作了些必要的补充，以使我们大体准确地理出他个人的气质与素养：志大襟宽、沉毅能持、好学崇理、聪颖善悟、真率适俗。请允许我声明一下：在风格论里，对作家个人气质的分析只宜使用“特点”这个范畴。因为大家知道，从庸俗伦理学的角度看，一个人性格、气质当中那些给他带来过灾难或者失败的成分，一律应该视为“缺点”。我们不采用这样的思想方法。譬如李白之狂、杜甫之狷，都不能算是什么“恶德”。屈原被诬作“露才扬己，显暴君过”，更是封建卫道士的伦理观在起作用，而不朽的《离骚》好就好在这里。我们不能对李杜诗歌的宏放赞不绝口，而对产生这种风格的主观因素浪漫的狂质讳莫如深，那样做就等于在风格论中讲假话。下面我们对上述五条进行缕述。

一是志大襟宽。张贤亮12岁以前在旧社会小学里接受的人生观的教育，是来自“四书”的“修身、齐家、治国、平天下”这一套。他的祖父和父亲两代人靠政治上、经济上的经营树立了较高的门望。这些都对他有一定的消极影响。但是我认为，旧社会和旧家庭没有足够的时间和足够的条件使幼小的张贤亮从它们那里接受入世态度和支配意识，并带上多么深刻、多么鲜明的阶级规定性。人民革命战争很快就完成了对旧社会的武器的批判，旧家庭的濡染也很快就被党的教育所代替。他的带有一定抽象性和朦胧性的为国尽力的少年志向，在具体内容上很快就进入质变的过程。他热情地拥抱了新生的祖国。他避开了一个破落子弟容易染上的悲观与冷漠。当他面对解放了的人民群众时，他没有疏远感，而是饶有兴味地流连劳动人民生活之中那些包含在平凡境界里的诗意，比如谷场上的喧笑啦、田野里的恋情啦、炉盖下面悄燃着的蓝色的煤火啦、土炕上娃娃的小被窝儿啦……他的这些情态，被后来执行批判任务的一些人鄙弃了。其实理解青年张贤亮的这些情态，十分有利于把握住他的志向的时代性。在党的伟大教育下，他和一些有志青年一样，是以国家大事为己任的。1957年被当作"毒草"批判的《大风歌》，实际上是他酌取了欧洲浪漫派文学家们的才情，表达了对党的八大路线的热爱和关切。这首激情盎荡的抒情诗，尽管色调还不那么准确，但它鼓舞物质文明建设和精神文明建设，针砭官僚主义与社会惰性的主旨，是并不容易被误解的；相反，它折射出张贤亮关心革命、许身国事的大志。在1957年以后22年炼狱般的生活里，极左思潮反反复复对张贤亮进行了肉体上和精神上的"批判"，张贤亮则以切身体验、人民情态和马克思主义理性三者为根据，反反复复对极左思潮进行了情绪上的批判和逻辑上的批判。当然，他的思想发展有曲折也有失误。但是，从全过程看，在上述批判和反批判的屡次较量中，他的意愿和志向受到了淬砺。他在22年中受到了五次专政一级的惩罚，他的"右派"帽子到改正前夕还没有摘掉。这说明他和极左思潮是多么难以相偶。

张贤亮的襟怀是宽阔的。宽阔，主要不是指伦理学意义上的能容善忍。他的遭遇使我们不能抛开具体分析谈他的容与忍。因为任何人都可以有所容、有所不容，有所忍、有所不忍。有容中之不容，也有不容之容；有忍中之不忍，也有不忍之忍。张贤亮的宽阔襟怀是与志大联系着的，主要表现在他对史事、国事的关切和他的务大不务小的习惯上。他处理个人关系中的某些不快，线条往往比较粗略，他往往能够投以虚光，将其大而化之。对那些在极左路线左右下伤害过他的同志，他不太计较个人责任，只要知止，事后还是朋友。他的思虑，重在究诘那种无止境的产生无辜者的大原因。

二是沉毅能持。在22年含污忍垢的"罪人"处境中，他的忍中之不忍，使他连连遭受打击。在大饥饿的年月，他由于不忍，从劳教农场逃跑三次，被抓回来两次，自己回来一次。"饿饭一周"的惩罚，使他进了死人堆，好在命不该绝，他又爬了出来。是严峻的生活，教会了他不忍之忍。不忍之忍的痛苦的积聚，使他徒有烦乱、困惑和愤懑，大不了偷偷地发泄一下。譬如有一次，在经过一块平放在地面上的厚钢板时，他站住了，他用尽气力将那钢板的一端扳过胸脯，然后猛地把手放开，求那狠狠的一响。对他来说，坚而能忍，谓之沉；有志能持，谓之毅。"罪人"式的坚忍，和对人生对现实的痛苦思考，使他心灵最内的一层经常锁闭着。而他的志向，始终没有泯灭，不过由事业的追求变成理性的研讨，有时表面给人一种言不及义的印象罢了。张贤亮是个真能持志的人。他蒙受冤屈自然有骚怨，而不能溺于骚怨；他蒙受劫难自然有伤恸，而不能溺于伤恸，他能靠理性的托浮一步步实现精神的超越，从而使那冤屈那劫难既是他忍受的对象，又是他俯临的对象。这种个人气质并非他先天固有，很像是得力于《资本论》天庭的结构、高原的规模、大海的气派、钢铁的逻辑力量。

三是好学崇理。我们知道，在粉碎“四人帮”以前，陷于极左灾难的党内外革命家和广大知识分子，全都渴望着改变命运的圣火和灵泉，对他们来说，那圣火那灵泉不可能是别的，只能是马克思主义的理性。劫数对张贤亮来说，如同无限循环小数一味冷漠地伸延。他当然思考过人生的意义和价值在哪里，当然寻找过失去的自己。但是，一个被草视的生命没完没了地思考这些问题又有什么着落？“右派”是永世不得翻身的精神世界的囚徒啊！然而精神是很难囚禁的。肉体上得不到的自由，他要到精神世界里去索取，于是他苦读了自己当时能够找到的所有马克思主义著作。他思考的范围包括政治经济学、哲学乃至军事学。他用马克思主义的政治经济学探讨过1958年极左的豪言壮语如何导致了我国国民经济的全面危困，探讨了当时我国农村劳动者同生产资料结合的不合理性，他考察了极左思潮机械论和唯心论的哲学基础。他甚至干过一件“洗土坯”的事——花了大量时间用马克思主义军事学说写了一部关于战争的手稿，研究一旦世界大战爆发，他的社会主义祖国如何立于不败之地的问题。禅僧们用武术消耗能量，鲤鱼用打挺消耗能量，老虎用跳涧消耗能量，那么可不可以说，“专政对象”张贤亮在用大量无谓的精神劳动消耗能量？不能。他自己在无权状态中，对中国社会主义发展抱着热切的企望和强烈的参与意识，就像捐了门槛的祥林嫂摆供品擦烛台一样诚心不二。在农活干完的时候，他也串门儿，也和邻居们交往，特别是他喜欢打些鱼回来给大家分着吃。但是他给邻居们印象最深的是读书，是读马克思的大厚书。邻居们对他读过的其他书籍，自然是不清楚的。

四是聪颖善悟。聪颖善悟，是多情之本。对繁多的外界信息，张贤亮的感悟力和理解力多能作出准确的反应。他的聪颖是否来自天赋？我觉得他的耳聪目明、大脑发育良好这一层是在此天然条件下发育起来的感悟力和理解力，则属于后天获得。他这种后天获得性，在于早期教养加专爱，加得法，加好学深思，加独立思考，其中关键在“得法”二字。面对浩繁的文学传统，他在吸收营养的时候重质量而不盲目追求数量，他通过感悟和创作来加大消化的精度和消化的效率，并且保证这种消化常常带有举一反三的性质。这就是得法，这就比一些专靠吞咽讲义、背诵复习提纲、考试后忘得一干二净的“知识漏勺”们的养才之道，不知要高出多少倍。因为一个人智能发育的程度，不是跟他当学生的时间量成正比，而是跟他学习和实践的有效作业的时间量成正比，跟他自己淘汰无效作业的能力成正比。早期教养给予张贤亮的自持自制的素质，通常可以保证他的聪颖才智在实践中发挥良好的效能。

善悟，是指他的始于直觉的感悟力发育很好，并且是指他的很好的感悟力有同样好的记忆力相辅助。感悟力捕获了的东西，还要靠良好的记忆力来储存，否则容易自然流失。作家“登山则情满于山，观海则意溢于海”，靠的是那山那海诱导出那情那意，而后又同山海融会。作家感悟力的发育，一是靠记忆的储存，二是靠创作经验的积累，三是靠榜样的启示。利用这三点，张贤亮都具备良好的素质。

五是真率适俗。张贤亮是真率的，他具有剥脱自己的“傻气”。他敢于承认他小说人物的复杂性格，有的来源于他对自己心灵里某些非崇高、非善良部分的省悟与开掘，他可以对完全陌生的人承认自己“不那么善良”，“我在二十二年中受了五次专政，我怎么可能是善良的呢?”他曾经太久地渴望给他信赖给他温暖的人情和世情。他对自己在长期不幸中有幸从社会底层普通人那里得到的一些零零星星的关照和爱抚没齿难忘。这些关照和爱抚对他的生命力来说是抵御高寒的圣火，是防止枯涸的灵泉，是使他人性复原的仙药。

他是聪敏的，他有用自己的聪敏在祸难相仍的环境里产生疑云的能力，而我们这里要说的是，在没有命运上大的起伏教训他的时候，他并不轻疑，而是有些轻信。他宁肯失于对可疑者的不疑，也不肯失于对可信者的不信。在陷入复杂的现实事态时，他心计简拙，有一种掩抑不住的浪漫诗人的天真。他是一个绝顶聪明的傻子。

张贤亮有他脱俗的一面，也有他适俗的一面。在报偿低微的体力劳动中熬过二十几个年头，他的精神世界在不小幅度上和普通劳动者的精神世界互相叠印，他能和他们同声相应、同气相求，从而不期而然地卷入那个不为常人所知的荒僻角落里粗犷而又旖旎的爱、恶、欲的网络。他的气质濡染了带有乡野气的淳朴与放浪，他成了流着臭汗、骂着粗话、用自己的精力和智慧同大自然进行物质交换的劳动群落的一员。这种适俗的气质与专政对象的压抑感互相渗透，使他的放浪气质的对极，有一种色调暗淡谦卑。“左”倾专政的严酷环境，绝对不允许他表露主人翁的支配意识。环境的压力犹如模具里的阳纹在他气质上印出了深深的阴纹，那阴纹便是谦卑。对他来说，这样产生的谦卑并不全是美德，它在不小程度上是冰冻着的心灵的表征，是捆绑着的才性的信息。只有在劳动群落里，当他面对身上蒙着土灰，头上粘着草屑的善神和爱神的时候，他的宁贴的神魂所表露的谦卑，才多少具有真实的价值。

张贤亮作风的构成

上文对张贤亮气质结构的分析，偏于平板的罗列，而对它们更深的联系则未遑穷究。不过我认为，我们已经求得了一个概略的印象，已经可以进一步评述他的作风。

作风是作家个人气质与艺术素养的统一体，换句话说，它是作家气质的特殊性与素养的特殊性相结合的产物。它相当于中国传统美学里面“才性”这个范畴。著名文论家王元化先生指出，作风“偏重于单纯的主观性”，“在审美主客关系上是以心为主，用心去支配物，亦即以作为主体的作家思想感情去支配、驾驭、左右作为客体的自然对象”。它是作家在处理生活素材时跟自己常常重复而跟别人不一定重复的特有的习惯方式。上述张贤亮的气质，规定着他对客观世界感受、理解、选择和支配的特定领域、方式和趋向。他的艺术素养这个侧面，我有意省略，是要在具体分析时酌宜而论。我以为张贤亮的作风构成，有如下层次：

一是志大襟宽，故抚痛而能笑。张贤亮创作作风体现最充分的是《土牢情话》和《绿化树》。石在和章永璘，都是带着求生者的欲望进入作品的。压迫石在的是牢房坍塌的危险，压迫章永璘的是饥饿。以死为限度的强压，使这两个人的道德观念蜕化，生活目的缩小为一个“活”字。他们身上带着“鬼魂气”和“兽性”。章永璘为吃食而争雄的卑琐，石在盼母亲快死的恶念，都是以道德的蜕变折射着高压的强度，不用多说，那内核全是难以忍受的非人间的痛苦。我们应当注意到，张贤亮写小说的时候已经和这些昨日的痛苦有了较远的距离。这不只是岁月的距离，更重要的是理性的距离。那种年月过去了，为实现四化宏图阔步前进的革命者应该在对它们进行了理性的批判之后，用雍容大度的笑远送他们，也含笑送走一部分人当初意志和信念破碎以后出现过的各种有损人德的作为。只有用马克思主义理性真正弄通了党的十一届三中全会路线并以高远的志向为之奋斗的人，才有可能识破极左思潮造成的社会悲剧。原来是一连串的人间喜剧，才能识破当初许许多多支配政治家和人民群众行为的“理所当然”的信念，原来是盲目的、错误的和多余的，因而本质上是可笑的。

小说的作风既见于笔趣，也见于人物性格。丁玲同志从《灵与肉》看出了张贤亮作风的宽阔，大概就是基于这两个方面的印象。宽阔不单包括幽默感，它还包括作者的识度。严格地说，有识度，才有幽默感，才有宽阔的作风。作者凭着深远的识度，或者出于写实，或者出于浪漫，或者出于怪诞，都能体现出他的宽阔，即使幽微境界的勾描，也能够避免小器。《浪漫的黑炮》就出于浪漫，《临街的窗口》就出于荒诞，那里面都有不少动人的小境界。它们给人总的印象是作者胸中的气格很宽。唯其很宽，他才做到了抚痛能笑。在《绿化树》里，“营业部主任”和主人公两个人丧失了道德的理性之后，有许多同稚气混在一起的卑微处、可痛处和可笑处：一个因为得到一个黄萝卜就大喊“祖宗有灵”，另一个硬不服气，马上把自己得到两个稗子面馍馍的幸运感调集到意识里来，要和对方较量一下什么才是真正的“祖宗有灵”。一个拿着一个黄萝卜一面用小刀刮泥，一面斜睨着身边的人，自满自得地哼哼唧唧；一个一到伙房就马上换了一副嘴脸，谦卑地、讨好地笑着跟炊事员说话。那年头，这当然跟炊事员的“总桶”地位分不开。

这两个人物，还有争铺位的一场小戏。他们俩都想占领墙根。本来写到章永璘的胜利以后动作线就完了，却又饶有理趣地加了这样一段：

“墙根，这是多么美好的地方！‘在家靠娘，出门靠墙’，这句谚语真是没有一点杂质的智慧。在集体宿舍里，你占据了墙根，你就获得了一半的自由，少了一半的干扰，对我这样连纸箱子也没有的人，墙根就更为重要了。要是有点小家当，针头线脑、破鞋烂袜之类，或是‘祖宗有灵’，搞到了一点吃的，只有储藏在墙根的干草下面。如果财产更多一点，还有一面墙供你利用。你可以把东西捆扎起来挂在墙上。更妙的是，你要看点书，写封家信，抑或心灵中那秘密的一角要展开活动，你就干脆面朝着墙，那么，现实社会的一切都会远远地离开你，你能够去苦思冥想。睡了四年号子，我才懂得悟道的高僧为什么要经过一番面壁。是的，墙壁会用永恒的沉默告诉你很多道理。”

似这等苦难当中十分偶然的细碎念头的流动，在拌进“美好”“智慧”“财产”“心灵中秘密的一角”“高僧悟道”这些超重的词语之后，就一方面显示出了章永璘在肚子不太饿的时候有他用俏皮的心理戏耍苦难的瞬间，一方面显出作家张贤亮自己俯着他那张脸在斜睨着昔日的自己微笑。

二是沉毅能持，故风峻而骨坚。典型地体现了张贤亮这种作风的，是《龙种》和《男人的风格》中龙种和陈抱帖性格的刻画。说这两个人物的性格是张贤亮个人性格的外化，是不全面的，因为这两个人都有现实模特，但是说张贤亮对模特的加工改造和模仿只有艺术素养的作用而没有个人气质的渗透，也是不全面的。例如，在《龙种》的引子里，龙种向他的老友、农业局党委书记孙大钧要企业自主权，向孙表示他要“把企业的经济权力交给生产劳动者”，抓住生产关系和分配关系这个关键，在全民所有制的农业改革上摸出一条路子来。为此，他拒绝了一套价值一百五十万美元的美国农业机械，他战胜了旧体制的受益者和维护者郑福林、罗青田等人制造的阻力，说服了受蒙蔽的请愿群众，顶住了一些人对他和穆玉珊的毁谤……这是他的持志不移。他的持志不移，是以理性的深度为内涵的，并非浅薄者的刚愎自用和盲目犯强。如下文：

“孙大钧对美国人把农民妻子称为‘农民太太’惊羡不已，殊不知在龙种看来，他们领导下的男女农业工人也可以称为‘老爷太太’。不过，可悲的是，这些‘老爷太太’们不是躺着享受别人的劳动成果，而是在用自己极其艰苦的劳动来无效地消耗别人的劳动。”

我们所说的“理性的深度”见于引文最后的二十四个字。这里可以看出龙种政治经济学的素养，连措辞方式都像从《资本论》的中译本里学来的。以事义为骨髓，以直指事义的精炼语言把带有普遍性的事类深透地概括出来，那类义必是典型的，那辞采必是刚健的。这就是我们所说的张贤亮作风的“骨坚”，龙种的理性深度，来于张贤亮同模特的共鸣和他对模特的变形和延长。张贤亮不只一次为《龙种》中的议论作辩护，这一是否认龙种性格是他自己性格的外射，强调龙种有特定的现实原型，一是从理论上强调对于理性较强的人物来说，议论本来就是他性格的一部分。是的，他是对的，但是这并不影响人们从中把握他自己持理好辩的作风。

所谓“风峻”，是指辞情的凌厉峻烈。如《男人的风格》中陈抱帖回击罗海南的那段话，在海南叫他“卡列宁”以后，词锋就显出一种超乎寻常的凌厉。在《龙种》里，当龙种的对手郑福林含沙射影地指责三中全会以后的形势“到底是咋回事，谁能说得清”时，挑战式地朝龙种问了一句：“对不对？龙书记。”龙种猛地吼出了“不对”二字，接着直逼对方：“郑福林同志，我记得你原来对两报一刊的社论一向是坚信不疑的……为什么现在对许多问题搞不清了呢？”这时候张贤亮让龙种脸部各器官的表情都露出刚狠之气。“他皱蹙着眉头，眼睛里闪耀着可怕的光芒。他脸上的表情是冷峻的，但语言却非常激愤，带着丝丝的齿音从薄而阔大的嘴唇边缘喷射出来。”

这种刚狠，不遇到严重地阻碍事业的对手，是不会显露出来的。它在此处出现，合乎人物性格和冲突的情势，其中也有张贤亮个人气质的共鸣。它是龙种的性格逻辑和张贤亮个人气质的交会。

三是好学崇理，故辞博而义深。张贤亮读了不少马克思的书，读了不少中外文豪诗哲们的作品。他对学理渊博的哲学家黑格尔的著作也常常涉猎。他的小说里屡屡引用上述作品，作为篇、章、节的代序或题记。这些代序或题记犹如理性的火，烛照着篇、章、节题旨的深层。而他的带着理性大脑的书中人物，则在意识中和言语中可能出现一些思想家的名言。这样，就使我们能够通过一些语义显豁的字面，了解用意，了解小说形象的逻辑。他当然知道小说不能使用显豁的理性语言来写，事实上前面所说的代序、题记、引语之类，只相当于作品的附件或贴饰。张贤亮小说的哪些地方容易出现理性的附件或贴饰呢？

第一，史诗性较强的地方。如《河的子孙》要用十万字写出中国农民命运的三十年，没有比较精到的历史哲学就不能够在充满情味和趣味的人生画面中开掘出深广的历史意义。这部小说框架大，概括力强，形象的群体里攒动着的鲜明头脸性格各异，这些生活的浆液，不用理性的卤水点一下子，就很难结结实实地压出块儿来。它要形象地告诉读者，活动在小说里的各色人等都在忙活什么？企望着什么？他们的行事是值得赞美还是相反？在他们生活的天地里，在他们的事件纠葛里，那吸引我们目光的东西，哪些是有活力的，是美的？哪些是被羁缚的，是畸形的？哪些东西貌似富有而实则贫困？哪些东西貌似贫困而实则富有？在自由之中忍受的不自由怎样像糖罐里黄连的汁液？在不自由中争得的自由怎样又像黄连树上绽开的春蕾？那些令人不得不全力坚持的内容是什么？那些令人不得不机灵权变的原因在哪里？在特定历史条件下，是人们的哪些优点变成了没有价值的白僵泥？是哪些缺陷反而成了保存历史力量的圣土？伟大中国农民的一个分散的群落，怎样又分解为更加微小的力量，分解着从每个人的脚下伸向无穷的人生的链条？这些微细的活动又怎样在九百六十多万平方公里的土地上汇成无比巨大的历史潮流，冲垮极左的堤坝？在这个巨大的潮流里，哪些腐败的东西发出了崩塌和陷没的哀叹？哪些美丽的浪花喧闹着、呼喊着从潮流的底部挣扎上来向前奔涌？所有这些，都是一个史诗作家必须深刻考虑的问题。张贤亮摘引黑格尔《历史哲学讲演录》中的一段话和毛泽东同志《水调歌头·游泳》中的两句话作为代序，大概是“深衷正为此”。

第二，是阐明人生哲理的地方。张贤亮笔下有些人物，对人生或者对命运的理解，带有一种深永的哲理性。这是他的一种追求。这种追求有时反映在细节情味的提炼上。《绿化树》第三十五章，写章永璘凭一种“带有邪气的意念”，爆炸式地拥抱了马缨花。马缨花给了他一句：“你还是好好地念你的书吧！”这个细节，事后章永璘用愧悔的心情品味时，对自己的良心进行了鞭挞：“我是靠谁的施舍恢复健康的啊！在那段时间，我就像《梨俱吠陀》里说的：‘木匠等着车子坏，医生盼着腿跌断，婆罗门希望施主来’。”心怀恶意地扮演着乞讨者的角色。……我表面上看来像个苦修苦练的托钵僧，骨子里却是贵公子落魄时所表现出来的依赖性。歌德曾把“不知感激”称为德性……但在我却是相反，是我的鄙俗把施恩者毒害了。在我逐渐强壮起来的身体里钻出来一个魔鬼，和从海滩的瓶子中钻出来的魔鬼一样，要把从瓶子里放出他的施恩者吃掉。……这时，昨天夜里在我脑子里幻想出来的种种欲念，成了佛教密宗里的毗那夜迦……而马缨花就在这个邪恶的、面目狰狞的怪物手中挣扎！480字的短小篇幅中，拥挤着《梨俱吠陀》、老歌德、魔瓶的故事、密宗的夜叉，这要叫李笠翁看见，大概会说张贤亮在“卖弄”。然而在深究事理时心里叽里嘎啦地出现典故的滚轧，不恰是历来书生们的特点么？这等手段，写魏天贵的时候，不用；写章永璘的时候，不避。这都可以看出张贤亮的作风。

四是聪颖善悟，故情繁而笔长。说张贤亮聪颖善悟，大而言之，是指他抓住一个小小的故事线的核儿，大发感慨，无限生发，而后有限节取，确定篇幅的能力。小而言之，是指他的悟性随着眼、耳、鼻、舌、身各种小感觉的活动透向自然、透向社会、透向人生各种意味的能力。养成这种主观能力的小说家，一般地说，那作风一步一感，一步一悟，情趣颠连，话语滔滔。张贤亮就属于这种类型。他的《绿化树》的作风，特点之一便是情繁而笔长。它一共才写了两个多月的生活，又没有漫长的往事的回叙，这37章十几万字是怎么写出来的呢？让我们打比喻说明它吧。它的整个动作线好比折叠起来的一张擀好的面，张贤亮先大体上把它切成大段，再用细刀把一个一个大段切完。切出来的细条，有小的直觉、小的动作、小的感悟、小的情绪、小的意味折叠着。假如我们像洗面筋那样把每个小的动作洗出来，还原出它的整个动作线，就会看出那大量被洗去的部分，原来是直觉、感悟、情绪、意味的混成物，而这些混成物，不论从大处看，还是从小处看，都是张贤亮情繁的所在，都是它笔长的所在。

五是真率适俗，故性文而能放。被文化传统搭筑起智能结构的张贤亮，他的文气，他的优雅蕴藉之气，与一般专搞学问的知识分子毫无二致，但这种文气和一种从僻远粗犷的乡野间获得的放浪气交会，便把他推向了小说家的行列。没有放浪气便没有好的小说家。

要从张贤亮对小境界的直觉、感悟和表现方式上略略看一下他的文气是极容易的。如《绿化树》第三十一章写主人公对雪的感觉，那作风就优雅蕴藉，“天昏暗下来了。雪花比下午时分更加稠密。在灰乎乎的天空，灰乎乎的田野、灰乎乎的村庄上，到处飞着洁白、闪亮的雪花。雪花不像雨点，它不是直落向下的，而是像小虫一样，上下左右地乱飞，弄得我更加心烦意乱。”

这里色调的形容，动态的描写，比喻的运用和心理反射的表达，都涤尽了乡野口语的俚俗气。此种例子俯拾即是，不再赘举。

他的放浪气，主要表现在卡门、郭谝子、魏德富、韩玉梅、罗海南、石一士、海喜喜、章永璘、马缨花等人物的塑造上。放浪气有时同俚俗气相结合，有时则不然。比如罗海南和石一士两个人物的塑造，就不掺杂俚俗气。而同俚俗气结合起来的放浪气，很容易带上人物语言的粗野——“国骂”之外，更有五花八门的“省骂”“乡骂”。章永璘的放浪气，兼得二者之妙，而偏于石一士类型，即和“文气”结合得比较紧密的一种类型，它比较饱满地体现着张贤亮本人“性文而能放”的才情，那放的一面，不一定用粗话来贴饰，例如写章永璘买完黄萝卜经过漫滩干枯了的酸枣丛得意洋洋往回走时的心理活动和外在情态：“……现在，连空气都是属于我的！可是，这时候荒滩上只有枯干了的芨芨草和酸草。酸枣是一种多刺的灌木，实际上就是荆棘的学名。荆棘，这个词使我怦然心动。我耸耸肩，把背篓往上掴，大踏步地穿过荆棘。”

美丽的蔷薇脱落了花朵，
和多刺的荆棘也差不多。
我把荆棘当作铺满鲜花的原野，
人间便没有什么能把我折磨。
阴间即使派来牛头马面，
我还有五斤大黄萝卜！

因内符外，深雄俊放

——张贤亮小说的风格

张贤亮的小说越是趋向成熟，他就越希望人们通过自己的文学语言刺激起来的形象幻觉，来掌握自己时代宽阔的、繁复的、万花筒般的客观气象和客观境界。他相信，自己小说中的气象和境界品类越多，越能使读者获得丰赡的现实主义美感。然而客观世界诸般气象和诸般境界之移入主观世界，是以作家个性鲜明的作风或才性为中介，通过“神与物游”的心理过程来完成的。以个性鲜明的作风或才性为内质，以特色鲜明的客观气象和客观境界为外质，结合而成的既互相融会又谁也泯灭不掉谁的那种生动的统一体，便是现实主义的艺术气象和艺术境界。(把作家的主观世界仅仅当作往作品里背运生活材料的脚夫棚，或者抽去生活材料的固有属性，把它们彻底当成精神的影子，当成各种精神境界的显示器，都是和现实主义美学相悖的）那结合着作家主观才性和自然、社会客观特色的艺术气象和艺术境界的品类，便是作家的艺术风格。

这一讲承接前文对张贤亮气质和作风的分析，探讨一下他小说的气象与境界所显示的风格。我强调一下，他的气质和作风的不同侧面，规定着他作品风格的不同的“域”，每一个“域”中包含着若干具体风格，在“风”与“气”上互相联属，而在“境”与“象”上又互相区分。另外，作家的艺术功力也可以独立成“格”，譬如司空图的二十四品，在我看来就是从“气”“境”“功”三个大的侧面上进行风格分类的。这一讲我们把“功”字切出去，准备以后另立篇章加以探讨。现在让我们缕述张贤亮小说风格的“域”与“品”。

第一，张贤亮气质上的志大襟宽，决定了他作风上的抚痛能笑。这种主观因素同客观世界的广远性相结合，决定了他的恢宏；同历史冲突、现实冲突中固有的喜剧性相结合，决定了他的幽默。我们说过，张贤亮观照自然、社会、历史、人生，确实有“乾坤万里眼，时序百年心”的气概，这种气概产生的艺术境界在风格上必然是恢宏，例如他写前套地区黄河边上的风习，就让笔锋从故事线宕开，用生动的史笔交代了源流（《河的子孙》）；例如他写新疆地区盲流人员的命运，就通过尾亚招工站的喧哗，敞开了“低标准”时期全国性饥饿的大幕（《肖尔布拉克》）；例如他写贺兰山下一个僻远的小乡村，就从“美国饭店”到河湟洮岷，从眼前的马缨花到若干世纪前的撒马尔罕，从土墙下面的老鼠洞到卡斯特罗鼓吹世界革命，从队上的羊下水到美国的“牛奶皇后”，从黄萝卜到摩根财团……在时间和空间上开拓了十分宽阔的观照领域。幽默感，实际上属于一种恢宏感。幽默者容易遇难呈祥，那秘密至少在于他的开阔。《绿化树》的主人公忍受着极左专政和大饥饿双重苦难，写出来以后却可能被性急的读者误认为“美化”极左与苦难，然而细加含咀，就可以品味出它的雍容大度的幽默。张贤亮小说里的幽默，是对自以为是的谬误者的一种理性的俯视和理性的斜睨。那年月，在极左路线执行者和受害者身上，或多或少都有某种用“绝对真理”包装起来的荒唐和用“高度成熟”包装起来的幼稚，这些东西往往化成饶有意趣的小镜头和小境界，或者从我们个人身上表露出来，或者因各种机缘被我们所邂逅。对往昔对今兹那些难忘的小镜头和小境界，张贤亮喜欢放在心里摆弄它们，就像好奇的小猫摆弄五颜六色的线团儿一样。因而我们在他小说里读到那些幽默的描写时，一定要看到他的俯视着的理性在他心灵中的嬉戏。同志们，大家还记得政治处董副主任一边打苍蝇一边教诲许灵均的情形吗？还记得周副书记在一枚棋子上表演的上纲术吗？还记得捧着《资本论》的章永璘从烂网套里钻出来的脑袋吗？还记得他搂抱了一下马缨花，立刻沉入幽冥幻境那种要死要活的情态吗？还记得这个在大城市接受过高等文化教养的“大少爷”被一个山乡痴女左一声傻狗狗、右一声傻瓜瓜地呼唤而甘之如饴吗？什么叫作美化苦难？如果把造成无辜者悲苦命运和沦落身世的极左思潮人格化，那么这种思潮真的不能从人们幽默的笑声里听出历史对它的抗御、否定和批判吗？

第二，张贤亮气质上的沉毅能持，决定了他作风上的风峻骨坚。当这种主观因素同客观世界的各种有力度的社会冲突和自然对象结合起来时，便规定着他小说风格的劲健、冷峻与沉着。这三种风格都是力的表现：劲健是概括力的表现，冷峻是批判力的表现，沉着是忍耐力的表现。

小说对张贤亮来说，意味着以故事情节为引线完成大幅度的时空概括。这就使他有限的笔墨，不能不有劲健的风貌。离开概括力，就没有小说情节的跳荡和积极推进，离开概括力的那种“横空盘硬语”，实际上色厉内荏，无补于风骨。一般说来，劲健是取实境时显示的力度，不论概括的幅度多大，那笔触都要结实有力，不留虚光。比较典型地体现了张贤亮劲健风格的是他对龙种、陈抱帖、海喜喜等形象的刻画。例如对海喜喜的描写，“他一点也不搭理我们，好像他身边压根就没有我们这几个人似的。……他的话很少，操着河州口音，说出的话语也很短，至多两三个词，老像是有满腹心思。他没有对我们几个人下过命令，但也没有表示过一点好感。他的表情是冷漠的、严厉的，在扬鞭的时候咬着牙，显得很残忍。他大约四十岁，但也许实际年龄没有那么大，西北人的脸面看起来都显老。他身躯高大，骨骼粗壮，在褐色的宽阔的脸膛上，眼睛、鼻子、嘴唇的线条都很硬，宛如钢笔勾勒出来的一张肖像：英俊，却并不柔和。”

简直是又一幅“人面峰”画像。读张贤亮小说的时候不难产生这样的感觉：即使在运用精微的感悟力进行大段描写的时候，他也常常喜欢将一些简短深刻的劲健语句分布其间，这种分布，使我们容易想到体态健美的男人身上那一道道突起的筋腱。

恢宏的风格与劲健的风格常常交叉为雄浑的风格。当张贤亮以磅礴之气描绘大西北的苍莽境界时，描写旷远的前套平原、气势浩瀚的黄河和从茫茫远霭中拔地而起的贺兰山的时候，他笔下的气象是雄浑的。劲健的强化就是雄，雄和健都必须取实境。张贤亮描写对象时，喜欢镜头拉远，扩展感受幅度，用虚光溶尽细碎的棱角和纹络，以增强整体境象的外张力，余留下采的壮大物象的实体，则用遒峭的笔法有力地刻出。例如《河的子孙》中写黄河夜景的一段："高坡上光秃秃的，只有星星点点的骆驼刺，像一片片阴影似的铺在黄沙上。坡下是崩塌的崖壁，由于没有植物根须的牵连，像刀切的一样笔直。坡上，星空显得更加寥廓，四野显得更加空旷。夜风，随着驴车从坡下爬上来，忽前忽后地在他耳边轻吟。坡下，浑浊的河水反光不强，看不见星星在水面上跳动，也没有月亮的倒影。但是，整条黄河都在发光，成了一条博大的、宽阔无比的、银闪闪的光带，气势浩然地向东舒缓地飘荡，仿佛是她永不休止地环绕大地转动，才带动了两岸、带动了山峦、带动了地球的旋转似的。"

这一段的成功，在于以不似之似让荒坡、旷野、星空、断崖等实境作陪，写出了黄河的雄浑气象。描写中悟性的冷峻，折射着理性的批判力，折射着作者对生活中消极因素的剧烈的嫌憎与否定。《灵与肉》里，童年的许灵均见到的母亲成天诅咒的那个人有一对"明亮的眼睛和两片涂得很红的嘴唇"，三十年后成年的许灵均看到父亲从美国带来的密司宋，"也有一对明亮的眼睛和两片涂得很红的嘴唇"。那个"也"字，暗示着许灵均灵魂里对父亲的疏远与轻蔑。《邢老汉和狗的故事》里，魏队长跟邢老汉聊天时说："我三起三落，这你也知道，哪次运动来都得整我。我一不嫖风，二不贪污，为的是啥？还不是我替大伙儿说了几句老实话，可老说我右倾。后来呢，我也捉摸出一个道理：大伙儿赞成的干部，上头就不满意；要上头满意，就得让大伙吃点亏。"这些话表明了这个农村干部同极左政策之间以冷对冷的关系，其中的批判性是严烈的。《吉普塞人》里，出身工人家庭的男主人公"我"对伙伴们说："那个时候，我只对这种现代化了的中世纪种姓制度还感到点兴趣。它的确使我有一点优越感和自豪感，直到天安门事件才打破我这种贵族式的幻觉。"对于反动"血统论"的感情上的决裂，总是理性上决裂的先导，又总是理性上决裂的基础和归宿。没有刚狠的否定性的刻痕，就没有冷峻的风格。

张贤亮写小说的时候，每一个局部的展开，事先都有一个情绪的集中点。这个集中点凝聚着局部构思的精魄，闪烁着烛照灵府的亮光，已经使他有了心音的颤响，已经使他把握了一些令他技痒的好形象或者好句子。这时候，他必须做到的一点就是沉着。盯着这个集中点，他不是急急忙忙地像刮旋风一样奔向它，而是有意拉开他和那个集中点的距离，如司空图早就形容过的，仿佛宽阔的黄河横在面前，他必须稳住神，一橹一橹地摇过去。从容不迫地铺垫，从容不迫的场面和细节的描写，常使我们情怀氤氲，目无全牛，不知不觉地被引向震撼的一瞬。这如同炸山采石，将药捻拉到远处哧哧点着，让它连烟带火冒够了再爆炸。张贤亮小说的沉着，是心手双畅的沉着，它是创作过程中的一种“能持”，它表现在作品中的是，不论情节发展是疾是徐，节奏不乱。例如《土牢情话》第二章要通过紧张激烈的场面组接，最后写到主人公石在意识到的人性的丧失和复苏：“随着死亡威胁的消失，人性又在心灵里慢慢觉醒过来。我们不敢互相观望，人人都像曾把生活中通常不便给人看到的隐事展示在大庭广众一样，觉得有一种痛切的羞耻在啃噬着自己……”

已经晚了。人性中的弱点——残存的原始兽性已经暴露过了。

这是那一章里情绪的集中点，即包含着理性成分的情态的所在。为了托出这一个点，他很有节奏地描写了面临死亡威胁的十来个“犯人”中间激烈的纠葛和情态。天津下乡青年小顺子对着外面大骂：“妈妈的！你们要把老子压死到里头呀?!”富农出身的会计“多事先生”被整得精神失常，只会说“唏、唏、唏，多事，多事!”老机修工人某某猛地蹦起来喊叫：“天塌下来啦！革命和反革命都完蛋啦!”拒绝把自己的漂亮老婆送给人的小陈由呜呜的悲哭变成大声的号啕。技术员老秦残酷地大骂小陈：“脓疱！你为什么不把老婆送给人呢?”而他自己的最善良的念头，则是希望安静死去。三个“刑事犯”忽然一齐扑向小陈，揪住他的肩膀、头发，捂住他的嘴，骂他：“狗日的！嚎得人心烦……你把你老婆送给当官的嘛。活该！活该！谁叫你讨了个漂亮老婆……”他们的脸上带着疯人的笑容。李大夫颤颤巍巍，不时瞅瞅墙上那团魔影似的湿块儿。“我”（石在），则希望可怜的慈母“快死！快死！快死！死在我前面!”让她看不见自己血肉模糊的尸体……这一连串描写，推进得十分积极，但是把每一个小层次切割出来，都可以看成有板有眼的独立作业。

第三，张贤亮气质上的好学崇理，决定了他作风上的辞博而义深。这种主观因素同特定人事中包含的客观必然性相结合，使他的小说产生了深远、显豁与壮丽的风格。王蒙先提倡作家“学者化”，张贤亮继而提倡作家“艺术家化”。这“两种化”结合起来，会给作家带来什么影响？我认为最容易认识到的影响有两点；一是审美能力和词汇量的增长，二是作品社会意义深远性的加强。深远这种风格，在张贤亮作品中往往出之于理性的点化。譬如他在《绿化树》里写章永璘对《资本论》的陶醉，“我被巨大的逻辑力量和广博深刻的智慧弄得醉醺醺的。能艺术地、形象地，从具体生活出发来表达理性思维的结果，是思想家艺术家难能可贵的本领，而马克思在这方面达到了顶峰。我这时开始认真读马克思的书，倒多半是把它当作艺术的珍品，它里面的每一句话都值得我玩味。语言文字是能够创造奇迹的。它们创造的奇迹是在人的心灵里。它们能把读者固有的思想击碎、分裂，然后再重新排列组合。”“艺术会使人陶醉，思想也会使人陶醉。如果艺术和思想都是上品，那么这就是双料的醇酒。”

《资本论》的科学力量在披着破网套的大少爷章永璘灵魂中打开的光辉闪烁的境界，

是深邃的、是广远的。为了拓展这精神世界的深邃和广远，张贤亮显示了他辞博义深的作风。在文学作品中，深远而不借力于含蓄，那就必须使敞亮的理性世界闪烁才智的华彩，那就必须有显豁与壮丽风格的陪伴。显豁要求辞直义畅，壮丽要求高论宏裁。其实高论拓出的广远境界本身也是壮丽的，问题在于一个人能够感受理性的美丽并不容易。在马克思的著作里，理性的花朵往往通过精美的艺术语言在读者心中绽开，张贤亮描写了这种理性之花的绽开，他从马克思的著作里捃取了深远、壮丽乃至宽阔的幽默："马克思是那么妙不可言地用几笔就勾画出资本家与工资劳动者的关系：'离开简单流通或商品交换的领域……剧中人的形象似乎就有些改变了。原来的货币所有者，现今变成了资本家，他昂首走在前面，劳动力的所有者，就变成他们的劳动者，跟在他后头。一个是笑眯眯，雄赳赳，专心于事业；另一个却是畏缩不前，好像是把自己的皮运到市场去，没有什么期待，只期待着剥似的。'在睡下以后，这一幅生动的画面还在我脑海中萦绕，不过它变成了这副样子："走在前面的，是我的伯父，父亲，和他们崇拜的'专心于事业'的摩根们，跟在他们后面的，是一大群他们所雇用的工人。但这幅画面一瞬间又变成了另一副样子：现在，工人走在前面了，'笑眯眯，雄赳赳，专心于事业'，而原来走在前面的却跟在后面，'畏缩不前，好像是把自己的皮运到市场去，没有什么期待，只期待着剥似的'。而我呢，一个穿着烂棉袄，蓬头垢面的乞丐似的人物，既无法和走在前面的工人一样'笑眯眯，雄赳赳，专心于事业'，也没有什么再可'剥'的了，所以只得踟蹰在二者之间，进退不得……"

器度宽宏的现实主义作家，如果他一味地玩含蓄，如果他竟然割弃显豁之美，那就等于让自己囿于蜗居，不见大千。

第四，张贤亮气质上的聪颖善悟，决定了他作风上的情繁而笔长。他这种主观因素同现实人物实践活动中存在着精微繁密的直觉和感悟相结合，便使他的描写产生了繁缛与柔腻的风格。繁缛作为一种风格，本身并无所谓优劣，我们说张贤亮小说有繁缛的风格，主要指他描写和铺叙中的"博喻酿采"，指他把较多的笔墨用于小感觉、小动作、小情绪、小境界的流动，指他感悟连绵、生生不已。能使人带着氤氲的美感向下读的艺术风貌。在《绿化树》里，他抓住一个黄萝卜写了三个整章，让我们通过心灵世界的流连，精细地、饱满地品味极左高压下无辜的、带着稚气的小人物性格的畸形，品味一些人的人生欲望被大饥饿压缩为一个"活"字的时候所发生的道德的蜕化，品味他们的自私、狭隘的动物性，品味作者的幽默情调。当作者的感悟力丰富细密的时候，繁缛，就成了一种必要的风格，美的风格。张贤亮的繁缛风格，并不与靡弱相关。它有一种刚健气，它带着这种刚健气分解出了绮丽和柔腻，换言之，在张贤亮的小说中，那绮丽、柔腻的阴柔之美，都渗透着宽阔与劲健的阳刚之美。

让我们看看他的绮丽和柔腻。有时我们感到，当张贤亮怀着性情的感动和美的感动来描绘自然境界和人生画面时，他笔下的形象能以精细的刻纹导出微妙的情流。如我们已经熟悉的乔安萍红润匀称的小腿趟起的“一圈圈美妙的弧形的涟漪”，如何在她的小腿肚四周轻漾；马缨花在雪上踩出的一串珍珠似的脚印，和她给章永璘的死面馍馍上那个清晰的中指纹；海喜喜的歌声可以“蜿蜒在带着毛茸茸的茬口的稻根之间”，他的歌声可以使“这田、这地、这风、这被风吹来的云、这天空、这空中的山鹰”，“被抚摩得欢快起来，生动起来，展现出那么一种特殊的魅力”……似这种绮丽境界，显然不是那么纯粹。它有时会更加明显地同雄浑气象交织在一起，收取刚柔相济之效。我以为最典型的例子是《河的子孙》第十章里所写的那几位避难的干部眼中的黄河景象。（那段文字我们前面引用过，这里就不引了）在那段文字里，黄河是粗犷的，又是柔腻的；是野性的，又是母性的。它有开阔宏伟的景观，又有婀娜有致的姿态，那贯注到字里行间的人的情态，既有大丈夫吐纳山川的磅礴之气，又有儿女们偎依母怀时恋情十足的亲昵。

第五，张贤亮气质上的真率适俗，决定了他作风的性文而能放。这种主观因素同客观世界——中国西北地区的乡野生活相结合，便使他的作品得地力之助，产生出一种搅拌着儒雅气的放浪、粗犷和怪诞的风格。

放浪的风格对政治家是多余的，对小说家却是必要的。要刻画各种性格，要描写各种境界，没有放浪的风格，就没有宽活的文路。许灵均的父亲是个很重威仪的大企业家，他身上没有放浪气。但是描写许灵均的张贤亮，如果也没有放浪气，他对许父的内心模仿和表情、语态的描写，就肯定会受到很大的影响。当然他的放浪风格比较集中地表现在他对放浪性格的描写上。例如《土牢情话》中对“热闹人”小顺子的描写就比较有代表性：

“……哥儿们还告诉我，”小顺子又说，“这些天连里是因为受了灾，又抢着薅草，没工夫整咱们。等秋收一罢，妈妈的！连里就开始一个个收拾咱们了。咱们大家都当心点，妈妈的！该写遗嘱的就写遗嘱吧……”

一个“哥儿们”，一个“妈妈的”，一个“遗嘱”，不仅写活了小顺子，也显示了张贤亮文笔的不受羁束。又如写联委会武装连“连首长”刘俊在稻田的田头“收拾”李大夫的一段，也是如此：

“刘俊大摇大摆地到田头检查质量。他站在田埂上先看看田里的草薅得干净不干净，然后在撂到田埂上的杂草堆里拣出一把，一根根地审视着。我们都屏声息气，像在听候宣判似的。”

“李方吾，这草在你屁股后头，是你撂上来的吧？”他面带笑容，和颜悦色地说，“你过来，你过来。过来嘛！又没谁要吃你。”

“李大夫连跃带爬地趟到田埂旁边，丧魂失魄地站在他面前。”

“你看看，你给我数数，这把草里有多少稻苗？”陡然，他脸色一变，大吼起来，“说！你说！你是啥用意？搞破坏？哈哈哈……”他龇牙狞笑着，“看不出你，还有这么一手。咬人的狗不叫唤，暗地里来啊！无产阶级专政咋的你了？你就这么仇恨。上来！

上来！你给我上田埂上来……”

放浪的风格，表现在小说家用无羁束的笔墨对大千世界进行无涯际的模仿。小说家只有具备了这种风格，才能使世间各种形象、姿态、气韵、声色没有遮掩地敞露在读者面前。在文学艺术的创作中，模仿者的心性和笔墨放不开，模仿对象就必然放不开。我们看到，刘俊这恶棍的个性、气质充分放开了。从他的声色神态之中，我们看清了什么叫作“三种人专政”，看清了在那“专政”的细胞体内蠕动着的极左路线的细胞核。

粗犷风格也联系着一个“放”字。张贤亮，这个直率的人，这个带有放浪气的人，他是不喜欢雕琢的。景物描写，他能使人见出小境界的柔婉和旖旎，也能使人见出大境界的混茫和粗犷；性格刻画，他能使人见出有文化的女性罗海南内心活动的逶迤曲折，也能使人见出没有文化的女性马缨花心灵感应的颖敏，他能使人感到带着文人气的陈抱帖、龙种式的粗犷，也能使人感到带着山野气的海喜喜式的粗犷。粗犷是和豪放相邻近的一种风格，但是豪放者并不见得非粗犷不可；豪放的性格、豪放的形象、豪放的境界，只有带上一粗二野的色彩，才能与粗犷交叉。像海喜喜的粗犷，就是一粗二野和豪放的交叉。文学作品的粗犷，往往会包括因为疏于精致化处理而留下来的粗糙痕迹，这种情况，如果是为了去甜腻、取刺激，就是一种有价值的风格；如果是属于作业程序上的欠缺，那就是一种瑕疵。张贤亮粗犷风格中的粗糙成分，主要应当看作前者，而于后者也确有某些当避未避的地方。

怪诞的风格在张贤亮小说中比较突出。怪诞源于放浪与新奇，张贤亮小说中出现这种风格是有原因的。但目前张贤亮小说里的这种风格还只有附带的意义，看来不会成为他风格的主流。严格地说，这种风格跟他自己“各种手法都想试一下”的想法有关。《浪漫的黑炮》里，一个工程师会模仿小老广给爱人的电报稿，青年翻译会把“轴承涂上油”译成“仓库涂上油”，这都是在一个“诞”字上下工夫。《绿化树》中写主人公进入死的幻境，只有一个脑袋，无躯体无四肢，四周的树木全像布景片子一样没什么厚度……这也是用怪诞的意识流手法写出来的。这些艺术效果都很好，不正常中有常情，不合理中有至理。又如《临街的窗口》通过梦幻把一些毫无联系的事项拉到一块，融入情理，也显示了风格的怪诞。这种怪诞，帮助张贤亮表达了现实主义传统手法难以表达的主题。对于现实主义作家张贤亮试探非现实主义手法的现象应该怎么看？我以为应当具体分析，不能把现实主义和非现实主义抽象地加以对立。现在我们中国，广义地使用“现实主义”这个概念已经成为定局，现实主义无论作为创作方法还是作为风格，它都应该是开放型的。它应当像中国的汉族，让自己的血液溶尽轩辕、炎帝、三苗、九黎、蚩尤、共工。不如此就无法踏尽崎岖，不如此就无法让没有人迹的地方发出新婴的哭声！应当允许各种非现实主义的枝条同现实主义的根干嫁接，让它们适者生存，不适者淘汰，使现实主义的根干同它支撑的枝条和花叶，不仅在遗传中延续，而且在比较丰富的变异中发展，使它永远保持旺盛的活力。鉴于此，我以为对张贤亮同志的试探，应当采取热情支持的态度。我相信，他的试探可能有助于丰富《唯物论者的启示录》的风格色彩，而绝不可能改变这部系列中篇的现实主义基调。

以上是张贤亮小说因内符外的风格之大端。如果按照我们中国人的习惯，将张贤亮的风格一言以蔽之，那么我以为"深雄俊放"四个字庶几近之。我们知道，客观世界是纷繁的，经常出现各种境界的相杂相融，各种境界本身，也经常发生或迟或速，或大或小，或隐或显的变化。作家的主观世界也是如此，他的气质的各个侧面，以及他的作风的各个侧面，当然要通过活生生的实践过程和思维过程接受客观世界的影响，从而也常常要像排球运动员那样"交叉跑动"，发生互相搅拌、互相融会的情况。因此我们必须辩证地看待一个作家的气质、作风与风格。所谓一言以蔽之，只是在我们的理性拉远距离以后，用虚光溶去各个侧面的生动面目，最后得出的一个比较具有恒定性的粗大轮廓罢了。现在让我们推证"深雄俊放"四个字：

研究张贤亮的风格，要把握住一个总纲，那就是在阳刚和阴柔的辩证统一中，阳刚是支配的侧面。张贤亮就是以阳刚之气为主而兼有阴柔之气的。把握他的总风格，也必须本着刘彦和指出的"因内符外"的原理，弄清他的风格和他的人之间，经过作风的中介所形成的大体平行的关系。

（1）深：主要是由他作品的理性深度、深远的历史感和命运分析、性格分析之深永的哲理性三个方面概括出来的一个字。它并非纯属阳刚这个范畴，因为另外感悟的深微、情意的深婉这些阴柔的因素也可以包含在里面。

（2）雄：雄是劲健之力的积聚。这是一种容易感知的阳刚之气。在张贤亮的风格中，它以雄浑与劲健为代表而又与粗犷、壮丽相出入。

（3）俊：用这个字，主要包括渗透着阳刚之气的阴柔风格，概括张贤亮风格中壮丽、缛丽、婉丽之"丽"的成分。张贤亮的感悟精微，带有一种阴柔气，这种阴柔气便是"俊"字的重要内容。

（4）放：放字不光指放浪，也指他放浪与雄健结合而成的豪放，兼指笔墨的汪洋恣纵。

我们强调一下，朴素是张贤亮的主要作风，是他各种风格的底色。对他来说，没有朴素，便无所谓风格。

官场喜剧《一朝权在手》

关于文学现实主义

文学现实主义，是世界文学发展史上一个影响巨大的美学思潮，以及在这种思潮中产生的一系列经典性作品结晶出来的一个关于创作方法的范畴。与此相关，它又以其一般性成为一种风格和流派的范畴。

多年前，山崎丰子来访时问了我一个问题："在您看来，世界文学的主潮是什么？"我作了这样的问答："我以为，严肃的、深刻的现实主义，永远是世界文学的主潮。"现在我仍然坚持这个看法。

现实主义创作方法，联系着广大人民群众对文学现实性的渴望和对命运的普遍关切。是这种渴望和关切，选择和造就了现实主义作家和作品。这一点毋庸置疑。在近代关于世界文学现实主义的理论中，还有一些危害现实主义自身的观点，如把世界文学用现实主义和反现实主义"切西瓜"的做法，把文学现实主义和哲学唯物主义加以等同的做法，都严重违背了现实主义文学发展的实际。但是，文学现实主义作为创作方法，又确实在人跟现实的审美关系上存在着独一无二的倾向，这种倾向在于：

（一）它将特定历史条件下产生出来的、茫茫人世间某些普遭的现实感受和命运体验，作为人生追问和审美观照的主要对象。

（二）它把各种艺术感觉压向人情和世情的深层，压向活生生的细节体验和心理体验，通过主客观结合的艰苦的梦幻般的虚构，提炼出由意味丰沛的生动细节加以演示的、逼似生活原貌的戏剧化情节，塑造出各种与现实环境和现实原型严格对应着的典型人物。

（三）它的主人公通过一系列事件纠葛完成的动作贯穿线，和它情节展开的主线，和由作者社会理想与审美理想完成的主题线，事实上是一个东西。

（四）作者的审美个性和风格倾向，除了艺术媒体——文学语言的个人特色之外，还由有意识的范畴化和风格化处理加以显现。所谓范畴化，如悲剧性、喜剧性、史诗性，悲剧性与喜剧性的统一等等。所谓风格化，品类众多，无须赘述。

以上是我对文学现实主义的基本观点，也是我分析《一朝权在手》的理论依据。

官场喜剧《一朝权在手》

南台的长篇小说《一朝权在手》是文学创作上的“重工业产品”，它是作者花费20年时间磨制出来的一部长达五十多万字的作品。这部作品，是一部具有充分现实主义精神的官场喜剧。

通过对“四人帮”倒台前不到一年时间中一个西北小县县委领导班子及其下属各部门、各公社干部队伍中一百多口人的描写，完成了一部以官场为舞台的人间喜剧。

小说主人公是水泉县代理县委书记曹兀龙。在小说中，曹兀龙跟副书记刘钟、孙铁之间“三国演义”式的鼎立格局，是搭筑情节的总框架。在这个总框架上，悬挂着许多有灵魂、有血肉、有性格的次要人物之间枝枝节节的纠葛。贯穿全书的动作线，或者说，实现全书的艺术目的的主线，是代书记曹兀龙为了取掉那个“代”字，为了保权固位，继续攀爬而结党营私、瞒上压下，不惜劳民伤财地伪造“政绩”的忙忙碌碌的情节上升线。《一朝权在手》这部书的喜剧性，主要取决于这条情节上升线的喜剧性；同时也取决于那些次要人物之间枝枝节节的纠葛中包含的喜剧成分，能在明确的整体意识中成功地避免跟这条上升线的游离。

曹兀龙当县委代理书记，纯粹是沐猴而冠。小说一上来就对他进行了嘲弄：他正襟危坐，装模作样地主持县委常委开会，却让一个屁折磨得怎么也庄重不起来。为了在常委班子里成为多数派的领袖，他用封官许愿的办法拉拢了跟他貌合神离的精明人朱仕第，让他成了常委和自己的智囊。他把他的亲信——山口公社书记兼主任冯彦虎的姘妇吕翠儿也拉进了常委班子。他对异己者如对敌国，先拉拢孙铁，打击刘钟，得势之后，翻过头来便是曹孙大战。在任用干部上，他的标准是认亲不认贤，他在冯彦虎的帮助下敲诈支书罗吉万狐皮筒子的丑行，是书中喜剧性描写的浓墨重彩。

曹兀龙精通中下层官场的心理学和修辞学。不论他的个人目的多么卑劣，他都懂得用什么样的“提法”来掩饰，用什么样的措词让人听起来“大公无私”。在敲诈皮筒时，他跟罗吉万的对话，显示了高度的语言技巧和直取心灵的功力，让人感到简直像狮子搏兔一样厚积薄发。

由于他的一意孤行，最后他和他的几个亲信变得像一盘残棋上的两个棋子似的凄清冷落，等待收拾。恰值此际，“四人帮”倒了台，他也倒下台。历史好像有意捉弄他，让他一阵瞎忙。

在人的审美活动中，喜剧性作为和悲剧性对称的范畴常常通过那些刺激直感、拨弄直感的嬉笑和嘲弄，拍醒人们的理性；它像白血球盯着病灶上的细菌一样，盯着人情、世情中的假、恶、丑，用轻松的笑的形式，表现批判的和否定的沉重内容。一部《一朝权在手》，你只要像吃固原锅盔一样耐着性子往下啃，你的笑意就会像蚕茧上的细丝抽起来没完，这根丝会突然抖动一下，让你不能忍俊。我用四句顺口溜记下了阅读时的感受："一部长篇厚似砖，常得读者带笑看；腿上指印红未褪，又让巴掌猛拍案。"

文学现实主义的美学纲领，就是全方位地求真，它的公式是：真即美。为此它要求作家拿自己的命去写作。如果作家的心不脱下几层皮来，断然没有好作品。小说家必须有放浪气，否则他就无法体验和扮演人物性格的形形色色。喜剧小说必须熟练掌握幽默、俏皮、滑稽、怪诞等等技巧，否则他就无法让读者放怀。但是他对生活、对艺术决不可轻佻。《一朝权在手》这部书，表面上是幽默，骨子里却是痛感；表面上是忘形的嬉闹，骨子里却是冷峻；表面上滑稽多趣，骨子里却耐不住嫌弃和厌憎；表面上是逗弄人的直感，骨子里却用理性的灯盏点燃人们的理性。喜剧的意义，在于从反面告诉人们应当怎样生活。就是说，它用不应如此的生活，向人们启示应当如何的生活。它通过对虚假的合理性和虚假的现实性的轻松的戏弄和嘲讽，让人们通过庄严的沉思，同虚假的合理性和虚假的现实性告别，帮助人们摆脱自身的病态。

厚重的语言艺术

南台的《一朝权在手》，运用的是经过规范化提纯的甘陇方言。在这方面，他对待方言的态度，跟陈忠实、张武一样，参照了柳青对待关中方言的路子。这是一条既保持了方言的丰富营养，又获得豁达大度的路子。但是他又常常让你感到他非常迷恋甘陇方言特有的乡土气。在少量描写句和大量人物对话中，我们可以遇到不少令人陌生的、色泽独特的土腔土调，然而在更多的情况下，他笔下的方言土语土则土矣，但并未土得掉渣。如曹兀龙敲诈罗吉万狐皮筒子的那段对话，写得神形兼胜，心理上丝丝入扣，效果极好。

《一朝权在手》的喜剧性，主要靠的是在朴实的语言中穿插讽刺的技巧，依靠照应周密的细节描写中挑动情味的高光区。这些高光区有时是一两个词，有时是一两个句子。在各种小说中，艺术的尝试都取决于文学语言中"味"的深度。"味"的深度有时比较曲折，但是说穿了，全都是小说语言通过艺术感觉和悟性逻辑所把握的人情事理的深度。在现实主义小说中，艺术的逻辑，就是在悟性活动中支配人们美感判断的逻辑，就是在人情、世情中开掘出来的情理逻辑。在喜剧性小说以及喜剧性戏剧中，艺术的逻辑，是理性指导下的情理逻辑发生的非理性的倒错。我们看到，《一朝权在手》的文学语言，生动地实现了它们的艺术任务。它写出了假的冒充真的，如百井汇流；它写出了恶的冒充善的，如敲诈皮筒；它写出了丑的冒充美的，如淫棍升官、婊子主政。对于由误会引发的情理上的倒错，作者也能够意到笔随，在艺术效果上或令人瞠目，或令人笑骂。

南台当然可以背诵许多甘陇方言中妙趣横溢的风谣、民谚、歇后语等等，然而，值得注意的是，他并没有用这些五光十色的东西作为小说的披挂，这大概是因为，作品动作的总量很大，有一种巨大的充盈力，这种充盈力使他压根儿没有想到要那样做。我有一种感觉，在《一朝权在手》中，饱满的内容和对作品的深思熟虑，使南台和了一块又大又硬的面砣砣，放在水盆里耐着性子反复地揉呀揉呀，揉了20年时间，揉出一大块利利落落的艺术面筋。这个艺术面筋，就是小说的动作线，他通过不断揉动的十个指头，让那些搅得他日夜难安的意味、情味、趣味不动声色地流注到纸上的艺术面筋——动作线里去，这等功夫便是细节描写的功夫。作为艺术媒体，《一朝权在手》的语言就是这样完成任务的。

《一朝权在手》，这部用大量细碎的笔触对中下层官场的形形色色作了全景式描写的作品，给人的总体感觉是厚重。它像大西北的山村妇女纳出来的鞋底子一样结实，像陇山山脉的黄土一样坚厚，像固原锅盔一样干、硬、香、沙，耐人咀嚼。这是一个方面。另一个方面，它的每个毛孔都滴渗着幽默的亮光，不少细节神采飞扬。它的生活气息十分浓郁，它的笔墨非常沉着，像《创业史》和《白鹿原》一样沉着，一样能够通过朴素的艺术感觉，向人们心中滴渗绵长的意味。重要的不同是，它切出了一块现代生活的活肉，它的艺术意味带着鲜明的喜剧倾向。这是它在风格上的基本面貌。它以巨大的社会激情为广大读者提供了一部认识生活、理解生活，研究中国当代社会和当代历史的、带有专题意义的教科书。它的成功，使它在大西北现实主义文学传统中，毫无愧色地进入以《创业史》《平凡的世界》《白鹿原》为代表的长篇系列。这是我个人通过反复研究得出的结论。

感觉的魔魇

——读张冀雪的四个短篇小说

我没有想到，她会从山的背面爬上来。

我们常常面对着山的缓坡。就是在缓坡上，有些前人走过的路，也生满苍苔；有些前人没走过的地方，棘丛依旧。生荒，对于探索者，是美的。但是山的背面，是断崖。不会有人从那里爬上来吧，那里只有叶的絮响、鹰的笛鸣。

没有想到，从山的背后，传来坚忍的喘息，渐渐地冒出一双努劲的手，那双手扒住最后一道石棱的时候，十个指尖全是红的。这人是谁？是张冀雪，一个女同志。

她是从山的背面攀着峭崖爬上来的。

我们看得清楚，我想，她自己也看得清楚，在远处，还有更高的峰岭一层一层地交叠。它们静立着，在等着她的攀登，等着她云一程，水一程。

感觉的魔魇

读了张冀雪发表的四个短篇小说：《夜雾，还没有散去》《活水》《生的路程》《回家的路》，我感到耳目一新，我感到她的创作作风和艺术风格，比如艺术观念、语言表达方式、作为审美主体的基本意识结构，全发生了大幅度变化。这种变化使人对她刮目相看。

早些年，读她的《我在干草铺的时候》，感到她像一个过路的记者，把自己碰上的人物和故事讲给别人听。明晰的故事线和人物形象，澄澈的、跃动着音乐旋律的散文语言，使人能够感觉出她的孜孜不倦的努力，又使人担心她从此定了大格。人们都知道她很要强，但是那突破的路子在哪里，却看不清楚。

那么，她的四个短篇小说里令人刮目相看的东西是什么呢？从接受心理上讲，首先是出现了感觉的魔魇。她的故事线都很简单。能够将读者注意力牢牢捉定的，全凭那些在苦心经营的篇幅里织得比较结实的对人、对事、对自然的感觉的丝丝缕缕。谨以《夜雾，还没有散去》为例，它正面写出的事件实在简单到极点，就写前套川区黄河滩上一个庄稼汉赌输以后打跑了老婆，自己又到河滩地上尝受月夜的冷清与寂寥。小说把动作、对话和情节处理得尽量精炼，好似削尽了枝叶，又刮光了皲皮，主要靠氛围描写中感觉信息的密集和回叙中刻痕很深的情态描写调浓了生活情味，来求得艺术的饱和。

小说采用第三人称，但人物又没有姓名。这好像受了抒情诗的影响，又借鉴了表现主义的一些技法。那汉子打跑了老婆还拧着脖筋不肯去找，说什么“才不给她惯那个毛病呢!”他不会向那女人说一句软话。“自己的男人，打自己的女人，这庄子上多了。”他打老婆也是祖传，他爹就曾经把他妈打得跳过河。他心里知道，他的老婆不会去死，她是回娘家去了；但是，鬼使神差，他还是顶着月色，蹒跚地来到河滩地。在那里，他挨着一棵柳树，坐着又潮又凉的沙土，脸俯在膝盖上——就那么坐着：这副孽障相儿，是这个男子汉的主体造型。它告诉我们，这个男子汉，善根未灭，从而，他的凄惶，才能在我们心里撩起一种疼滋滋的关切。此时，月光下的河滩地，小路上坑坑洼洼的车辙，路旁的青杨柳树，深秋的稻茬地上闪着冷光的薄霜，河面上隐隐的一层乳白的湿雾……这一切寻常物色，都有了“人”的价值，都能带着逼人的冷调子袭进我们感觉的孔窍，在我们心中唤起情绪的扰攘；并且，令这扰攘酿出的绵绵情味，不断地在我们心中蒸发出一种贪馋的欲望。这种贪馋的欲望，也许应该叫作“情味的饥渴”吧。这种欲望驱策我们的心灵进入作者的体验，也进入主人公的体验。我个人就感到，在读这篇小说的时候，自己在跟那个干下蠢事的犟汉子一同在清冷的夜气袭扰中经历着精神的痛苦，经历着难名的憾怅与孤寂。过后我才意识到，我是在张冀雪的小说里，我中了感觉的魔魇，我落进了诗的潭淖。

当然，小说功力在人事。在这篇小说里，最能使我们情意沉坠的，是带着前套农村土气十足的风习和声腔展开的两个回叙，是在两个回叙尾部推出来的情绪的热点。前一个热点告诉我们，那汉子是怎么打的人家呢？人家何以非走不可呢？后一个热点告诉我们，当初那汉子又是怎么找的人家呢？人家当初为什么一定要跟他呢？一个眼下，一个当初，一个饮恨出走，一个委以终身，这种以刻痕很深的细节拉开的情态的反差，会像车轮一样在那个爱拧脖筋的壮汉子的肚肠里不住地旋动；而那旋动的车轮闪射出来的主要色泽，又一定来自当初两人定情时从命运的深层燃烧起来的光焰：

女人挣扎着，由他的怀里挣脱开来，唏嘘地抹一把鼻涕：“你……属啥的?”

他一怔，腮边的肌肉不自觉地牵动了一下。这女人一定是嫌他年龄大了!

他的一颗心悠悠地悬了起来，连声音也变得低弱、无力。

“俺属牛。三十四的人了。过去，穷！没钱！连个媳妇儿也娶不上，眼下，俺……”

“别说了，别说了！俺……同意。”

他又是一怔。不等他醒悟过来，那女人过来了，依然是侧过头去，身子却贴紧了他。

“俺算过命了。算命的说，要俺找个属牛的，就能消灾免祸……”

这，对于他和对于她，都是不朽的一瞬。尽管他因为她没给他生孩子曾经气恼，尽管他这回把她打跑了，实际上，这不朽的一瞬，已经使他和她谁都离不了谁。尽管他嘟囔“一个女人，还这么性强!”其实那不过是用铁壳包着的一句软话。她呢，她一定会回来。这是情理的逻辑决定了的。果然，当那汉子踏着白晃晃的小路往回走的时候，“远远的，他看见自家小院里，灯亮了！那灯光裹在淡淡的月色里，黄蒙蒙的，是那么的乏弱。”小说在诗的氛围里推出了一个搅拌着寒意的温馨的终局。至于那汉子，我想，经过这一番凄冷，经过这一番翻肠搅肚，他的气性，也会得到一些净化吧。

小说读完了，那个感觉的车轮仍然在我心里慢悠悠地旋转。那个车轮上，一会儿，闪出那汉子的情话：“我……我要像娶丫头那样娶你！”一会儿，闪出那夜的光景，“月亮周围，暗蓝的天空淡淡地摊抹着些许青白的云絮。月光下，一切都变得遥远了。那树、那房、那井台、那院墙……都仿佛是剪出来的纸样儿。”一会儿，闪出那河滩地上散发着腥味儿的蛙鸣；一会儿，闪出那村子外面夹杂着野性的哭嚎一般的狗叫；一会儿，闪出那个所求甚微却坚忍着命运的重负，闷着脑袋挺向未来的前套女人的姿影……真是难以挣脱！我乐于承认，在这个时间里，感觉的魔魇，使我完全成为作者主体性的一个客体，成了她主体性外化的一个对象，而我自己的主体性曾经一度丧失。有好一会子，我好像进了太空船，意识到自己处于失重状态。这一点从理论上也许应该这样解释：在这个时候，我，作为一个读者，是作者通过作品生产出来的。我所记录的这种接受美学的心理资料，在创作论上有没有价值呢？我想是有的。它能启示我们：作家要想确保一个成功作品的诞生，只有将他自己作为特定目标下尽可能理想的创作主体生产出来，并且，也只有通过写作过程将自己预想中的读者尽可能理想地生产出来。为此，他必须千方百计使自己的作品产生感觉的魔魇，并且尽量使自己的主题情绪化。

审美悟性的块状结构

作家如何对待历史、社会、人生、命运等等，决定他对审美客体总的态度和总的倾向；作家如何对待艺术，决定他作品总的构成和总的风貌。张冀雪把自己的一颗心，贴在前套地区最带土味的普通百姓特别是普通妇女身上，把他们从空幻的神界还原到真实的人界，丝丝缕缕地揭示他们特别是她们的历史命运和心灵结构的变化。她让自己成为他们的器官，饱满地、全方位地感悟他们的环境，也感悟他们自身。譬如《活水》，写的是无水区农民的“吊庄”（迁庄子），故事又是十分简单：一个汉子，一个女人，一个叫崽羔的男孩儿，一辆套着毛驴的拉拉车，一条像苦肠子一样曲折颠簸的山路；一个小店，一股活水，一块不知道名字的新地。怎么写呢？像记者那样写么？不。她的艺术观念变了。对她来说，花色新颖的彩带再惹眼也顶多是一条清晰度很大的薄片儿，而这恰是她决心扔掉的东西。譬如作曲，她已经不满足于单一的旋律线，她要追求有厚度的交响；譬如作画，她已经不满足于单一的线描，她要追求色层丰厚的油画感觉。她要让她深切的现实意识和纯真的情态，避开过去那种单片式的铺展，让它们化为多层次的块状结构串成的浪涌的起伏。因而，她要像诗人那样写，把它写成一首交响诗。

毛驴车在路上吱呀吱呀摇晃了一天。那口能为全家腌一冬酸白菜帮子的大缸不停地发出哐当哐当的闷响。男人，木呆呆坐在前辕上；女人，坐在车尾，一条腿懒懒地耷拉在车帮外头，痴痴地盯牢了越离越远的黄土峁——他们那个庄子就在那个干得冒烟的黄土峁后头。车上，除了那口大缸，就是靠着两袋洋芋的"一堆东西"——裹在黑污油亮的皮褂子里睡觉的崽羔。为这一家人送行的，是一路呼呼扫荡着的黄沙子风。这是小说给我们的第一个层次，即最外的层次。在这个层次里，诉诸我们视听直觉的是一个"有"字，让我们知道这一家人身外之物都"有"什么。小说的第二个层次，是经验联想层次，让我们凭着背泛的社会经验盘算一下，这一家人的"无"是什么？没有米，没有面，没有衣箱，没有被褥，没有家具，没有言欢语笑。小说的第三个层次，让我们的感悟再向"有"字回复。这是对历史、对社会、对人生、对命运深层体验的层次。这一家人"有"什么呢？有一大堆的"零"，有用几代人的生命堆积起来的贫困，有被沉甸甸的贫困积年累月磨出来的心性上、表情上厚厚的茧皮，有大西北旷莽的无水区低弱生产力的败退，有命运的转机，有下死了的决心和新的憧憬，有生命在拔根时所产生的须须络络的依恋……在这个层次中，深深压在底面上的东西，是"三西"（指宁夏的西海固与甘肃的定西和河西）治理方面战略战术的灵活机动。

需要说明的是，作者最初带着自己的生活观念和艺术观念感悟现实素材的时候，按顺序说，大体上就是这么三个层次。当她进入案头作业的时候，这三个层次在她心里的位置是颠倒过来的。那第三个层次变为最上面的层次，并且已经情绪化；它同作者整个主体意识相统一，成为创作的动力并且成为高悬的心灯，自始至终驱动着和照耀着作品结构的经营和形象织体的诞生；驱动着和照耀着作者以情取象，以意取象，以经验联想取象，以特定审美追求取象的心理过程；驱动着和照耀着作者对文稿的多次修改。及至写作过程结束，作者心中被颠倒着的层次，才在作品中又颠倒了过来，成为我们上面所说的那个样子。

什么样的文学语言能够承担这样的三个层次呢？是调动了全部感官活动的诗的悟性语言。这种语言跟张冀雪早先那种漂闪着情绪亮光的讲述性语言必须有很大区别。她要从作品中"退出去"，要把人物的感官活动和主体意识全部归还给人物自己，那么，她的描写就必须是能够透射审美悟性上述三个层次的全感描写，使自己的文学语言具有诗的情韵。看她写老庄子上那盘石磨的一段：

"一盘石磨静静地卧在村口的那棵树下。那树也老了，枯干的枝丫上长着稀稀拉拉的叶子。几乎每个早上和晚上，那老树都要对着那痴钝的石磨轻轻絮响。正午的时候，那石磨就发出毒日头烘晒过的煳味儿。"

短短83个字，像83个小爪子一样抠住了人们的感觉。通过视觉、听觉和肤觉的浸淫，把一种沉重的历史感和命运感那么准确又那么结实地按入人们的心灵。这是诗，这是迎接新生活的山乡农民留给旧岁月的一曲深婉的离歌。它已经不是单层的形象结构，它是蕴蓄着审美悟性的多种层次的块状结构。我们由此看到，张冀雪文学语言的'千粒重'增大了。

意识活动的多时空交叠

新时期小说艺术中有一个引人注目的隆起，那就是意识活动的多时空交叠。这种交叠，并非意识流一派所专有，中外文学史上都能找到类似的先导现象。意识流一派，不过是对这种交叠采取了偏崇的态度和近乎武断的处理方式。所谓武断，是指表现较大跨度的多时空层次在一次意识活动中形成的线性交叠，如果在字面上过多地隐去时间状语和处所状语，仅仅用现在时的直陈方式把来路模糊的几个时间和几个空间压入小说人物在一个"时空小段儿"里的心理活动，这会给读者的接受造成难以克服的心理障碍。这种处理方式，在动词形态比较发达的语系中运用，情况也许会略好一些，但在动词形态靠副词、助词和介词结构补足的汉语中运用，那就势必会形成对读者的一种精神折磨。如果替作者着想，那么，运用这样的处理方式，即使有极好的艺术新婴孕育成熟，也会使他在语言胞衣中出现横卧位，从而很难使人听到那个新生命动人的啼哭。在张冀雪的四个短篇小说中，用力最苦的大概要数《生的路程》。她写这篇小说，着意借鉴了意识流的多层次时空交叠的手法。攀爬这样一条路径，是在接受心理上的一种冒险，她当然会为上述矛盾而苦恼。她既要通过主人公意识活动中多时空交叠来增强感觉和情绪多层面的丰厚，又要依靠现实主义意识来减弱时空信息的省略给人们的感悟力带来的困顿，那她就不得不花费力气来克服纯粹意识流作品中那种轻视接受者心理尺度的，僵冷的心理自然主义。我明显地感觉到，她大量地吞咽着生活细节。她的描写，尽力向读者的接受习惯靠近。让我们把《生的路程》第一段分为几个层面，看看她是怎么处理的。

第一个时空层面，是主人公的动作线。在农村做了三十年接生工作的女医生邵大夫，由冰河上往公社主任长顺家走。长顺是三十年前她通过倒位手术从难产中接生的。她因多年积劳，得了心脏病，常常晕厥，希望把女儿调到身边。两天前，她应长顺之约到公社书记家为一位小媳妇接生时，长顺满口答应给她解决这个困难，并反复叮嘱请她今天一定到他家去一趟。这时，是她应约而往。漫天飘着雪，她走着；天全黑了下来，她走着。在她脚下，粗粝的雪咯吱咯吱响，冰河发出令人心惊肉跳的嘭嘭声……

第二个时空层面，是近期记忆嵌块。写到邵大夫身上披上一层雪花时，嵌入长顺两天前用小汽车往书记家接她的情景：脸笑眯眯的，说邵大夫"可是咱们县上第一流的好技术呢!"在"天全黑了"之后的雪景描写中，嵌入那天长顺在书记家陪大夫吃饭时的情境：大夫潜意识中，流动的当年那个山里人家的几个穿得褴褛的孩子，铺着破席片的大炕，呛人的油烟味儿，油腻腻的筷子，散发着浓烈醋味儿的凉拌粉丝。长顺说："我还是邵大夫接生的呢。"在写了雪夜里更为开阔的空间感觉——"整个天空像是搅浑了后在逐渐沉淀着的白色液体"，和在冰河上踏雪而行的艰难之后，嵌入两天前长顺在书记家门口为她送行时的情景。亲切的笑容，紧紧的握手，坚决的保证，再三的叮嘱。

第三个时空层面，是三十年前为长顺接生时的远期记忆嵌块。这个记忆嵌块最细腻也最使人动情。小说一上来就写冻在冰层里的芦苇和柴草的颜色，就像当初长顺家那个破炕席，黑褐而又枯黄。由此，联及当年长顺他爹焦急绝望的特写。在写了冰河只剩下萧杀和冷寂之后，又嵌入当年接生的瞬间：

“……耳边，屋里人们的乱哄哄的声音像全都听不进了。轻些，再轻些，小心翼翼地，然而又是坚决地、果断地在那一团混沌中摸着、触着、找着……啊，哈气，哈气。对，哈气。那里有一种热乎乎的、令人兴奋和不安的轻柔的骚动。”

这一段“生”的意象，不，这一段“生”的乐曲，在整个小说里多次以变奏的形式重复着，它要在读者心里砸得实实的。当邵大夫在冰河的嘭嘭声中心惊肉跳的一刻，又有两次嵌入。写长顺她娘：“那女人一脸是汗，头在枕头上蹭来蹭去。”写当时的小长顺：“一只小手晃来晃去。”写邵大夫当时施行倒位手术时身与心的感应：

“那里是一团混沌，热乎乎的柔软中有一种微颤着的温热的骚动。这骚动像电流一样透过指尖，传过来，全身不由一震。心头像是猛一战栗。触到的是一种柔小的、充满了生机与希望的蠕动。”

紧接着这个嵌块，是第二个层面中长顺自己常说的那句话：“我还是邵大夫接生的呢。”

第四个层面，是象征与暗示的层面。它属于现在时，又超越现在时。它含蓄在伴随邵大夫履冰河冲飞雪的动作线的氛围描写之中，那就是冰河被赋予的意蕴。对干部、大夫来说，冰河，象征着她跟长顺主任之间深于她自己意识内容的一种关系。这种关系，便是长顺对她有一种内在的疏远和冷漠。第四个层面暗伏的这种只是在潜意识之中的疏远和冷漠，跟第三个层面不断强化的那种燃烧在邵大夫总识之内的绵远而灼热的人性，作为不相容的两极，增大着我们感悟的外张力。这种外张力在我们读到终局之后，能使我们的审美悟性迸出血红的口子来。

在主人公意识与潜意识之中的上述四个层面，是交叠在“走”“感”“忆”三个字限定的时空小段里面的。它们之间的情理关系，丝毫没有超越现实主义艺术的基本要求；而且，就每个层面描写本身来说，也是现实主义的。所嫁接的葳蕤枝叶，只是意识流的多时空交叠和有意识安排的“无意识顺序”。毋庸置疑，经过这样处理，感受的容量、意识的容量明显地增加了。作者在借鉴意识流的长处时，有效地抑制了心理自然主义，她除了忠于生活、忠于内在情理之外，并无卖弄之处。另外，她的人物，不仅不苍白，而且从直觉效果上说，有点类似霍去病墓前的石雕，模糊，但是立体。

张冀雪了解她笔下的生活，因为她毕竟是在宁夏乡野间插队生活过一段时间的老三届知识青年。

象征的路

艺术作品里形象关系所蕴含的主要逻辑，如果能被当成了某种人生哲学命题的纯粹借体，那么，创作方法就转变为象征。这正如在自然界，如果能改变一个生物体新陈代谢的方式，就能够改变它的种。张冀雪的小说《回家的路》，写一个男人陪同老婆出外看病时的路上之事。在荒漠的山野，一个背着案板、铁锅、粮食和小油桶的男人，一个拖拉着一条弯曲的腿、拄着树枝的女人，一条不知所在又不知所终的路，和那女人絮叨不完的一个莫名其妙的梦。这两个人，这山夫和村妻，明明是出远门找看病的地方，明明走着一条离家的路，可小说的标题却叫作《回家的路》。这就使人不禁要产生追问：作者要写什么？那个“家”字，是不是别有含意？那条不知所终又不知所在的路，是一条什么路？作品主题不像是写生活里的看病，那么，它的命意是什么？……怀着这样一些问题，下面，我把小说留给我个人的印象梳理一遍。

“天大亮了，那男人和那女人已经走了好多路。他们在混合着蓝蒿味的土腥气中踏着沙原，寻找公路。女人唠叨着她那个梦。女人心底里像被抽去了一根线，男人心里头也好像丢了个啥。他们歇息下来。女人想起了以前放羊的那些日子，想起了煮一家老小十几人的饭还要放六十只羊。女人说：‘我腿疼得狠呢谁心疼过我？’男人说：‘再穷再苦我也要寻到个治你那个病的地方。’他们看到了吊庄的人。男人听见了远处汽车的响声，两人循声奔向公路。所有过路的车辆都不停下来捎他们。怎么哀声尖叫也是白搭。男人骂：‘眼看着能带上就是不带么，你看看狗日的坏不坏！’女人说：‘怎么就梦见了那么个地方呢。’（她梦到的是一所医院，她感到那个白房子医院一股死人味）他们沿着公路往前走。女人想起她那个梦没有门也没有路，从而悚然惶然：‘失了路了回不了家了，我怕是活不成了。’两个人叹息了一阵，又向前走。女人对男人的依赖感大增，紧紧抓住男人的一只胳膊。渐渐地，他们看见了古长城和烽火台，那山也不像那么远了。他们披了一身厚厚的黄土尘走，路就眼看着朝前铺开。”

可以悟出一些味道来了。在幻境的神秘气氛中，那个“家”，和那一夫一妻离开的“家”，是被作者主体意识用形象手段抽象出来的东西。它指的是人生的希冀、心的归宿。对于不少人来说，也许终生得不到它，但还是要走向它，因为它有一种不可抗拒的魔力，总是让人舍不得丢弃那茫然的追求。既然如此，那路自然是不知所在又不知所终。那女人的“病”，也是一种抽象，是一个女人希望摆脱的负重的命运。那“梦”和那“路”，是对立地统一在命运里的东西。或者，找到回（这个“回”字，渗出了一点人本主义的味道，有向某种理想的人自身回归的意思）“家”的路，或者，如那个“梦”所昭示，即使走到那个“医院”，也是个“有死人味”的地方，也并不是所要寻找的“家”。把小说里的“看病”和“回家”融为一气来体会，就会觉察，作者是要表达人们潜意识当中那种隐秘的鬼使神差的执着——这种执着藏在灵魂的底部，或许会默默地燃烧到生命终结的一天吧。那么，可以断定，原来那两个人物，是意念物化的产儿。尽管张冀雪给了他们以山夫村妇的外貌，他们不过是幻境里的生灵，他们的人和他们的行为声色等等统统是闪跳着生活光斑的理念的影子。在小说里面，我们看到的是创作主体的内在尺度和生活客体的外在尺度的结合，而客体自身所固有的深层尺度，被抽掉了。从艺术方面说，小说《回家的路》是象征的路。

张冀雪从现实主义的路上走近象征主义的篱笆，跨进一只脚去，在那里掐回一朵迷蒙的小花，插在了自己头上。这朵迷蒙的小花还挺受看，只是不免有些颓然。我希望冀雪把那只脚抽回来，至少不要陷溺。

小说怎样运用象征最为合理？我以为在这个问题上，榜样的价值也许要大于理论的价值。有的作家已经用卓越的作品回答了我们。拿《老人与海》来说，作为象征手段的渔夫和他的海上打鱼生活，不论外在尺度和内在尺度都在描写中准确而明晰地得到了显示；并且，即使我们把其中的象征关系统统忽略不计，老人这一次海上作业的生动过程，本身就是感染力很强的人的颂歌。它启示我们：只有“忘了的”象征，才是最好的象征；最好的多意性借体，在内容上和形式上要具有自己的生命，要能够“遗意而独立”。在这方面，《回家的路》显然还欠火候。

有关问题的讨论

张冀雪四篇小说中的人物是不是写丢了？这些人物是不是有些类型化？这些小说的情节是否淡化？我想讨论一下这三个问题。

首先肯定，这都属于“双百”方针范畴以内的问题。而“双百”方针的真正贯彻，必须从“双二”开始，必须先容许“两家争鸣”及“两花齐放”。在这个问题上，要大度一些、通脱一些。在四项基本原则之下，要有确保多种风格和多种流派共同发展的宏阔意识。容不下“双二”，又怎么容得下“双九十八”呢？在艺术领域，什么叫流派？就是片面性加独创性。

小说能否按照抒情诗的方式处理人物，并且在感觉上和情绪上达到抒情诗的效果？这已经不是可能性问题，而是一个现实性问题。这种小说如果形成一种流派，一方面可以满足那些到小说中寻求诗的满足的读者，一方面又可以生产这样的读者。我们试简析一首抒情诗。晚唐无名氏的《菩萨蛮》：“平林漠漠烟如织，寒山一带伤心碧。暝色入高楼，有人楼上愁。玉阶空伫立，宿鸟归飞急。何处是归程？长亭更短亭。”44字当中，直接写到人的只有5个字：上阕“人”“愁”二字，下阕“空伫立”3个字；其余39个字，全是情绪氛围的浓化。而且那“人”，也只有一个静态的剪影：只站着（空字，按唐人习惯训作“只”）。但是我们不能不承认作品里人的生命力是充盈的，作品的艺术是饱和的。在张冀雪的这些小说里也有类似情况。在情绪氛围的浓化中，充盈着人的生命力。它有点像体外循环，让灼热的生命的液体到体外去搏动、去腾跃；同时，让生命的气体，到体外去弥漫。那么这些小说人物“体内”情况怎么样？有的像浮雕，有的像线雕，但是大都留有深深的刻痕；从力度上说，我甚至感觉不出他们是“描绘”而成。那言词，那声腔，那表情举止，都是从生活原型中提炼出来的，他们有自己深刻的命运内容和色泽鲜明的人生境界，只要稍稍碰上人际纠葛，就能迸发个性的火花。

典型化当然决不等于类型化。但是即使用非典型的方法达到典型化的目的，客观上，也决然逃不过类型的中介。类型是多层级的范畴，类型的范畴，神鬼难逃。问题是如何在艺术中造成个性对类型性的湮没。张冀雪在处理人物细部的时候，着力突出人物性格的不可重复性；而在整体面貌上，又施用一些类型化的外部手法使某些个性特征变的朦胧些。这用意是不难理解的。她要使自己小说中的人物，仅仅尽其艺术上的职责，让他们都有自己的生命，又都无必要个个“留名青史”，像在不少的民歌和抒情诗里一样。理解这样的人物，我们要通过我们的审美悟性把情绪氛围中耀动着蒸腾着的“血”和“气”充填进去。

至于说“情节淡化”，这更是一个“双百”范围内的问题。“情节淡化”之极致，无非是使小说户口本子上出现抒情体式。何况“淡化”两字，又未必十分贴切。拿张冀雪这几篇小说来说，被置于现在时空层面的情节段落，虽然像是一个个孤峰的突起，但是那浸渗着人物情绪的氛围的洇漾，和那勾连着人物性格内质与命运起落的心理的叠波，实际上消纳了不少补足性的情节片段。这正如流荡的海波，不是把它下面海底山脉消灭了而是把它们湮没了一样。情节的完整的活体既不是消失，也不是淡化，而是除了在小说形象结构最外在的层面上精选出一些片段，让它们像海中的列岛与礁石一样峻嶒挺立外，其余部分在作者的构思中统统被“返虚入浑”（司空图语）了。从美学创作论上说，记叙性文体对于情节因素的这种处理方式，正是诗的方式。

人的哲学与小说的诗性

——评陈继明《寂静与芬芳》

发表在《人民文学》1998年第5期上的短篇小说《寂静与芬芳》，是陈继明的颇为着力之作。这篇小说引起首都批评界的注意，除了它自身的原因而外，大概跟当前人们对一些小说疏于营造的作风感到忧烦不无关系。

小说很短，写的是一位老人生命史的最后一天，写一支生命之烛的璀璨的熄灭。

老人无姓、无名、无年岁，只知他已经垂暮。他，“手表面的皮肤像一层旧透明纸，紧贴在嶙峋的骨节上，上面遍布的褐斑，像某件变质的物体上的霉点。”他的坐姿“僵硬而笨拙”，走路时，他的身影“在阳光里一挫一挫的，像一片秋叶在河面神经质的滑动，被水下某种看不见的力量牵引着”；他的老花镜缺了一条腿，读书时就把头侧向一边。老人年轻时当过兵，在高沙窝跟鬼子打过一仗，败了，在荒野里“死了”三天三夜，被一位叫郑砚农的郎中救了命，一条腿落下残疾。他最要好的弟兄叫王有禄。他十几年前丧妻，他的老妻名字里有个“桂”字。高沙窝战后他返回故乡——陇山山脉腹地一个小村子，种地为生。闲暇时喜欢看看医书。现在，儿子儿媳撑持家业，小孙子牛牛跟他住在一起。这样，他一生中最后的戏剧性纠葛，便在他和牛牛之间展开。

他和牛牛的第一场戏：“打牌”。

打牌时，他跟牛牛坐对门。他的上家和下家，分别是两张代表亡灵的卡片，一张写着“王有禄”，一张写着“郑砚农”。这样，所谓“打牌”，不过是他寂寞的生命提取人生情味的一口枯井，不过是希图从心造的幻影获得温馨的慰藉。这样，祖孙之间生命的状态和体验，实在是一个南极、一个北极。牛牛不但感到这种“打牌”枯燥乏味，而且感到有一股“魔气”。

此种两极性的对比，构成了祖孙之间的第二场戏：牛牛浇水。

老人隔着窗眼，看见孙子牛牛给院里一棵向日葵的幼苗浇水。牛牛用铁铲掘了一遭细长的小渠，他两次用碗端着水从厨房出来，每次小屁股都要在高高的门槛上“磨”一下（由此可见牛牛之小）。大阳照着牛牛的碗，碗里的水像“液体的阳光”。水从“小渠”一端倒下去，向日葵根部很快聚了一汪水。这样，窗里窗外、爷爷孙子、老树春芽，春芽的美丽，剧烈撼动了老人的迟暮感，于是他在窗内不禁泪流如注。

他和牛牛的第三场戏："等马尾巴长长"。

他走进马圈，见牛牛把马尾巴剪掉了。他生气地命令牛牛："等马尾巴长长了再走开！"过了很长时间，他再回到马圈，见牛牛竟然真的望着马尾巴站着不动，便说："你这傻瓜，真的要等马尾巴长长吗？"说完便笑不可支，一边笑一边仍在说："你……真要等马尾巴长长？你等得住吗？"说完这句话，他放声狂笑起来。就在这阵狂笑中，他的生命猝然终止。死前不久，他还在寂然中独坐时，反复在空气里书写一个"桂"字。

如此，小说既写了老人的一天，又写了老人的一生。它写了他在寂寞中的怀旧与伤逝，写了隔绝祖孙的宽阔的代沟；它把老人的死，写成意想不到的突然绽放的花朵！构成小说的几个情节片断，写得很陌生、很别致、很能藏味儿。这篇小说，具有一种沉重的幽默感，这种幽默感出自合理的荒谬。跟亡灵打牌，何其荒谬！等马尾巴长长，何其荒谬！然而，就主人公的生命状态来说，又是多么合理！一个僻远的小山村，一个迟暮的老人，跟现代生活的潮头离得很远很远。这位迟暮的老人，作为一个精神的存在，他在孤漠中顽韧地走完生命的途程。朋友死了，妻子死了，他心中的友情和爱继续活着。在他生命的最后时刻，他望着小孙子，他的枯黄的生命，还在为新生命的绿芽激动不已……

读了陈继明的这篇作品，我眼前出现了一幅幻景：寂静的旷原上，有无数各自独立的花，它们孤漠地自足地活着，只有风摇它们，只有野蜂为它们鸣唱，命运注定它们自生自灭，而它们全不在意，径自将它们的瓣与蕊举向天空，让它们的内心发出幽幽的芳香。陈继明通过这种生命主题的开掘，完成了他对人的歌唱。这是一个发现，一个诗的发现，一个具有很大生发力的发现。大概由于对这种发现的珍重，他用这篇小说的题目来命名自己的小说集——《寂静与芬芳》，其已被收入"21世纪文学之星丛书"。

陈继明写《寂静与芬芳》的时候，有一种"小说诗化"的追求。"小说诗化"是一种笼统的提法，具体所指，很可能会莫衷一是。据我个人管见，那共同的东西，似乎应当是语言造型中心理化、意境化的感叹，加上或语句或细节或情节片段或整个动作线（故事线）中的"味外味"。不言而喻，对"小说诗化"的追求，要求作家有诗人的气质和素养；然而，却须避免遗忘小说艺术特质的赘疣似的诗情挥洒。小说的基本手段，是人物造型加动作线，这个基本手段护持着小说的艺术特质。衡量"小说诗化"的成败，一个重要的方法，是看它是否符合小说艺术特质所要求的合体性尺度。

《寂静与芬芳》是怎样解决"小说诗化"问题的呢？这里试探着做些分析。

第一，交代背景的文字、说明性的文字、动作的叙述和描写、对话，笔调都是"非诗化"的。它的动作线出落得硬硬实实，让人能够看到刀刻般的笔触。描写中提取意味的方法，是用比喻给审美感知制造出双层曲折。例如写地图册上"高沙窝"这个地名，"像三只即将飞逝的小黑虫子，他的目光也像是被它们牵远了，甚至消弭了。"有时候，用描写句式进行说明，让"意觉"进入联想，为感知力钻出一个小小的深坑，使之瞬间潴留。例如写老人跟年轻时代的友人的亡灵“打牌”时，神情肃穆地说：“有禄兄，你是头！”这句与亡灵的“对白”后面，说明性文字是这样的：“声调内部合有一种清晰可辨的青春的颤音，好像时光真的退到五十多年前了。”和这样的句式相比，还是比喻用得多些。例如，写牛牛端水：“阳光落进他面前的碗里，使碗里的水看上去极像是一碗液态的阳光，故意跟他开着玩笑，晃悠着，趁他稍稍大意便扑了出来。”例如，写老人看牛牛给向日葵浇水，先是笑了，但是“紧接着他发现自己满眼热泪，像一个毫无世故的轻易被感动的孩子一样……”如此等等，不一而足。所有这些，在艺术功能上，都是为了提取意味加深曲折层次的“点”。在这些“点”里，带着感觉曲折的造型暗含着审美感叹，因而似乎可以说，它们是被小说动作线携带着的“诗的种粒”，而在句式上则纯然是散文化的，并不是诗的。在这里，可以看出陈继明如何严守着小说艺术的合体性尺度。

第二，嵌入动作线里的氛围描写。“小说诗化”最常见的方法，就是动作线对“诗的种粒”的携带。其中，除了用比喻制造审美知觉的曲折，还有氛围描写跟人物心理的互相炙烤。在小说中，能够拨动诸种感官活动的氛围描写，跟人物心理活动的指向，或是统一的，或是对比的、反衬的，两者的交互炙烤，对于揭示人的艺术目的来说，都具有“生态学”的意义。在《寂静与芬芳》中，那些捎带出现的氛围描写，也是被动作线携带着的一些“诗的种粒”。例如，“阳光从院墙顶上雍容地落下来，他的心如同一本尘封已久的线装书，忽地被阳光的手指打开了。”在这里，“阳光的手指”，直接运用了诗的隐喻。又如，“这寂静渐渐转化，成为一种熟悉的气味，一种由成熟的麦子的甜味儿、晚归的牛羊的腥味儿，以及天地间一些不知名的怪味儿混合而成的芬芳。”在这里，联系着视觉和意觉的寂静，何以竟转化成嗅觉了呢？似这等审美知觉中强力的、锐角式的曲折，在艺术上具有什么意义呢？它把人们的审美感知带入游走着老人生命根须的熟土空间。这个熟土空间，对于老人垂暮的生命，既是所恋，又是所归。在这个熟土空间里，连“苍蝇飞翔的声音”都是“极度美妙”的！

第三，裸露的动作线中的意味调制。这是“小说诗化”最主要的解数。让动作线携带“诗的种粒”，意义固然重要，但是如果小说的动作线是枯干的，就会出现弱本强末之弊。小说动作线可以裸露，却不可以枯干。《寂静与芬芳》这样写老人“书空”的动作：“他的食指在空气中富有节奏地划动着，像是被什么魔力陡然控制住了。他的目光盯着自己的手指，变得那么深邃而明丽。他写的是个‘桂’字。”又如，写老人煮茶：“罐罐里的水开始冒出热气了，继而扑跌起来，他似未察觉，良久，他方取出罐罐，搁在火盆边，从一只大瓶中倒出半把茶叶，打进罐内的沸水中，重新把罐罐搁在火上。随即他再次闭上双眼，身子一动不动，像一具思考中的残骸。罐底的沸水掀动着茶叶，茶叶起伏不止，渐渐变得肥硕青嫩了。一种熟悉的清新的苦涩飘逸开来，他的嘴角微微抽搐了一下……”这些动作描写的底层有老人生命形态和心理形态在暗中衬垫。在人物描写中，处理好动作底层的上述衬垫，意义十分重大。这里须要真切的观察、记忆、分析和设身处地的“内体验”，而动作线中的意味正是从衬垫在动作底层的生命内容和心理内容生发出来的。

第四，情节片段中的意味调制。情节片段，是指人物完整的动作段落。情节片段中的意味，也靠人物生命形态和心理形态在暗中衬垫。也许有人会问：作者的主体性哪里去了？他是作品中的一切情思和一切造型的营造者，他在氤氲着诗情的梦幻中“克隆”着人和人的生活，在作品中处处有他又处处无他。在《寂静与芬芳》中，衬垫着“打牌”的是老人的衰迈、孤漠与怀旧，衬垫着牛牛浇水的是老人对童稚之美的品尝，和心灵在衰迈与童稚之间的往返跑动唤起的震撼，衬垫着“独坐书空”的是伤逝，是情爱的重温。在这些情节片段中，衬垫着动作描写的、作者对老人生命形态中心理形态的感知、解悟、体验与隐藏在字面后边的情怀抒写，全是倒行的，回返的，脸朝后的。这些情节片段拴结在一起，便是一根频频用力地向后拉的弓弦，弓弦上是老人的生命。这个生命衰迈了，要靠酽茶帮助他坚守。等到“等马尾巴长长”这段情节悄然出场，那根完成了蓄势的弓弦，趁老人被自己的荒诞与幽默逗起的狂笑迷醉时忽然松开，猝不及防地将老人的所思所恋射向了所归。老人的慈蔼、宽宏与幽默，加上在那根弓弦上用势的艺术动机，便是为这段动作描写充当底垫的东西。

在苏联早期，“拉普”曾经主张将辩证唯物主义和历史唯物主义直接用作文学创作方法。这个主张的被否定和高尔基的“文学即人学”的提出，和西方生命哲学和存在主义哲学的兴起在方向上恰好一致。这里根本不存在“无产阶级向资产阶级投降”的问题，何况把生命哲学和存在主义哲学定性为“资产阶级哲学”又是武断的和缺乏论证的呢。问题在于，作为科学世界观的哲学，它和文学创作之间必须有一个中介，那中介便是人的哲学。只有人的哲学，才能近切地帮助和指导文学审美活动和文学创作。西方的生命哲学和存在主义哲学，就其范畴而言，就是人的哲学。人的哲学会有流派性或派别性，会有不同的流派之间的讨论、争辩乃至对峙，但是，它绝不会向那些不许出生的武断做法屈服。

《寂静与芬芳》是新时期小说中一支幽独的新花，照耀它生长的那一缕阳光，是当代中国刻苦的作家群体凭借巨量的观察、分析、体验、研究，凭借对世界文学的借鉴与思考，在创作实践中不断探取的尚未定型的中国化的人的哲学。在这个刻苦的作家群体里，有一个默默地荷戈前行的青年，这就是陈继明。在阅读他的这篇小说时，我们可以感到，在它艺术结构的不同层面上分布着的那种基于观察和记忆的远距离的“内体验”，耗费了他的大量心血，虽然小说的篇幅并不长。

《宁夏中青年作家十三人小说专辑》点评

《中国作家》2002年第5期办成西部文学专号，以对时代大潮的呼应纪念《在延安文艺座谈会上的讲话》发表60周年。在其中，特意将13位宁夏中青年作家的小说编成专辑。这样做，使人感到大匠运斤的气势与魄力。宁夏的十三篇小说我读了一遍，感到都是较能显示作者功力的作品。

石舒清的《星期日》，像他的其他小说一样，要求读者具有一定的民俗知识，对回族的心理特点和风俗特点有一些了解。读者越是做到了这一点，对他的小说就越能进入，对他小说里的意味与神趣，就越能悟知。《星期日》这篇小说，在意象推移的纵向结构上，出现了一些枝杈，在文体上有扩张之感。就是说，和《清水里的刀子》《银子的声音》这些作品的写法不太相同，写得比较伸展；语言上也有意突破了他本人原先那些小说过于单一的个人风格，出现了一点冗赘和生硬，但是无碍大体。我觉得在小说内容上和文体上都进行适度的扩展，对于石舒清来说意义重大。

葛林的《草原上的家》，动用了他在军马场中学（银川八中）教书时的生活库存，运用了一些听来的旧事，以一个少年的口吻写了老关爷爷和“我”的故事。有历史氛围，有旷原风色，有放牧生活特有的诗意充盈的图景。葛林是诗人。他左手拿着诗的优势，右手拿着叙事的优势。在这篇小说里，两者发生了互渗，读起来感到新颖，有厚重的人生风味儿。

平原的《洛拉格日朗的一个片断》，写年轻的打工者在城市里的经历。格日朗的造型非常有棱角，他的性格是人生实境的映射，一点也没有概念化的痕迹。小说文笔清朗，写足了社会底层青年经历的苦烈味道。平原的这篇小说让我惊喜，原先我只读过她的散文，却不想一下子拿出这么有滋有味的小说。

火会亮的《官司》，比起他以前发表的小说来，文笔要老到一些。在叙事风格上，也有一些变化。他的人物，如“堂姐夫”，在叙述中动作，在动作中显现性格。这是火会亮小说的特点。我说的“变化”，是指动作感和造型成分都得到了增强。笔调清晰，有一定硬度，真切近人。故事蜿蜒推进，令人读起来感到很“顺”，不累，可见是下了苦功夫的。

李方的《无法感伤或东奔西跑》，读后的第一个感觉，就是火辣辣的现代城市生活直直地向你扑来。李方笔下的勇力，和他活灵活现的造型能力，实在是很可贵的。故事线很洗练，氛围也处理得不那么黏糊。

了一容的《河滩上的鸟蛋》，读后使我感到，了一容的文字和他的生活经验一起走向了成熟。一起成熟的，还有他的叙事艺术。小说中诗意的描写读起来新颖多味。

梦也的《弃婴》。梦也学过化学。他把诗和叙事化合在一起，写了这么一篇揪心扯肺的小说。在小说的末尾，他用诗的手法散发了绵绵余味。

金瓯的《1982年的钻戒》。这篇小说写了几个又抽烟又喝酒又打架又偷东西的“小哥们”的一小段故事。他们全都刚上初中，脑子里装的尽是武侠，时间在1982年。那时候，一些青年人像系在爹妈大船后边的小船，刚开始喊着“代沟”，摘开船上的绳套远远地跑开。不少青年人走上了独立创业的正路，一些小傻瓜则是刚刚起步就走上了邪道儿。这些小傻瓜有的回归正道，有的在“严打”中进了少管所。金瓯的小说，引起我注意的是他的语言。从这篇小说看，他的文学语言已经像渔网一样撒开了，已经可以对付各种叙事、刻画和描写。

郭文斌的《开春》，我读后有一种喜悦之情。在此之前，我有一个看法，我认为，对一些人的小说来说，是在叙事中增加诗性成分的问题。而对郭文斌来说，则是在叙事中减少诗性成分的问题。这篇小说的叙事艺术显得纯粹一些，诗性文字退缩到点染的地位，这是很对路的。

陈继明的《微澜的水》，是这十三篇里文路最特殊的，风格上很接近他的《寂静与芬芳》。他减少了他在其他作品中常常出现的漫不经心的笔调，在大朴大素的文字中真诚地贯注了严肃和沉重，有写实与意幻的结合。在这里，他一面把一些虚构的幻象转为记忆的实写，一面把记忆的实写转化为幻象，他把两个互逆的过程统一起来，实者虚之，虚者实之，在审美意象的生成方面做得处处到位。语言十分干净，能摸出它们的颗粒感。刻画了三个人物：一个“父亲”，一个女儿“伞”，一个“我”。都不是轻率地写出的人物形象捎带提到的人物“母亲”和“二哥”在艺术上也有一枪一鸟之力。这篇小说，诗和记的结合浑然无间，格调上有点像法国的卢梭，而不太像唐代的元稹。小说最主要的成就，在于成功地完成了有典型意义的人格造型。他写好了人物，他写好的第一个人物是小说中的“我”。

漠月的《父亲的树》，读完之后感到他叙事的文风像水一样流畅，同时又像山屹挺一样厚实。这大概是文如其人吧。小说里写山，写果树，写盘羊，写主人公唐三，都是为了写足对种树者——父亲的怀想，这种怀想，有时用纪实，有时用咏叹，被写得相当绵远。

张学东的《一起走过的日子》，跟我去年读过的他的一篇小说相比，语言质量提高了一截子。他这篇小说，我是用河南话一气儿读下来的，感到十分顺畅。他像西海固青年作家一样，把记事、人物刻画、心理描写和情味的抒发，全都放在事件的叙述中去进行。张学东很会编故事。这篇小说中的故事很吸引人，并且叫你读起来不感到疲倦。其中人物的性格和命运，也能通过描写把内在的意味油油然渗进你的感觉。

季栋梁的《离乡》。季栋梁的小说首先唤起我审美快感的是语言，流畅，自然，不做作，读者处处能够为他们的感知力找到入口，非常贴近人心。由于季栋梁也是写诗起家，有些诗意盎然的语句随手而出。他的语言既能放得很开，又有一种雕刻感，不臃肿，也不涣散。这篇小说所写的山乡家事和一个个人物，都能趴在你的心上让你带着走。动作线上的意境感也很见功夫。

洒向芽尖的雨滴

——论路展童话创作

路展同志，原名路福增，河北丰润人。1928年5月生。中国作家协会会员，作协宁夏分会副主席。1948年他考入北平中国大学经济系，次年放弃学业，考入华北大学三部美术部。1949年11月，调入《人民文学》编辑部，先后担任过美术编辑、小说编辑和诗歌编辑。1956—1957年，曾任《人民文学》编辑部诗歌组副组长。1961年上半年调宁夏回族自治区文联，任《宁夏文艺》诗歌编辑。1973年9月，任该刊编辑部副主任，1982年任主任，1984年任主编。中国作家协会会员，曾任宁夏作家协会副主席。

我简略地介绍上述内容，意在使读者了解这位作家多年来如何为培养和造就文学人才竭尽劳瘁。当然，在作家队伍中，路展同志是以诗人和儿童文学作家的劳绩为人们所知晓、所敬重的。在宁夏，不，在西北，把自己多方面的艺术才华贡献给小读者的作家，我以为路展同志是居于首位的。而他的杰出作品《雁翅下的星光》，置于当代世界儿童文学之林，也会以其深厚的艺术功力独放异彩。

1

儿童文学的天地并不狭窄。它的世界，是整人类的世界。目前，关于文学美学的议论多起来了。唯独不见“儿童文学的美学”这样的文学专著问世。可见，狭窄的只是评论界。

儿童文学创作比起一般文学创作的难度要大些。因为读者全是孩子。固然，作家可以凭自己孩提时代的经验将艺术的车轮推进小读者心理运动的路轨，但是孩子们纯净的心、纯净的眼睛，对儿童文学作家作品的要求是极严的，那就是不得掺入丝毫世故气和虚伪，连板着面孔，端着架势训人也是犯禁的。儿童文学作家对孩子们要爱、要诱、要教。路展写于60年代初的《小苹果树请医生》，写的是啄木鸟为老苹果树捉虫治病的故事。这个故事不大容易写好。写成科学常识吧，那就不是艺术品了。选择赞扬啄木鸟的角度吧，那就会丢掉作品的童稚气。这篇作品选定了小苹果树这个角度，并且抓住了小苹果树的童稚气，把故事写得一波三折，很有味道：老苹果树生了虫子，小苹果树先请喜鹊当医生，喜鹊说：“我只会捉树叶上的虫子……我不会动手术啊！”小苹果树又请猫头鹰当医生，猫头鹰说："我只会捉老鼠和蛇这些坏蛋……我不会动手术啊！"啄木鸟来了，小苹果树见它在老苹果树上跳来跳去，着急了；小苹果树见它在老苹果树上使劲啄，生气了。它对这位高明的医生太不了解啦！后来老苹果树树干里的虫子全被啄木鸟捉光了，老苹果树又有了精神，结了满树苹果。老苹果树和小苹果树让啄木鸟吃，啄木鸟谢绝了，说："只要你们身体健康，我就高兴啦！"就这样，小读者的心中不但会出现一个跟他们同样稚气的小苹果树，而且，还会出现啄木鸟这个不取报酬的献身者的形象。这篇作品选入1949—1979年《幼儿文学选》。可以想象，它会在四至六岁的孩子们心中留下鲜明的印象和难忘的教益。而我们成年人从中看出来的，是路展同志对孩子们的爱，是他对孩子们真诚的关怀，是他的心灵和孩子们的心灵之间各种间隔的消除。从文学批评的角度来鉴赏他的作品，毋宁多用点时间来鉴赏他的人。他，这位儿童文学作家这么饶有兴致地对孩子们的纯真和童稚气进行品味和欣赏，像忘年的好友一般同他们逗趣儿，这是保证他作品魅力的秘密之所在。如果一个作家不能把读者融入对象，如果他不能够像品味和欣赏艺术品那样品味和欣赏自己从生活中所圈定的那些对象的各种琐屑的细节，那么，他就不是一个真正的作家。我们可以看到，这一点对路展来说是如此重要。正是它，使他和一切说教者分道扬镳。1984年，《小苹果树请医生》作为优秀作品被选入《中国新文艺大系》，这并非偶然，因为它当之无愧。

1954年4月，由上海儿童读物出版社出版的《白脖鸽子》，到1956年1月就印刷了四次。当年孩子们多么喜欢这本书可以想见。这本书包括五个短篇故事，艺术地再现少先队员们的好人品和好作风。其中《白脖鸽子》写一个八九岁的小男孩安安把自己心爱的鸽子送给中国人民志愿军家属的故事。故事中的"我"——徐同志和小主人公安安是这么认识的："我"搬到了一个新住处，才搬过来那天，就跑来一个八九岁的小男孩，问"我"："您怕鸽子不怕？""我是问您怕不怕鸽子吵？……我养了几只鸽子，您怕吗？"这么懂得礼待新邻的孩子就叫安安。安安总共养了三只鸽子，他把它们训练得很听话，最可爱的是小白脖。没想到，有一天，小小白脖丢了。是弟弟偷着玩安安的鸽子，小白脖一去就没回来。安安拉着"我"同他一起去找，终于发现小白脖落在一家屋顶上。安安生气了，他以为人家偷了他的鸽子。进了那家院子，只见一个四五岁的小姑娘正给小白脖喂米，安安忍不住问道："你这鸽子是哪儿来的？"小姑娘回答："它自己飞来的。那天它来了，冲着我咕噜咕噜地叫，妈妈说，它找不到家了，累了，叫我喂它米吃，说知道是谁的就立刻送还人家。"正该讨还鸽子的时候，安安却像傻子一样怔在一边。呆了一会儿，他决定把鸽子送给小女孩儿了："你好好地训练它，把它训练成通讯鸽吧。"原来，安安忽然想到了小女孩的父亲是志愿军，"应该让她高兴啊！"儿童文学家应当怎样直接地描写孩子的生活和他们的精神世界？我想最重要的是帮助孩子们记住自己经历的曾经动情的细节并且对它们用鉴赏的态度提取意味。

2

一位优秀的作家本质上必然是一位诗人。路展同志的诗我有幸读到过一些，我在他一段描写家乡小河的诗中读到这样的句子："河底的石头子儿像石榴子儿一样闪光。"在描写中注入感觉，在感觉中融入意绪，比一切空洞的"怀念"之辞都能有力地打入读者的心灵。他那个"石榴子儿"几年来一直闪耀在我对他家乡那条小河的意想之中。然而这里所说的"诗"却偏指散文、小说和其他文学样式中产生情绪的熔铸感觉的能力。这是我在阅读路展作品时特别留心的。他的作品多为童话。童话的诗化离开童话叙事诗的体式还有没有路子可走？这不仅对研究路展本人的创作有意义，而且对整个儿童文学新境界的开辟有意义。从20世纪80年代初开始，路展童话走向成熟。我以为，那成熟的标志之一便是他通过小说化来实现作品的诗化。从"叙述调"上说，他的展示者的身姿越来越清晰地代替了原来"蹲下来哄娃娃"的讲述者的身姿。在以后的分析中，我们将着重剖示这一点。我们将会看到，对他来说，展示，并不意味着板起面孔来教训。有人在"蹲下来哄娃娃"时不也生硬地填塞某种教训吗？对路展来说，展示，只意味着作者决心在自己作品中增多审美的容量；至少对他本人来说，意味着将童话创作当成充分展开自己美感活动的宽阔天地。他越这样做，这个天地越是馋乎乎地吸引着他自己。这是一个真正的艺术家所要追求的最理想的心态。

我们必须清楚，一个把童话、诗和小说融为一体的艺术世界，才是路展的世界。他自己迷恋着这个世界，他不断地在这个世界中踽踽独行。这个世界和其他儿童文学作家相比是那样不同。而他的成功，正靠了令他沉醉的"迷人的局限"。这在《雁翅下的星光》里看的尤其清楚。下面让我们跨过二十余年的漫长岁月，研究他80年代出版的一本童话集。

3

迄今世界上恐怕没有哪位童话作家没有创造出他自己的动物世界。这种动物世界将成年人的生活经验刻印在充满童趣的故事里，借这种童趣扇开幼小的心扉，让各种人生经验如同雨珠慢慢地向里面滴渗。

我饶有兴味地阅读了路展的童话集《小鹿银点点》(天津・新蕾出版社，1984年1月版)。我感到当我进入一个个小动物的故事时，必须经历一种心态的转换。就是说，我必须将我自己经历中已经远逝的儿童心态唤回，去和那些小动物们共忧乐。松鼠小金毛看到别的松鼠摘了一些"平庸无奇"的果实如获珍宝心里不服气，自己一定要出人头地使大伙儿大吃一惊。于是，它向一个树枝上挂着的"一个大皮球一样的灰色果实"飞一样地冲了过去。尽管妈妈对它喊"小金毛，千万别动它，快回来……"它还是抱着那个巨大的果实使劲拧起来。"忽然，灰色的巨大的果实里面，发出一阵可怕的嗡鸣，一群黄蜂飞出来，把小金毛团团围住。一只黄蜂在它鼻子上狠狠地蜇了一下。小金毛大叫一声，从高空摔了下去。”这里面，小金毛信念的“真实”和事实上的不真实所构成的喜剧冲突，是以小金毛的吃大亏告终的。这一类的经历，谁小时候没有过呢？特别是小金毛那种又不随群儿又想逞能的幼稚心态，又挑逗出我个人幼年时曾经自愧过的几件小事，让它们像喜剧一样在我心中扮演一过儿，待我对小金毛的遭遇发出会心的微笑，它们才像得了奖赏似的悄然隐逝。《小铁脑壳遇险记》写黑蚂蚁群里一个最勇敢的小蚂蚁“铁脑壳”，被假“蜜蜂”大蜂蝇欺骗，误入红蚂蚁群的驻地吃了蚜虫蜜，在躲避红蚂蚁攻击时识破了大蜂蝇的真面目，经过机智勇敢的斗争使大蜂蝇落入蛛网。这个故事教育孩子们要学会识别伪装成蜜蜂的苍蝇。当我想到我们一些成年人往往也会因为把苍蝇当成蜜蜂，把蜜蜂当成苍蝇而连连吃亏的事，我便领悟了作家写这个童话故事的意图。小铁脑壳的可爱之处，不仅在于它终于能够把伪装成蜜蜂的苍蝇识别出来，而且能够将它送到它该去的地方——蜘蛛网。而我们呢？我们的一些孩子们呢？我们的一些成年人呢？《小鹿银点点》写一只小公鹿与恶狼搏斗的故事。正像妈妈讲述自己的爱子时话会多起来一样，童话作家描写自己喜爱的形象时也会细针密线。我很爱这篇作品，因为它使我看到路展同志童话故事中情绪和感觉成分的增浓。语言是“展示型”的，在展示中他为小读者调配了上等审美的汁水。请看下面一段描写：

“鹿群昨夜憩在靠在山顶的树林边缘。天快亮了，大家都散开在附近的树林里，吃着鲜嫩的树叶，只能见到几个朦胧的身影。一片灰白色的雾气，从粗大的黑色树干后面飘过，像是奇怪的巨大的软体动物，无声地、执着地向岩石裸露的山顶爬去。银点点的父亲是鹿群的首领，高高地站在山尖，灰白色的雾气在它脚边翻滚。它仿佛站在泡沫飞溅的激流里面，可是它健壮的胸背、有力的脖颈、威严的头颅和美丽的多叉的犄角，却都清晰地映在绀青色明亮的天幕上，仿佛是深色的剪影。”

读这一段时，我曾纳闷：给孩子们写故事，竟使用油画般的笔触，也真舍得。但当读到“银点点喜欢爸爸，盼着自己赶紧长大，像爸爸一样勇敢而公正”时，我意识到作家精力之不枉费，他通过精致的描写托出来的大公鹿的形象，正是小鹿银点点性格的铸模，勇力的源泉啊。银点点跟老狼搏斗以后，把胖墩墩、毛蛋蛋、金妞妞三个小鹿救了回来，它死了吗？作者没有说。它睡着了吗？也不像。作者只说“就跟它每次将要入梦乡时的感觉一模一样……”展示的方式为艺术造型开拓了空间。故事的末尾文字是：“银点点微笑着，很慢很慢地卧下，伏在山顶最高的那块岩石上。”这种造型熔铸了作家对他笔下的形象所作的评价和在他心灵中进行着的温存的触摸。

在对路展的儿童文学创作进行整体观照时候，我的视线始终凝定在一个问题上，就是哪一篇作品可以让我们看作向《雁翅下的星光》的过渡？我以为是优秀的童话《百灵歌》。这是一首美丽动人的童话诗。故事的背景是内蒙古阿拉腾（蒙古语金子的意思）草原。它里面有公百灵达乌、母百灵布琪格、小百灵达乌和林场场长巴图阿爸，巴图阿爸为保护达乌和布琪格的一窝小百灵被不公平地抓了起来。达乌和布琪格又孵出了小达乌。小达乌刚刚成长就遇到了暴风雪。父亲达乌和妈妈布琪格为了用身子温暖小达乌自己冻僵了身子，临死以前叮嘱小达乌到林场去找巴图爷爷。在路上，一只跳鼠冒充巴图爷爷，被小蜥蜴揭穿了；一只老狐狸冒充巴图爷爷被野兔揭穿了；沙鸡领它向前飞，遇到了秃头鹫，小达乌一惊之下在一间屋子的烟囱上跌进烟囱口。正好，它跌进了巴图爷爷家里。它在老阿妈的针线筐箩里趴了三天身体才康复，巴图爷爷在一棵沙枣树上为小达乌钉了一个鸟箱，叫它居住。小跳鼠来偷沙枣，小达乌叫黄猫和小狗来“抓贼”；小跳鼠落到瘸腿狐狸爪毙命，老秃鹫要猎获瘸腿狐狸结果扑空，就把跳鼠叼走。小百灵达乌为了讨回跳鼠吃下去的沙枣让巴图爷爷做树种，去追赶秃鹫。秃鹫根本不把小达乌看在眼里，心想“给它 ·爪子算了”。小达乌也有计谋，把秃鹫引向林场周围的铁丝网，“在距离铁丝网一马兰叶宽的地方，身躯向上升去……”秃鹫中了巴图爷爷的猎枪。“灰黑色的羽毛像烟雾一样向四处飘散……旋转着摔下地面。”小达乌在秃鹫身边抓起一个圆乎乎的东西——沙枣，飞到大口小井去洗。当草原上百鸟合唱赞美小达乌时，羞得它差点钻进了沙枣堆。后来，巴图爷爷让小达乌把那棵沙枣种在阿爸达乌和阿妈布琪格的坟前，巴图爷爷第一个给它浇了水。

我不厌其烦地描述故事的梗概，目的在于：第一，我想说明路展童话的情节在作小说式的拓展；第二，我想说明他的童话已经明显地融入了地域个性和民族色彩；第三，我想说明他多么果决地将善恶之间的严重冲突通过小鸟小兽的故事植入儿童的心灵，并且告诉小读者们：在丑恶势力面前，要机智勇敢地进行斗争。

4

展示作者艺术才华的作品，以《雁翅下的星光》为最著名。这是一个中篇童话小说，作品中形象和情节、环境和氛围以及文笔之朴素与美感的丰赡，令人读后难以忘怀。

这篇作品中的故事，发生在内蒙古草原额吉湖上的一个雁群里。雁群春天从南方飞来，到了秋后又离别而去。作者在这一来一往之间，让一个个色泽鲜明的雁的形象，卷入既有人生情味又充满童趣的戏剧性纠葛。其中，作者着力刻画的形象是老公雁加木苏和小公雁敖劳。

老公雁加木苏身份低微但身怀绝技。在它沉毅的性格中浸渗着丰富的生活体验和充满苦味的经历。本来，它有一个弟弟铁木达，是草原上一百零八个雁群的总首领。这在俗人眼里可谓权豪势要，加木苏完全可以借取铁木达的些许风光，来改善自己的处境。然而它不，它宁愿身沉下潦并且隐忍孤独。

有一对结成夫妻的公雁和母雁在此次北飞穿过“死亡谷”时，为从黑雕爪下救出老公雁加木苏而献身，它们留下了一个蛋。老公雁加木苏把这个蛋抱到额吉湖孵化，生出了小公雁敖劳。公雁孵蛋的细节带有悲壮色彩，令人神魂震撼。

人世间真正伟大的教育家，是善于激发人类卓绝精神并且处处显得手段得体的人。路展笔下的加木苏，让小敖劳在泥塘里练游泳，让它翅膀下面带着沉重的石子在风雨中练飞，尤为重要的是，让它不计私利勇于为群体而献身。它爱小敖劳，但它爱之以德而不是爱之以姑息。正以此故，它对小敖劳的要求之严格，似乎到了残酷的程度。

不用说，从小敖劳身上能够看到加木苏的影子，从品德到智能，乃至命运，小敖劳还没出壳就受到侮辱和歧视；日后它在成长中每逢迷惘，能不自轻自贱；每逢逆境，能不沮丧；在加木苏爷爷培育下，它相信生活属于它，胜利属于它，前程属于它，集体属于它。作者令人信服地赋予它雁之族里一个无私无畏、志大才博的小英雄的形象，这个形象使我看到人之族希望之所在。

雁队队长朝通昏庸、保守、愚蠢、骄横，它的妻子“官太太”嘎嘎自私、泼辣、浅薄，它们的“贵公子”小麻哈娇生惯养，又懒又馋，喜欢投机取巧。这些“雁物”的性格都逼真地渗泻出某些世间人物的性格意味。

作品的卓异处，在于它把人情世态的尖锐冲突化入儿童心理的机趣。它不再是那种蹲下来哄娃娃式的作品。它大胆地运用了“展示”，并且把儿童文学作家最擅长的逗趣和朴素的有些冷峻的现实主义手法融为一体，使之同眼、耳、鼻、舌、身诸种感官精微而丰富的审美活动结合起来，因此，既可以把它看成写给孩子们的大人的故事，也可以把它看成写给大人们的孩子的故事；它既像童话，又像小说。它和盖达尔的名著《铁木儿和他的伙伴》不同，后者属儿童文学却无童话属性；它是用人之族的写实手法写了雁之族的故事，它是小说体童话的一座丰碑。它不是童话故事，在文学史上，它满足了人们对“童话小说”的长久期待。

《雁翅下的星光》的艺术语言具有鲜明的地方性、民族性和时代感。作品对额吉湖的描写显示了作者的语言功力：

“辽阔的阿拉腾草原，在雁队的翅膀底下，迅速向后移动。夕阳像是通体冒火的巨大车轮，在遥远的沙海上旋转着，随着雁群向前窜纵蹦跳。终于，母亲一样慈爱的额吉湖，在草原深处出现了。起初它像碎玻璃一样，闪着微弱的光芒，很快就变得像一面镜子，像一个水晶盘。湖中心月亮岛的顶峰，被夕阳照得金光灿灿，下半部藏在苍茫的暮色里，青幽幽的，仿佛镶了金顶的翠色海螺。”

可以想象，当小读者们感受到字里行间的粗犷、辉煌和旖旎时，他们的美感能力一定会悄悄地萌发吧。优秀的童话作品不仅应该用奇思妙想去启迪孩子们的心智，而且应该用丰富的美感去喂养他们。

还有，故事里的雁名、地名、谚语、儿歌、拟人化的“雁语”，以及真假参半的雁类风习，全都点染着蒙古族的特色。在每一小节的结尾，都题以蒙古族谚语或蒙古族格言诗般的韵语，这些韵语深化着章节主题，即使单独存在，也是意味隽永的小诗。例如在第七节《又一次打击》的尾部，诗云：

不香的花朵有的颜色却十分鲜艳，
卑劣的行为都用正确的语言打扮；
懒惰的毛驴为了使自己显得伶俐，
天天梦想着给骏马系上一副脚绊。

这首诗的背景是：队长朝通和它的“官太太”嘎嘎为了帮助自己的孩子小麻哈把敖劳压下去，第一次是嘎嘎在敖劳头上狠劲啄了一口，第二次是朝通命令敖劳把沙滩上的石子拣干净。它们这种做法，逼迫老加木苏一面把各种本领教给小敖劳，一面又使它显得十分笨拙。这首诗和它的背景很容易使人想起人之族中有些人借助一点小权小势一面将真正的人才绑住手脚，像毛延寿似的为他们绘影图形，一面又摇晃着《人才学概论》之类将自己装扮成“人才”的诸多卑劣现象，这些现象逼迫着那些有作为的人像小敖劳一样佯做笨伯悄悄地争气。作者路展在这里实际上重复了关于人才成长的一个严峻命题：真正的人才，是要靠艰难玉成的。

在“雁翅”中，雁的艺术任务是双重的。它既要喻人，又要处处顾及雁的习性。雁的飞行、游泳、栖息、孵育等等，都必须使人感到物性的真实。比如写敖劳已经长大，不再趴在窝里睡觉，而且“把头塞在翅膀底下，翘起一条腿来休息，那样子很像一个巨大的松蘑”。写老朝通富态得像个王爷，“它面颊两边细软的羽毛，快要磨光了，裸露出紫灰色的皮肤，很像一块捏得圆鼓隆隆的柿饼”。这些都是“格物”而得。嘎嘎的形象有着独特的价值，它是拨弄是非的能手，嫉妒的典型。它被留在一个牧民家过冬，不久“就挑拨得公鸡和母鸡闹了意见，山羊和绵羊打了架”。看来历史往往被恶势力所驱动，人类高洁的品格往往要靠卑劣从负面来培养。这里蕴含着严峻的辩证法则。帮助人类在孩提时代就开始在自己的成长中摈弃关于真、善、美的单质的梦幻，这大概是这篇作品的一点深衷吧。

1981年夏季，笔者曾和马乐群同志以《不是童话的童话》为题评论过这篇作品，发表在是年《朔方》第11期上。那篇评论中的一些话我想移置于此：“童话，它在动用浪漫主义艺术武库里的十八般兵器方面，比诗歌权力还大。作品有几处浪漫主义描写特别精彩。老公雁加木苏孵蛋，写得笔力沉雄；雁群检阅，写得境界奇伟；敖劳翅膀粘上闪光的石子学飞，写得神思超拔。这些地方，全来自热烈而大胆的诗情幻想。”我要补充的是：事过多年，当我再一次研读这篇作品的时候，它那如同热流般翻涌着的巨大的感情倾向把我攫获了。我感到，这种感情倾向和作者的艺术信念纠合起来化作一种强劲的意向力驱动着作者的笔墨。这样，一个杰出作品的诞生就不仅成为不可避免的，而且对我来说终于成为可以理解的了。作品的基础观念非常简单，就是两个字：成长。但是，如果离开来自生活血肉的巨大感情力量，或者说，如果作者不是沉潜到悟性世界对这种感情力量一面放纵一面驾驭，那么他就不能保证自己作品中的形象如现在这样有活力，有血色、有个性，他就不能把概念化的枯柴从作品中清除出去。

《雁翅下的星光》不仅属于中国的儿童和少年，它也属于世界各国的儿童和少年。最近它在中国儿童文学评奖中荣获了中篇优秀作品奖，这当然是非常值得庆祝的。而我所盼望的，是有朝一日殊乡异域的孩子们都熟悉小敖劳和加木苏爷爷。

5

作为一个作家，路展把自己一生的大半精力用来从事儿童文学创作。他为孩子们写了一个又一个富有教益的作品。他的作品假如按早期和近期区分一下，那么，那些属于早期作品中的教育成分，是用“蹲下来哄娃娃”的方式向小读者心灵里慢慢滴渗的。在那些作品里，他和小读者之间的距离感趋向缩小以至消失，他自己的心态或艺术情态的主导倾向只有一种，即童稚化——正如平素人们哄孩子的时候一样。1980年以后，以《雁翅下的星光》为代表，他的心态或艺术情志在结构上发生了变化：在前面，我曾用“展示”来概括它的特点。所谓“展示”，是作者主体的童稚化和作家多方位的审美活动在心理上出现了频繁的逆向运动。前者和小读者在心理上是贴近的，而后者则和小读者在心理上拉远了距离。两种距离感都通过语言幻境作用于小读者的直觉，前者在他们的心智中产生着认同，后者则频频地用丰富的美感和层次较深的理性刺激他们的“追想”。1981年夏天，笔者用《雁翅下的星光》作过一次实验，结果是：一个智力发育较高的14岁男孩儿一条腿踩着地面，一条腿弯曲着搭在床上，往《朔方》上一趴，一气儿看完了这个作品。之后，他沉默着。问他的感觉，小男孩说：“想的东西真多。”一个12岁的女孩儿，看完《雁翅下的星光》以后，对我说，我想哭！接着她说，小敖劳太让人心疼了！那个女孩多的是由直觉活动产生的认同——小敖劳失父失母和接连遭受的委屈袭扰着她的心智，使她痛苦的想哭，这种感情倾向和多数小读者以及作者本人不用说是一致的。而那个大一点儿的男孩儿的情态中要多一些理性的因子，他大概要思索一些关于成长、关于生活、关于世情冷暖、关于立志等等问题，却又未必一下子抓得住清晰的结论。不过，他被作品激发起“追想”的欲念，则是可以肯定的。这两个孩子在心智发育的不同程度上反映出作品同儿童心理的两种距离。在形象的直觉层次上，它贴近着童稚性；在世情冲突、生活真理、审美情趣等较深层次上，它又离开童稚性做了具有感召力的“展示”。这两种距离感，既是逆向的，又是互相依存、互相生发的，我个人在阅读《雁翅下的星光》时清晰地察觉到这一点。

路展同志还有新作在孕育。我想，他会将他这些年在儿童文学创作方面探出的新路开拓得更宽阔些吧。

论宁夏文学批评

——在“宁夏文学十年”讨论会上的发言

1

近十年来，中国文学的价值观发生了巨变。大体上说，文学主人公（记叙作品中的人物形象和诗歌、散文中的抒情主人公）个性世界的内在容量及其层次性矛盾性的丰富与否，成为小说家、散文家和诗人们普遍关注的问题。与此相关，文学理论界对人的主体性命题进行了规模空前的探究，批评界也竭诚地鼓励新的观照方式、新的感受方式和新的语言表达方式，竭诚地以美学上新的时代精神帮助作家攀上创作个性的桅顶，宏观地或全方位地把握当代文学的总体走向。心理世界的价值，虽然并不一定被所有的论者判定为大于物质世界的价值，但它自身的举足轻重，已经得到了确认。作者的主体性比较普遍地得到张扬，客体（人）的主体性也在某些作品中受到了尊重。多层面的回忆、多角度的人事交叠、杂然纷呈的幻象、多种潜意识以及人的本能等等，都和人的情感世界、理性世界相参相契，如流卷沙，如风搅雪，向着乡土的、历史的、民族的，宗教的、世俗的渊深而富厚的文化心理层奋进，性格的背景丰厚了，情绪的背景丰厚了，质朴的优美的单色的旋律线被多重交响的块式的审美系列所取代，单质的意境被多重的心象复合体所取代，譬诸方剂，单质的“仲景方”被施今墨式的多重套叠式的大复方所取代……总之，中国近十年的文学发展，使得小说、诗歌、散文发生了巨变，它们的审美成分异乎寻常地繁复起来。从表面看，这种态势似乎远离了传统，但是近世各国文学发生过的情况告诉我们，当一个个“新派”的鸟儿离开传统高飞远走的时候，传统依然是它们的翅膀。我们只要对近十年各文学品种的典型作品细加分析，当不难发现，尽管不少作家在鼓劲吸取现代西方哲学、美学和文学创作的成果，尽管这种吸取的势头越演越烈，实际上，那些真正扪准了民族文化心理的脉象并在展示创作个性和对象个性时把握体验环节与心理分析的作品，基本上都能够折射传统自身变革中激起的“化欧”（“化欧”这个概念是何光汉同志在1980年的一篇论文中提出的）大潮。

中国文学发展的这种趋势，使各局部地区的文学发展有了良好的背景和富有营养的胞衣。各地文学都利用自己的土壤和气候培育出一些优秀作品。这些作品既是地方的、民族的，又是辉耀着现实光彩的。宁夏近十年文学也属此类。它把自己划入“西部文学”的气候带，用黄土、黄河、绿洲、大漠、群山、窑洞、驼队、土屋等等铺设自己的景观，已经有相当一部分小说、散文、诗歌和报告文学作品通过性格刻画，包括抒情主人公“我”的刻画，提取了形形色色的人间情味；它开掘出不少本地区特有的生活矿藏，反映了改革开放时期回汉族城乡居民心理上、命运上的崭新变化。回族人民的形象、外地支宁人员的形象、“盲流”的形象和当代知识分子的形象在文学画廊里渐渐丰富和生动起来。这些形象由于从极左路线的威压和扭曲中刚刚解放出来，不少人从心灵到语言还带着昔日的伤痕，然而这些形象从总体上看又是健康的，是对广大人民已经抛弃了旧岁月具有一定批判力的。宁夏文学只有两个环节相形之下显得薄弱，那就是戏剧文学和文学评论。

关于文学评论的薄弱我个人不拟多说什么。从1984年开始，就有一些同志指出过这一点。我想引述他们的一些观点并且稍加阐释，算是为时贤作传吧。

《宁夏创作通讯》1984年第4期上有两篇文章引人注目。其一，是王勃威的《经济体制的改革对文学的挑战》，作者像知更鸟一样敏锐，指出：“我们应当在最近的变革中，最大限度地控制住大众口味的滑坡现象。”并且说：“要将张贤亮笔下适应型人物，变为敢于向一切不合理现象发出傲岸挑战的挑战型人物。”这是勇者的呐喊。当然，张贤亮小说人物的批判价值在“启示录”中正在继续增大，能否把这些人物说成“适应型”还待商量，但是，不敢直取社会变革中为广大群众普遍关切的人生冲突，没有魄力拿出震撼社会、捶击人心的作品，却是宁夏批评界很少论及的一个实情。其二，是王枝忠的《评论要跑步赶上创作的步伐》。他也从改革开放的形势入手，指出宁夏文学批评的落后，指出宁夏评论队伍没有“种子选手”等等。为了解决他提出的这类问题，1986年冬天宁夏作协召开了“作家、批评家对话会”，《朔方》杂志持续地开设了“宁夏作家论”专栏，局面显然有了好转，但主要问题并未解决。《宁夏创作通讯》1985年第4期上发表了吴淮生的《我区文艺理论工作的现状与展望》他在指出成绩之后，就“很多不尽如人意的地方”谈了如下意见：

一是文艺理论自身几个组成部分的研究互相脱节，文艺界的评论家系统地研究基础理论又不够；二是评论跟不上创作；三是忽视了其他艺术门类的评论；四是使用的概念、方法比较老式；五是队伍薄弱。

三年过去了，情况不能说全都没有好转，但主要问题即上述一、五条所列的问题并没有解决。这些问题合起来说就是观念老化而缺乏锐气。事实是存在的，原因也是存在的：改革家在冒风险，作家在求平安，或者作家在顶风雨，批评家在盼天晴。促进改革开放，发展文艺事业，常常有人空喊“阻力大”，阻力大就是缺少向生活底部潜沉的勇气，缺少巴尔扎克精神。在中国，这是带有全局性的问题。庸俗的无冲突论居然在冲突丛生的社会土壤中像蔓草一样到处繁衍，于是，在一些平展展的林荫道上，甜甜的创作和甜甜的批评互相搂着脖颈步履蹒跚。这，又何止一个宁夏。轻视“社会学角度”的思想形成一种“新风”，这股“新风”和无冲突论结合起来，使1985年以前文学艺术现实性、历史性的艳色迅疾退化，抽象的、脱离现实生活生动性和具体规定性的“自我”和“主体性”的高扬，反而造成了1986年以后令人压抑的灰潮，真是没有想到。与此同时，蓬勃发展的通俗文学到处招财进宝，它的极乐世界实际上成为血与色的世界！观念更新遇到了一个最实际的问题，那就是以什么为参照体以及朝什么方向更新的问题。文学理论与文学批评如果不能够指引作家、艺术家向当代生活的底层潜沉，如果不鼓励他们掘取最新鲜、最深刻的历史真实，如果它不能把最深刻的历史真实引向充满气血、充满亮彩的未来，如果它自己竟然充当了领导文学灰潮的勇士，那么它的历史价值又在哪里？我以为宁夏批评界对于观念更新的迟疑实在是被这个问题绊住了。它的损失是对西方现代哲学和美学缺乏评介、研究和讨论，对国内各种文艺思潮的冲突缺少参与之举。对于“人论”所表现的过分的审慎的态度，既影响了借鉴，又影响了批判。这样，批评本身就很难形成具有民族根柢和时代风采的理论套路。

关于马克思主义美学与当代文学批评的问题，应当成为中国文学批评主体建设的问题。但是现在批评文章里大量使用的观念、概念、范畴，很难说哪个来自马克思主义美学。在西方土壤里发育起来的文化心理学、精神现象学、人论、各种比较社会学，和自康德以来的西方各派美学，它们的不少枝叶，差不多叫当代一些中国人拽秃了。这些不拘一家，不拘一格的观念、概念、范畴、命题，在一些弄潮儿的手中成为向传统挑战的武器。“传统”这个范畴常常被用来指代“左”倾教条主义，当然，这是不够科学的。因为传统也是“二重组合”。渗透在美学和社会学中的西方民主思想被用来加速社会主义民主进程，并且在不少地方宣布了自己的占领，这是当代中国最奇异、最令人寻味的现象。在这种情势下我们看到，马克思主义美学不仅在医治自己的伤痕，而且简直是在剜自己的肉。它的基础理论越来越富有活性，它的范畴论朝着丰富而且饱满的境界发育着，它的主导地位不仅被宣布了，而且事实上正在按照崭新的独特的方式树立着。如果说在宁夏应当加强文学理论基础建设的话，那就首先应当把精力用到马克思主义美学的建设上来，不能抱着旧有的教材辗转誊抄，不能抱着哲学的现成概念和现成命题生硬搬套，而要对中国古代美学思想、中国当代各种美学思想、古今东西方美学思想有一种巨大的吞吐力，对一切有补益的东西，要敢于用肠胃去批判。马克思主义美学必须具有雄踞当代的伟岸身姿和独自树立的主体意识。它必须是开放的，它必须有意识地培育自己的各种营养物，使它们全都肥壮起来。它必须敢于吸收，而这吸收，又必须伴以持续不断、习以为常的、吐核似的批判，关键是有一个强有力的辩证法的巨胃。如果不这样，它就没有足够的力量保证社会主义文艺路线在中国的胜利。

宁夏批评界的当务之急和全国一样，是帮助一切有才华的作家、艺术家避开令人窒闷的灰潮，走健康发展之路。

2

关于批评的批评已经有了一些文章。这些文章总的精神是两个字：变革。分而言之，这些文章好像在呼唤观念和方法的超前性，呼唤超前的文学观念通过文学批评指导创作的发展。这是完全正确的。

问题是，和宁夏文学发展的现状相比，那种迫切需要的超前性具体指什么？宁夏文学在经过一番变革以后，它会成为什么样子？在宁夏近十年中，对于当代文学思潮，有引进，有追随，有开创，有融合，色调决非单一，作家们从80年代初就经常谈论朦胧诗、意识流、多层次、多角度、乡土文学、社会文化心理、内宇宙观照、潜意识、直觉、时空交错等等，每个小说家、散文家和诗人都有自己最隐秘的审美意识结构，这些心理结构有恒定的一面，也有变动不居的一面。它们融汇着古今中外的文学经验和自身成败的反省，形成一个复杂然而有主见的审美意识背景。这种背景我想可以称为理论背景。不管它们在心理形式上是理性的还是半理性的，它们在作家心中都是不可忽视的存在。文学批评的责任，是要通过研究作品审视作家们的这些心理背景，从而真正地深入他们的创作过程并且准确地把握各种风格所由产生的生动机制。如果将宁夏小说、散文、诗歌、报告文学的作者们各自达到的最高水平作为“最前界限”，那么，批评界在理论上确实是应该超越它们的。否则首先“理解”这一关就过不去，而王枝忠、吴淮生等同志所指出的“批评跟不上创作”的情况就必然会发展成永远治不好的慢性病。

不少同志指出近十年宁夏文学批评的方法也比较落后。我想这除了跟观念上的游移有关之外，还有一个对批评功能的认识问题。批评的功能必须适应“双百”方针，因之它应当是宽阔的和自如的。批评家应该熟知各种创作方法、各种技巧和风格。他本人可以选择某一种流派，成为它在理论上的“代言人”和“推进器”，但他还必须非常习惯地尊重与他所维护的流派相离较远乃至色彩、格调相反的第二种流派。先学会维护“双二”才有希望学会维护另外的“双九十八”，否则“双百”方针在批评界就很难贯彻。

如同创作方法之允许选择，批评方法也必须允许选择。如果中国文坛上只出现三千周扬或三千胡风或三千卢卡奇或三千王朝闻，那将是多么单调，自然还是不拘一格为好。在宁夏，有李镜如式的批评，有陈学兰式的批评，有何光汉式的批评，有秦克温式的批评，有尹旭式的批评，有刘贻清、马东震式的批评，也有王勃威式的、荆竹式的、王枝忠式的、刘绍智式的批评，为促进文学的发展各献其技，这是很好的事；在各种问题上出现坦诚的理论交锋，这更是很好的事。但是，批评的功能有直接、间接之分。那直接的功能，是以理论的形式向创作领域中的个别对象，供应切实有效的手段，它不仅应以知音者的情怀帮助读者对作家作品增加理解的深度，减少不必要的误会，而且应当帮助作家更加合理地调整自己的审美意识背景或理论背景。

对批评的批评也是这样。由于并非所有批评者的理论背景都在文章中亮底，所以对批评文章寻章摘句的批评和天马行空式的批评均为常见。最理想的是摸透了的批评。而欲摸透则必须在学术上有一种“蠕动”精神，唯此才知根底，唯此才能服人，唯此才能飞腾。争辩是好的，但是在争辩中从容不迫地正面阐述己见，与对方保持商量态度，确是一种值得推广的精神。我们应当把气力用于文学理论的正面建设上。

无论在创作上，还是在理论上，区分所谓“传统派”和“新派”应当慎重些。传统有二重性，新派也有二重性，有些传统固不可取，有些新派也是“名高实秕糠”。那些用花里胡哨的新词儿覆盖的空壳儿，有什么好?

按照吴淮生同志总结出来的意见，我想宁夏的文学批评工作者应当往理论的纵深挺进，在批评实践中逐渐增强自身的美学建设和基础理论建设。这些是十分艰苦的，是寂寞的，是不为人知的、是赔本的，但是为了提高宁夏文学批评的素质，我们又没有捷径可走。

3

宁夏文学的发展，呼唤着年轻的富有锐气的理论队伍和文学队伍。陈丹晨有句话：“培养造就一个优秀的理论批评家比培养造就一个优秀的创作家要困难得多，付出的时间和代价也要多得多。”（《评论选刊》1985年3期）让20~40岁的批评人才纷纷攘攘地脱颖而出吧。但是这些新锐之士千万要防止功底的虚薄。这样说，丝毫不意味着“用基础知识的繁琐结构压抑新生力量”。吴淮生同志指出的“文艺理论自身几个组成部分的研究互相脱节”和“系统地研究基础理论不够”的问题一定要解决。而且，最好有一批青年人能够从20多岁着手解决。我们需要两种年轻的文艺人才：一种是有理论价值的文艺家，一种是有艺术价值的理论家。这两种人才都是非常难得的，要做到这一点，有一个学科建设的问题。下面笔者结合宁夏近十年文学批评的一些情况，把学科建设问题展开一下，谈的是“五个深潜”。

第一，向当代的社会人生深潜。这样做是为了试图消除批评和创作在把握社会人生方面存在的长期难以消除的差距。批评家应当比作家更理解社会人生，他首先要使自己成为当代社会人生的理性器官。为此，他应当用政治学、历史学、法学、经济学、美学、民俗学乃至某些自然科学结成的有一定长度的悬梯向生活的底部潜沉。一定要毫不犹豫地摒弃这种思想——把握社会人生是作家的事，把握作品才是批评家的事。希望年轻同志从20多岁就死盯着巴尔扎克式的“革命辩证法”。巴尔扎克作品中所渗透的那种了不起的“革命辩证法”，正是马克思本人用理性的眼光开掘出来的。在当前，中国文学的创作与批评都多么需要这种对于一切社会科学来说都属于灵魂的东西。正是它——革命辩证法，能使我们的创作和批评摆脱怯懦、肤浅和平庸。这并不妨碍风格和流派的选择，因为哪一种风格和流派都需要真正的深度。

第二，向当代的文学创作与批评的典型作品深潜。在这个问题上，至少要阅读500

万字的东西。青年同志年富力强，是时间的百万富翁，支出一些时间完成500万字的阅读量并不需要多么慷慨（我们不使用“古今中外文学名著”这样的字面是为了强调这两个深潜乃是当务之急）。

第三，向创作论的深层潜沉。创作论不是文学理论的起点，却是文学理论的核心，是它的主体结构。古往今来，不同文学流派的聚讼，没有不围绕创作论的。十年来，宁夏文学批评的成绩主要表现在作家论上。而在创作论方面我们还需要加强基础建设，特别需要摸透中外不同流派创作论的基础构成，通过认真的比较和吐纳，建立和丰富现实主义创作基础。全国有的我们拿来，全国没有的我们自己摸索着干；拿来的东西我们从头到尾再摸索一遍也没有坏处。总之，我们必须使批评工作有一个结结实实的底座。

文学创作是“操作型”脑力劳动，文学批评是“理论型”脑力劳动。后者对社会的支出应当从前者的成功或提高中获得补偿。这不是指经济方面。任何事业都是在不断改错中进步的。创作要想不断进步，必须不断克服失败和平庸中包含的主要失误。为此作家就有理由求助于自己的第二大脑——文学批评的帮助。一般说来，批评的任务是把各流派共有的最深层的基础性内容和当代文学发展趋势的宏观信息，以最生动的个性形式传递给作家们。这种个性形式就是批评的形式。为此批评家必须从一开始就积累自己的“家底”——创作论。创作论最重要的内容有两个，一个是体验论，一个是体现论。弄清包含在这两个名词中的各种心理机制，除了认真地研究审美心理学或艺术心理学以外，还要有大量的分析作业。这是最基础的东西，它跟流派和风格无关。要使宁夏的文学批评克服一个“飘”字，不需要神丹仙药，用最朴素的态度抓抓基础就行了。

如果要提高我们的批评档次，在理论上就得对上述最基础的东西进行超越，研究作家创作过程中最生动、最激动人心的环节，把握各环节联系中的各种中介。创作论的终极，是生动作品的完成。离开中介论的帮助，创作论很难脱离僵固的境地。中介不能一般地理解为“媒介”。按照马克思在《资本论》中对中介的分析，它是从原因到结果的各种充满对立转化内容的非直线过程。中介正是一种运动，中介运动的终止之处，是它本身在结束中的完全消失。在黑格尔哲学中，对中介的论述为数不少，却没有达到马克思的深度。把审美中介论当作审美媒介论来理解是不够的，甚至是肤浅的和庸俗的，希望我们的青年批评家在耕耘创作论这块土地时，从一开始就把犁铧插深一些。文学，是傻子的营生；才华，是笨人的素质。历来的小能人儿们，都是喜欢飘在水皮上玩泡沫的角色。

第四，向风格论的底层潜沉。风格分析可不可以凭直觉？可不可以凭第六感？不可以。直觉可以把握最表层的风格信息，而风格则是从骨髓里蒸发出来的东西。不管批评家在完成批评作业时如何逞奇斗巧，他心中的风格论背景都必须是一个结构。我们（不只宁夏）有些批评文章对风格的判断和把握往往是直觉加概念，而对直觉所作的各类综合又缺乏数量的饱满性，所以有些断语下得虚而不确。风格分析是绣花女的作业，是蠕动者的作业。我们必须克服大而化之和粗疏，只是在表述上最好留些余地，保持适当的模糊性。刻意求精，再出之模糊，那模糊的网子才可能捕得准确些。所谓批评家的主体性并不是抽象的东西，它是以整个主体意识结构维系着的批评论背景为内容的。

风格论的知识在各种高校教材中是容易搜寻的，但对于有志独树一帜的青年研究家来说，一切必须自己做起。只有他们才有希望早期完成真正属于自己的风格论建设。这种建设最好在35岁以前基本完成，在其后的年月里调整之、丰富之。无论在美学上还是文学理论上，风格论都是最熬人的。因为它必须植根于坚实的创作论，并且必须有自己一整套成体系的概念网络。要刷新宁夏的文学批评，我们的长远目标由谁来实现呢？只能寄厚望于青年人当中那些不为利诱、不为物累，在学术上甘于潜沉并且敢于独自树立的人才。这些人才光靠学习班、讲座、大学课堂是培养不出来的，要靠他们个人积年累月的苦心孤诣。

有一点是需要我们留心的：我们自己风格论体系的概念网络，无论如何要与当代社会生活和当代文学创作的最新面貌相适应，因为它只能在更新和丰富的过程中逐步完成。

第五，向批评论的深层潜沉。批评论在当今世界上并不十分发达，不同的文学理论家有不同的批评论模式。只要这些模式不是故弄玄虚的产物，不是无根柢的标新立异，它们就对批评论作出了贡献，而无须计较其片面性如何。对于作品的批评，对于批评的批评，都离不了批评论的根柢；离开了这个根柢，一切都会变成相对的和瞬息万变的。这是因为，人们究竟能够进行什么样子的批评并不都是理论问题，一切以批评的目的为转移。所谓根柢，不过是些最基本、最一般的东西。它的基本内容，一是要求批评契合对象的具体性质。从这方面讲，批评的过程和创作的过程恰恰相反。创作的过程，是从构思到作品；批评的过程，则是从作品返回作者的构思。两者的关系可以用“W”来表示，说明二者的双向逆反关系，并不是在一个平面上完全叠合。作家的主体性和批评家的主体性之间的差别，使二者绝不可能保持在同一个平面上。张贤亮说过：“文学批评，显示批评家的鉴赏水平。”（在张冀雪小说讨论会上的发言）他指的就是最基本、最一般的方面。二是批评还必须从当代文学发展的一般图景出发，高屋建瓴地俯瞰个别作家的作品。这并不是“高级”的要求，这仍是最基本、最一般的要求。这种要求的意义是：“观千剑而识器”（刘勰语）。把握当代文学发展的一般图景，这实际上正是多数作家努力做到的事。批评家不应落后于作家，相反，他应当比作家做得更充分、更理性些。

有没有高级的批评？有。高级批评的标志是既充满批评家本人高层次的创作体验，又能从批评家自己的哲学——美学高度俯视文学发展一般图景，从而能够在处理个别作品时显示出一种轻松而犀利的剖析力。这样的批评家的功底可以分解为三个部分：一是高级的艺术实验，二是学术上文史哲三位一体的结构，三是与文学发展全局的同步思维。社会不会有计划地把某个人培养成这种批评家，但是，社会却可能为这种批评家的出现准备充足的文化环境。关键是有没有一些雄心勃勃的青年猎手，忍穷迫而励志，抗流俗而勇进。

吴淮生同志还指出了宁夏文艺批评忽视了其他艺术门类的评论。十年来，对于音乐、舞蹈、美术、书法、戏曲、影视的评论，不是没有，也不是缺少强有力的作手，而是我们的艺术家自己“太客气”。他们往往把自己的“家底”包起来等着专业的“批评家”去猜、去揣摩，结果得到的除了几句略略沾边的好话之外，很少得到将自己的艺术引向纵深的动力。真正的批评家是艺术上的真知者。这些人不是别人，正是他们自己。宁夏应当有自己的王朝闻、李凌和贾作光，应当有自己的宗白华和马少波。宁夏各高校的美学课是由文学概论的教师们承担的。而宁夏美学的发展却有待于各门类艺术家自己“掏底”，并使之逐步哲学化。我们的艺术家队伍，是美学的“露天煤矿”，采掘这个“煤矿”，靠文学界的外行是不行的。

4

宁夏近十年文学批评的风格，不能执一而论。有同志指出了一个“甜”字，这并不意味着批评界有权“下冷霜”。文学界的作者描写出点东西来很艰难，而且车有车路，马有马路，碰上个知音也不容易，何况他们在社会上即使有强者的姿态，却不一定有强者的地位。他们有时“拉评”，有时希望编辑部往外“推”，自然可能是力量孱弱的表现。有些搞批评的人也并非心高志洁、特立独行的好汉，他们也在为自己人与文的出路不断折磨着自己的两条腿和两片嘴，真正霜雪冰雹俱下的时候，他们自己也未必是“岁寒三友”。大家都是气高身弱的角色，还是相濡以沫吧。

刘彦和说过：“知音其难哉！”这是千古不磨之叹。我们的批评家首先应当多做些正面针线，在高档次的鉴赏中严格地选择批评对象，通过向创作过程的回溯，拿出对作者、作品和艺术奥秘的真知来。不管作家或批评家在流派上有什么倾向，彼此间的相知都是极其珍贵的。批评的真正深度，在于探及作家构思过程中的心理机制和作家本人的审美意识背景或理论背景。批评家的个人倾向，不是表现在天马行空式的指东道西上，而是渗透在对作家作品知根知底的分析中。真正的“霜杀”，常常可以通过严格选择来显示。杜甫遗诗1400多首，冯至的《杜甫诗选》只选了260多首，不足五分之一。艺术上没有常胜将军，落选者非无可取之处，只是其总体面貌比较平平罢了。让批评家围着平平之作打转转，或者让他们陷入无穷尽的指谬之中，并不会有好的效果。

宁夏近十年比较好的文学批评风格是在各文学编辑读稿之中，是在二三知己间的商量之中。杜甫《春日忆李白》中有云：“何时一樽酒，重与细论文？”今天，就是对于陌生者的评论，最好也要有些“细论文”的味道，尽量地理解和体贴作者，互相间多一些温馨。除非遇到恶品，不得已而用辛辣，那也要注重分析，不能使我们的批评丧失理论的品格。当前文艺思潮空前活跃，不同倾向间的撞击频繁而且激烈，如何防止将学术论争恶化为人事间的兵刃相向，看起来比几何题的“三等分角”还要困难。这肯定是因为文艺以外的某种目的没有排除。党的“双百”方针是十分英明的。古往今来，文艺上没有全知全能的流派。任何流派的倾向，都是靠片面性加独创性来显示。各流派的独创性在哪里？在其片面性，又在其独创的体内。这种现象是由艺术的本质决定的。当然，严肃、深刻的现实主义将永远是人类文艺发展的主潮。因为它对社会、对历史、对人类命运的秘密，有一种跨时代的巨大的趋向力。但是如果它想永葆青春，那么它除了把推进人类进步宣布为自己的目的而外，还须不惮于取用各家之长来补养自己。它绝不能宣布自己全面性的完成。对于其他流派，它的正确态度是“拿来主义”（鲁迅），它的正确口号是：“能够丰富我们的，我们都要。”（胡风）我们主张在文学批评上保持一种宽宏的、和风细雨的风格，并不是主张陷入甜、熟、圆、腻的庸俗境界，这与我们对现实主义创作方法和“双百”方针的理解和维护有关。

卷三　艺术评论

书法断议五题

书法艺术的本质

世界各民族的文字，在书写上都有美的追求。但是唯独汉字的书写成为一门艺术，这是什么原因呢?

从殷商时期的甲骨卜辞看来，汉族的先祖在让文字发挥语言符号的功能时，从一开始就按照美的规律来造型；到了殷商时代的中期和晚期，汉字里头均衡、对称、整齐一律、多样化统一的各种和谐尺度，已经形成卜师们稳定的审美意识。这就是说，字的造型从一开始就有两种功能，一种功能是充当语言符号，一种功能是给人以形式美的愉悦。这是书法史上最早的一分为二。面对这种一分为二，我们找到了书法艺术的第一层含义，那就是人在书写汉字时，在线的运动与组合的各种形式关系中运用美的规律的造型技巧。这是书法一词最普泛的含义。在这个意义上，书法的艺术性，事实上是语言符号的工艺性；和它对应的，是人对工艺美的审美心境。

书写的工艺性，即是书法艺术的自律性。这种工艺性在甲骨文、籀文、小篆、隶书、章草、楷书、行书、草书等不同书体中，形成了形式美规律在数万汉字书与极端丰富的运动轨道，或者说，形成了极端丰富的自律性轨道。这些轨道是可以类化的。在对这些轨道的分类中，可以看到不同书写体式对书写工具和书写方式的不同要求，可以看到各种书趣之间异、同、常、变的生动形态。

书法史上第二次一分为二，是书写者个人意态与心性的介入引起的书趣的分解。这种分解，可以说成书法艺术自律与他律的分解，显示着他律对自律的强力的统御。这种分解的前提，是书法的艺术功能的逐渐强化和对实用功能的逐渐挣脱。那目的，是使字的点画、使转等等统统成为意态的信息和精神活力中大的性格倾向的信息。精神活力中大的性格倾向，就是古人称为“气格”的那种东西，它是个性状态的“情性”，是个性状态的“气”，是个性状态的“神”。

为什么使用“大倾向”这个概念？因为书法艺术的抽象力很强，它不仅超越了一切自然人事的物象，还超越了人的七情——喜、怒、哀、乐、爱、恶、欲（或喜、怒、忧、思、悲、恐、惊）。它在抽象级别上超过了舞蹈，也超过了音乐，直指气性的直觉。

柴建芳的书、印及摄影

“唯有创造才是欢迎。”（罗曼·罗兰）柴建方以一人而兼三艺之长，其苦也欤？其乐也欤！

建方书法如汉魏辞章，抱骨含风，慷慨多气，能在人们心中唤起强烈的兴奋与共鸣。他的行草书，或如疾风入竹，俯仰有声，或如剑芒出阵，纵横森然，都有一种逼人之势；他的草篆，则如悬崖劲枝，嵯岈云外，也有一种慑人的大境界。书法如同行兵布阵，需要大智大勇，奇正相参。乍看建方书作，容易产生一种幻念：仿佛见他蝶泳于中国书法史的长河，将那碑趣、帖趣、篆、隶意、行法、草法统统扑腾得浪沫翻气。然而揣摩久之，乃知他素喜浪漫与豪放。他像古来许多浪漫派书家，秉持传统的大宪，摆脱繁缛的拘束，汪洋恣肆，狼吞虎吐，运性灵之枢轴，融百家之大端，变异而不悖于常，奇诡而不乖乎正，终于形成自家面目。

建方似乎有意跨出真书的规范，取唐以前的萧散，化唐以后的意蕴，跟随点画使转运行于粗细、浓淡、枯润、疏密等审美意向之间。他常常让字的气势逸出中宫，进行局部的变形与夸张，攲正互补，刚柔相济，而又靠敏捷的直觉“杀字求安”，取得总体上的均衡与和谐。这和书法大师于右任及其传人胡公石先生的影响是分不开的。

建方也是印人。他擅为白文，喜用冲刀。26年间刻印五千余方，足见用功之深。在其印作中，或可见到秦汉玺印的古拙、钟鼎铭记的浑朴，或可见到钝丁、伪叔的奇倔和白石老的凌厉。而那真率骏奔之气，则一如其书法，显示着他所独有的艺术个性。在美学上，我向以书法为墨线的诗，以篆刻为金石的诗。从建方此次出展的作品看，每幅字，每方印，或径寸巨幛，或篆隶草行，都是传统与创新、形质与气韵的协奏曲，都有性灵火花的迸发，也都有境界上的探索与追求。可以说，这些作品犹如西北的苍莽大漠，一扫圆甜熟腻的庸风，不仅是他个人胸襟的剖白，而且使人感受到新时代的风云气息。

摄影艺术，是用镜头捕捉的感叹。它通过光影技巧、剪裁和角度，对诸种客观实体进行典型的选择和诗意的开掘。建方的作品即是确证。请看：《六盘山之冬》，好一幅北国风光的写照；《贺兰山之夏》，却似岭南派山水画卷；《在水一方》，充盈着神秘梦幻的气氛；《黄河冬日》里，雄浑与柔媚达到了完美的契合；《黄土地》，透露出一丝苦涩；《百岁老人》，是对老寿星的礼赞。至于小品和静物摄影，也多颇见匠心。“唐诗意解”《鹅》自不必说，且如《冰清玉洁》的淡雅，《野水》的朴实无华，《小鸡娃》的憨稚可爱，《蝈蝈》的自得其乐……这些生活中极其平凡的东西，经他镜头的网捕与点化，立即成为一首首抒情小诗。

建方的摄影，题材丰富，情景交融，微妙而独到地映射着他对自然之美、人生之美和他对艺术事业的真知与真爱。不难看出，祖国山川盎荡之气的涵泳、学识及阅历的陶冶，艺术素养的精进，勇于创新的精神和一往无前的毅力，乃是他成功的主因。唯此，他在摄影以及书法篆刻上，才能摒弃局促畏葸的小家局面，而能在恢宏的精神背景下纵横开阖，自由驰骋。

郭守中书法断议

在80年代初，我就注意到守中的书法有意在结体上解除中宫部位的紧张，其笔形凝重，其笔意疏淡，其韵致闲远。他不做唐人规范的奴仆，而有意让字的点画的本质成为个人心性的奴仆，将他以淡味为大味的心性，体现于沉着的、疏散的境界，以求在这种境界中愉快地直观他的自我。淡味，是对华贵、缛丽的超越，也是对雄强、劲健的超越。即是说，是一种由高度的自信力实现的心力对物力的超越。看守中书法，如看陈氏太极拳，真气内启，不露锋芒，偶有爆发，自见雄强。此等淡味，自然称得起是大味，跟白开水迥不相侔。

淡，是对物欲热潮和势利心的批判。守中书法之淡，有真性情为底垫，不是灵巧者的自我包装。因而那淡的风格，乃是他人格的外化。在他的作品中，那字的形质，是他个人性情的真实的对象物。因而那形质几乎完完全全等于性情自身。在书法艺术中，笔墨形质，属于“物”的范畴；神趣气味，属于“我”的范畴。书法家只有参透物我，方可众妙纷出。老子云：玄之又玄，众妙之门。对书法艺术来说或对一切艺术来说，那总的“玄机”，在于物我关系。只有处理好这个关系，方可打开众妙之门。诗家以奴仆命风月，书家以奴仆命点画使转，都是艺术创造之大端，一丝一毫不能退让！守中在书法上守持这种信念，具有极顽强的态度，这是看得出来的。

在守中的作品中，常可见到笔形、笔质的沉稳与凝重，与结构关系的空远相统一。这不是目的，这是手段，是为神趣的贯注营造媒体。那结果，则是心性的简淡与闲远。司空图讲“人淡如菊”，做起来实在不易。首先要厌弃机巧，涵养内力，抑制笔墨的喧哗，睥睨尘寰的势利，减风华于形外，守雄强于襟内。守中于此，可谓不愧。看他的字，可在他拉开的空间，感觉到蜃气的脉脉飘动。这是他不聚之聚的实质。

近来发现，守中作书以气送力，以力送气，气力相送，有时显现于笔墨上的使转于过接。这说明他的气局在渐渐恢张，这说明他渐渐以大局为小局，渐渐运用隼视，一个阔大的局面正在他的前面等候。几年前我曾留意，守中写字，有时以藏为露，以缺为全，以深隐为秀出。他的有些点画，故意写得“不到”，好像檐头小雀，只露出小嘴在那里叫，身子不出窝。目光留驻久之，则感到似有似无，“欲辩已忘言”。可见他意趣的经营，是颇下工夫的。

吴善璋书法断议

《吴善璋书法作品》的出版，使我有机会领会他心灵的舞蹈与歌唱。我一向认为，书法是墨线的诗，是墨线的歌舞。

善璋的点画，经过了无穷的淘洗和锤炼，作为艺术的媒质，纯度很高，非常像那些功力超拔的诗人的词语、舞蹈家的舞功和歌唱家的嗓音。欣赏他的书法，仅是感觉他的点画的单纯、简洁、明白，就是一种愉快的享受。曾听有的同志说，在善璋的字里寻找力度似乎有些困难。这些同志对“力”的理解可商量。在书法艺术中，力，不等于万毫齐力地用傻劲。力的体现，途径很多，其要点在于心手之间的不疑不滞，在于运笔的果决。善璋的笔力，不在筋骨的裸露，而在气旺与神畅，加上点画的笔触化。我猜想，他在写字时的状态，很可能是近距而遥视，一方面对气的运动进行直觉的凝神观照，一方面用笔触的腾掷与跃动，显示个人心灵蓬勃的活力。就是说，他在写字时，让他的贯注了气的精神——心，驱动一切形质，又离开一切形质，既用高质量的笔触准确地“射准”神趣，又让那些笔触随气返虚，使之浑融一气。苏轼评文，曾有“清雄”二字。我想善璋的书风，也有清雄之概。其次，是他的俊畅，清雄俊畅，是我对善璋书风的总体感觉。他的字，如同公安派、竟陵派散文，其形益散，其神益聚，是一气贯注和一笔不苟的统一，是屡经破体形成的心灵的舞蹈与歌唱。

书法艺术和一切艺术一样，没有历史。即，只有历代演变的辙痕，没有向上演进的轨道。帖宗二王，碑学汉魏，全都眼光向后，寻找“六龙回日之高标”。对一个成熟的书法家个人而言，也不存在越往后越高级的必然规律。怀素晚年，手臂偏枯，小草千文，减尽风华，即是一例。人们珍视书艺的新境，也珍视书艺的波澜老成。但不论是新，不论是老，都不必然等于高。书法美学职能在“体气”。体气超妙，常在盛年。（体，物化也）但是，看海内名家书法，多半处于中途状态，尚未止于至善。何谓至善？就是艺术上的自我完成。就善璋书法来说，清雄俊畅的风格已经形成，那气深力沉的宏伟的底垫，似需继续增厚。我热诚地希望，今后善璋书法的旨趣，更好地处理“一”与“多”的关系，小境可以聆幽窗之啼啭，大境可以见海岳之磅礴，恢张气局，纵横决荡，使自己风格的主线，来一个“鲸鱼跋浪沧溟开”！

谈马学智的书法

1963年初，我在利群中学两个高中班教了几周俄语，于是结识了马学智。那年秋天，学智见我写毛笔字解闷，要我教他“书法”，我说：“我的字受唐人影响太重，又没下工夫练，花拳绣腿，不值得学。去，找段若信老师学魏碑，好好跟他学笔画。”1964年11月，两个高中班并入一中，他于是又有了向罗雪樵先生求益的机会。我没有教学智写字，但我的一声“去”，意在将他推入汉魏风骨。他从段、罗二位老师受到的教益，对他以后粗、厚、朴、简的美学意向的形成，肯定有重要的意义。止水解读马学智书法的《书以道志》一文，有许多知人知书之论。其中提及“中学时代的罗雪樵、段启信、高嵩老师对他学习书法产生了较大的影响”，实际上，学智真正的业师，只有段、罗二公，我的“影响”大概只是一个“去”字。

而今四十年过去，我翻阅了学智的“书法作品集”，又浏览了他个人的大型书展，感奋的心情冷却下来，升华出两个字：简放。

简放，是学智书法的总体风格。只一个“简”字，化在他的作品里，便有简劲、简洁、简朴、简淡、简无诸格。而一个“放”字，又疏放为宗，其间时时化入俊放、雄放、豪放等格调。从传统美学上说，与俊放同化之简，当为简巧；而与雄放、豪放同化之简，必为简拙。所以我在学智书法里看到简俊时的心情是欣悦，而当看到简拙与奔放、雄迈同化的格调时，心情则是震动。

揣摩书法，要在气、境、功、格四者当中，以气格为体，以功境为用。就气格论，学智心性简厚，谨言慎行，气力内敛，虚怀善纳，故其为书，简放则掺之以凝聚，放而不肆，散而有度。就功力论、气力相送，笔宽则散，笔离则疏，笔缺则蓄，笔断则远，笔聚则坚，坚则力健，柔则趣逸。他的集子中有王僧虔《书赋》一帧，效钟繇之沉凝，可见他研读过这篇名作，且获益良多。故知他经营笔墨，务求“乘规而骋势，循剑而怀放”，志之所之也。有志如此，可以不为书奴。就自然界来说，美的规律就是和谐律。但在艺术，一切奉守和谐律，作唯美的追求，一动手便失去自我，那就立不起一个“人”字来。只有以气为主，以志为帅，像晋、北宋诸名家那样，在不均衡中求均衡，在不和谐中求和谐，开拓更宽阔的空间，让神、理、气、味、兴、趣六字自由奔跑，这才是艺术美的上乘。学智书法，深能得之。为什么这样说呢？刚简雄健之外，更从疏放简淡之中见其混茫迷蒙之象。疏简则返虚，迷茫则入浑，合而观之，可知他书法的未来，可望出现雄浑超拔的境界。我希望他勿以中途为终点，当奋勉前行，坚守胸中大志大趣。有大志趣，方有真正的高格、真正的奇境、真正的超绝。我想，会这样吧。当今商气弥天，文学界和艺术界才俊竞驰，这都是不争的事实。只有守志不移，扫尽风俗，不断地“积学以贮室”（《文心雕龙》），方能穿越文商气焰，成为云海上空的孤峰。不为孤峰，必致中折，文学事业和艺术事业的悲壮，正是由这个规律决定的。才俊十万，孤峰三五，这不是文学史、美术史的规律么？学智气厚力坚，苦心向学，有孤旅的身姿，有可能不为“稻花香里说丰年，听取蛙声一片”的蜜味所误，所以，我才把这些真心话说给他。眼下中国文学界、美术界、书法界的情势，少数卓异之士，已进入增进学养的健康境界，其中大部分人才，将被利禄功名淹没。《文艺报》上，屡屡有警钟鸣响，这是真正的惜才。希望宁夏文学艺术界诸位名贤，惕然有所警觉，勿谓鸦噪厌耳。我在给学智的评论中向他们掏心掏肺，是因为我爱他们。

美术断议七题

沈德志笔参造化而后师心

了解画家沈德志艺术道路与创作过程的人，会在他的画面上看到汗液的滴渗。德志作画，不愿意蹈袭别人，也不愿意重复自己。

据我所知，从1979年到现在，他没有过过星期天。

他笔下的山水，扬弃了历来写意派的隐逸气和书卷气，是他执着现实的产物；揣摩起来，能使你感到丰厚的生活实感中迸发的热力，感到大西北山塬间温煦的乡土气。他的画不似清高孤苦的寒月，不使你觉得疏远。他的画很亲近人。

他表达审美意象时，那媒介物，乡俗语。他自己独创的皴法，也起名叫甩鞭皴。这种乡俗语在他手里，成为攻治甜熟、扫荡庸风的利器。我们看到，他追得的境界，却是浑厚、阔大、蕴秀与悠远。

德志喜爱大自然，更喜爱人。在他的作品《耕山图》中，大自然的生命和人的生命，在密切地对流；那彼此的情态，都是温厚。《清融》中的小草，出之于减短了的甩鞭皴，看起来莹秀极了；整幅画面，是春意融融的诗境。你一定注意到《龙潭秋韵》里的红，娇艳，厚密，旋动，有迸发感。那独到的效果，得于色、水、力、墨的融会。在《夜的麦垛》里，那只酣睡的狗，享受着甜美的梦境……黄土高原的褶裂，如同大脑的沟回，千来万世，思索着人生的主题，《塞晖图》揭其一隅，很能牵动人们的体验和理解。

他画的人物，使你感到质朴和本色。黄娥的神情是凝重的，表现这位明代女诗人如何坚忍着愁苦和浅近的煎迫。

《黄土系列》是德志的近期作品。这里有一种淳朴的抽象意图，想把炽烈的热情冷凝为理性的直觉。例如在《黄土勤》里，温厚的性格和无止境的奉献成为黄土与人、人与牛、牛与黄土之间的等价物。于是，黄土牛化了，牛黄土化了。到头来，是人的崇高精神奏出了壮歌。这个系列尚未完成，不过可以看出，那昂扬的主调乃是奉献。

纵观德志绘画的气、境、功、格，大家可能最喜欢他的本色自然。他绝无哗世求宠之病。他的作品，起于工丽以见清新，剥尽浮华而出真朴。他守持这样的主体性既不退化也不动摇。可见他原来也是师心派。然而他的师心，是以笔参造化为前提，故而他的画品能够斥绝乖张、睥睨高蹈，以极亲切的面目留驻人心。

读王永强的花鸟画

王永强工笔花鸟，早就得到了宁夏画坛的称赞。我久久留恋他的画幅，感到他工笔花鸟的美，呈现出多姿多彩的局面。他的画很注重意境，而那意境，又在心与物之间，一方面以物入神，一方面以神入物，其中显示着他对于花鸟之美的热爱。

他喜欢画荷塘景色，夏景、秋景都注入心神，体会物情物态，让它们到他的画幅里与读者的心灵对语。但是像他的《鱼乐图》，就离开了荷花的主题，连蒲草的宾衬也省去，十分精细地画了芙蓉花，在水边灿烂开放，小鱼荡起水纹，自得之极。他的《幽谷玉兰》，花朵十分洁美，背景是繁乱的春枝，读起来感到枝乱心不乱。左下方的太湖石，大胆用了深重之色，与白色的花朵形成对比。枝条上面，有一只美丽的鸟儿回过头来梳理羽毛。这幅画不仅境界好，笔上的功夫也值得赞叹。工笔花鸟有一个传统，就是不厌其美，而王永强绘画则尤其追求洁美。他笔下的白花冰清玉洁，不可亵玩。他的《山深百合洁无瑕》这个题目就泄露了他的审美倾向。

使我和王永强结缘的是他的月夜昙花《良宵》。初见此作，我惊叹久之，随即援笔题字："万古一瞬，月不敢照。"画面上那轮圆月，不远万里来到跟前，想要亲近昙花万古一瞬的美，然而它没有勇气露出脸来，只躲在云彩后面。美丽的昙花，尽管自己开放，用生命的瞬间，照耀生命的永恒。那两个小鸟，好像在商略一个自己弄不懂的问题。当然，这是我这个读者的理解，作者当初如何寄意，在我已经无关紧要了。

王永强工笔花鸟不但有功夫，而且有格调，而格调是尤为重要的。

简议任振江的油画

以下所议，皆是展厅中所见。

在展厅中流连，可以察觉任振江在不同时期创作思想的演变和艺术风格的演变。较早期的作品，带有称量题材重量的时风。他的《上梁大吉》，是就30年代中期红军过境时帮助宁夏山区贫苦百姓盖房的史事抒感。另外，对工农业建设、山区水利建设、回乡风情和西夏历史遗存的讴歌，与同一时期宁夏文学艺术的贡献，有一种平行关系。

看得出来，他很喜欢黄河，特别是喜欢筏工的豪迈。作品中多次出现筏的主题，可以说明这一点。他还特别关注干旱的宁南山区的水。为此他以激切的心情"述说"了扬水工程的历史功勋。在一幅画面中，他把寸草不生的龟裂的土地、世代相传的木桶和超长的大绳、茫然无措的脸相，同提灌工程的造型、女人洗澡的造型鲜明地对比起来，像一篇凝重的抒情散文，将深沉的咏叹寄托于史事的宣叙。振江油画中那根超长的大绳，在小说家南台《一朝县令》中关于"百井大战"的评议，都具有重要的社会学价值，启发我们思考：即使种树种草，也必须同时“种水”。

我极其喜爱他的《毛毛雪》。旱情严重的山村，干渴的、萎靡的土屋，在瑞雪初降的一刻，两个幼小的山娃子仰着小脸，张着小手，伸着小舌头在外面接雪——这个瞬间造型，揉疼了我的心。我从两个稚气可掬的山娃子在雪中嬉戏的无声的造型中，听到了沉重的命运的呼叫。

有一幅画叫《红柳》。我在它面前停立良久。在那幅画上，历尽了风虐沙狂的红柳的主干，已经根枯、体残、枝断、骨露、皮翻。它的“下一代”的枝影，在侧畔横斜。厚重的用色，苍劲的笔触，雄健的造型，把一种不屈的性格放在尖锐的沧桑感中进行讴歌。为此讴歌，他在色彩的主调上加了“热”。而那周遭，是旷远的、低温的、灰调子的吟唱。还不算完。当我在地平线上看到了一弯残月，哎呀，我周身的皮肤一下子凉了半截。这时我感到，我发现了一个会用画笔做诗的任振江。继之，我带着这个发现，走到几个驼印跟前，骆驼已经渐行渐远。在它身后的蹄痕中，留着沙的凹陷、突起、皱褶和裂纹，留着画家心灵的抚摩和感觉的蠕动。正在此中，画家成功地复制了他对跋涉者厚重性格的深爱。

白，是油画艺术的险区。在一幅肖像作品中，他让一位姑娘穿了带花点的白衫。他是怎样处理的呢？他用不同的灰调子的艺术完成了不同的白色的幻术——连最亮的部分都罩上了浅灰。在一幅静物画中，一截带皮的断木，一小段带皮的断枝，几块空心的红色的断砖，在经营以后的空间关系中，像在照片里一样逼真。可以看出艺术感觉在树皮上的徜徉。那结果，是将所有互相邻近的灰调子之间的过渡都处理得相当准确。当然，以上所谈，只是稍稍涉及了他的“后院”功夫。

谈姚家树的几幅版画

姚家树同志的版画我看到的不多，却感到他有独到的成就和比较鲜明的个人风格。他的版画语言，像传统的民歌和律绝，能把表现构思的意象媒介，融进韵味深远的装饰风。版画，不用说应当有版画味。所谓版画味，简单地说就是刀味。刀味并不必然地依赖装饰风，直寻造化的写实派着意追求的恰是甩掉装饰风。但是，在刀味与装饰风的统一中求谋求版画艺术的发展，对于艺术创作来说，照样是天高地阔。

我比较喜欢家树的以下作品：《春苗》《初春》《亭亭玉立》《塞上初春》。这些作品共同的特点是生机勃发，除《亭亭玉立》这幅花卉小品外，都氤氲着乡野情味，都能以清远的余韵和人们的知觉力相接。我在这些画幅里，听到了牧笛的声音。

黑白木刻《春苗》，表现沙原绿化的主题，意境隽秀而清新，算得上是家树最好的作品。它的底衬用全黑，黑得结结实实，这一方面使白色的图像在尖锐的色调对比中迸发活力，一方面诱使人们的心灵去体验沙原的旷莽。载入画面的三只驮运树苗的骆驼，那行进的姿态简直是向前弹动，颇能看出愉悦的兴致。远处，近处，一丛丛灌木纷披着细韧的枝杈，全笼以半圆形的廓线。这是作者有意识以剪趣入刀趣。这种趣味又启发我们从剪纸的角度第二次理解骆驼的造型，理解它们可爱的形象为什么又结实又轻灵，又整饬又活泼。

装饰风在水平上达到一定高度，能使人忘掉装饰风而直追情志与意境。在这个意义上，带有装饰风的艺术媒介，仍然等于内容自身。

手法相近的是《初春》。一泓清水，数丛灌木，母鹿在饮水，一只小鹿栖在它身边，另一只小鹿在一旁腾跃嬉戏。画面表现自然界一种天超，与人间母子情形成比拟。

《春苗》和《初春》使我产生一种想法：假如将《春苗》移上希腊古瓶，我甚至大胆地用它把那著名的“女孩与燕”的图景替换下来，我觉得除了骆驼与沙原植物和希腊生态环境不相协调，其他都是很惬意的；假如把它移上波斯古瓶，整个图景和伊朗沙漠草原上的生活颇为谐调；如果把它移上中国古瓶和漆髹器具，感到它立刻焕发神采。到底是中国的传统养育了中国的艺术。

套色木刻《塞北初春》在构图上，作者花了不少心血。前景用沙路驼群遮幅，背景是笔立的高山，占去三分之二的画面。两者全用纯黑，风格也如剪纸。由沙丘、草原、黄河、丰饶的川原、铁路干线上奔驰的运煤列车组合起来的美好景象，仅在不足四分之一的画面上展开。由于透视性的运用，把人们的感觉一层层推得很辽阔，从而把山也推远。天上鸟群的聚散，飘向列车后面的白烟，大地上富有光感的色彩的撞击，能在人的感官产生一种喧闹。骑在骆驼上的那位老乡，如果这时候再漫上一首花儿，那就实在太妙了。我想到家树这个来自江南水乡的人，如此诱人的塞北，自然会使他乐不思归！

家树还有一些表现放牧题材的作品。其中《牧》《黑白木刻》，虽然算不上多么好的作品，却有相当多的意味。他捕捉了一个小孩儿举着柳条喂小羊的瞬间。遗憾的是，在构图上和主体形象的设计上似乎不那么“到”，致使抓到手的诗意有一半流失掉。但我仍然喜欢画里一些地方。比如那里面羊的眼睛处理得就很真实。我看到过一些画羊的作品，把羊眼睛画得跟鹿眼甚至兔眼差不多。《牧》里的羊眼睛有一种迷蒙的美。

版画艺术独有的运行轨道是由于手段和媒介的特殊性决定的。但是它又不能离开一切艺术创作都应遵循的大道通衢，那就是创意、创境、创格。我以为家树一些优秀作品的产生，就是由于把握了这一点。他是对的。因为艺术家的功力只有在这个大道通衢上转变成融贯全部手段和媒介的生命力，他的创作个性或独特风格才会获得真正的艺术价值。我当然不是说家树的每幅作品都比较饱满地体现了这一点。然而有道是“一生二，二生三，三生万物”。一个艺术家只要有三件以上的作品体现了这一点，他就有希望凭借审美意识的自觉使优秀作品不断产生。在这个问题上，版面并没有与众不同的特异规律。

愿家树的牧笛吹彻更寥廓的空间。

胡正伟绘画断议

宇宙之无际，迁化之无穷，使世间一切状态，都像是在中途。所谓“穷尽”，所谓“极致”，无论如何也是相对的。一个人越是孜孜不倦地探求，越容易清醒地觉察到自己创作的“中途性”。一个有风格的画家，他的创造性是迷人的，他的局限性同样迷人。对胡正伟来说，“西部”这就是一个迷人的局限。请看，他的筏工们从黄河的泥汤里走了出来，瞧那神情，就像会走路的鱼到了岸上，那些感官对各种物象的反应，木然而又空泛。由多年风浪生活形成的人与水之间微细灵妙的感应力，在他们的精神中统统潜匿。他们肩上的羊皮筏子像山一样，河滩上缓慢的搬移动作把这些“水神”们抽象成一个“力”字。没有风，没有鸟声和树荫，只有熟悉的急流传来倒卵石的声音……

牧羊女身后的羊群与芊芊细草用淡墨“虚”掉了，被紫外线炙得酱红的脸颊，享受着一缕柔纱的轻抚。那纱是绿色的。那绿色像草芽一样鲜嫩。小羊羔憨态可掬，在她怀里受着宠爱。这是一位回族姑娘，眉目间的伊朗韵味把这块土地的灵秀之气一笔点活。

看过贺兰山的古代长城吗？它在峰岭间蜿蜒起伏。站在它跟前，当一轮白日依山而下，一种难得的苍莽与恢廓使你心胸顿开。

在腾格里沙漠的东部边缘上，当驼队带着干哑的铃声行过山口，行过故垒，行过无边沙草和稀疏的灌木丛，进入画家视觉的，不唯塞上风情的残异，更有悠远的开发史散发出来的不容忘怀的苦味。

胡正伟的画很重墨趣，譬如他的骆驼，神形相生，泼勾互济，靠墨与线的媒质，传递心与物的契合，静而远者得其寂寥，闲而畅者得其悠扬，躁而动者得其狂烈。又如他的山，虽似啜李可染先生余沥，显示了黑、满、深、峻的格调，却又完全出自他自己熔冶，是崚嶒、干皴、裸露的西部的山。形成对比的是，陇东高原交叠的沟谷梁峁，到了他的笔下，变得那么滋润、柔媚，令人神往。我想，假如杜少陵看了，他那“迟回度陇怯”的畏怖心理，当如坚冰之在春水，会慢慢消融了吧。

胡正伟画人物，比较强调历史情境与性格特征的关系。我在鉴赏他的人物造型时很早就注意到他审美思想的核心是“真即美”。他的审美不是审漂亮，不是审流光溢彩，而是不顾一切追求艺术对象的精神真实和艺术自我的精神真实，追求这两种真实的共同喷薄。在绘画和在诗歌中一样，没有喷薄的狂气就没有艺术和浪漫主义。当然需要指出，这种以喷薄的狂气作为精神特质的浪漫主义，在写意的格局中融进了一些现代艺术的形式感。但是同样需要指出，总体看来，这种创作路线在作品完成之后仍然使艺术的形式在精神上和情绪上逼近内容自身。正伟正是这样。只要理解他流浪主义的艺术特质，就能理解，在他泼墨与勾勒相形相济的关系中，浓与淡、虚与实、粗与细、焦与润等辩证的艺术机理，决不单单是形式层面或感觉层面的东西，而是在整体的梦幻般的营构中使一切艺术细节全都成为内容的信号，就是说，全都成为意境的信号，情致的信号和风格的信号。这种境况，完全可以从他的人物造型推及其他各种造型，譬如在他的一些最见功力的作品中，连棘刺和石头都是带着感觉的生命。从美学上说，注入了艺术家感觉的信号，不论是牛羊骆驼，还是木石花草，全都是带有感觉的信号。他把这些关系凝聚于人物的神采，其余则逸笔草草，漫兴与之。我喜欢这种浪漫的狂质。这种浪漫的狂质使他的笔融探入对象的内心世界，并且增强了情绪的抽象力。他的《怀素书蕉》，那定格的一瞬，活化了这位“人狂心不狂”的草书大师的爽悍。他的《钟馗醉酒》，那钟先生不是丑得狰狞，而是丑得妩媚。醉倒之后，一目圆睁，既像对着鬼类，盯视它们的作为，又像愧对人寰，发出“应知有鬼捉不得”的浩叹。《昭君出塞》与众不同，将一个汉宫女子置入塞外风飙之中，让她柔弱中的刚烈得以显示。《八大山人》一幅，全力刻画了这位老画师的孤倔性格，使人感到那股乾坤间的清气，原来是如此的峻烈！

任何艺术家的作风，都会在主体与对象的局限中定格，又都会在定格之后，追寻新的突破与发展。人生有涯，宇宙无涯，艺术家宇宙观的扩展，自然会使他所守持的那些令他迷恋的局限常常又令他焦灼不安。目前胡正伟的画风，似在定与不定之间辗转。依我说，这里面正有新的生机在跃动，风格上多样化统一的局面，正是在这样的机制中艰难发育的。

在正伟的绘画中，不仅骆驼、马、羊有情绪，和画中人物互相感应；山水石树花草也是如此。我想说，这就是正伟艺术成熟的标志。我面对正伟近年画作，屡屡会有四个字涌上心头：波澜老成。

在正伟绘画艺术迈入成熟期之后，我从他的艺术境界中发现，有一种艺术辩证法的关系在他本人审美意识结构中渐渐明确起来，那就是风神与骨力的隐秀关系。在他的泼墨中，含骨力与神韵；在他的勾勒中，又含神韵与骨力。在泼墨中，骨力内含谓之隐；在勾勒中，含神与骨谓之秀。我想我们大家都会注意到，他不大喜欢画仕女于闺阁，而是喜欢表现那些经历过旷莽大漠的女性，例如昭君出塞、文姬归汉、西夏女牧羊等历史主题中的女主人公。在那些画面上，不是有风，就是有雪，无风无雪也有无垠的漠野。在那些浑然返虚的写意当中，我们能够看到对女主人公面部的精心勾染和几朵路边野花，跟她们寂寞心灵的脉脉对语……

论曾杏绯先生没骨花卉

中国诗、画传统的本旨，是以形写神而神形兼重，是心物“密附”（刘勰用语，合一也）而不废形似。苏东坡所说的“看画以形似，见与儿童邻”这句话，反映了玄学介入诗、画以后一个流派的美学倾向对写意画影响甚巨，以致强力地推出了“大写意”的画风。这种倾向的理论支点，大概说来不出“重神遗形”“离形得似”“得意忘形”之类，这种倾向的贡献使中国绘画的笔墨增强了神韵或意态的抽象力。但是，把它夸张成中国绘画的主流或者用它涵盖整个绘画的传统，则是不正确的。

有这样一种看法，在中国画中，既然工笔与写意对举，那么工笔自然只写生不写意。实际上，把工笔和写意绝对地对立起来，这是在玄学影响下产生的误解。第一，写意画家历来有不废形似名手；第二，工笔画家历来以意趣为旨归。清初没骨花卉的大师恽南田，他的“笔思”遵循的大宪，便是精研形色，骛取“神趣”（笔思、神趣为南田常用语）。神趣是什么？神趣就是意趣，就是写意的意。

曾杏绯先生早年师事恽派画家蒋志明先生，她的没骨花卉，就家法论，时时出入恽派门庭而又没有泥古之弊；就气格论，明显地跃动着辛亥革命及五四运动以后中国新女性蓬勃奋发的心性；就意境论，每幅作品，必求神足气饱，笔尽意出，传递是神趣。恽南田云：“作画在摄情，不可使鉴画者不生情。”这就是说，在恽南田看来，作画的目的不仅是情的摄取和表现，更重要的是情在画家本人和鉴画者心理上的复制。我以为曾杏绯先生的绘画，无愧于恽南田此语，对她的艺术成就作一次美学的讨论，附带纠正“工笔不写意”的陋见。

襟抱与气格。曾杏绯先生画中气格，既不是慵闲落寞的闺秀气的外化，也不是旧式文人风骨的女性化。它产生于曾杏绯先生本人的襟抱。襟抱，或曰胸次，或曰器识，是由秉性、教养、世界观和人生志趣综合而成的心理上的大结构，这个心理上的大结构，是一切具有理论价值的艺术家个人气格的本源。如果将艺术家的气格比作珍珠，那么它就是用日月精华孕育珍珠的蚌体。曾杏绯先生生于1911年，那一年，中国结束了数千年的王权与帝制。她九岁入常州女师附小，那一年五四运动掀起规模空前的反帝反封建的浪潮，初中毕业后，她因病辍学，随当地一位画师学画一年，接着又随恽南田派画家蒋志明先生学画三年。1930—1949年，她担任家庭绘画教师和中小学美术教员。从她出生到1949年，中国社会一面经受连续的剧痛，一面发生连续的巨变。在此期间，中国各民族都有优秀儿女投身于反封建、争民主、抗敌寇、求解放的历史潮流。曾杏绯，这位接受了辛亥革命和五四运动精神濡染和激荡的温文的新时代女性，选择的人生道路是什么呢？在她从事美术教育的二十年里，她像一棵独立支持的树，以坚毅自立的精神经受了人世的风雨，同时从容地、顺随地、不声不响地选择了爱国、民主和社会进步。中华人民共和国成立之初，她的身影出现在西北第一届妇女代表大会上。1960年以后，她担任中国美术家协会理事。1952年她加入民盟，1982年她加入了中国共产党，知道了她人生经历的这个轨迹，知道了她一生中每一次重大的选择，知道了她在艺术上的传承、学养和迄今六十余年的创作经验，我们就可以知道她在默对素幅、凝神静气时那种只属于她自己而不属于任何人的，决定她作品气格的襟抱或胸次。简言之，她的襟抱或胸次就是以“民吾同胞，物吾同与”的精神为基准，摒除了狭隘私心，向往着人间美好，追随着社会进步的善心善性，这一点，决定她绘画中畅旺的气韵，总是盈盈然越出笔墨之外。她的襟抱或胸次，就是在对传统艺术观和传统文士习气的批判中，不断澡雪艺术的自我。这一点，决定她作品的格调，扫尽古来一些写生画的富贵气和孤冷气；她的襟抱或胸次，就是用诚厚的、坚定不移的态度顺应并且拥抱奋发向上的新时代，拥抱普通的、善良的人民群众，就是带着这两种情怀，暖融融地拥抱她心爱的花草，这一点，决定她既要把自己的心性化进多姿多彩的千花万卉，又要把那些可爱的自然物化进自己的心性，直到他们的形象既能巧夺造化之工，又能贮入她生命的信息，直到她可以在作品的神趣和格调中直观她自己——那个作为精神实体的她自己。

气格与意境。在曾杏绯先生的绘画中，气格是形色姿态的内在精神，这种内在精神像人体的神经一样无所不至，它是在她“澄怀味象”之际，在她的个人心性最有活力时，灌注于整个作品的情绪化、生命化的“意”。这个“意”和进入构图的生趣盎然的花草形象之间的统一便是意境。曾杏绯先生在作画时，不同旨趣的“心”和不同花草的天然形态“物”的统一关系，又决定了她的绘画意境的不同层面和不同品类，兹大略作些分析。

一是意兴勃发，故花草入画，俱神足而气旺。曾先生作画时，以饱满的热情的充盈着朝气与生机的意兴，与鲜花芳草的神形相入相化。这使她绘画的意境，既扫尽衰草、残荷、败叶、颓枝、冷月、寒塘的旧境，也扫尽萎靡的、卑弱的、俗媚的、怯懦的酸腐气和奴气。在她的绘画里，你找不到虚华浮艳的富贵气，也找不到关于福禄寿祥、吉庆有余之类神秘的庸俗的象征；看不到高士们超尘出世的幻想，也听不见闺秀们慵懒的喟叹。她的绘画意境是那样健康，像阳光一样健康！

二是气力相送，及于毫末，故虽为花草，虽在尺幅，亦清雄而俊健。这里说的是曾先生作品意境中气骨这个层次，在讨论没骨花卉时提出“骨”的概念，并未超出中国美学的规范。在曾先生的作品中，“骨”的内质，是指她经过取舍和剪裁，特别是经过意态化提炼，使花草形象转化为意向时获得的概括力和典型性；“骨”的外质，是指她在抽毫取象时的以力送气和以气送力，使艺术造型最后显示出来的形质的刚性或力度。曾先生作画时“窥意象而运斤”，牵枝引蔓，搴花探蕊，都是直取精神，必求气力相送，虽在毫末而不曾稍懈。她的作品告诉我们，没骨花卉有自己的骨法。在她的画里，各种花草的叶子，皆无疲病之状。其中，花的叶子，正欹、翻侧、穿插、叠合等各种姿态，都很注意光感和锐度；草的叶子，给人的感觉也是筋棱俱健，尖端锐如剑芒。锐度也是一种力度。至于画中主枝大干，不论是润还是涩全都是逼真求似，积力以进。在布局上，大至取势，小至取态，都很注意聚力守气如书法之守中宫。在她的画中气骨的胸健，必伴之以清俊。为了让画面的意境体现这一点，她除了增骨力以救肥浓，如她所画牡丹，还在造型上作如下处理：色浓处冲之以浅淡，分层必细；形密处矫之以剔透，析理必精；那大片的留白，已经不是宣纸，而是光天的空远；加上阴阳向背的考究和明快的爽境的设色，使胸中泥浊之气荡然以尽。

三是设机于态，故能够洋溢意趣，使画面神韵兼备。我所见曾杏绯先生绘画，以她七十岁以后作品为多。这些画告诉我们，她的一枝画笔，不仅可以于造化同工，而且可以自由地实现心与物的互化。就是说，从她腕底生出的花草，能够让她胸中神情意趣的波澜自由地流注于形色姿态。在她的画里，心与物之间的“化机”应该到哪里去找呢？在一个“态”字上。放大了的态，即是势。清初王渔洋论诗，标举“神韵”二字，是将二字和用的。恽南田本人及其以后恽派画家，则将二字切开，将传神和传韵分为两档，指出传神难，传韵更难。这是极有见地的。从曾先生的作品看，她把传神和传韵的关键，放在了取态(包括取势)上面。在她的画里，在一枝枝、一束束、一丛丛静止的花草上，那使人因为感到内在活力的运动而不禁游目者，与那使人因为感到某种画外的情绪或意绪的运动而不尽游心者，便是韵的所在。所谓韵，从感觉上说，是由画面引发的画面以外的精神波动，这种精神波动归根结底要靠画家作画时将笔下天然的、本色的花草暗暗地人化，使花草诸态（姿态、色态、势态）在难知难觉中具有某种属于人的、情趣盎然的意态或趣态。可以肯定地说，不懂得这一点，便不懂她的画。

让我们先品味一些细节。曾杏绯先生笔下的花草，既带着植物的生命，又长着人的神经。它们都有双重的活力，看那里的花，有成簇的，有成对的，有品种相同的，有品种不同的。若单个地看，都有自得之意；若视其关系，又都有相同之趣。往往两花并开，其形相依，其气相嘘，那融融的意态，使你好像能听见它们互相间低声的呢喃。两朵花之间，或有一朵向外微侧，使你想到它们互相间的相拥或相抚。其在合势者，亲切和睦已如上述；其在分势者，也不是“互不相关，各活各的”，而是各以态姿，温馨相递，以顾以盼，以呼以答，彼此间细微的神经，有着极灵敏的感应。或有单枝独出，则使另一枝迤逦相伴；或有一花远引，则使另一花或一蕾身后相追；有一幅月下白梅，本已写尽了玉洁冰清的旨趣，却又怜它清冷，让一枝浓密的红梅烘之。凡此种种，不能单用绘画程式来解释。应当看到曾先生的襟抱与气格——慈怀眷眷，悯世间之孤寒。倘若留意画里的花簇，你会发现，在簇与簇之间，一面是意态相同，一面又是各争俏丽。这种境界，就像有经验的音乐指挥把协奏曲处理成竞奏一样，使你越是在两者之间游目骋心，越能够得情味于生动的天趣。此外，那透迤穿插于花叶之间的芳草，那与诸种花草相依相傍的山石和园林立石，全部像有知觉一样欣享着亲和谐悦的氛围中。反复地品过这些细节，再对曾先生的作品作整体的关照，你好像置身于风和日丽之中，望着那些神采奕奕的花朵和那些透着阳光的叶片，听一首和平的、友爱的、幸福的、欢乐的、壮阔的交响曲。我带着对她80余幅作品的记忆和理解，听了几遍贝多芬的《欢乐颂》。我很震惊，我感到它们之间可以互相解释。

总之，出自曾杏绯先生笔下的工笔花卉，颇像唐人的诗歌。这是因为她的艺术功力，在多数情况下是为情意盈盈的感叹发挥，很少为理性的概念和象征性的寓意发挥。在她的作品中，娴熟的技法和自由多变的程式运用，使工夺造化的逼真求似与携带着艺术自我的神气灌注二者的统一，达到了“羚羊挂角，无迹可求”的境地。她的画，乍看起来处处不见一个“我”，满眼是活灵活现的花草；然而只要我们循着“态”的孔窍悟入，她的画中的自我就会渐渐揭去直感的“遮蔽”，真切地向我们显露出来。这时候你在她的画里处处可以感受到她的心灵的密语。“随风潜入夜，润物细无声。”一切都是天然的流露。她荡尽了画商习气的磊落无私的人品和外秀内刚的性格特质，她对人间光明、温暖、亲善、友善、幸福、美好的渴望与祈祝，全部在作画过程中由神情意趣携带着，灌注于花草的生命与形质。我们从她的画中可以领悟这样一个道理：绘画要传神，画家本人必须先有神思；绘画要传韵，画家本人的精神世界必须富有韵味。韵味在哪里？在襟抱，在气格，在意蕴。

曾先生的绘画艺术，早已进入波澜老成之境。本文依据的原画，绝大部分是她70年代以来的作品，这些作品给予理论与创作的启示是什么呢？我以为是餍足造化而后师心。世间画手，只知师造化而不知师心者，为俗匠；只知师心而昧于造化者，为狂愚。即使是“大写意”,也必须心侔造化，才能够通过形象的抽象提取神髓，使作品旨深而韵长，否则只能到处挥洒各种虚假的“浪漫主义”的空皮。曾先生做人、做事、作画都非常认真，非常从容，但是我们必须在她的画里看到激情的搏动，也必须看到她凭借平和的心境和一丝不苟的严谨态度，将自己的激情慢慢地冷凝在画面中的硬功夫。她正是用这种硬功夫，在一幅幅花卉作品中完成着一曲曲人生的歌唱，完成着一首首人生的诗。

曾先生在六十多年中，创作过上千幅作品。这两个数字足以说明，她的心灵驱策着和跟随着她的艺术视觉，经过在千花万卉的形质中无数次探求和游走，已经使她审美感知的轨道在自然和谐的伟大宝藏——花和草的王国，拓展出宽阔自由的境界。大自然赋予千花万卉的自由和谐的神态与形质，在经过创作过程转变为她的精神库存之后，除了陶冶她的心性之外，还被她用来充当个人胸次、气格、意趣和情味的物质性媒体。这是多么卓越的心理工程。正是有了这样的心理工程，我们才能够在她的绘画中感悟到明媚的、健康的、富有朝气的时代风格和那些显示着她自己人格高度的精神内容。她那样成功地让人的心性获得了美丽花草的自由和谐。她的作品可以对美学问题提供典范性的答案：人，如何在审美活动和艺术活动中实现对自然花草的精神上的征服，使它们既保持自己的本性本色，又为人类充当心灵的语言。

简议梁永贵的画

中国绘画以意象造型为主。它的艺术特质，不是描摹客观对象，而是注重主观精神的抒发，注重缘物寄情或曰借物抒情。一句话：倾向于写意，重意趣、重笔墨、重神韵，追求天人合一、物我两忘的至真、至善、至美。

永贵的大写意人物画追求的就是这种境界。他的画给我印象很深，大朴大素，大笔大墨，大白大黑，在简洁明快，凝重豪放之中，有一种向外喷发的张力，在各种人世情味的表现中洋溢着雄浑之气和阳刚之美。

我以为他的画有以下几个特点。

写意：他的画重写意、重笔情笔趣。写者，泻也。放笔相物，直追神趣，以一管之毫芒，写诸多之境界，显示了以情运笔、以笔写情的功力。

简约：他的画知白守黑，多用减法。看上去好像简单，但细细品味和琢磨，方知胸中自有丘壑。复杂的客观对象，经他的概括和提炼，用大斗笔蘸墨直取，寥寥数笔，便把自然形体包入艺术笔墨，画面上顿时生机盎然，实现了自然美向艺术美的升华，可谓是笔不周而意周。我想，如果没有积年累月的艰苦磨炼，是不可能做到这一点的。

浑厚：他作画时下笔很重，力透纸背。这与他自幼生长在黄土地上是分不开的。悠久的文化影响，大西北民风民俗的熏陶，长期的生活积累，使他的画劲健而不僵滞，骏放而不轻浮。他喜欢画牛，他自己也像牛一样脚踏实地地耕耘艺术，这一点直接影响了他画风的形成。

大气：永贵临池，气粗胆壮，全力以赴，无所顾忌，壮思神逸，浩气英发，扫尽圆、甜、熟、腻或畏葸拘谨的庸风。

质朴：永贵的画自然天成，毫无矫揉造作习气。他的笔墨造型，纯是神趣的外泄，并无意外的贴饰。这与他为人的坦诚、豁达、谦和、朴素是分不开的。笔格者，人格也。

新颖：画贵独造，贵创新。他的画注重传统与现代的结合，东方与西方的融会，强调笔墨的团块结构，强调表现，颇具时代气息和现代感。

平常心：当下世事纷扰，诱惑甚多，但永贵仍能保持一种平和心态，矢志不移地追求自己的艺术理想，这是难能可贵的。

数十年来，永贵孜孜不倦地营造自己的艺术世界，也熔铸自己艺术家的人生。目前他的绘画，已迈入成熟之境。胸中波澜，多情思之深远；笔底神形，饶缅远之意趣，积健为雄之势稍隐，返虚人浑之概益张。这是极好的兆头！

卷四　古典文学研究

从《北征》看赋的方法

毛主席在给陈毅同志谈诗的一封信中指出："赋也可以用，如杜甫之《北征》，可谓'敷陈其事而直言之也'，然其中亦有比、兴。"《北征》是杜甫著名的记事长篇，写于至德二年（757年）秋天，他受肃宗集团排斥北上探家的事、通过路上的感遇、家中的悲喜、时局的瞻念三个层次，抒写了他对"乾坤含疮痍"的祖国所怀的深忧，及对唐朝中兴所寄的热望。《北征》使用赋的方法有哪些地方可供我们借鉴呢？试谈几点意见。

精于取舍。杜甫这次探家，用他自己的话说是"归客千里至"（《羌村三首》）。但一路行踪，文中只点了邠郊、鄜畤两处。又途中本有九成宫、玉华宫之游，也一一未入篇幅。这些，都留下了剪裁的刀痕。为了展开"乾坤含疮痍"的时代主题，不过绘出了"人烟""伤兵""饮马窟""月照白骨"几个画面；抒写个人身世牢骚，不过借"菊花""山果"等琐细小景点染起兴。铺写"千里"之行，用字不过二百，足见他寓大于小的功夫。

意境——典型的特写。诗的专业是"言志"，赋的功能是铺写。《北征》因事咏怀，用赋的铺写方法完成诗的"言志"任务，它把情节、过程这些"线"的东西，尽量紧缩为一个个典型的画面，一个个意境的"块儿"，用它们的拼接、推移、穿插和转换来取代情节性的展开，由此保证诗既是记事的，记事又是诗的。比如在写家人初见的一段里，我们就只有意境上的感受，而看不到言语动作互相交流的线索。

"床前两小女，补绽才过膝。海图拆波涛，旧绣移曲折。天吴及紫凤，颠倒在短褐。"

把情节的"线"化为意境的"块儿"，并不是为了少记些事，而是要加倍扩大诗的容量，使赋的铺写达到"力透纸背"的效果。作者隼视诗篇全局，用精雕细微的笔触给了我们一个绣袍变补丁的意境，用意在哪里呢？他告诉我们，在他离开亲人的一年里，他那个家急剧地破败了，连几块零碎布片儿也找不出来。这也是"乾坤含疮痍"的一斑啊！这个意境显示着古典现实主义诗歌的基本方法，向我们展示了死丧变乱的典型环境中的典型命运，启发我们想到：在那种环境中，劳动者的命运更不消说了。

情态——决定的角度。用赋的方法创造出来的意境，凡是好的，凡真带典型性的，都应该是作者感情态度的熔炉浇铸出来的。它不仅要传达描写对象的感情态度，更要把作者本人的感情态度体现出来。古代“风骨”论里那个“风”字，要求的正是这一点。看杜甫写他归来后家人欢悦的一段：

“瘦妻面复光，痴光女自栉；学母无不为，晓妆随手抹。移时施朱铅，狼藉画眉阔。”

这里有孩子烂漫的狂欢，有妻子欣慰的喜悦。那么，诗人自己的表情呢？您没有看见他的脸色吗？您看到了，他微笑着。但是，如果您没忘记诗人忧国忧民的心灵的重负，那么，在他老纹纵横的脸上，您没有发现泪水的闪光吗？

史论——赋遇到的考验。使用赋的方法写诗，杜甫不愧为巨匠。但是，当他从大门里把史论请进诗来的时候，却把赋的艺术性从窗子里赶跑了。《北征》最后一层大块的史笔和议论，这在章法上是无可挑剔的；因为它和前两层铺写是“垫”和“拽”的关系：前面蓄势的功，后面正可以直抒胸臆，纵泻波涛。但是我们看到，作者让赋去完成大幅度的史笔概括，去完成激昂的时事议论，便使诗歌失去了典型的特写，失去了形象的明亮度，失去了意境的质感。看：

“伊洛指掌收，西京不足拔。官兵请深入，蓄锐可俱发。此举开青徐，旋瞻略恒碣。”

“指掌”“不足”“此举”“旋瞻”，这些又顿挫又明快的措辞，显然是经过锤锻的。一路读来，感到它气势磅礴。然而只能说这是好文，却不能说是诗艺的范本。赋的艺术性跑了，诗情、诗趣、诗味等等又哪里去找？

用赋的方法进行大幅度的史笔概括就没有成功的可能吗？那要看是否善于运用形象思维了。读读毛主席的《渔家傲·反第二次大“围剿”》：“七百里驱十五日，赣水苍茫闽山碧……”

多么大的幅度，多么好的动势，多么严谨的史笔，多么鲜明的意境！一个“苍茫”，一个“碧”，点染出多少风光。把前边《北征》那段拿来一比，少陵先生难免是“稍逊风骚”啊。

关于李商隐的《利州江潭作》

“四人帮”强令历史人物按照儒法界限“重新站队”，把唐代诗人李商隐推入叛徒江青朝夕追慕的所谓“法家”武则天的队列。那么李商隐该会拜倒在那位“金轮”女皇的脚下，对她大唱赞歌了吧？恰恰不然。这位才气横溢的诗人无情地嘲讽了武则天，从而不期然而然地鞭笞了千载之下逼他入伙的窃国贼子——“四人帮”。何以为证呢？请看《利州江潭作》。

这首诗是讽，不是颂。且让我们逐句地看看这首诗。

题目：利州江潭作。自主：感孕金轮所。利州是四川广元。金轮是武则天自封的皇帝尊号。感孕金轮所据传是武则天之母杨氏“感龙交”而怀她的地方。按：武则天晚年归政于唐，自己否定了皇帝身份，那么“金轮”之号，自然因之而废。诗人在李氏当朝之际，拈出这个废号来指称武则天，是否要重新承认她那神乎其神的皇帝身份呢？不是的。这里寄寓着讽刺。

“神剑飞来不易销，碧潭珍重驻兰桡。”是说：既是神剑飞来潭中，当然不易生锈化掉；它变成了龙，它活着，而且还干过使武母感孕的事。因此人们——尤其是妇女们泊舟于此，莫不怀着善自珍重的心情。神剑指龙，引用《晋书·张华传》丰城双剑化龙的典故。鲍照《赠故人马子乔》及李白《古风十六》中“神终不隔”的主题，都是由此而来。不过这里只取化龙一义而全与双剑无关。兰桡是泛指，不是对武士或者诗人自己游船的特指。这一联是从传说和世情入题。

“自携明月移灯疾，欲就行云散锦遥。”是说：潭上既有活龙，总该有踪迹可寻。我一个大男人家，独自猎奇的兴趣，毫无戒惧的心理，尽自珍月移舟，疾行潭上；要快快凑近翻来卷去的行云，看看它活灵活现的真容。不是说“云从龙，风从虎”吗？哪知我白忙一气，眼中所见，不过是远空飘浮的几缕散云而已。这两句是赋笔直写而不用比。明月系实指，移灯代移舟，行云指龙迹，散锦犹散云，携月取明月随人之象，自字转承上文珍重有尽自之意。这一联写作者郑重其事，夜访龙迹，其结果一无所见。

“河伯轩窗通贝阙，水宫帷箔卷冰绡。”两句可读为“河伯水宫通贝阙，轩窗帷箔卷冰绡。”写的是河伯庙。贝阙是水宫所有，冰绡是鲛人所织；通贝阙、卷冰绡是描绘河伯庙临水的形象。大意是：怪也！那位“金轮”女皇的母亲杨氏不是感龙交而孕的吗？何以这利州地方只有一个河伯庙而竟没有龙呢？莫非当初演了一场河伯娶妇的丑剧让大伙传错了吧！按：在精熟《文选》的唐朝士子心目中，河伯或川后（即川主），或是冯夷，而决然不会是什么“龙王”。耐人寻味的是，作者在展开龙的主题时却着意托出一座河伯庙来。这是不是跑题了呢？不是的。这一联在写作者郑重其事，再访龙居，依然是一无所得。

“他时燕脯无人寄，雨满空城蕙叶雕？”这是在假意追索既无龙迹又无龙庙的缘由。大意是：也许真曾有龙，但它哪儿去了呢？大概因为很久以前指靠不上人们送来的干燕肉，早就饿死了吧？也许当初确有龙庙，但它哪里儿去了呢？大概因为很久以前绝了香火的供奉，早就废毁了吧？他时指过去，燕脯是龙食，雨满空城指从前某时的衰败凄凉。蕙叶雕：古人以蕙叶作祀神的香，它一凋萎，香火自绝。至此，那“不易销”的“神剑”，它是彻底地销掉喽！这一联完全否定了龙的存在。

诗写得特别幽默而用意十足挖苦。既不见歌颂“感孕”的热情，又不见“怀念武后”的思绪。通过否定龙的存在，又利利索索否定了“感孕”的谬说；以辛辣无情的嘲讽之笔，扯下了武则天披在自己身上的荒诞无稽的神学外衣。我认为，这就是诗作者的本意所在。

关于这首诗的解释。在《玉露生诗笺注》中，注释家冯浩刻意求深，结果却落得宣告“其所感未晓”。看来影响较大的，要算胡震亨的《唐音十签》，但胡签自有其难通之处。如它说第二联是写龙与“后母”“欢合”的光景，并且盛赞文句和构思的“工美”。龙去偷人竟然非“灯”不可，这就不近情理，再说明月与灯并出，造句上也重复可厌。真不知“工”在何处？另外它把“散锦”之锦解作“鳞锦”，说是出自木华《海赋》。那么“散锦遥”的结果除了像《海赋》所描绘的那样使水边堆上一层鳞片而外，剩下的岂不是秃龙一条么？真不知又“美”在何方？再者，说“就行云”指欢合固可，但龙之“就行云”却大为不然。试想“飞龙在天”的艺术造型可曾有不“就行云”的吗？怎能说“龙乘云”的形象必然是欢合的隐喻呢？让一位连人类的情诗都要使用“无题”的诗人去极力渲染“龙类”欢合的不堪画面，作注者岂不太唐突了他！

总之，《利州江潭作》诚然是一首好诗，而且在李商隐的作品中是一首很重要的诗。等于李商隐自己宣布与武则天并非同类。因此它不但可以使千载之前那个“金轮”女皇从“龙女”的神话中还其世俗面目，而且在今天，还可以帮助我们识破“四人帮”关于儒法斗争贯穿古今的无耻捏造。在艺术上，它也使我们能鉴赏到李商隐妙趣横生的喜剧性构思。

《敦煌唐人诗集残卷》的文学价值

1977年底，《文物资料丛刊》第一辑上发表了舒学同志整理的《敦煌唐人诗集残卷》。原件存巴黎图书馆。其中有两位唐人的诗歌七十二首。两位作者，一个佚名，一个是马云奇。前者是沙州敦煌郡幕府的宾客，后者是甘州张掖郡幕府的僚佐。德宗建中二年（781）吐蕃攻陷张掖、敦煌之后，把两地幕府中的一些官员解至青海湖东侧湟水流域实行隔离监押。这七十二首诗，绝大多数是在递解途中和监押地点写成的。经过研究发现，两位作者的情思，极其灵敏地反映着建中元年至建中五年唐蕃关系的重大事件，简直到了鼓桴相应的程度。而蕃军将河西唐俘解送青海湖滨的情节，则可以补唐史之阙。本文仅就其文学上的价值谈谈意见。

笔者以为，由于以上几点，《残卷》作品具有很高的文学价值：第一，它十分朴素自然，毫无造作痕迹，通体是真的性灵、真的歌哭；第二，它以真实的笔触，为我们留下了唐代青海湖北部、柴达木盆地、湟水流域及某些河西边隅的绝无仅有的画卷；第三，这些诗，既有赋笔的白描，又有比兴的巧构；既有浑厚宏阔的盛唐气象的遗韵，又有通俗浅易的元、白诗风的端倪。

真的性灵，真的歌哭。佚名氏在建中二年冬日被蕃军解出敦煌时，悲凄惨怛，不能自胜。他“栖惶一片心”，“步步缄愁色”。在沿途的纪行诗中，那“人化”了的山、海、日、月、川、沙、草、木、风、霜、云、雁，无不以黯淡的愁容，“译写”着他的乡国之思、山河之痛。尽管他在蕃军监押下，作为一个囚徒，“徘徊噎不语”，“愁来竟不语”，像哑巴一样沉默，但是，没有任何力量可以阻止他用诗歌的陶范，来熔铸心头的怫郁。给人印象最深的是，他一夜一夜地难于入眠。“更深肠绝谁人念，夜永心仿空自怜”；“欲识肝肠断，更深听叫声”；“感激不追寐，连霄（宵）思我曹”……

他的所思，全是个人身家之事么？不。有些诗告诉我们，当时作者对唐蕃关系的重大关节，很有自己的见解，对于李唐王朝的重大事变，简直了如指掌。建中四年（783年）上半年，折腾了三年之久的唐蕃会盟，终于在渭河北边的清水进行。消息传至湟水之滨，立即引起他无穷的喟叹：“空令肝胆摧林竹，每使心魂痛渭阳。”由唐德宗亲自认可的会盟条款，将唐蕃边界从贺兰山到岷山来了个一刀切，而对吐蕃奴主趁双方使节往还之机急陷甘、沙的事根本不置一词。对于这种弃民弃地的昏聩政策，佚名氏不唯“肝胆摧”“心魂痛”而已，并且以“今时有恨同兰芝”的话痛骂了它。在他的感受中，吐蕃奴主恶婆婆式的虐待固然难忍，李唐朝廷像刘兰芝娘家对刘兰芝那样的无情抛弃就更其不堪。何况屈辱性的清水会盟，并没有为唐朝统治集团换得几许的安宁——就在当年的下半年，李希烈、朱泚相继起兵叛乱，唐德宗像是从玄宗、肃宗、代宗那里得了逃跑的遗传，匆匆出走，“蒙尘”奉天。这样一个宝贝朝廷，不能保一己之安危，又怎解囚俘于羁缚？“缧绁时深肠自断，更闻凶变泪沾裳”，佚名氏个人的绝望，伴和着整个时代的痛叫！

情之不真，是诗的死亡；情之不深，是诗的饥馁。在《残卷》里，两位作者的情思，没有一处是掺了假的，也没有一处是强将一小碟的感情扬成洪涛巨浪的。不仅如此，两位作者抒摅性灵的手段之高，也很值得赞叹。请读一下马云奇的《至淡河忆儿女之作》：“念尔兼辞国，缄愁欲渡河。到来河更阔，总为涕流多。”又，佚名氏《晚秋》组诗中一首忆友之作：“日月千回数，君名万遍呼。睡时应入梦，知我断肠无？”

前一首诗，头两句呈示出产生情绪的心理条件，和那情绪本身——愁。这还不足动人，因为人们在理性上的同情和美学上的感动是两回事。要想让自己的情绪震撼别人的心灵，必须使情绪在鲜明的形象上转化为可感的信息并获得物化的尺度。这一点，作者对“涕流多”和“河更阔”之间的因果关系，作了浪漫主义的假定，极好地解决了问题。后一首诗，作者用“千回”“万遍”，呈示了思念之情和它的尺度，接着兜出一个“梦”字，趁势一问，便将自己的“断肠”一股脑地传递过去。这两首诗使人感到，作者们运用顿悟之笔，是多么本色当行。

绝无仅有的山河图卷。在唐代的诗人中，咏祁连山（“天山”）者，有之；咏青海湖者，有之。但往往是作者并未身历其境，而是根据传闻，揣摩其辞。认真地说，唐代诗人对祁连山南麓的万里山河，千般物色，是十分隔膜的。这些缺憾，恰可从《残卷》中获得一些补偿。

敦煌唐俘佚名氏告诉我们，赫赫有名的阳关，是在当时的敦煌州郡行政机关所在地寿昌城西北肉眼可以望见的近处。他在建中二年冬天一个早晨，被蕃军押解出了敦煌郡西门，古阳关残破的脊顶，闪现在东山背后射来的一抹朝阳里。他告诉我们，当时，在唐蕃边界当金山口的北侧，有一个叫墨离海的大湖平卧在千山皓雪、万里黄沙的围拥之中。这个大湖，如今已经萎缩，只余下大片低洼的草原和一个古老的名称——博罗转。犹如巴里坤之为蒲类，博罗转即是墨离。这是完全毋庸置疑的。当他穿过当金山口到达苏干湖东侧的哈尔腾河谷，眼前所见，已是“一川戎俗”。那里的夏季，“青溪虽郁郁，白雪尚皑皑，海暗山恒螟，愁云（二字当乙作云愁）雾不开。”在唐诗里，我们找不到对格尔木盆地的咏歌，而佚名氏却给我们留下了一幅冬景：“云随愁处断，川逐思弥长；晚风吹丛草，遥山落西阳。”冻结的格尔木河伸向正北，同作者思念敦煌的方向完全一致。

在那里，佚名氏本以为蕃军要把他解往逻些（拉萨），没想到"将谓西南穷地角，谁言东北到天涯"，一下子把他送到了青海湖北部的蕃庭。这样一来，他就有机会感受从柴达木盆地到青海湖之滨的"万里山河异，千般物色殊"。

青海湖，一个令人动情的名字。可是在唐代，很少有哪个文学家剪裁过它的波涛，摩画过它的山云，把它移入诗文，使人一豁心胸。又是《残卷》的作者满足了我们。尽管社会的变迁使得诗中的现实成了历史的陈迹，但那自然风物的真实描写，却永远显示着鲜活的个性。如佚名氏的诗："九夏呈芳草，三时有雪花"；"六月尚闻飞雪片，三春岂见有烟花"；"凌晨倏闪奔雷电，薄暮斯须致界霞分"。

那里地处祁连山东端的南侧。举望正北，"崇山形屹屹"，"巨壑势呀呀"，来自河西走廊的唐俘们，置身于此，自会有"山遥塞阔"之叹。尤使人感到兴味的，是马云奇在海北山头上咏唱的《白云歌》。其中写道："殊方节物异长安，盛夏云光也自寒。远戌只将烟正起，横峰更似雪犹残。"烟和云的比喻，同远戍、横峰相配合，使那里的景象显现得多么逼真。又如："东西南北□□（纵横）驰，上下高低恣所宜。影碧池冰萤口底，光浮绿树霰凝枝。"影碧二句写得极好：从高山俯望，那白云下面的池水像冻住了一样，白云的阴影给了它碧莹莹的冰感。当然，细碎的微波事实上并非不在荡漾。斜射的阳光下，那闪动的光点看上去有如无数只萤火虫，紧贴着"冰面"，散乱地飞走；在半山腰绿色的林木上飘浮着云光，像密密层层的霰子凝满枝头。

由海北到徨水去，要通过赤岭北端的隘口。赤岭，即今之日月山，通体是红砂岩构成。《残卷》的两位作者，都曾穿行过这个隘口。佚名氏告诉我们，当时赤岭的秋景，是"寒气凝如练，秋风劲似刀，深溪多渌水，断岸饶黄蒿。"而在经赤岭到湟水的山路上，马云奇诗中则有"悠悠过凿空"的记载，说明那里在唐代就有一些人工开凿的隧道。

湟水边上，囚禁佚名氏的临蕃城，在《残卷》里留下了一组鲜明的图画。"漂流空叹东溪水，倏忽仍嗟西岭阴"；"野禽噪河曲，村犬吠林间"；"近来殊俗盈衢路，尚见蒿莱遍街陌"；"东山日色片光残，西岭云象暝草寒，谷口穹庐遥逦迤，溪边牛马暮盘跚。目前愁见川原窄，望处心迷兴不宽"；"星流数道赤，月出半山明。不闻村犬吠，空听虎狼声"。

临蕃其地，东有山而西有岭，穹庐逦迤，牛马盘跚，"殊俗"（蕃人）盈路，蒿莱遍地，既有村犬吠，又有虎狼声，正是靠了这些诗句，我们才对唐代临蕃城的地形地貌有了一个完整的印象，以致使我们准确地考证出它的所在，即今青海省湟中县多巴公社扎麻隆河曲之地（蒙青海省西宁一中林侣纯同志为我实地核对并多所指教）。

尽人皆知，杜少陵纪行之作，素有"图径"之称。继承其传统者，代不乏人。

但是除了这份《残卷》，笔触及于青海湖畔、祁连山南的，我们可曾找得着么？

《残卷》的赋、比、兴。单从史地研究的目的出发，我们实在希望《残卷》能够多一些直描直写的赋笔。在诗歌艺术上，只要巧用想象，精心构思，赋笔也能达到卓越的水平。但是在诗的王国里，通体用赋的篇什容或有之，也不可能为数太多。这是因为诗之为艺，不外乎通过修辞手段感性地显现作者情志态度于通行的韵律。假如在铺采述志中义涉深微，那就很难阻止比兴的出现。即使在白描中有了“诗眼”的点染，也多半可以视为比兴在动词上向赋的渗透，因为它使自然与人情两重意象“叠印”起来，使诗的滋味成倍地加浓。《残卷》的作品告诉我们，它们的作者，不唯长于赋笔，而且长于比兴。

佚名氏的斌笔，自然、真率，在纪行诗中起着写生画的作用。如《至墨离海奉怀敦煌知己》：“朝行傍海涯，暮宿幕为家。千山空皓雪，万里尽黄沙。戍俗途将近，知音道已赊。回瞻云岭外，挥涕独咨嗟。”似这等不假比兴的笔墨，在他的诗中还能找到一些。但他有些诗句，像是赋笔直写，实则用了暗比。如“皎皎山头月欲低，月厌（压）羁愁睡转迷。”这“月压羁愁”是什么意思呢？作者在海北蕃庭思念敦煌故人，一脉情思越过无数峰巅向西流走，不想那深宵的落月，却将它压在了山头。看，一个“压”字，就把“思君如流水”式的比喻点化到了亮处。

佚名氏有时也通篇用比。如《感兴临蕃驯雁》：“感兹驯雁色苍苍，徘徊顾步貌昂昂。不见衔芦避缯缴，空闻落翮困堤塘。差池为失衡阳伴，邂逅飘零虏塞傍（旁）。引须长鸣望云路，何时刷羽接归行。”雁的傲岸，实是“我”的傲岸；雁的不幸，实是“我”的不幸；雁的孤零，实是“我”的孤零；雁的归思，实是“我”的归思。诗题“感兴”二字，正是杜少陵《病马》中“物微意不浅，感动一沉吟”的意思。

《残卷》中的比兴，最见才情的是马云奇的《怀素师草书歌》和《白云歌》。马云奇是大书法家怀素的友人。《怀素师草书歌》，是他大历五年（770年）二月送怀素“担笈杖锡，西游上国”，见怀素《自叙帖》时写的。大概是马氏珍爱的得意之作，为防流失，抄入卷帙。这首诗，为我们画了一个活生生的怀素出来：“一昨江（岭字之误）南投亚相，尽日花堂书草障。含毫势若斩蛟龙，挫管还同断犀象。”怀素含毫运思，竟是此种杀气腾腾的表情；他使用挫笔，竟有搬犀角、断象牙似的狠劲。怪道苏涣说他“醉后耳热心更凶”啊！（苏涣《怀素上人草书歌》）又：“一点三峰巨石悬，长画万岁枯松倒。叫啖忙忙礼不拘，万字千行意转殊。紫塞傍窥鸿雁过，金盘乱撒水精殊。”怀素作字，多用中锋，肩肘腕指，功夫具精。他在纵横决荡的使转之中，极其注意点画的意态。因此他的路子千变万化，不可端倪。遗憾的是，《残卷》发表以前，我们从李白、苏涣、戴叔伦等人赞赏怀素的笔墨中，看不到对怀素作字时的神气、动作等等有多么鲜明的特写。马云奇的歌行，则大大满足了我们。看那怀素，一会儿“叫啖忙忙”，以声助势，大有雄狮博兔之概；一会儿又顿然收笔，再运神思。左手，下意识地往铜盘里淋着水珠；右手，轻缓地调弄着毫端的枯润。那翻起的眼神儿斜向上方，像在窥视雁门关上翩翩的过雁。在这里，比兴运用之妙，不是已经入了化境了么？

比兴，有时还能给诗人的想象力添上飞翼，使它在理性的王国里自由翱翔。马云奇的青海《白云歌》便写得理趣盎然：“生复灭兮灭复生，将欲凝兮旋已征；因悟悠悠寄寰字，何烦扰扰循功名。灭复生兮生复灭，左之盈兮右之缺；从来举事皆尔为，何不含情自怡悦……”如果以为作者在叹息个人的祸福无常，那就未免太皮相了。马云奇是在大历六年（771年）正当甘州兵民抗蕃战争如火如荼之际，毅然参加甘州幕府的。甘州陷落后，他和那里的兵民共同苦斗了十年。他的世界观是积极的。这里运用的比兴，虽然有些禅乘风味，但在内容上暗示了自己时代的苦闷。河西护蕃十余年，如果德宗朝廷根据正确的战略移兵力保，胜利是完全可能的，只是由于朝廷的丢弃，胜利的希望才化为灰烬。土地丧失，百姓沦没，个人的功名还有什么可说？玄宗以后，唐朝的事情一向是：用心边事，内部藩镇或朋党必有人乘机播乱；着力内治，边陲奴主必乘机进扰。这个颓势难回的老大帝国捉襟见肘的狼狈局面，完全说明它已经病入膏肓。马云奇比兴中的理趣，正是对唐蕃战争、社会衰乱、个人身世深切体验的产物。

在《残卷》作品中，德宗时代的大唐帝国是虚弱的和衰丑的。它卖民卖地，以求苟安，凄凄惶惶，不可终日。然而，作者执着现实的创作态度，关心大局的宏阔器识，使他的诗歌艺术深得“盛唐气象”的气概。本来天宝、大历期间，不少诗人品味着王、孟的瞻远，沉湎于山林的惆怅。而佚名氏、马云奇两个不入流品的人物，却能够戎装负戈，此身边塞。当他们做了囚俘身陷囹圄的时候，还能勇对淋漓的鲜血，吟咏衰乱的痛史。他们好像从那超逸恬淡的精神乐园的上空大步迈了过来，像杜甫，如元结，袒开温热的胸怀，紧贴生活的厚土。他们也有放逸的时候，但在民族战争风急天高之日，那飞回的诗鸟却是有呐喊、有歌哭、有血渍、有泪痕的。这里有没有李白、李颀这些前辈的影子？至少不能说没有。在语言风格上，《残卷》的作品十之有九是真淳坦易的直寻之笔，作者常常不避俗浅，以口语入诗。这又使我们看到，其后元白诗风的形成，自有自己的先导期，自有从民间歌唱到幕府诗章的广泛社会基础。我们知道，青蛙，不是一下子就从蝌蚪变出来的。

探李杜诗歌的创作论问题

——纪念李白逝世1220年、杜甫诞生1270年

为了纪念李白逝世1220年、杜甫诞生1270年，中国作协宁夏分会要我作这次发言。我是为了新诗才注意李、杜的；翻译李、杜，研究李、杜，都是为了新诗。我的眼光，始终被社会主义诗歌创作第一线所吸引。有同志给我出了一个题目，说你能不能谈谈李、杜的创作经验？这个题目很要命。这是活着的作家自己谈的题目，我们怎么能够替他们谈创作经验呢？不过我揣想，这些同志也许是希望知道，李杜在他们的创作当中，那些基本的心理形式和心理过程是什么样子。所以我反复琢磨，选了《探李、杜诗歌的创作论问题》这个题目。自己知道很冒失，加了一个“探”字；不加“探”字，反正还是探。我把侧重点放在构思上，想分三个部分来谈。

一是杜甫现实主义构思的美学机制；二是李白浪漫主义构思的美学机制；三是我们应当向李、杜学习什么？

把杜甫放在前面，是为了逻辑顺序上的由浅入深。李杜二人的生平，我们一概从略。

杜甫现实主义构思的美学机制

第一，对于原型的把握。杜甫是风雅派的大师。他的一生，总是沉溺于现实世界之内在的对立，总是敏感于人间的创痛。积极入世的人生态度和风雅派的历史传统，是杜甫审美地把握社会生活的主观前提。所谓风，是指一个社会的各种情绪；所谓雅，是指围绕“王者之迹”即国家大事所展开的政治性、史诗性内容。风雅二字联用，成为古典现实主义的基本范畴。杜甫的人生观比较复杂，郭沫若同志指出他也信道教，也信佛教，也爱喝酒，他的生活方式是地主阶级的；在艺术观方面，指出他偏执夸张一格，喜欢以鸟兽自喻。但是，在杜甫人生观里起主导作用的，决定他一生进退出处的，是儒家入世思想。他的艺术观的核心，是“亲风雅”。出世思想，本质上是失意者的思想。儒家也讲究用则行，不用则藏；不用，我就“乘搓浮于海”，我就隐入山林，或者退居城乡。儒生们接受道家思想，正是以此为内因的。在艺术观的培养方面，他自幼汲取古代风雅派的传统经验，仅为学习曹氏父子，就累病了许多回——“多病邺中奇”。他坚信，“法自儒家有”。但是他主要不是从儒家的经解中学习诗法。大家知道，一部《文选》，成了

唐代贵族家庭的课幼之书。尽管他在学习辞赋方面偏崇班固、扬雄这些儒家的大师，但是这部优秀选本的文备众体，也促成了他一生的“转益多师”。把“法自儒家有”和“转益多师”统一起来把握，就是他自己所说的“精熟文选理”。

杜甫，主要是带着上述人生观、艺术观的前提，感受现实、评价现实、理解现实。

第二，对于原型的感悟。诗歌创作和诗歌欣赏的主要路子是感悟二字。什么叫感悟？悟是一种既不同于纯粹的直观感受，又不同于纯粹的理性思维的一种特殊的思维形式。感悟的过程，是永远甩不开直观表象的趋理过程。感悟的趋理性，是它可以迎候理性的内因，使它完全可以和理性相结合。只要情绪推得上去，史论也可以入诗。但是感悟自身，却有它的相对独立性。它跟农村老奶奶的思维、宗教徒的思维、学龄前儿童的思维、文盲的思维乃至某种精神病患者的思维虽不相等，但属于同一个大类。严仪卿“别裁”“别趣”之说的真理价值，正在这里。艺术思维的这个特性，使诗人的感受、理解和评价必然要在大脑生理上激起特定的反射，这反射便是情绪。产生情绪的那个逻辑，便是艺术的逻辑。又有情绪，又向着理性趋进，这就是感悟的过程，其结果便是情绪化主题的产生。情绪化主题，就是情思。有情思便有真诗，它是区分诗与“非诗”的试金石。冒冒失失地给“情思”二字扣上“唯心主义”的帽子是很容易的；而困难却在于给这种精神现象找出科学认识论的基础。杜甫所有感动人的诗，都是有情思的；那主题，都是情绪化的。反之亦然，他的情绪，都受到趋理性的制约，都受到主题的统辖，都是主题化的情绪。

第三，意象的形成。情思形成以后，构思并没有结束。它要反馈生活原型，照亮它的主题意义，并且检验它有无产生情绪的能力；通过剪裁、集中、放大、变形等加工活动，使它在承担主题任务上，在产生情绪的能力上，强化。就是说，情思这个东西，返回头来，像养育小狗小猫小鸡小兔一样，把自发的、干瘪、灰色的——就是邵燕祥同志讲的那种“自在的”生活原型，喂得肥胖起来，使它带上情采，带上主题意义，使它充入意念，变成意象。这是一个辩证法的过程，意是一个多层次的范畴，它是理与情态的统一。杜甫构思的习惯是以情达理，以态表情，被他推到字面上来的，常常的态——人态、物态、自我之态。态是情理的外部信息。就像月饼的油分透过纸包显示自己，杜诗的情理是透过“态”来显示自己的。他常常把意和象结合在一个态字上。例如他的《登高》，通篇是态。风是急的，天是高的，猿的啸声是哀的，渚是清的，沙是白的，鸟是惶乱飞回的。通过这些物态，烘托了凄清冷漠的氛围，显出了人间感受的苍凉。无边落木是萧萧下的，不尽长江是滚滚来的。这两句更是关合着普遍的社会感受，写出了不可抵御的衰飒和无穷的凄冷对心灵的冲击。万里悲秋，常在作客之中；多病之身，独自登上高台。常作客，独登台，这是自我之态。下来：动荡乱离中的艰难苦恨，频频地催白了双鬓；这潦倒已无可救治，只是为保这条老命，近来把酒杯也推开。这又是自我之态。态的背后，必有情理。如果我们知人论世，就不难从这首诗悟出诗人的评断：大唐盛世，完了！中兴的希望，完了！个人的抱负，完了！在这位风雅派大师的作品中，情理是比态更深一层的东西，它隐藏在直观形象的内容，就像神经指挥着躯体，自己并不露面一样。或者说，在杜诗中，意象，是靠态的中介，通乎情，达乎理的。

第四，意境的产生。在情思的统辖之下，按照生活固有的情理逻辑组合意象群，便产生诗的整体意境。对这种情况进行几何式的抽象，可以得出由纵线——情思或情理逻辑同横线——意象群构成的诗歌艺术的“坐标”。用刘彦和提出的“脉注”与“绮交”这对美学范畴来表示，这种情思的“脉注”与意象的“绮交”相统一，就是所谓意境。

杜甫的情思，通过情绪和意态的抽象作用，具有很大的概括力。风雅派大师们在感悟的路子上进行典型化，主要是仰赖这种概括力。美学家李泽厚同志提出一个命题：诗歌的意境，跟小说、戏剧的典型环境典型性格，是美学中平行相等的范畴。这个命题是很深刻的。例如我们读《三吏》《三别》两个组诗，只从一个“吏”字和一个“别”字就能悟到作品的典型性。让我们说得略为详细一些。

公元757年，肃宗还在凤翔的时候，李泌和杜甫就主张派出北路专征部队直捣安史叛军的老巢范阳。杜甫更主张收京之后挺进青州、徐州，以掎角之势南北夹击，使叛军首尾不得相救。万万不能以两京的金阙，拴住唐军的精锐，把太行山以东千里进退之地照旧留给敌人，使自己被动挨打。然而李亨其人，胸中并无战略家的丘壑，为了保住从玄宗手中夺得的皇位，他只关心排斥旧臣和收复京城两件事。他不仅不接受李泌、杜甫的战略主张，反而使李泌惧祸还山，使杜甫也在因房琯一案罢掉左拾遗之后，决计抛掉华州司功参军的乌纱帽。758年冬天，杜甫正是怀着“罢官亦由人”的愤慨回了一趟洛阳，与其说是去省亲，不如说是辞亲。759年春，九节度使兵败相州，杜甫在返回华州的途中，就眼前所见，抒发了深刻的情思：胸怀褊狭的李亨，他的金銮殿可坐得安稳么？“修关还备胡”啊（《潼关吏》）！经过一场败仗，部队元气大伤，连小娃娃都抓去当兵（《新安吏》）；男丁抓尽，老太婆也难于幸免（《石壕吏》）；人家才结婚一天，就把男人抓走（《新婚别》）；人家老得骨髓都枯竭了，还要别老妻，辞旧屋（《垂老别》）；人家已经没有家了，还逼着人家离别（《无家别》）。杜甫通过一个“吏”字，使人们看到了李亨狼狈失态、祸乱百姓的那副手脚；而通过一个“别”字，使人们看到了被那副手脚祸乱的百姓。最厉害的是《无家别》的末句——“人生无家别，何以为蒸黎！”诗人在大喊：这样的百姓，还有啥当头。两个组诗，实质上是一个组诗，它们有总的情思。杜甫写《三吏》《三别》的巨大动力，是他想通过这些典型的历史情境、人物命运和情绪态度，在政治上和战略问题上向李亨集团找一笔后账。当然，那时的人心还向着唐朝。所以不论是杜甫那个“自我”，还是诗中那些百姓，虽则不满，都还愿意忍受身家的悲苦，维护国家的命运。新娘子无奈时劝丈夫安心打仗，老太婆无奈时主动到河阳做饭，“我”在新安道上劝慰新兵的父母信赖郭子仪而节制自己的悲恸：这些又愤懑又维护、又抗议又屈顺的情态，在当时具有普遍的真实性，因而同样是典型的。在杜甫的抒情组诗《秋兴》中，他的自我和他的情态，他对帝都长安的怀想和他的幽愤，也是典型的。不能说杜诗只有叙事性作品才有典型性，关键在于把握他的风雅派的情思。

原型和情思的辩证统一关系，在杜诗的构思过程中，常常表现为生活形象和艺术形象的直接相似。这就是所谓“赋”。不用比喻、不用象征、不用拟人、不用拟物——不用这些曲折性较大的修辞手段，就能把人们的情绪呼唤起来，这是他难以超越的硬功夫。他的作品告诉我们，像赋这种一铺二直的表现手段，到了大师手里，也在为提高自己的艺术效能不断进取。大概说来，它也在克服一个“平”字。只是它所追求的，是现实情理的内容曲折，比如《北征》写他和家人相见的一段：

“经年至茅屋，妻子衣百结。恸哭松声回，悲泉共幽咽。平生所娇儿，颜色白胜雪。见爷断面啼，垢腻脚不袜。床前两小女，补丁才过膝。海图坼波涛，归绣移曲折。天吴及紫凤，颠倒在短褐。”

用瞬间的场景素描，来表现自己离开后一年来家境的变化；连缀一幅幅情态特写，来聚合夫妻父子间绝难忍受的伤痛。所有这些，都是通过作者自我的情态来折射的。细皮嫩肉的娇儿背过脸直哭，却把黑乎乎的脚后跟亮给了父亲；先前为父亲装过门面的绣袍，而今竟拆作补丁，颠三倒四地补在了女儿的短袄上。这等极为朴素的对比，千载之后，还能把人们的心揉得酸痛。这是为什么呢？它早已把杜甫本人的心揉得酸痛了。请再看“痴女晓妆”一段：

“瘦妻面复光，痴女头自栉，学母无不为，晓妆随手抹；移时施朱铅，狼藉画眉阔。”

多有意思呀！傻妮子横七竖八地画眉，把眉毛涂成了黑蛋。在这充满喜剧情味的生活细节面前，我们是否看到了杜甫自己的面容呢？我们看到了，他在笑。但是，在他饱经忧患、老纹纵横的脸上，我们不是同时可以看到泪光的闪烁吗？短短三十个字，就把悲剧性的因素和喜剧性的因素成功地交汇在一起，从容裕如地完成了一个高难度的美学课题。

使用赋的手段把握情理的内部曲折，另如他的《月夜》。“香雾云鬟湿，清晖玉臂寒”——看，明明自己在想家，偏写家里在想他。这不是把思念的情绪增浓了一倍么？“乾坤万里眼，时序百年心”——杜甫的眼里常常盯着史事、国事、人事。因此他在使用赋笔描写自然对象的时候，往往用不着对原型作任何曲折的处理，就能够使它带上曲折的意味。比如他的《登岳阳楼》：“吴楚东南坼，乾坤日夜浮”——广阔的吴楚地块儿，从洞庭湖这个地方向东南绽开；整个的苍天和大地，没天没夜地就在这湖面上漂浮着。这伟大的艺术形象既没离开诗的题目，又高度地尊重了生活原型。但是使诗人这样感受原型并且鼓励地运用巨腕的真正秘密，却不全是纯自然的力量，而是安史之乱后大唐帝国分裂和动荡的现实在他心中所积累的感受。他把这种感受垫到赋笔抒写的底层去了。这就是陈子昂所谓“兴寄”，歌德所谓“意蕴”。它不属于纯粹的比兴，它至多是比兴通过“诗眼”（“坼”“浮”之类）向赋的渗透。杜甫构思中异常重视提取现实原型创造诗歌意境这一点，是他成为古典现实主义——即风雅派大师的重要条件。

第五，情态的直抒。如果我们以为在字画上找不到意境——特别是整体意境，就找不到诗，那就错了。在许多情况下，杜甫构思的结果，并不是整体意境的产生，而是“自我”情态的直接抒发。如他的《不见》：

“不见李生久，佯狂真可哀。世人皆欲杀，吾意独怜才。敏捷诗千首，飘零酒一杯。匡山读书处，头白好归来。”

“飘零酒一杯”，是极好的写意画。除此以外，全都是不借意象而直抒情态的。这里是不是省掉了情思向原型的反馈过程呢？不是的。诗句的每一步推进，都是对原型反复观照、反复加工的结果。只要我们熟悉李白也熟悉杜甫，熟悉他们的深厚友谊，熟悉公元760年前后两人的处境，就能够通过想象来补充李白的形象和杜甫的自我形象。诗人有时把“意”的成分从字面上隐去，给读者留下层层感悟的余地；有时则相反，把“象”的成分从字面上隐去，让读者凭借对作者本人和抒写对象的了解，发挥自己的想象力去进行补充。参破这种虚实相生的关系，是作者和读者两方面的任务。我们读贺敬之的《读王杰日记》一诗，如果不认真了解贺敬之同志和王杰同志，对于“这样写，这样写，我们的日记这样写”这样的诗句，可能够产生共鸣吗？至于说在杜诗中常常见到的意境创造和情态直抒互相间错的情况，更容易理解了。从美学机制上看，这是情思反馈原型以后，在字面上组合意象和甩开形象两种结果的交叉。

李白浪漫主义构思的美学机制

李白是两栖在现实世界和幻想世界之间的伟大诗人。他高喊“大雅久不作，吾衰竟谁陈”，就是在呼唤盛唐诗歌的社会性、史诗性内容。他的古风五十九首和不少乐府长句，显示了深厚的现实主义功力。但是，即使在这些作品中，也渗透着浪漫主义的诗情幻想。当否定现实、抗议现实的激烈情怀和超脱痛苦的飘逸态度使他通过幻想进入另一个精神世界的时候，他纯然是一个浪漫主义者。在这个方面，杜甫跟他是很不一样的。我们谈他的构思：

第一，作为浪漫主义者，李白审美地把握的现实对象，常常是理想和幻灭的剧烈冲突。这位浪漫派的大师，他的抒情对象常常不是“正理想”；他的浪漫主义作品，常常不是正面理想的田园诗式的写照，而是表现理想之幻灭——“负理想”。这是被压到地平线下面去的理想，是被击碎了的理想。这种“负理想”，以极大的反弹力，把他的幻想弹射到高空。屈原也是这样。如果振兴楚国、统一华夏的宏伟抱负不被无情的现实所击碎，他哪里会创造伟大的《离骚》啊！其后“骚”字成了古代浪漫主义的一个专称，李白又说“哀怨起骚人”，这说明古人在把握浪漫主义与负理想的关系上，有着明确的自见意识。

第二，李白在感悟现实对象时，也有他人生观、艺术观的前提。他的人生观，基本上是儒家入世思想和道家出世思想的统一。他常常以出世的情态入诗。但是我们寻绎他一生进退出处的主线，就会发现还是“仕途经济”四个字。让他当一个道家思想的改革者或者让他当一个“李天师”，那是绝对不可能的。可人称誉他“仙风道骨”，不过等于说他是一个飘逸的名士罢了。在艺术观上，他是骚雅派的大师，他也是一部《文选》起家。唐人记载他出川以前曾经三模《文选》，这可是一千多篇诗文的作业量啊！说明他的才思之敏捷、文笔之高妙，根本不是得于“天授”，而是得于异乎寻常的苦练。从内容上看，他的艺术观是靠什么营养起来的呢？以屈原为代表的骚狂派传统及其表象，古代神话的传统及其表象，道家神仙观念及其表象，在庄周、陶、谢等超逸派大师的作品及其表象，和风雅派传统一起，在他的大脑里形成了极丰厚又极活泼的储存。他带着这样的审美前提来感悟特定对象，那他产生出来的情思，自然要带有骚狂和超逸的气质。从儒家的人生观来看，入世而不能，必愤世；愤世而无望，必骚狂。从道家的人生观来看，愤世的灰冷，即弃世；弃世而不自弃，必超逸。有这两者互相结合，就使李白在灾难和痛苦面前能够给自己的灵魂找到一个“安全岛”。

作为浪漫派的大师，李白在他构思过程中有一个极为重要的环节，就是入幻。我给他归纳出四种情况：

（一）意幻。李白通过主观活动在构思中制造幻境。这幻境无非是物中有我，我中有物，无非是物——人化，人——物化，无非是使自我和外物按诗人的主观意志变形或者变性。比如他的《独坐敬亭山》：“众鸟高飞尽，孤云独去闲，相看两不厌，只有敬亭山。”他进入幻觉了，那个大山成了他的好朋友了，可以温暖他孤独的灵魂了。这一点影响了后世的诗家。林则徐在被充军伊犁的途中，就和天山进行了感情的交流：“我与山灵相对笑，两头晴雪共难消。”整个艺术境界，也通过幻觉折射出来。

（二）醉幻。在酒态中进入幻境。比如他的《陪侍郎叔游洞庭醉后》中的一首：“铲却君山好，平铺湘水流，巴陵无限酒，醉杀洞庭秋。”这首诗，以醉仙的格调，赞颂了农业的丰收。把画的君山削去不要，让南来的湘水在湖面上宽宽地平铺，那眼前的水就会一望无际。酒就是粮食。把岸上万顷黄熟的庄稼浪漫地看成极大的糟床，这是构思的关键。这和杜甫《羌村》中“赖知禾黍收，已觉糟床注”的思路恰可相映成趣。这样一来，整个大湖岂不成了无穷的酒池，而那洞庭湖的秋色，岂不要眩天晕地的醉透？

（三）梦幻。大家都熟悉他的《梦游天姥吟留别》。李白在所谓“赐金还山”以后，心境极坏——“鲁酒不可醉，齐歌空复情”，他要离开山东，南下吴越。这是临行时留别之作。

“我欲因之梦吴越，一夜飞度镜湖月。湖月照我影，送我至剡溪。谢公宿处今尚在，渌水荡漾清猿啼。脚著谢公屐，身登青云梯。半壁见海日，空中闻天鸡……”

艺术，是人类审美地掌握现实的宽阔自由的形式。借着梦力量，可以自由飞翔，而免守时空的界限。

（四）神幻。《梦游天姥吟留别》里有梦幻和神幻交叉的一段，为了方便，取来作例子：

“云青青兮欲雨，水澹澹兮生烟。列缺霹雳，丘峦崩摧；洞天石扉，訇然中开。青冥浩荡不见底，日月照耀金银台。霓为衣兮风为马，云之君兮飘飘而下。虎鼓瑟兮鸾回车，仙之人兮列如麻。忽魂悸以魄动，恍惊起而长嗟。惟觉时之枕席，失向来之烟霞。”

李白选择超逸，是为了自我麻醉；而他表现超逸，却清醒地把握着内在的逻辑。在他那里，所谓“清意识”活动，并不能压倒感悟过程的趋理性而主宰一切，它只是为形成超逸的情思提供幻觉的素材，给诗的意境蒙上浪漫的幻彩。李白高明的地方在于，他写神幻境界能够适可而止；接着便借醒后的喟叹简练地推出结尾——“安能摧眉折腰事权贵，使我不得开心颜”——用愤世的骚狂情态揭明出世的缘由，具有强大的爆发力。

第三，李白浪漫的情思，是带有幻觉的情绪化主题。从《梦游天姥吟留别》一诗可以看出，由负理想生发出来的主题，是在下面托举着李白的诗情幻想层层推进的。当这首诗的主题形成以后，构思的过程并没有结束。它还要让主题反馈生活原型——反馈幻灭的理想和理想幻灭后的自我，使之明确主题意义并且接受幻象的喂养。李白非常注意作品的现实基础，他并不获藐视现实。他只是要在作品中表达对现实谬误的激烈否定或对现实冲突的疏远倾向。为了这个目的，要十分注意的是在幻境中以意取象（如“梦游”中的自我形象）。因此，他的情思和他的意象群互想结合所形成的意境，不仅充满幻彩，而且具有超时空、越古今、合物我、通人神的特点。

我们应当向李杜学习什么？

第一，研究社会，注重诗外功夫。这种诗外功夫，不是邵燕祥同志在《人间要好诗》中借这四个字批评的那种吹吹拍拍，拉拉扯扯的功夫。李、杜非常熟悉他们那个社会，对于社会年的事态，既能隼视全局，又能体察细微。这对他们的创作非常有好处。只要他们愿意，他们随时都能进行全景性的构思。他们的作品，决不会出现诸如多数现代主义作品那种碎镜片似的结构。他们都有很好的社会知识和历史知识。人类要想艺术地把握世界，必先实践地把握世界。我国有句古话：“士先器识而后文艺。”这是说，你的胸中能够承装多少世界？究竟有多大篇幅？胸中有没有丘壑？这实际上是个世界观问题。李、杜生长在盛唐社会儒、释、道三家争胜的局面中，他们解决世界观问题，颇有些有病乱投医的劲头。他们至多只能找到一条“饱经术”的路子。我们比他们幸福。我们有共产主义思想体系，有党的教导，有学习社会、体验生活的优良传统。现在可惜的是，我们有些同志忽视这些带有根本性的问题。李杜两个人，身在士林而以天下为己任，这使他们的一些无倾向作品，也显得气度不凡，而丝毫没有某些不关心大事的作家们那种一味追新逐巧的小家子气。

第二，苦学前贤，转益多师，跟着大师写。李白、杜甫、柳宗元、白居易等人，都是靠一部《文选》起家的。他们自幼学赋，赋是《文选》的第一个单元。唐代段成式记载了李白三模《文选》的传闻，我对它是相信的，因为它比“天马行空”之类平实可靠。写字有字帖，写诗还要有“诗帖”。北宋黄山谷提倡“脱胎换骨”之法，这在创作论上是荒谬绝伦的，但在教学论上却是相当可取的。完全不许青少年模拟大师的东西，怎么解释一个“学”字呢？其实李白也好，杜甫也好，经常向前代和当代的大师伸手要东西，而且各有各的“关系户”。例如李白为文，酷爱清新。他不仅向庾信、鲍照伸手，而且向谢朓伸手；在同代，他还向孟浩然伸手。我们把他的自我作为一个点，可以看出，有许多竖的循环线伸向前代又转了回来；有许多横的循环线伸向同代又转了回来。每条循环线上都有一个点，每个点都是他乐于师事的人物，或是他乐于借鉴的作品。杜甫也不例外。对他们来说，这些循环点有相对的稳定性，是他们接受传统、转益多师的“关系户”。艺术观的形成，自当以创作得失的总结为轴心，但是决不可不学习前代和同代大师们的经验。这些经验，对一个有韬略的诗人来说，是他艺术观的“无机的肢体”。

第三，讲究构思，活用程式。李杜两个人，都是通过学习大师，熟悉了诗歌构思的多程式，并且在创作实践中对这些程式加以活用。我替“程式”二字求情，不要把它搞臭了。我原先误以为只有写公文、唱京剧才用得上程式；其实人类各种实践活动，都有程式。程式是实践经验的晶体结构。京剧表演的程式到了梅兰芳手里，就成了“一种有规则的自由动作”（斯坦尼斯拉夫斯基语，《梅兰芳戏剧散论》第203页），这和诗歌创作多么相似。李白的七言长句具有骚赋的格调，这是他掌握了骚赋的程式和七言乐府的程式以后，让它们在创作当中打交叉的结果；杜甫的五言长篇显示了辞赋的铺排功夫，这也是他掌握了辞赋的程式和五言诗的程式以后，让它们在创作当中打交叉的结果。程式是创作论中的一个重要范畴。它有用没用，是一个问题；死用活用、能否发展革新，是另一个问题。创新而又能够遵循法度，这才是正确的路子。再如新乐府，到了白居易的手里大派用场，但是肇其端者，还是杜少陵。杜也好，白也好，都是掌握了古乐府的程式才加以创新。古人写诗，讲究顿悟、渐悟。李白诗中顿悟的功夫，杜甫诗中渐悟的功夫，杜甫、元白新乐府的经验，不但不是新诗的累赘，而是值得新诗认真学习的。拿顿悟来说，短短的四句诗，拉开了“感受差”，让情理的逻辑猛然划动，立即出现震撼心灵的效果——这两下子，难道不值得我们认真学习吗？另外，杜甫的渐悟功夫之所以受人称赞，就在于它的容量大、层次多。请看“故国悲寒望，群云惨岁阴”这十个字，有多大的容量。有人说杜诗常常是一字一个层次，这是不过分的。如果说顿悟是一种震撼心灵的艺术力量，那么渐悟便是一个揉搓心灵的艺术力量。它们各有各的程式，我们能够通过不断感悟和理论研究来掌握它们。

第四，让我们诗歌的风格，像李杜那样，逐渐形成单一性和多样性的统一。李白不拘俗套，杜甫诗备众体。他们的作品，随着题材、情态和写作动机的转移，有着多种风格，多种境界。这是我们熟读李杜作品能够体会到的。但是他们非常熟悉他们的自我，他们的作品都有总的风格、总的气韵。李白的总风格，就是骚狂与超逸的辩证统一；杜甫的总风格，就是情思的沉郁和文气的顿挫相结合。任何一个诗人，要把握自己风格的单一性和多样性的关系，都必须使自己的艺术天地宽阔而自由。达到这一点是不容易的。它是一个比较复杂、比较艰难、比较漫长的过程。要紧的是，我们应该在这方面形成明确的自学意识。

第五，精通本民族的当代语言。李杜两个人，是作为语言的大师而成为诗艺的大师的。他们掌握的词汇的总量、诗造句的方法和诗句型的数量，都是异乎寻常的丰富；另外，他们特别谙练各种诗句群（句组）的形式，熟悉各种各样的章法：对于大大小小的分合关系，都能作出明确的交代。我们面对着李杜的力作，对于它们从构思到语言信息的完成这中间所费的周折，是看不出来的；就像我们面对着一张钞票，看不出各种价值形态的转换过程是一样的。这周折，这过程，在哲学上叫做中介。在这里，中介消失在自己的结果里——如马克思在《资本论》中讲到货币时所指出的——连踪迹也没有留下。这就容易使一些青年同志产生一种误解，认为那些大师都是天才。

语言之美，犹如信号灯的美，越单纯越明确越好。艾青同志《诗论》中引了达芬奇的一句话："单纯、简洁、明白——荷马艺术的要素。""荷马艺术"，自然是诗的代称。多几分曲折是可以的；但是越曲折，越要求信息的高度准确。诗自然可以朦胧一些，但是如果让人百思不得其解，那就失去了当诗的资格。假如交通警给汽车打信号，让信号灯红黄绿、红黄绿地乱闪，那让司机怎么理解呢？我们一定要像李、杜一样，精通自己的当代语言，达到高度的精确和明晰。

同志们，在纪念李白、杜甫这两位大师的时候，让我们向他们伸出手法，把他们宝贵艺术经验，驱策到诗歌创作的第一线上去服役——不是走明代前后七子的路子，不是打着"诗必盛唐"的旗号制造假古董的路子；而是走我们文学自己的路子。让他们的经验成为我们的宝马良驹，载着我们在新诗发展的漫长征途上，穿林莽、越大漠，山一程、水一程。

风骨论

——中国古典现实主义文学的典型论

杜少陵说诗，强调“法自儒家有”；并且，他始终坚持“饱经术”“亲风雅”这样一条路线。这不是偶然的。这至少可以说明，在小说、戏曲臻于鼎盛以前（以后姑不具论），中国古典现实主义文学的主潮，是在杜少陵一类继承《诗经》传统、力主“功夫在诗外”（陆游语）的风雅派匠师的手中，一代一代推涌向前。而刘彦和，则是在这个主潮的低落期，奋起推涌这个主潮的伟大理论家。在中国封建社会的中前期，《文心雕龙》的产生，意味着风雅派文论在体系上的成熟。如果说，以齐梁文学为代表的六朝文学对于纯美、纯诗、纯性灵的追求，在一些重要的审美经验上准备了唐诗（特别是律绝近体）的成熟，那么《文龙雕龙》的体系，则为明道致用的社会意识十分高涨的盛唐时期，准备了杜诗的诞生。从逻辑上考虑，一种有体系的现实主义理论，是应当有自己的典型论的。当然了，我们这是就实质而论，而不管它们给自己的典型论起什么名字。（李泽厚将意境作为典型论的范畴进行过探讨）扼要地讲，所谓典型论，是关于人类审美地把握现实对象时，如何有效地进行艺术概括或者艺术抽象的理论（《文心雕龙创作论》）。我们文学史上可以得到一个印象：现实主义的典型论，是在文学的社会功用论和文学认识论纵横交叉的坐标上发展变化的理论，它常常跟特定的社会倾向相联系。《文心雕龙》这部著作，就有着鲜明的倾向性。它十分注重文学作品的社会功用；在文学认识论方面，尽管它在哲学上依循着道心一元论的客观唯心主义反思体系，还是在若干重要问题上作出了“地地道道的唯物主义”的分析和结论。在它的成果之中，就包括典型论的内容。这个内容，我以为主要集中于风骨论。

骨——典型事义的抽象

在《文心雕龙》的体系中，人，作为“天地之心”，对统贯（异化于）天、地、人三才的道，独具反思的功能（所谓“明道”）；而反思的目的，则是为了致用。反思之职，并非人人都能胜任。唯有“圣谟”，最见“道心”；唯有经典，最见圣人明道致用的“卓绝”（《刘勰的文学起源论与文学创作论》）。诗家之法，既在儒家，那么宗经派，自当是风雅派。从文事的角度看经典（主要是《诗经》），它们有什么样的基本素质呢?《文心雕龙》的表述是这样的："根柢盘深，枝叶峻茂，辞约而旨丰，事近而喻远。""喻远"二字，自然联系着事义开掘的深度和概括的广度。其中义与辞的关系，说清楚一点，便是"义既极乎性情，辞亦匠乎文理"。这两句话翻译过来就是：事义，得于性情活动的终点，辞采乃是事物文理的表现。我们知道，儒家经义，实质上是中国古代社会最高统治者的政治哲学。它把握"参物序，制人纪"的道，不能够不言人事，特别是能够不言政事。（人事、政事之见于诗，义涉深微，情兼美刺，在《诗经》里便是风雅）道，当它具体地外化到三才之中，就不再称为道，而称为义了。从反思的逻辑上看，人之明义，对于明道来说，乃是最为主要的中介。而明义，就需"举要"，就需"体要"，就需取事"核而辨"。很显然，不能见义的事，不能谓之核；事不能见义，不能谓之辨（连一点思想性都没有）。刘勰特别重视文学创作中"以少总多"这个环节，是他重视以单一、特殊之"少"，来总类和一般之"多"。类是从感物或即事来明义的过程中，决定成败的中介。有类则有义，无类则无义；在明义的过程中，作家们对于类的观照和思考，应当是十分频繁的。辩证法告诉我们，概念和范畴，是过程的凝结。当刘勰把义这个范畴拿来讨论的时候，实际上就等于把事、类、义三个逻辑层次全都拿了出来加以考察。我们必须从思维运动的概念逻辑中把"义"字看成事、类、义三者的凝结。对于这种凝结，刘勰把握了内质（义）和外质（辞）两个极点的对立统一关系，针对文骨问题加以申论。他这样做，无论在内容上还是在形式上都抓住了典型论的核心。

《风骨》篇的"骨"字，作为与"风"字互相对待的美学范畴，是偏指文学作品内容中事义这个侧面的典型意义的。在现实主义的文论中，典型论在整个逻辑结构中居于内容论的核心。典型和内容这两个范畴是既可重叠又可区分的。大概地讲，内容在量上包含着典型，典型在质上规定着内容。刘彦和严守儒学的家法，带着宗经明道的倾向来讨论典型问题，他就必须要死抓住一个"义"字不放。我想按个人的理解，把《风骨》篇里的一些话解释一下："沉吟铺辞，莫先于骨"，是说既事遣辞，首先要把握事义；"辞之待骨，如体之树骸"，是说辞必须以事义为内质，否则不可谓有骨；"结言端直，则文骨成焉"，是说结言得雅正之义，才能形成文骨。"练于骨者，析辞必精"，这句话反过来说就是：暗于义者，辞繁采滥；可以取"瘠义肥辞，敏杂失统，则无骨之征也"这句话为我们作证。

《文心雕龙》在申论道的外化过程时，充满了可厌的神学气味；当它转过头来表述反思过程时，常常会有"地地道道的唯物主义"的精彩段落。这大概是因为，反思，是以感物（或即事）为起点的，在表述反思过程时，客观唯心主义的哲人们必须常常把颠倒了的头脑不自觉地颠倒过来。马克思主义以前的文学现实主义，在美学上并不必然以哲学唯物主义为基础。《风骨》篇和其他篇章中的"唯物主义色彩"，也仅是"色彩"而已。比如前面我们所说的事、类、义三者在思维中的逻辑层次，从刘勰哲学思想的整体上看，不过是完成明道的反思任务时一个必不可少的中介罢了。

风——典型情绪的抽象

在文学艺术的典型问题上，仅仅把握住艺术形象和事、类、义的逻辑是不够的，那样做，会把我们导入单质论的泥塘。因为艺术思维完成事、类、义的抽象，和“弥纶群言而精研一理”的“论”的抽象是不同的。它是通过以感物（或即事）为起点的感悟过程来完成的。这个过程，是自始至终甩不开感性直观表象的趋理性过程。这个过程不能够或者不希求直观表象和理性因素（事义）实行外在的分解。在这个过程中，事、类、义，是带着直观的表象被不断地感受、理解和评价的；因而特定的事、类、义，一定要在“明道”者的大脑生理上激起特定的反射，这反射便是情绪。由特定事义的概括和抽象规定着的特定情绪，一经产生出来，便具有“贯一而拯乱”的抽象力。事义的抽象和伴随它的情绪的抽象辩证地统一起来，就是所谓的“气”。气从理（事义的逻辑）和情两个侧面的结合上规定着文学内容的典型性质。具体到个别作品，则是通过典型概括和典型抽象，规定着它们的主题。对于风雅派的创作实践来说，风骨论的实际意义在于，它要求文学创作必须保证作品的情绪，是受事、类、义的典型性限定的主题化情绪；而作品的主题，则必须是和典型的情绪抽象相伴随的情绪化主题。情绪化主题，作为内容的范畴，通常叫做意；主题化情绪，作为内容的范畴，仍可以叫做气。又，由于人们审美地认识事物和表现事物，是离不了功利动机的，因而特定的气总要受特定的功利动机的鼓动。这样的气，叫做“志气”。志气是充满活力的，和它相比，人所禀赋的性情，便成了静态的和被动的东西。情只有充满了志气，它才有动荡飞扬之势。文学作品（以诗为例），为了“志气”，便蓄进了使人产生情绪的“能”，或者说，便可以在别人心里从事特定的、带有典型意义的情绪、意向、审美感受的再生产。这就是《风骨》篇里所说的“风”。风和骨一样，有它的内质（志气），也有它的外质（风采、风辞等等）。它们在文学作品中，都要在言语修辞的信息体系上得到体现。从明道臻用的功利动机上着眼，可以看出，风也和骨一样，是带有风雅路线的特殊规定的。刘勰说：“《诗》总六义，风冠其首，斯乃化感之本源，志气之符契也。”这话并不是随便说的，他显然把风的范畴举上了经学的圣坛。

风骨与风格，取杜诗析例

上面我们讨论过，风骨的有无，取决于风雅路线下物（事、类、义）我（性、情、才性）结合的创作过程。不是任何流派作品中的个别主题（意），都能够包骨含风。只有和明道致用的义相贯通的个别主题，才具备产生风骨的基础；否则至多是有风力而无义骨。作家只有把握了这一点，才能够确乎“正式”，而这就要求他们做到如下几点：第一，要“熔铸经典之范”，否则“矫讹翻浅”，也要“还宗经诰”。（《通变》）第二，为了把握事义的通与变，要“翔集子史之术”（刘勰把子史这术纳入宗经体系，显示了他的现实主义精神)。第三，要洞晓“情变”，做到“凭情以会通，负气以适就”。(《通变》)第四，要“曲昭文体”，保证随时适变而不失法度。

一个“禀经以制式，酌雅以富言”的作家，靠了以上诸点为作品立骨蓄风(创造典型)，会使他的作品具备哪些最为基本的风格呢?我以为《宗经》里提出的以下六条可以作为答案：“一则情深而不诡”(不失其正)；“二则风清而杂”；“三则事信而不诞”；“四则义直而不回”(不离于道)；“五则体约而不芜”；“六则文丽而不淫秽。”(信、直、约三字，是指语言信息的事义抽象；清、深、丽三字，是指语言信息的情绪抽象。事义抽象之形诸风格，自然联系着“梗概”；情绪抽象之形诸风格，自然联系着“多气”)

唐代陈子昂以建安文学为标本，呼唤“汉魏风骨”，常恐“风雅不作”(《修竹篇序》)，李太白也高喊“大雅久不作”，表彰“建安骨”，包括他们以前王勃等人的主张，从实质上说，都是在渴望风雅再兴的、社会政治意识十分高涨的历史环境中，对于《文心雕龙》风骨论的回应。当然，用自己的毕生心力全面地实践了《文心雕龙》所捍卫的风雅路线，并且充分体现了风骨论的基本要求的，是伟大的杜少陵。

刘勰是古文经学的崇信者。他有一个显著的优点是得于古文经学的，那就是对史识的重视。他提出“翔集子史之术”的主张，并且专列《通变》《时序》等篇目，提出“通变无方，数必酌于新声”和“文变染乎世情，兴为系乎时序”的重要命题。杜甫的文学思想跟刘勰是鼓桴相应的。像他“韩坤万里眼，时序百年心”这等的申说，像他“祸首燧人氏，厉阶董狐笔”这等的激愤语，和他凭借自己的创作所获得的“诗史”的美誉，说明他和刘勰一样，具有伟大的历史感。刘勰并不主张把文学典型搞成死巴巴的经训；相反，他是主张在历史的流变中把握社会现实和文学典型的。他在《时序》篇中关于建安风骨的精辟论说，就告诉我们：典型的历史环境(“世积乱离，风衰俗怨”)，是作家把握社会生活的典型事义和典型情绪的现实基础。而建安风骨在创作上的“志深而笔长”(笔长，指不求纤密之巧，唯取昭晰之能，笔墨跨度大，概括力强)，又决定着风格上的“梗概而多气”。

研究《文心雕龙》的文学论，我选择的办法是“以杜证刘”。这里我想以杜诗为标本，解析一下风骨对风格的影响。

杜甫为他的诗歌立骨，是依循着感事、举隅、见道的逻辑的。《壮游》言“举隅见烦费”，《酬薛十二》言“见道发新刑”，都表明他在这方面的自学意识。试看《壮游》里的几句诗：“国马竭粟豆，官鸡输稻粱；举隅见烦费，引古惜兴亡。”国马、官鸡，是举隅以明类；引古惜兴亡，是将类的认识拓向一般的认识。笔墨跨度大，不屑于针线之密，是之谓“梗概”；竭、输、见、惜这几个字眼，蓄足了产生情绪的“能”，是之谓“多气”。这样把握的道，既能得小雅(变雅)之正式，又显了史识之渊沉。又《遣怀》第三章：“先帝正好武，寰海未凋枯。猛将收西域，长戟破林胡。百万攻一城，献捷不云输。组练去如泥，尺土负百夫。拓境功未已，元和辞大炉!”

诗中所即者二事：其一，哥输翰“收西域”（攻石堡），“百万攻一城”，“尺土负百夫”；其二，安禄山“破林胡（契丹）”，“组练去如泥，献捷不云输”。两事并举，揭示了“好武”“拓境”的类，直接把握了“王者之迹”进行全局性的判断（明道）：“元和辞大炉”——大唐的繁盛与和平全完了！这个五十字的短小段落，在“核而辨”的举例之中，劲健地蜿蜒着史论的逻辑；而其中收、破、攻、输、去、负、辞等处，又凝聚着沉重的慨叹和峻烈的批判。所以这首诗的基本风格，还是“梗概而多气”。

在风骨论中，如果说“骨”字较多地联系着事物的个性，那么“风”字就较多地联系着才性之“异区”。“风”字在内在素质上包涵着作家“自我”的特有风格。因此我们鉴赏作家的“志气”，应当尽力做到知人论世。举杜甫对人民的情态为例。有些文章认为，杜甫所爱的，仅限于“死王命”的顺民，而对铤而走险的起事者，则恨之入骨，主张镇压了事。这就不免简单化了。杜少陵，是一个始终一贯的民本主义者。他心中的人民，是以安史之乱以前的穷兵黩武、安史之乱以后的死丧变乱、藩镇初萌时的军阀肆虐、国库艰难中无止境的割剥诛求、经济衰敝和币制混乱这种种历史条件规定着的人民。为这样的人民，他的忧思是“澒洞不可掇”的。当这样的人民中出现了造反者的时候，他的情态是什么呢？《喜雨》这首诗中“安得鞭雷公，滂沱洗吴越”两句，据说是他主张镇压人民起义的铁证。那就让我们引出全诗，从脉注和绮交的统一关系上看看它的“风”之所在：

“春旱天地昏，日色赤如血。农事都已休，兵戈况骚屑。巴人困军须，恸哭厚土热。沧江夜来雨，真宰罪一雪。谷根小苏息，沴气终不灭。何由见岁宁，解我忧思结。峥嵘群山云，交会未断绝。安得鞭雷公，滂沱洗吴越。”（滂沱句下原注：“时闻浙右多盗贼”）

诗写于公元763年春旱普遍严重之时。长时不雨，田禾尽坏，大旱绝黎民之望，加之诛求无已，不反又等着什么？此真宰之罪也。苍生恸哭，感动厚土；沧江夜雨，真宰之罪算得“一雪”。然而这才是巴蜀一地，那吴越地区的旱情，已经使浙右百姓反诛求的情绪强化到揭竿为盗了。真宰之罪，一雪是不行的，还须再雪！那交会不绝的群山之云啊，你们还等着什么？真该用鞭子把你们抽打到吴越去，到那里速降滂沱大雨，大苏谷根（请对照“小苏”），大灭沴气势（请对照“终不灭”）。否则那起事的局面，只恐不限于一个浙右，很快要普及吴越了：我以为，这才是该诗的事义之骨，这才是该诗的风之所系。浙右是小专名，吴越是大专名；浙右起事，竟然镇压起吴越来，这显然不合于事理。诗的愤怨，是在兵戈，在军须，在真宰（皇天之不仁，与王政之不仁实际上互为形影）；诗的关切，是在农事，在巴民（人），与吴越之民同类；诗的企望，是在岁宁。如果说这首诗包含着民本主义者杜甫对“覆舟”的忧虞，那是有充足证据的；但是如果说它在主张镇压人民起义，那就实在缺乏证据了。要之，这首诗的“风”，是杜甫持凛然之事义，抒“仁者”之志气所构成的，它自然影响着风格上的沉雄郁勃（“多气”）和严正恢宏（“梗概”）。

结语

刘勰立专篇而论风骨，有将当时流行的各种风骨说纳入风雅路线的明显意图。他要把它变成自己的利器，和对立的流派相抗衡。值得借鉴的是，他的风骨论越过了单质论的泥塘，从多种成分的统一关系上讨论了文学典型问题。试将前文所及简单梳理如下：

第一，刘勰在文学典型问题上虽然主张宗经（宗风雅），却并不要求作家们胶柱鼓瑟。他欢迎文学作品的“意新”和“辞奇”，只是不赞成它们离开风雅路线而“乱”，而“黩”，而违于“正式”。

第二，在刘勰的观念中，文学的典型，一不是经义的图解，二不是事义的逻辑公式，而是源于感物、即事，带有美刺情态的多种审美活动成果的聚合。他提出骨与采园、风与辞练的要求，主张“要约而写真”。我们把这些要求和主张同《神思》诸篇联系起来思考，就能看出他对审美活动的高度重视。

第三，通过对“风”字的阐释，刘勰强调了典型化过程中情绪抽象的重要意义。情绪抽象，决不等于作家原有性情的外射，而是要从感物或记事开始，通过对事义的感受、理解和评价形成“志气”（渗透着理性内容的情感）。《文心雕龙》的风骨论（不是别的骨论）启示我们，一个成功的文学典型，要在感悟过程的内容完成两种抽象——事义抽象和情绪抽象。只有两种抽象的充分交融，才能构成最理想的文学主题。把风骨当作风格论的概念来使用，必须让它对准这两种抽象在作品当中不即不离的基本风貌。如陈子昂评《咏孤桐篇》曰“骨气端翔”，正是从整体上说该篇骨正而风飞；至于说到风骨跟刚健的联系，我以为应当从事义的雅正和概括力强两方面寻找根源。事义不雅正，概括力不够，结言是不会端直的。

代跋：怀念高嵩老师

李儒君

我与高嵩老师相依相伴，我们在一起共同走过了17个春秋。在离开他的这段日子里，每每回忆往事，都历历在目。他的音容笑貌，他对事业的无限追求，深深留在我对他的怀念中。

记得是2011年3月，我正准备陪高老师去山东曲阜孔子的家乡讲学。不料，就在走前的一天晚上，大吐血使他住进了医院，经医院检查，肝硬化，胃底出血。在以后的两年中，他受尽病痛的折磨。但他以无比顽强的毅力与疾病抗争。有病期间，他坚持写完了他一生中的最后一部著作《夏朝档案》的结尾部分。2013年8月21日，高老师终因呼吸衰竭，离开了我们。

高老师祖籍是河北省阜城县。日本人占领华北，他的家乡也遭受其害，他亲眼目睹了日本帝国主义侵略中国，蹂躏中国人民所犯的滔天罪行。他5岁跟着娘去要过饭，9岁上街卖过炒蚕豆，19岁在大学一年级被误划为右派，直至22年后才平反。一生的坎坷，一生的艰辛没有使他屈服，而使他在以后的人生路上，越走越坚强。

在整理高老师的作品时，我走进他的书房，就如同他站在我面前。耳边似乎又响起他的声音："不要乱动我的书噢，那可是我的宝贝啊！"我轻轻打开他的书柜，看最上层摆放的是高老师的著作。其中有《马嵬驿》《夏朝档案》《回族源考论》。打开下柜，一摞摞发黄的旧杂志，一本本的书。打开书看，一行行的字下面用蓝笔、红笔划出的一条条横线。在书的空白处，写着很多小字，密密麻麻。高老师在世时，喜欢在书的空白处、书法字帖的空白处、书皮里面，写上自己的感想，或即兴写出诗来。可现在人去作品在。走出书房，我默默说："高老师，放心吧，我会把你的著作都整理好。你的《评论集》很快会与大家见面的。"

高老师一生谦和，善良，正直。我们住在一个老年人多的大院里，每次进出大院会碰到一些老人，他总是很有礼貌地向他们问好，碰到比他年长的老人，他会称他们大哥、大姐。没事时，喜欢与院邻坐在一起聊天，谈谈国家大事。每逢春节来临，他都要我陪他上街买些红纸，自编内容，为院邻写对联，送给大家。我们大院隔壁单位有一个看门师傅的女儿，学习不好。这位师傅想找一位家教给孩子补习功课，但家庭条件不好。高老师得知母女相依为命，又是来银打工的，决定给孩子补课。每晚在我家里补习语文知识、作文写法，不会做的数理化题，只要高老师会的都给孩子讲，不收任何报酬。几个月后，孩子进步很快，考上了中专。

高老师在宁夏从教20年。普通中学教师，也搞过成人教育。他给小学的学生上过语文课，也给全国著名学府四川大学的学生讲过课。他永远不忘记自己是一名教师，有责任把自己的知识，自己知道的东西传授给学生。他非常喜欢年轻人，愿意与他们在一起，很关心青年人的读书、学习和做人。退休后，还念念不忘，到学校去给年轻人讲点什么。前些年，他到贺兰回民中学讲了一堂生动的作文课，到宁夏大学讲“贺兰山岩画”。2008年秋，他到宁夏医科大学讲《医学与仁学》。我问他：“你是讲文学的，去医科大，你准备讲什么?”他说：“知识是相通的。”又说：“我要告诉学生，既然选择了医学这个职业，就不能不使自己高尚起来。”《宁医科研简报》介绍了讲学的情况，赞扬高老师治学严谨。这是他一生中的最后一堂课，那份简报至今还摆放在他的书桌上。

生活中的高老师是一位乐观、随和、幽默、爱玩的人。他平时忙于读书、写作，在生活上不太注意细节，我不免发些牢骚：“油瓶子倒了都不扶。”他说：“那要看里面有油没有。”有时我让他去买点菜，他会说：“最多三样，多了我记不住。”实际家里的小活他是喜欢干的。他常说：“以语为刚。”还说：“学问要想好，读书必须少。”刚开始，我很纳闷，后来我才明白，读书少就是说会读书。我与高老师一起生活这么多年，我觉得他是一个很会读书、很会学习、很会工作的人。他上衣口袋里总是装有一些小卡片，写有很多小东西，是他读书学习、查找资料后写在纸上，需要记住、需要背的东西。他说的玩，就是走路散步，每天走6000步。我退休后，我们常骑车到有花、有草、有水的地方，他说这里空气好，车轮不转，脑子不转。他一生中有多少时间写作，就有多少时间在野外，从不把自己搞得很疲惫。有一年暑假，我们骑车到郊区的一所小学校的门口停下了，他要进去，刚进学校，一位年轻人迎上来，说：“高老师，您来了，很长时间没见了。”高老师说：“是啊，书快出版了，到时送你一车。真要谢你，谢谢这所小学校。”高老师的《马嵬驿》里的几个重要章节就是在这所优雅的校园里，在老槐树下坐着学生上课用的课桌椅，听着鸟的鸣叫声，喝着这位老师泡的青茶写成的。我说：“高老师，太浪漫了，你真会找地方，你也真会写作。”

我与高老师相濡以沫，我伴随他走过了他人生最后过程。他生病中常对我说：“我多么想到黄河边上看一看，看那里的水；到贺兰山看一看，看那里的岩画。”但这一切都已经不可能了。

2016年6月16于银川